SUAVE COMME L'ÉTERNITÉ

George P. Pelecanos est né à Washington en 1957. Après des études cinématographiques à l'Université du Maryland, il exerce divers métiers jusqu'à ce qu'il décide de vivre de son art. Il a aujourd'hui dix romans à son actif dont *King Suckerman*, finaliste du Golden Dagger Award en 1999. Il collabore en tant que chroniqueur à divers journaux tels que *Washingtonian* et le *Washington Post*. Il vit avec sa femme et ses trois enfants à Silver Spring dans le Maryland, une banlieue de Washington, qui est le cadre privilégié de son œuvre.

DU MÊME AUTEUR

Le Chien qui vendait des chaussures
Gallimard, « Série noire », 1997
et « Folio Policier », n° 391

King Suckerman
L'Olivier, 1999
et « Points Policier », n° P847

Anacostia River Blues
Murder Inc., 1999
et « Pocket Thriller », n° 10988

Un nommé Peter Karras
Murder Inc., 2000
et « Pocket Thriller », n° 11294

Funky Guns
L'Olivier, 2001
et « Points Policier », n° P1158

Nick's Trip
Murder Inc., 2001
et « Le Livre de poche », n° 37061

Blanc comme neige
L'Olivier, 2002
et « Points Policier », n° P1105

Tout se paye
L'Olivier, 2003
et « Points Policier », n° P1245

Liquidation
Murder Inc., 2003
et « Livre de Poche », n° 37120

Soul Circus
L'Olivier, 2004
et « Points Policier », n° P1393

Hard Revolution
Seuil Policiers, 2005
et « Points Policier », n° P1559

Drama city
Seuil Policiers, 2007
et « Points », n° P1907

George P. Pelecanos

SUAVE COMME L'ÉTERNITÉ

ROMAN

Traduit de l'américain
par Frédérique Pressmann

Éditions de l'Olivier

TEXTE INTÉGRAL

TITRE ORIGINAL
The Sweet Forever
ÉDITEUR ORIGINAL
Little, Brown and Company, New York et Toronto, 1998

ISBN 978-2-02-055079-6
(ISBN 2-87929-209-3, 1re publication)

À Rosa

PREMIÈRE PARTIE

Vendredi 14 mars 1986

1

La première fois que Richard Tutt s'était fait la copine d'un prévenu, il avait compris que rien, absolument rien, n'était impossible à un homme dans sa position. Il venait de s'en taper une le matin même – une jeunette au cul rebondi qui répondait au nom de Rowanda – et par cet après-midi clair et glacial, il lui en restait encore un petit arrière-goût dans la bouche.

Tutt prit U Street sur la gauche, balaya du regard son territoire, celui qui lui appartenait.

Le pouvoir. C'était un truc de flic mais pas de n'importe quel flic. Les guignols derrière leurs bureaux n'y avaient pas droit. Les mecs de la Criminelle étaient bien trop torturés pour ça. Quelques gars des Mœurs pouvaient y toucher, mais seulement de temps à autre. Les flics de terrain, ceux qui savaient tenir un quartier, eux, ils vivaient ça tout le temps.

Tutt, ça le bottait cette impression de chute libre inhérente au pouvoir. Même les regards qu'on lui jetait quand il sortait de sa voiture – des regards de peur, de haine et, ouais, de respect – il appréciait. Ça faisait cinq ans qu'il faisait le flic, toujours en tenue et toujours dans la rue. Leurs promotions et leurs décorations, ils pouvaient se les garder. Tutt, lui, aimait l'uniforme. Il savait qu'il ne porterait jamais rien d'autre.

Tutt tourna la tête vers son collègue, Kevin Murphy,

qui passait son pouce sur sa moustache, les yeux rivés sur le pare-brise. Murphy avait mal à la tête et il espérait que la journée serait calme. La veille, il s'était endormi sur le canapé, une bière à la main, en essayant de suivre les images troubles qui défilaient sur son écran de télé tout neuf. Ça faisait un moment que les soirées de Murphy se terminaient comme ça.

– Je voulais te demander un truc, Murphy.

Murphy expira lentement.

– Vas-y.

– Le genre de question qu'on se pose entre mecs, tu vois ?

– Je vois.

– Je me suis envoyé une petite blackos, ce matin, en venant au boulot.

Fallait toujours que Tutt fasse sa flambe : non seulement il voulait que Murphy sache qu'il s'était tapé une gonzesse, mais en plus il insistait sur le fait qu'elle était noire.

– Ah ouais ?

Tutt sourit.

– Ouais. La demoiselle a fait une longue balade sur mon cheval blanc.

Bien sûr, se dit Murphy, suffit de promettre à la copine d'un pauvre type que son mec tombera pas si elle y met un peu du sien.

– Tu t'es bien amusé ? demanda Murphy.

– T'imagines…

– Tant mieux pour toi, mon pote. Et c'était quoi, ta question ?

– Ah ouais. Donc, j'étais en train de lui tripoter la chatte et j'avais le doigt sur la gâchette…

– Uh-huh[1].

1. Interjection d'origine africaine qui signifie « oui ». À ne pas confondre avec « uh-uh », d'intonation différente, qui signifie « non ». *(N.d.T.)*

– Je l'avais pas encore enfilée, mais même sans ça, elle avait l'ascenseur qu'était prêt à monter direct au dernier étage, si tu vois ce que je veux dire. Juste à ce moment-là, la poule me regarde et me dit, d'une petite voix geignarde : « S'il te plaît ? »

– Ouais ?

– Et donc, ma question, c'est : « Qu'est-ce qu'elle voulait ? » S'il te plaît quoi ? S'il te plaît, viens ? S'il te plaît, ne viens pas ? S'il te plaît, t'as pas une plus grosse bite ? Je me demandais juste si c'était pas un truc, tu vois, que les frangines disent tout le temps, un truc que je connaîtrais pas, quoi.

– Qu'est-ce que tu veux que je te dise, Tutt ? En ce qui me concerne, ça fait dix ans que je suis avec la même *frangine*. J'en ai connu quelques autres avant de me marier, bien sûr, mais pas *toutes* les frangines. Donc, je peux pas parler pour elles. Et je peux certainement pas te dire ce que cette frangine-là voulait quand elle t'a demandé ça.

– Je te parie qu'elle me suppliait. Je te parie que c'était « S'il te plaît, viens ».

– Tu crois ça, hein ?

La voiture bleu et blanc remontait U Street vers l'est. Cette rue, autrefois l'artère principale de la Washington noire, était maintenant complètement délabrée, quasiment anéantie par la criminalité, l'indifférence, et les travaux de construction d'une ligne de métro qui défiguraient le quartier depuis des années.

Ils passèrent devant le cinéma Republic, aujourd'hui fermé, où Kevin Murphy avait vu des classiques comme *J. D.'s Revenge* et *King Suckerman*, ainsi qu'un film de prison très cool, *Short Eyes*, en 1977. Des affiches de retape pour le maire, promettant sa réélection prochaine, étaient agrafées aux poteaux téléphoniques ; sa silhouette de plus en plus bouffie était distordue par les flots de poussière soulevés par les marteaux-piqueurs et les trente-cinq tonnes. Murphy vit un jeune dealer sortir d'une voiture garée au bord du trottoir.

– Murphy ?

– Quoi ?

– Faut pas que tu le prennes mal, mon pote…

Faut pas que tu le prennes mal, hein ? Allez, vas-y.

– … mais pendant que je lui défonçais le cul à cette blackos, j'arrêtais pas de me dire que vous, je veux dire vous les frangins, vous baisez vraiment comme des brutes, tu vois ce que je veux dire ?

– Ah ouais. Et comment t'es parvenu à cette conclusion ?

– Écoute, voilà, ça a commencé comme ça. L'autre soir, j'étais en train de mater un film porno. C'est mon beau-frère, celui qu'est directeur *artistique*, qui me l'avait apporté. Y a que des noirs dedans ; la star du film, il est monté comme un âne, tu vois ce que je veux dire ? Et donc, y avait un mec en train de tringler une pétasse, sur un bras, en donnant des coups de rein super forts, super violents.

– Le mec se la donnait…

– Jamais vu ça. Et la fille, comment elle criait ! Bon, j'aurais dû m'y attendre. Je veux dire, des noires, je m'en suis déjà fait. Donc j'en ai entendu crier, c'est forcé.

– C'est forcé.

– Mais ce porno, il m'a fait repenser à cette vieille expression…

– Quelle expression ?

Tutt sourit.

– Je croyais avoir niqué un nègre jusqu'au jour où je les ai vus se niquer entre eux.

Tutt esquissa un coup de coude en direction de Murphy et se mit à ricaner de sa voix haut perchée :

– Tu l'avais déjà entendue, celle-là ?

Murphy garda les yeux rivés sur le psaume 23 qu'il avait scotché au tableau de bord. Ses lèvres se tordirent en un genre de sourire.

– Nan, King, je l'ai jamais entendue.

Tutt soupira de soulagement. Si Murphy l'appelait « King » – son surnom à Twinbrook, le quartier où il avait grandi – c'est qu'il n'y avait pas de lézard. Bien sûr, Tutt savait qu'y en aurait pas. Les autres, ils comprennent rien à la carapace des flics, aux trucs qu'on peut se dire entre collègues. On peut utiliser n'importe quel mot pour rigoler, parce que c'est rien que des mots et qu'il y a qu'une seule chose qui compte, vraiment, une seule chose importante, et c'est de se couvrir quand on est sur le terrain, en sachant que l'autre fait pareil. La sensiblerie, c'est bon pour la bande aux grands fronts, les types assis bien à l'abri derrière le « dernier rempart[1] », les sociaux-démocrates maigrichons et la juiverie syndicaliste. Les hommes, les vrais, savent bien que les mots, c'est rien que des mots et qu'il y a que l'action qui compte, un point c'est tout.

– Hé, Murphy, je déconnais. Hé, ça va ?

– Je pensais à un truc, dit Murphy. C'est tout.

Je pensais à ma femme… à ma mère, à mon frère, et à mon père. Tous des nègres. Je pensais que je les trahis un peu chaque jour, chaque fois que j'écoute les saloperies qui sortent de ta grosse gueule de beauf sans rien dire, sans rien faire pour te faire taire…

– Hé, Murph. Tu le prends pas mal, hein ?

– Nan, Tutt. Pas mal du tout.

Murphy remarqua le gamin de dix ou onze ans, vêtu d'un blouson aux couleurs des Raiders, campé devant Medger's Liquors à l'angle de 12th Street et de U. Depuis à peu près un an, il voyait le gosse traîner à ce coin de rue, souvent pendant les heures d'école. Plus personne n'avait le temps de faire la chasse aux élèves qui séchaient,

1. Surnom de la police aux États-Unis. *(N.d.T.)*

mais Murphy se demandait quand même ce que le gosse fabriquait, s'il rabattait pour les dealers ou bien s'il se contentait d'étudier la carte des embrouilles, se concoctant une vie qui irait droit dans le mur.

– V'là ton copain, dit Tutt. Comme toujours. Faudrait qu'on s'arrête un de ces quatre, voir un peu de quoi il retourne.

– J'imagine qu'on croisera son chemin un jour ou l'autre. Quand il aura grandi.

– Ouais, ils finissent tous par grandir, hein ? Par grandir et nous faire chier.

De l'autre côté de la rue, après les échafaudages qui étaient là depuis des lustres, près de la banque qui faisait le coin de 11th et U Street, des drapeaux et des ballons annonçaient l'ouverture d'une nouvelle boutique du nom de Real Right Records. En dessous de l'enseigne, en caractères plus petits, on pouvait lire : « Dirigée et gérée par des membres de la communauté africaine-américaine[1] » et « Toute la musique au cœur de votre quartier ».

– T'as vu ça ? fit Tutt, un taré qui ouvre un commerce ici ? Avec tout le business et en plus, ces travaux qu'en finissent plus. Il doit être débile, ce mec…

– Il s'appelle Marcus Clay.

– Tu le connais ?

– J'en ai entendu parler. Il a joué dans l'équipe de basket de Cardoza dans les années 60. Je l'ai vu s'éclater dans un match interlycées quand j'avais, quoi, douze ans. Il a quelques années de plus que moi mais on parlait encore un peu de lui quand j'étais jeune. Paraît qu'il avait la détente à Connie quand il se tenait dans la zone.

– Connie ?

1. En dépit de l'usage communément admis en France, « africain-américain » ne se traduit pas par « afro-américain ». L'un remonte aux années 70, alors que l'autre correspond à la manière la plus répandue dont les noirs américains s'autodésignent depuis le milieu des années 1980. *(N.d.T.)*

– Hawkins. Clay a déjà une boutique sur Dupont Circle et une autre à Georgetown. Et aussi une en Virginie, je crois. Il essaie de ramener un peu de travail dans sa communauté, j'imagine.

– Je vois bien qu'est-ce qu'il essaye de faire. Mais la question, c'est qu'est-ce qu'il en a à foutre ?

Tutt tourna dans 11th Street. Ils passèrent devant une Z noire garée sur leur gauche. Tutt ralentit, dévisagea conducteur et passager, et continua à faible allure dans la petite rue bordée de pavillons à un étage.

– Rogers et Monroe, dit Tutt.

Murphy ne dit rien.

Arrivé sur T Street, Tutt gara la voiture et coupa le moteur. Tutt aimait bien s'arrêter ici et observer le quartier. C'étaient ses moments de calme, l'occasion pour lui de se livrer à ce qu'il appelait sa « surveillance de terrain ». Tutt s'imaginait encore qu'il était un bon flic. Murphy avait abandonné ce genre d'illusions, mais il appréciait ces rares minutes de silence.

Murphy aurait préféré être chez lui pourtant, allongé sur le canapé à regarder le match. Les deux premières éliminatoires du tournoi, c'était ce qu'il y avait de mieux, les quatre plus beaux jours de sport du monde, peut-être, toutes catégories confondues. À l'heure qu'il était, Maryland devait être en train de terminer contre Pepperdine et l'idée qu'il ne savait pas comment Len Bias et les Terps s'en étaient tirés le rongeait. Comme la plupart des Washingtoniens de souche, Murphy était un supporter de Georgetown, il avait réussi à voir les Hoyas dégommer Texas Tech la veille. Georgetown comptait encore quelques bons joueurs – Williams, Jackson et Broadnax, aussi – mais ce n'était plus la même chose depuis que Patrick s'était cassé à New York. Le cœur de Murphy s'était porté sur l'équipe de Maryland University, cette année, rien que pour Bias ; y avait de la beauté dans son jeu, à ce gars-là.

– Regarde-moi ça, dit Tutt.

Murphy parcourut T Street des yeux. Il s'arrêta sur un garçon de onze ans, peut-être douze, avec un bonnet en tricot vert fluo, qui se tenait à l'entrée d'une ruelle et repassait un truc dans la main d'un autre gosse maigre comme un clou.

– Tu les reconnais ?

Murphy secoua la tête. D'après lui, ils faisaient pas partie de la bande à Tyrell.

– Bouge pas, dit Tutt en tapotant la poignée de son revolver de fonction.

– Tu veux que je passe un message à la radio ?

– Pas besoin. Je sais ce que je fais.

En un clin d'œil, Tutt sortit de la voiture et traversa la rue, maintenant sa matraque d'une main. Il se faufila derrière un arbre, puis un autre, pour gagner l'impasse. Murphy étudia Tutt : ce salaud était prudent mais il n'avait peur de rien, non plus, le genre de partenaire dont tous les flics rêvent. Enfin, à condition de pouvoir passer sur tout le reste.

Murphy entendit une explosion sourde quelque part derrière lui. Sans bouger, il scruta le rétro, ne vit rien.

Tutt surgit derrière les deux garçons, leur cria de s'arrêter, puis il se lança à la poursuite de celui qui portait un bonnet vert fluo tandis que l'autre faisait demi-tour et dévalait T Street. Tutt fonça : poitrine au vent, il courait vite malgré ses dix kilos de flingues et quincaillerie variée, il courait et soufflait et avait presque rattrapé le gosse. Puis il disparut dans l'allée étroite. Murphy n'envisagea même pas de poursuivre le maigrichon.

Dans le rétro, il vit de la fumée s'élever au-dessus du toit d'un pavillon, du côté de U Street. Des sirènes retentirent, venues de plusieurs endroits. Murphy ajusta la fréquence de la radio, écouta le rapport. Puis il brancha son micro et les avertit qu'ils se mettaient sur le coup.

Tutt ressortit de l'impasse quelques minutes plus tard,

se la joua John Wayne en traversant la rue. Il reprit sa place derrière le volant, le visage écarlate, les yeux écarquillés, injectés de sang. Murphy aperçut un liquide rouge qui suintait dans la paume de sa main droite.

– C'était qui ? demanda Murphy.

– Pas quelqu'un qu'on connaît. Un gosse, un petit gosse, qu'avait dû se gourer de territoire. Je l'avais presque, mais les mecs à Tyrell ont foutu des vieux pneus et du merdier partout dans l'impasse. J'ai dû ralentir.

– C'est fait pour.

– Je sais. T'aurais dû voir sa tête quand je leur ai dit d'arrêter, Murph… Ah, putain ! Quel con. J'ai glissé, je me suis arraché un bout de peau sur le bitume. (Tutt secoua la main pour faire passer la douleur.) C'est quoi tout ce boucan ?

– Ils viennent de l'annoncer. Un accident, devant la nouvelle boutique de disques, là. Y a une voiture en flammes en plein milieu de U Street. Je leur ai dit qu'on y allait.

– Le troisième district, fit Tutt d'un ton joyeux en remettant le contact. Y a toujours un truc qui se passe, dans ce quartier.

– Et c'est pour ça que tu l'aimes.

– Tu l'as dit, bouffi.

Tutt fit demi-tour et appuya sur le champignon. Murphy alluma les gyrophares et s'agrippa à la poignée de la porte. Tutt se remit à ricaner de sa voix haut perchée tandis que la voiture de patrouille partait à toute blinde.

2

Donna Morgan ne descendait plus trop en ville. Son boulot se trouvait à Wheaton, ainsi que la plupart des bars où elle traînait avec ses amis. Mais elle aimait bien y revenir de temps en temps. Dans le District, les jeunes parlaient musique, discutaient, se risquaient à s'habiller et se coiffer de façon originale. Donna se rappelait l'époque où elle voulait y vivre, faire partie de cette vie-là. Mais elle frôlait la trentaine, maintenant, et se disait que son temps était passé.

Ces jours-ci, Donna Morgan ne venait en ville qu'une fois tous les deux mois, à peu près, pour aller en boîte ou à un concert. Ou bien quand son dealer attitré se retrouvait à sec et qu'elle venait chercher un peu de poudre.

Eddie Golden, le copain de Donna, avec qui elle se rendait au concert d'Echo and the Bunnymen ce soir-là, détestait descendre en ville. Donna l'avait vu verrouiller sa portière dès qu'ils avaient franchi la limite du District, sur Georgia Avenue. Il lui avait dit de faire pareil, car Eddie avait peur des détournements de voitures dont on entendait parler un peu partout et Donna avait obéi pour lui faire plaisir, même s'il lui semblait franchement douteux que quiconque puisse avoir envie de voler la Plymouth Reliant quatre cylindres toute terne d'Eddie. Sur la porte du passager, un panonceau métallique annonçait

« Appliance Installers Unlimited[1] », en lettres rouges, avec le numéro de téléphone et l'adresse, comme si ça pouvait intéresser quelqu'un. Non, personne ne voudrait voler cette caisse pourrie, même par désœuvrement.

Eddie prit Missouri, puis 13th Street.

– Ça va un peu mieux, ici, fit-il. C'est plus résidentiel.

– T'inquiète, Eddie, tant que t'es avec moi il t'arrivera rien. En plus, c'est pas précisément le genre de bagnole qui fait fureur dans les cités. Maintenant, si quelqu'un veut braquer des tuyaux de raccordement pour machines à laver, je dis pas…

– Vas-y, fous-toi de ma gueule. Mais je te rappelle qu'on est en territoire étranger, ici.

Eddie appuya sur l'allume-cigares, sortit une Marlboro du pare-soleil où il rangeait son paquet et glissa le filtre entre ses lèvres minces.

– C'est qui, en première partie d'Echo ?

– The Church.

Eddie alluma sa clope.

– Ah ouais, tu m'as déjà fait écouter un de leurs disques, non ? Un peu planant, c'est ça ?

Planant. Eddie Golden, ça ne le gênait pas. Dans le temps, Eddie adorait fumer un peu d'herbe sur *Meddle* ou n'importe quel vieux Pink Floyd, en fumant des clopes et en buvant de la bière bien fraîche, voire en s'accordant une petite branlette s'il était tout seul. L'angel dust, par contre, c'était fini ; il avait trop d'amigos qui y étaient restés, des types qui s'étaient plantés en moto à cent trente à l'heure, ou qui s'en étaient pris au mauvais mec dans un bar, à tous les mecs du bar, même, à cause de cette saloperie. C'est pour ça qu'Eddie était passé à la coke. Il aimait mieux ça, ça le rendait plus vif et aussi moins timide. Et puis y avait un autre truc bien, avec la coke : quand Donna et lui en prenaient de la bonne, ils pouvaient tenir jusqu'au petit matin.

1. « Installateurs en électroménager et Cie. » *(N.d.T.)*

– Eddie, putain, on pourrait pas écouter un truc un peu plus branché, non ?

S'emparant du bouton de la radio, Donna quitta DC-101 où passait le dernier morceau des Outfield.

– Bien sûr, ma chérie, tout ce que tu veux.

Donna passa rapidement sur un compte rendu de match de basket dont ils n'avaient rien à foutre ni l'un ni l'autre et se cala sur WHFS, où le DJ, surnommé le Weasel, faisait son émission du vendredi soir avec Lene Lovich qui racontait l'histoire de son nouveau jouet, puis aussi sec les Slickee Boys, « When I Go to the Beach ».

– Ça te va ?

– Ouais, c'est cool.

Pour être honnête, Eddie détestait ces conneries new wave qu'ils passaient sur WHFS, mais Donna aimait ça et si ça la rendait heureuse, il pouvait bien supporter quelques minutes. Dans ce qui se faisait ces jours-ci, Eddie préférait les groupes plus rocks, genre Mike and the Mechanics, Mr. Mister, INXS, les trucs comme ça. Donna, elle, aimait n'importe quel groupe pourvu qu'il ait des coiffures bizarres.

– Où on va ? demanda Eddie.

– Va tout droit jusqu'à U Street et prends à gauche. Mon ami travaille dans une boutique de disques au niveau de 11th Street.

– Il est blanc, cet ami ?

– Grec. Il travaille dans la boîte de son meilleur pote. Un noir, Eddie. C'est à lui qu'appartient la boutique. Il en a quatre, maintenant. Real Right Records.

– Un Grec ? Et tu le connais bien, ce mec ?

– Je le connais, Eddie. C'est un ami, il nous rend service, il est cool.

Et on a eu une histoire, ensemble. Mais ça, tu ne veux pas en entendre parler, Eddie…

– Il va nous trouver un plan ?

– Il nous a mis un bon petit gramme de côté.

– Ça m'a l'air très bien. Comment il s'appelle, ce mec ?

– Dimitri Karras.

– Caresse ? fit Eddie en rigolant et en tirant sur sa cigarette.

Caresse. Eddie, si tu savais.

Depuis la colline où ils se trouvaient, ils surplombaient maintenant tout Washington, ses gratte-ciel et ses monuments ; la Plymouth Reliant dévala 13th Street, laissant Cardoza High School sur sa gauche et Clifton Terrace, la cité HLM complètement délabrée, sur la droite. Des jeunes noirs qui traversaient la rue à pas lents obligèrent Eddie à freiner. Ils lui lancèrent de sales regards à travers le pare-brise. Eddie détourna vite les yeux.

Comme il s'engageait dans U Street, Donna détailla la tenue d'Eddie-le-flippé. Malgré le petit vent froid du mois de mars, Eddie avait son look à la Sonny Crockett[1] : un T-shirt pastel sans manches sous un blouson léger en rayonne, les manches retroussées, et une barbe de deux jours sur ses joues creuses. Dans les banlieues, ça passait pour un look cool, mais ici, il avait l'air de s'être habillé comme à la télé.

Donna éprouvait de l'affection pour Eddie. D'un côté, c'est sûr, il ne faisait jamais preuve d'initiative et n'avait pas un poil d'ambition, et les mecs avec qui il traînait étaient carrément cons et cruels ; mais, dans le fond, Eddie était gentil, et il ne lui avait pas encore fait subir le genre de crasse qu'elle avait appris à attendre des hommes et de leur négligence. Il était un peu plus jeune qu'elle, en plus, et témoignait encore du désir de lui plaire au lit.

Oui, elle éprouvait de l'affection pour lui. De l'affection, pas de l'amour. Nuance importante. Elle ne cher-

1. Personnage principal de la série télévisée *Miami Vice*. *(N.d.T.)*

chait jamais à s'imaginer à quoi il ressemblerait avec des cheveux blancs. Ne le voyait pas à la table d'un repas amical ou familial. Bien sûr, ils avaient deux ou trois points communs. Ils aimaient faire la fête, déjà. Et puis ils partageaient un rêve un peu taré, celui de s'installer en Floride, un jour, dans une petite maison avec leur propre piscine au fond du jardin. Pas de quoi fonder un avenir, Donna en était bien consciente.

Si on lui avait demandé ce qu'elle cherchait, la réponse aurait été simple : l'amour, aimer et être aimée. Et si elle voulait être vraiment honnête ce jour-là, elle aurait ajouté autre chose : un type avec un compte en banque bien rempli et un look à la faire mouiller.

Suivant les directives de Donna, Eddie se gara au coin de 11th Street. On voyait à peine le magasin de disques, avec tous ces bulldozers et ces grues abandonnés au beau milieu de la rue. C'était sans doute pour ça que le propriétaire avait mis des drapeaux en plastique et un grand panneau « Ouvert », car la boutique était vraiment difficile à repérer. Entre les voies est et ouest, sur la plateforme en bois d'un camion, reposait à l'air libre un tas de poutres métalliques.

– Tu veux que je t'accompagne ? demanda Eddie.

Donna lui tapota la joue en souriant comme s'il était un môme ou un truc comme ça. Quoi, elle le croyait pas capable de la protéger si les choses dérapaient ?

– T'inquiète pas pour moi. J'en ai pour dix minutes.

– OK, chérie. Je te surveille alors.

Et c'est ce qu'il fit. Il la regarda traverser la rue de sa démarche souple, avec son cul qui remuait sous sa jupe en faisant le coup du piston alterné. Quelle nana, se dit Eddie. Faudrait vraiment être con pour laisser filer un morceau pareil.

Ça faisait pas deux minutes que Donna était dans la boutique qu'Eddie remarqua le gamin au blouson

Oakland Raiders qui passait près de sa voiture. Le gamin avait enfoncé ses mains dans les poches de son blouson trop grand et il sourit à Eddie tout en matant sa caisse, un sourire ni amical ni menaçant, entendu plutôt. Souris-lui, se dit Eddie, ce qu'il fit en ajoutant un petit salut de la tête mais le gamin était déjà loin. Il le suivit des yeux dans le rétro extérieur, le vit se planter devant le magasin de spiritueux où deux vieux noirs se marraient à propos d'un truc raconté par un troisième.

Au coin de rue suivant, en face d'Eddie, un jeune noir qui venait de sortir d'une 300 Z noire, dernier modèle, s'appuya contre la portière, les bras croisés, et jeta un regard circulaire autour de lui. Ses yeux rencontrèrent ceux d'Eddie – ou bien était-ce l'effet de son imagination ? Eddie n'était pas sûr – puis ils se détournèrent.

Eddie tâtonna dans le pare-soleil à la recherche d'une autre clope. Les noirs. Pourquoi est-ce qu'ils le mataient toujours comme s'ils voulaient lui casser la gueule ?

Eddie, il avait rien contre les noirs ; c'est juste que là où il avait grandi, dans le coin de Layhill Road, près de Bel Pre, il n'avait jamais eu l'occasion d'en rencontrer. Les mecs avec qui Eddie allait boire des coups, au Gentleman Jim's à Twinbrook, au Stained Glass à Glenmont ou au Hunter's de Wheaton, eux, c'est clair, ils n'aimaient pas trop les frangins. Comme c'était ses amis, il écoutait leurs blagues nègres et bien sûr, il rigolait aussi, mais il n'était pas vraiment raciste dans le fond. Le truc, c'est qu'il voyait pas pourquoi il serait allé chercher les embrouilles avec ses potes pour une bandes de mecs noirs qu'il ne connaissait pas et qu'avaient toujours l'air de vouloir le zigouiller. Ça valait pas le coup, non ?

Derrière son pare-brise, Eddie vit le noir monter dans sa Z et s'en aller.

Eddie regarda dans le rétro la cigarette pas encore allumée qui pendait à ses lèvres. Il aimait bien l'air que ça lui donnait. Il tourna un peu la tête, passa la main dans ses cheveux raides et fins au-dessus du front, là où il y en avait moins qu'avant. Il aperçut une voiture qui s'approchait à grande vitesse.

Eddie s'étudia. Non, il n'était pas moche. Mademoiselle Donna M. aurait pu beaucoup plus mal tomber. Les commentaires qu'elle faisait sur sa voiture, son boulot d'installateur de machines à laver et ses copains à la louse, ça l'embêtait un peu, comme si quelqu'un passait son temps à le pincer par-derrière. C'est sûr que niveau carrière, celle d'Eddie ne cassait pas des briques, mais il était jeune, encore, tout juste vingt-sept ans, et il avait le temps. Un jour, il réussirait – pour l'instant, il n'avait pas trop de projets, mais on ne sait jamais –, et alors Donna arrêterait de se moquer de lui et le regarderait d'un autre œil. De toute façon, elle était déjà accro au cul. Mais avec un peu d'argent et de réussite en plus dans la balance, elle se lâcherait complètement.

Eddie entendit un bruit d'avion qui atterrit. Tournant brusquement la tête, il s'aperçut que la voiture qui approchait si vite tout à l'heure était presque à sa hauteur, sur deux roues, et qu'une femme affolée traversant la rue avec son enfant venait de lui échapper de justesse. La voiture était juste derrière lui. Une GM mastoc, la Monte Carlo ou la version gonflée de la Cutlass, Eddie n'arrivait plus à les distinguer l'une de l'autre. Les quatre roues décollèrent du sol et la voiture s'envola dans les airs.

– Putain ! hurla Eddie en se plaquant sur la banquette, la main sur les yeux.

Une explosion retentit dans ses oreilles et il sentit que sa voiture se déplaçait d'un demi-mètre, comme soufflée, pour se retrouver collée au trottoir.

Eddie se redressa. Il retira la cigarette écrasée de ses lèvres.

Eddie était dans la rue, maintenant. Il était sorti de la Plymouth sans s'en apercevoir. Je ne suis pas un héros, se dit-il, tout en se dirigeant vers la voiture qui venait de s'écraser. Il faisait de plus en plus chaud, au fur et à mesure qu'il s'en approchait, car l'intérieur de la voiture avait pris feu. Elle avait percuté de plein fouet le camion garé au milieu de la rue. Une poutrelle métallique posée sur la plate-forme avait traversé le pare-brise avant et arrière, si bien que la voiture se retrouvait suspendue, avec de la fumée et des flammes qui sortaient des ouvertures percées par la poutrelle.

Un morceau de papier vert rectangulaire s'échappa du pare-brise brisé et s'envola. Ça devait être un genre de bon, ou bien les trucs qu'ils jettent des fenêtres à New York, pendant les défilés… Non, c'était de l'argent.

Eddie entendit des gens hurler. Des voix de noirs, peut-être les alcoolos stationnés devant le marchand de vin. Il vit un grand mec noir, large de torse et d'épaules, sortir du magasin de disques et se diriger lentement vers le milieu de la rue.

Eddie retira sa main. Il s'était brûlé au contact de la poignée de la portière de la GM en flammes. Il avait dû l'ouvrir, pourtant, car il voyait maintenant l'intérieur de la voiture, la taie d'oreiller posée sur le sol, à l'arrière. De l'argent s'échappait par le haut de la taie. Des coupures moyennes, pas des billets de cent ni d'un dollar. Une tête noire, le nez écrasé, la bouche réduite à une bouillie sanguinolente de dents et de gencives, reposait sur la banquette arrière. La poutrelle métallique avait remplacé la tête sur les épaules en flammes du buste assis derrière le volant.

La taie d'oreiller avait l'air presque pleine. Le visage d'Eddie brûlait, à cause de la chaleur. Il eut l'impression que ses cheveux se dressaient momentanément sur sa tête. Il revint en titubant vers sa voiture, ravala la bile qui lui était montée à la gorge et lâcha la taie d'oreiller sur la banquette avant de la Plymouth. Le petit gars au blouson des Oakland Raiders était là, près de la porte passager de la voiture d'Eddie, et il tapait au carreau, plein de gens criaient, mais pas contre lui, visiblement, des sirènes aussi, il les avait déjà entendues tout à l'heure et maintenant elles se rapprochaient.

Eddie réussit à introduire sa clé de contact, alluma d'un coup sec, tira sur le levier de vitesse et s'éloigna du trottoir. Donna. Il ne pouvait pas l'attendre. Elle comprendrait. Elle serait contente quand elle apprendrait ce qu'il venait de faire. Elle serait fière.

Il fit bien attention à ne pas percuter la voiture de police qui venait d'arriver sur les lieux. Deux flics, un noir, un blanc, en sortirent. Eddie passa rapidement, en détournant la tête pour qu'ils ne voient pas son visage.

Jetant un coup d'œil par-dessus son épaule, il vit Donna et un mec aux cheveux gris sortir de la boutique de disques. Eddie prit 9th Street sur la gauche. Il mit le pied au plancher, la Reliant hésita et se mit à tousser. Son cœur s'emballa. Putain, il se sentait bien. Il se regarda dans le rétro : le visage rouge comme s'il avait pris un coup de soleil, les cheveux noirs et recourbés au bout, les sourcils roussis. Ça sentait le cramé dans la voiture.

Eddie tendit la main vers la droite, passa les doigts dans les billets. Il se revit en train de s'écrouler sur la banquette, la main sur les yeux. Il avait eu peur, comme d'habitude. Mais cette fois, il avait fait quelque chose.

Il se mit à rire sans savoir pourquoi.

3

Dimitri Karras éteignit la lumière dans les toilettes. Il savoura, immobile, l'arrière-goût de cocaïne qui coulait dans sa gorge, la sensation glaciale derrière ses yeux, la décharge d'énergie qui affluait vers son cerveau. C'était son premier rail de la journée et le premier était toujours le meilleur. Le monde allait mieux, maintenant. La journée serait sûrement plus intéressante. Il y aurait plein de gens à rencontrer, plein de choses à raconter. Comment il appelait ça, son dealer, déjà ? *L'optimisme médicinal*. La promesse d'un avenir propre et délivré de la mort.

Il sourit. Il se sentait bien dans le noir. Il était mieux là, sans lumière.

Karras tripota la fiole en verre ambré dans la poche de son jean. C'est ça qu'était dingue, avec ce machin – enfin, un des trucs dingues : dès que t'avais pris ta première ligne, tu pensais aussitôt à la suivante. À combien t'en avais, quand t'en reprendrais, combien il t'en restait, combien de temps ça durerait... On se retrouvait tellement pris dans tous ces calculs que c'était facile d'en oublier la défonce.

De l'autre côté de la cloison, le journaliste sportif commentait le match Maryland-Pepperdine sur le petit poste de télé Sharp installé sur le bureau de Marcus Clay dans l'arrière-boutique du nouveau magasin. Karras entendit le journaliste s'échauffer, puis la clameur de la foule et la voix de Clay.

– Putain ! hurla Clay. Mitri, mon pote, viens vite, t'es en train de tout louper. Pepperdine arrête pas de marquer !

Marcus, il adorait ces quatre journées, un grand spectacle au cours duquel se rencontraient les soixante-quatre équipes de la National Collegiate Athletic Association[1]. Il les attendait comme un enfant attend Noël, et appelait ça « les quatre plus beaux jours de sport du monde ». Et c'est pas Karras qui l'aurait contredit.

– Une minute, j'arrive, répondit Karras.

– Qu'est-ce que tu fous, tu te fais reluire ta vieille carotte ou quoi ?

– J'arrive, je te dis.

Et puis merde. Encore une petite.

Il ralluma la lumière, s'aperçut dans le miroir. Ses cheveux gris et courts étaient hérissés de gel, le look post new wave pour rocker sur le retour. Trente-sept ans et complètement grisonnant. Dix ans plus tôt, il avait encore de longs cheveux bruns et une moustache de desperado. Les cheveux, il les avait coupés quand une fille dans un bar, pour se débarrasser de lui, lui avait dit que ça faisait « vraiment trop 70 ». Quant à la moustache, il l'avait rasée parce qu'il en avait marre de se faire baiser du regard par des pédés en chapeau de cow-boy sur Dupont Circle, à côté de chez lui.

Karras sortit la fiole de son Levi's noir et dévissa le bouchon de plastique. Une mini-cuillère était retenue au bouchon par une chaîne. Il la plongea dans la fiole, en retira un minuscule tas de coke qu'il s'introduisit dans une narine, répéta le geste et s'en fourra autant dans l'autre. Il remit tout en place, ouvrit le robinet, passa le bout de ses doigts sous l'eau, puis dans son nez, inspira

1. Compétition de basket amateur de haut niveau entre les équipes des différentes universités américaines. *(N.d.T.)*

profondément. Karras se passa ensuite de l'eau sur le visage, s'essuya avec la serviette et s'adressa un clin d'œil dans le miroir. Puis il éteignit la lumière et sortit.

– On en est où ?

– Il reste trente-neuf secondes de jeu.

Karras sourit en le voyant postillonner. Clay était tellement dedans !

– Et ?

– Pepperdine a ramené son déficit de douze points à deux.

– Et ton Len Bias, il les laisse faire ?

– Il peut pas tout faire tout seul. Il a mis vingt-quatre points et pas mal de rebonds, aussi. Mais faudrait qu'il y ait un ailier. Tu sais combien Terry Long a marqué, aujourd'hui ? Zé-ro !

– Du calme, Marcus.

– Quoi, du calme ? Tu déconnes ou quoi ?

Bias tenta un lancer franc, et après ça les Wales furent de nouveau contraints de commettre une faute. C'est Keith Gatlin qui se posta devant la ligne des lancers francs et marqua les deux paniers, ce qui mit fin au jeu. Les Terps avaient réussi à franchir le premier niveau. Karras et Clay se tapèrent dans la main.

– Bon, dit Clay, Georgetown a battu Texas Tech hier… Toutes mes équipes ont passé les premières éliminatoires. Maintenant le tournoi peut commencer.

– J'ai hâte de voir les autres matchs…

– Après la tournée des boutiques. Faut que tu passes à Arlington aujourd'hui.

– Putain, Marcus, tu sais bien que je peux pas aller en Virginie le vendredi après-midi ! Avec la circulation, autant remonter la 66 à pied.

– Écoute, t'es mon directeur général, mec, alors faut que tu le fasses… (Clay se retourna vers Karras.) Dimitri, si je peux me permettre, t'as la mâchoire un peu crispée…

– Je grince des dents, c'est tout.

– T'aurais pas été dans les toilettes te mettre un peu de poudre dans le nez, par hasard ?

– Mais non, putain. En plus, tu sais bien que je touche à ça que le week-end.

– Le week-end approche à grands pas, mon pote.

– Je te dis que j'en ai pas pris, déclara Karras en détournant les yeux.

– Très bien. Je vérifiais, c'est tout.

Karras se dirigea vers l'avant de la boutique. On entendait le nouveau Cameo qui passait sur la platine du magasin.

– Hé ! fit Clay, et Karras se retourna.

– Quoi ?

– T'as lu le *Post* aujourd'hui ?

– Pas encore eu le temps.

– Houston s'est débarrassé de John Lucas. Son deuxième contrôle antidopage était positif.

– Dommage.

– Ouais, vraiment. Un super joueur. Et un modèle pour les gosses, en plus. Je me rappelle l'avoir vu quand il était à Maryland University, avec ses tennis blanches nickel. C'était un de ces frangins nouveaux riches. Les jeunes noirs de la ville pouvaient s'en inspirer, il avait tout pour lui, tu vois ? Encore un qui a tout foutu en l'air pour un peu de poudre.

– C'est vraiment con.

– Vas-y, rigole. Je te dis ça parce que… (Clay se leva et esquissa un geste de la main.) Oh, et puis laisse tomber.

Avec ses cheveux coupés court et sa grosse moustache, Clay était beau, se dit Karras. Même si c'était passé de mode depuis plusieurs années, même si ça faisait un moment que c'était devenu un look gay, Clay n'aurait rasé sa moustache pour rien au monde, à moins d'en avoir envie. Il savait, lui, qui il était. Karras ne connaissait pas ce genre de paix intérieure.

– T'inquiète pas, Marcus, je contrôle.
– Ah ouais ?
– Ouais.
– Alors, si tu le dis, fit Clay en hochant la tête, c'est que ça doit être vrai.

Karras et Clay retournèrent dans la boutique, où Clarence Tate, le comptable de Clay, discutait avec le nouveau gérant, un type qui se faisait appeler Cootch. Cootch fumait des Newport et portait des chemises à manches longues toute l'année pour dissimuler ses bras maigrichons. Selon lui, c'est comme ça que les filles le préféraient, parce qu'il pouvait les surprendre ensuite avec le reste de sa personne. Cootch arborait toujours un grand sourire, signe de son attitude positive, et manifestait une grande ardeur au travail ; Clay venait de lui accorder une promotion, après les six mois qu'il avait fait comme vendeur à la boutique de Dupont Circle.

Debout derrière la nouvelle caisse enregistreuse, Tate était en train d'expliquer une nouvelle fois à Cootch le système d'entrée des commandes. Clay remarqua la tête de Tate, les regards en coin qu'il lançait à Cootch tout en essayant de contenir son impatience. C'est sûr que Cootch était un peu long à la détente, mais il adorait la musique, il en connaissait un rayon et se montrait très aimable avec la clientèle. Fallait que Tate s'y fasse ; tout le monde n'était pas aussi rapide que lui avec les ordinateurs. Mais chacun avait ses forces et ses faiblesses, et c'est pourquoi Clay avait mis Karras dans les boutiques, pour embaucher, virer et gérer le personnel, et Tate, qui se débrouillait mieux avec les chiffres qu'avec les gens, derrière un bureau.

Fallait lui rendre justice, à Tate, pourtant. Tout en travaillant à plein temps pour Real Right, il avait fait six ans d'études en cours du soir pour passer son diplôme de comptable. Et il avait élevé la petite Denice tout seul, par-dessus le marché. Clay avait eu de la chance de rencontrer Tate, et de le garder, après le sale plan dans lequel ils s'étaient tous retrouvés, en 76.

– Salut, patron, dit Cootch. Ça boume ?

– Salut, Cootch, dit Clay. Tu t'en sors ?

– Ça vient, répondit Tate en attrapant le journal posé sur le comptoir.

Tate était aussi grand que Clay, mais ces dernières années son emploi du temps ne lui avait guère permis de faire de l'exercice. Et il s'était laissé gagner par l'embonpoint.

– Salut, Clarence.

– Salut, Dimitri.

– Et le business, alors ? demanda Karras.

En réalité, il se fichait pas mal des résultats, mais la coke qui pulsait dans ses veines le poussait à la conversation.

– Hein ?

Tate avait l'air distrait. Il n'arrêtait pas de jeter des coups d'œil à la devanture de la boutique, où sa fille Denice, le cartable sur l'épaule, postée derrière la vitrine, observait la rue.

– Les affaires, reprit Karras. Ça marche ?

– Jamais assez, dit Tate.

La réponse habituelle. Tate se tourna vers Clay en désignant le journal.

– Bien sûr, ça marcherait peut-être mieux si on était dans le *City Paper* cette semaine…

– On avait une pleine page pour l'ouverture, la semaine dernière, répondit Clay. Ces trucs-là, on peut s'en payer que deux par mois.

– Alors, reprit Tate, il faut avoir une demi-page par semaine. Faut être là-dedans toutes les semaines, Marcus.

Karras les regarda. Ils avaient la même discussion tous les vendredis, vers la même heure.

– J'aime bien les grandes pubs, Clarence. Ça met la concurrence à distance et on a l'air de quelque chose.

– Moi, c'est ce qu'on m'a appris dans mes cours de marketing, Marcus, pour les pubs presse : vaut mieux souvent que grand.

– C'est ce qu'elles disent toutes, fit Karras, mais personne ne répondit.

Seul Cootch, par charité, lui adressa un petit sourire de guingois.

Clay se passa les mains sur la figure.

– Cootch, baisse un chouia la musique, tu veux bien ?

Avec la musique, c'était toujours Clay qui craquait le premier, surtout depuis qu'il approchait de la quarantaine.

– Ça, ça va marcher à fond, dit Karras, en hochant la tête en direction des haut-parleurs muraux qui diffusaient le morceau de funk.

– À fond la caisse, ajouta Cootch.

– Ouais, je sais, reprit Clay.

Il n'avait pas vraiment fait attention à ce groupe depuis qu'ils avaient sorti *Cameosis*, en 80, mais il était encore capable de reconnaître un tube quand il en entendait un. « Word Up » allait faire des ravages à DC.

– Y a intérêt que ça marche, marmonna Tate. On en a commandé pas mal. Et trop de disques noirs, à mon avis, si je peux me permettre.

– Avec ce morceau, reprit Clay, les 33 vont partir comme des petits pains.

Karras avait espéré que la conversation ne prendrait pas ce tour-là. Depuis six mois, la question du support constituait un sujet très controversé. Ces temps-ci, ils commandaient quatre-vingts pour cent de 33 tours et cassettes, vingt pour cent de CD. Personne n'avait l'air de savoir dans quel sens le vent allait tourner. Par-dessus le marché, on racontait que les grandes chaînes nationales de distribution allaient s'implanter en ville. C'était une période bizarre pour bosser dans la musique. Et encore plus bizarre, se dit Karras, pour ouvrir de nouvelles boutiques.

– Hé, Neecie ! cria Tate. Éloigne-toi un peu de la vitrine, tu veux bien ?

Tate savait ce qu'elle regardait : le garçon appuyé à la Z, de l'autre côté de la rue, un genre de dealer à son avis. Sa fille était trop jeune pour fréquenter les garçons. Surtout des garçons comme celui-là. De toute façon, en ce qui le concernait, elle serait toujours trop jeune.

Denice Tate leva les yeux au ciel et se dirigea vers le groupe d'hommes au centre du magasin. À quatorze ans, elle était grande, comme son père, et tenait soudain davantage de la femme que de l'enfant. Ses cheveux tressés entouraient un joli visage large.

– Denice, lança Cootch pour la tirer des griffes de son vieux, j'ai quelque chose pour toi.

Il sortit une cassette de sous le comptoir et la tendit à Denice.

– Qu'est-ce que c'est ? demanda-t-elle en inspectant la boîte sur laquelle rien n'était écrit.

– Rare Essence, dit Cootch, en concert à Anacostia Park, 1980.

Denice écarquilla les yeux.

– La vache, t'as ça, toi ?

– Première génération, je l'ai copié directement à partir de mon master personnel. Prends-en soin, petite, c'est précieux.

– Merci, Cootch ! Paraît que ça chauffe à donf !

– À fond, reprit Tate, et là encore, Denice leva les yeux au ciel.

Posté devant la vitrine, Clay aperçut une jolie blanche qui venait de sortir d'une General Motors sans caractère et qui traversait la rue en direction de la boutique. Des bottines noires avec une minijupe moulante, des collants noirs, une veste en jean sur un pull violet : pas de doute, c'était une copine à Dimitri.

– Hé, Mitri, fit Clay en désignant la fille d'un mouvement du menton. Qu'est-ce que t'en penses, une femme qui porte des bottines avec une jupe comme ça ?

– C'est son truc, faut croire. Faut admettre que ça lui va bien.

– Ça lui va bien.

Clay se dit qu'il aimait bien sa façon de marcher, aussi, pas seulement le mouvement des hanches mais la détermination de son pas.

– Tu crois qu'elle est perdue et qu'elle vient nous demander son chemin, ou quoi ?

Karras sourit.

– Non, elle est pas perdue. Elle vient me voir.

– Je te fais marcher, mec. Bien sûr que je sais qu'elle vient te voir.

– T'avais deviné, hein ?

– Ouais, dit Clay. Elle a une tête à faire partie du club.

Clay attendait une réponse mais Karras n'avait pas entendu sa dernière vanne. Il se dirigeait déjà vers la porte du magasin.

Karras gloussa tout seul en remarquant que Donna s'était fait une coupe à la Susanna Hoffs. La coupe mi-longue de la couverture de *All Over the Place,* pas son look retouché du nouvel album. C'était bien le genre de Donna de retarder un peu. Mais ça lui allait bien, ces cheveux noirs bouffants, plus courts sur les côtés et plus longs derrière, et le noir contrastait joliment avec sa peau pâle. Elle avait aussi fait le coup du gros trait d'eye-liner noir, aujourd'hui. Il aimait bien ça.

Il lui ouvrit la porte. Elle entra, et ils s'embrassèrent. Karras s'appuya contre elle de tout son corps, une habitude à lui, histoire de dire qu'il était toujours là. Elle se dégagea la première.

– C'est toi ? demanda Karras en lui faisant son sourire

breveté, bien large et durable, quoiqu'un peu raide à cause de la cocaïne. Pendant une minute, j'ai cru que c'était la nana des Bangles qui traversait la rue.

Donna se tourna de profil, cassa ses poignets à quarante-cinq degrés et mima une version brève de « Walk Like an Egyptian » qu'elle avait vue sur MTV. Cagney, Poseurs et toutes les autres boîtes new wave de la ville étaient pleines de filles en minijupes qui faisaient ça.

– Ouais, ce n'est que moi, reprit-elle. Comment va monsieur Karras ?

– Bien. Viens dire bonjour à tout le monde.

Karras la présenta à Cootch, à Tate et à Denice, et la représenta à Clay. Avec Karras et toutes ses femmes, Clay était largué depuis longtemps, mais celle-ci, il s'en souvenait vaguement, de son visage en tout cas. Une étudiante de Karras à l'époque où il enseignait à Maryland University.

Clay et Tate retournèrent à leur discussion sur les avantages comparés de la taille et de la fréquence des publicités et Cootch demanda à Denice si elle voulait bien l'aider à ranger de nouveaux titres en rayon.

Donna et Karras se retrouvèrent seuls. Donna se pencha en avant, approcha sa bouche de l'oreille de Karras.

– T'as quelque chose pour moi ?

– Ouais, dit Karras. Viens par ici.

Marcus Clay les vit pénétrer tous les deux dans l'arrière-boutique.

4

Dimitri Karras sortit la fiole de sa poche de jean et dévissa le bouchon. Donna Morgan s'assit sur le bord du lavabo. Les toilettes n'étaient pas grandes ; Karras prit ses aises et frotta le denim rugueux de son jean contre la cuisse de Donna. Elle recula légèrement la jambe.

– Marcus va pas se douter de quelque chose ? demanda-t-elle.

– Il est en train de se disputer avec Tate. Ils en ont bien pour dix minutes encore, tu peux me croire.

Karras approcha une cuillère de coke du nez de Donna.

– Tiens.

Donna aspira ça en grande professionnelle.

– Mmm.

Elle secoua la tête.

– Une autre ? demanda Karras, et elle l'aspira.

– Ouah ! C'est la même que j'achète ?

Donna poussa son bassin en avant afin de pouvoir glisser ses doigts dans la poche de sa jupe. Elle en retira cinq billets de vingt bien pliés.

Karras hocha la tête.

– Même qualité.

– Cool.

Karras se servit deux lignes, lui aussi. Quelques instants plus tôt, il avait commencé à ressentir les symptômes tristes et familiers de la descente et se disait qu'il ferait aussi bien de remonter. De toute façon, il était parti jusqu'au soir, maintenant, il le savait.

Karras sortit son portefeuille, retira le képa de sa planque, derrière la photo de sa mère. Il tendit le gramme à Donna, qui lui tendit l'argent.

– Je ne deale pas, dit Karras.

– J'en ai rien à foutre, répliqua Donna.

– C'est juste pour que tu saches, j'ai pris ça chez mon type, pour te rendre service.

Donna mit le G à la place de son argent.

– Qu'est-ce que ça veut dire, t'es devenu un ange, ou quoi ? Je me rappelle, tu vendais de l'herbe dans le temps.

– Plus personne ne vend de l'herbe.

– En tout cas, j'apprécie le service, monsieur Karras. Et Eddie aussi.

– T'es toujours avec lui ?

– Uh-huh. (Donna fixa Karras.) Il est sérieux.

Karras esquissa un sourire figé.

– Ah ouais ?

Ils entendirent une explosion. Donna descendit du lavabo. Ça n'avait pas l'air très proche, mais elle avait quand même senti la porcelaine vibrer.

– Putain, dit Donna.

– Tu l'as dit. On dirait qu'il y a eu un accident sur U Street, un truc comme ça.

– On ferait mieux…

– Ouais.

Avant que Donna puisse atteindre la porte, Karras ressortit sa fiole. Ça faisait un moment qu'il ne l'avait pas vue, et maintenant qu'elle était là, il n'avait pas envie de la laisser filer.

– T'en reveux un petit coup vite fait ?

– Bien sûr.

Ils refirent une tournée. Karras se sentait monter très fort. Et les toilettes étaient vraiment trop petites, maintenant. Il voyait que Donna aussi avait envie de bouger. Dans la rue, on entendait des sirènes.

– Viens, dit Karras. On va aller voir ce que c'est.

– Qu'est-ce qui se passe ? demanda Karras à Cootch.

– J'en sais trop rien mais ça a l'air craignos.

Karras et Donna rejoignirent Denice qui se tenait derrière la vitrine, près de son père, un peu en recul, sa main à elle sur sa hanche à lui.

Karras poussa la porte. Donna le suivit dehors. Une voiture en flammes était suspendue dans les airs, accrochée à la plate-forme d'un camion garé sur la bande médiane de la rue. Sur le trottoir d'en face, des gens observaient en silence, deux ou trois s'étaient approchés mais pas trop, à cause de la chaleur et de la fumée. Une voiture de patrouille était là aussi, et deux flics en uniforme, un noir et un blanc, demandaient aux gens de reculer. Une ambulance arrivait dans U Street, suivie par le son plus grave de la sirène d'un camion de pompiers.

Donna vit la Plymouth d'Eddie prendre vers l'est, elle vit ses feux arrière s'allumer puis la voiture tourner sur la gauche. Les flics ont dû lui dire de dégager, pensa Donna. Il allait faire le tour du pâté de maisons et repasser la chercher.

– J'arrive, dit Karras.

– Je ne bouge pas, dit Donna.

Elle plongea la main dans la poche de sa veste en jean, en retira une cigarette. Elle l'alluma, tira dessus à fond, conserva un moment la fumée dans ses poumons ; rien de meilleur que la nicotine après la cocaïne.

Karras rejoignit Clay qui s'éloignait de la voiture en feu.

– Marcus.

– Hé, mec, où t'étais ?

– Dans le fond, avec ma copine.

– Dans le fond, hein ?

– On est sortis en entendant l'explosion. Qu'est-ce qui s'est passé ?

– Si je savais…

Karras voulut s'approcher davantage de la voiture, mais Clay le retint par le bras. Devant son expression, Karras s'arrêta.

– Qu'est-ce qu'il y a ?

– N'y va pas, Dimitri. Ça fait longtemps que j'avais pas vu un truc pareil. J'en ai vu plein pendant la guerre, mais là… putain…

– Quoi ?

– Le mec a eu la tête arrachée. Y a une des poutres en métal qu'est rentrée dans le pare-brise de la Buick et qui l'a carrément décapité.

– D'accord, dit Karras. Je n'y vais pas. Je reste ici.

L'équipe de sauveteurs mit les pompiers au courant. Karras et Clay les virent éteindre ce qu'il restait de flammes.

Clarence Tate remarqua que le conducteur de la Z noire était revenu et avait garé sa voiture au coin sud de 11th Street. Il le vit sortir – grand et mince, il était pas vilain, ce garçon. La porte passager s'ouvrit aussi. Un gamin plus petit, plus râblé, en sortit et fit le tour pour rejoindre son collègue, appuyé contre la voiture. Malgré le froid, le petit n'avait pas de veste. Il portait un T-shirt blanc qui moulait sa poitrine sculptée et ses biceps surdimensionnés. Il avait deux chaînes en or et arborait l'air dur que tous les jeunes se sentaient obligés d'afficher, ces jours-ci. Pour Tate, ces deux-là étaient dans le milieu, ça faisait pas un pli.

– Papa ?

– Quoi, Neecie ?

– Le type dans la voiture, il est mort, c'est bien ça ?

Après avoir regardé dans la Buick, les sauveteurs étaient restés autour. Leur chef avait dit quelque chose à un de ses hommes, quand le camion de pompiers était arrivé, et maintenant ces derniers éteignaient l'incendie. Une fumée épaisse et noire s'élevait dans la rue.

– C'est bien ça, ma caille.

Tate vit le type râblé qui parlait avec ses mains et essayait d'expliquer un truc à l'autre. Le grand avait les yeux rivés sur la vitrine de la boutique. Sur Denice.

– Tu le connais, ce garçon ? demanda Tate.

Pas besoin de spécifier lequel. Du coin de l'œil, il avait vu que Denice regardait dans sa direction.

– Je l'ai déjà vu dans le coin.

– T'as pas à lui parler. Il est bien trop vieux pour parler avec toi, tu m'entends ?

– Mais papa, je connais même pas son nom !

Elle connaissait son nom. Il s'appelait Alan Rogers. Il était grand et mignon. C'était bien de connaître un garçon comme lui. Elle avait peur dans la rue, maintenant, avec tous ces types violents qui lui parlaient mal quand elle allait à l'école ou qu'elle rentrait chez elle, et ceux qui se collaient contre elle dans l'escalier, au collège. Ils avaient l'air dur, méchant ; elle avait entendu dire que certains d'entre eux étaient armés. Ça faisait du bien de connaître un garçon mignon comme Alan, qui avait l'air dur, aussi, mais pas de la même manière ; il avait une belle voiture, on le respectait, il pourrait la protéger des autres.

– Tu m'entends ? Je ne veux pas que tu parles à ce genre de garçons.

– Oh, papa…

– Y a pas de papa qui tienne. Et fais ce que je te dis, tu m'entends ?

Tate avait pris un ton sévère. Mais il espérait qu'elle savait qu'il l'aimait, qu'il l'aimait tellement. Il la grondait pour qu'elle comprenne. En même temps, il lui caressa les cheveux.

Kevin Murphy dit aux alcoolos qui traînaient devant Medger's comme d'habitude de remonter sur le trottoir. Deux ou trois personnes âgées venues de la partie plus résidentielle de 11th Street étaient descendues, elles aussi, et Murphy leur ordonna de s'éloigner, mais doucement et en montrant davantage de respect. Il vit Tutt s'approcher de la Buick en flammes, puis se diriger vers la Z, contre laquelle deux types de la bande à Tyrell, Alan Rogers et Sean « Short Man » Monroe, étaient appuyés. Tutt leur adressa un signe de tête subtil, aussi subtil qu'un gros balourd comme lui en était capable. Puis Tutt repartit, il s'arrêta pour échanger quelques mots avec d'autres flics en uniforme, deux jeunes blancs nommés Platt et Thompson qui venaient de débarquer. Platt était un type correct, qui travaillait dur, et sérieux, y avait pas à dire ; Thompson était bête et méchant, beauf jusqu'au trognon, comme Tutt, exactement.

Tutt jeta un coup d'œil vers la Buick, dit quelque chose à Thompson qui le fit rigoler. Le petit gars au blouson des Raiders, celui qui traînait toujours devant la boutique de spiritueux, passa près d'eux. Il descendit du trottoir, les mains dans les poches, et se dirigea vers Murphy.

– Hé, là, jeune homme, dit Murphy. Retourne là où t'étais, avec les autres.

– Bien sûr, monsieur l'agent, dit le gosse sans bouger d'un pouce.

– Tu m'as entendu, alors pourquoi tu restes là ? Faut circuler.

– J'ai vu ce qui s'est passé, dit le gamin.

– L'accident ?

– Et après, aussi.

– Y a beaucoup de gens qui ont vu ce qui s'est passé. Mais faut pas te faire de bile pour ça, tu m'entends ? Remonte sur le trottoir.

– Comme vous voulez.

Le garçon sourit et s'éloigna.

Murphy observa sa démarche de flambeur, se revit à son âge, dans le même quartier, vingt ans plus tôt. Il essaya de se représenter le monde d'aujourd'hui à travers les yeux du gamin.

– Hé, petit frangin ! lança Murphy. C'est quoi ton nom ?

– Anthony Taylor, répondit le gamin en continuant à avancer sans se retourner. Dans le quartier, on m'appelle T.

– Tu habites par ici ?

– C'est mon coin de rue, répondit Anthony. Juste ici.

Il reprit sa place habituelle.

– Merde, dit Sean « Short Man » Monroe, qu'est-ce que t'en dirais de crever comme Junie ?

– Comme Junie ou comme un autre, je veux pas crever, tout court, répondit Alan Rogers. Je veux vivre.

– Moi, je crèverai pas comme ça. Le jour où je crève, j'en emmène un paquet avec moi, tu peux me croire.

– Je te crois.

Monroe passa la langue sur ses lèvres.

– Tu sais, Tyrell il lui avait dit à Junie de pas acheter cette voiture. Il savait que c'était trop pour lui. Que Junie se niquerait la gueule au volant. Un petit négro comme lui, ses pieds ils touchaient même pas les pédales…

– C'est vrai qu'il conduisait trop vite.

– Tyrell, il lui avait dit de pas conduire si vite quand il avait de la coke ou de la tune dans la bagnole. Le mec, il a vingt-cinq mille dollars dans une taie d'oreiller pour aller acheter du matos et il fait du 110 sur U Street !

– Il avait pas écouté.

– Il a jamais assuré, de toute façon. Une Grand National, putain. Vu comment qu'il conduisait, il aurait dû acheter une Dodge Omni, une merde comme ça.

Le flic blanc, Tutt, s'approcha, fit vaguement non de la tête en regardant Rogers. Puis il repartit.

– Gros beauf de merde, dit Monroe.

– Tu l'as dit, fit Rogers.

– Et maintenant, il veut nous faire croire que la tune est pas dans la bagnole ?

– C'est ce qu'il dit, ouais.

– Tyrell va faire la tronche.

– Elle est peut-être dans le coffre, on sait pas. Ou peut-être qu'elle a cramé. Tutt verra ça quand y aura moins de fumée. On ira lui parler tout à l'heure.

– Toi, t'iras lui parler. Moi je dis qu'il aille se faire enculer, ce connard.

– Je sais, je sais. Allez, viens.

Ils remontèrent dans la Z. Monroe vit que Rogers jetait un dernier regard à la boutique de disques avant de filer dans 11th Street.

– Regarde-moi ça, dit Monroe en rigolant. T'es encore en train de mater la chair fraîche.

– Elle est mignonne, mec.

Monroe pinça les lèvres.

– Ouais, et neuve aussi. Une fois que tu l'auras sautée, je prends un ticket juste derrière.

– Elle est gentille, dit Alan d'une voix douce.

– Et elle a un beau cul à défoncer, ajouta Monroe.

Marcus Clay resta dans la rue, à observer la scène qui se déroulait sous ses yeux. Les habitants un peu âgés, dont le visage lui était familier et qui étaient sortis de leurs petits pavillons de 11th Street pour suivre l'action. Les flics qui surveillaient le quartier, dont l'un était un jeune frangin qui avait fréquenté le même lycée que lui quelques années plus tard. Le gamin qui traînait toujours devant le marchand de vin du coin de la rue, les clodos aussi. Et les dealers, adossés à leur jolie voiture de sport, responsables avec les autres de leur espèce de la fuite des classes moyennes loin de la ville, loin de U Street et de son magasin. Elaine avait peut-être raison, après tout : il fallait être barjo pour penser qu'on pouvait ouvrir une boutique de disques ici, dans le quartier de Shaw.

Clay vit le flic blanc, un gros mastard sans cou, se diriger vers les dealers et secouer vaguement la tête. Puis il vit son collègue qui parlait au garçon au blouson des Raiders. Clay repensa à ce qui s'était passé juste après que la Buick prenne feu.

Dimitri Karras revint. Il était allé voir son amie qui, en retrait sur le trottoir, tirait sur une clope.

– On dirait que le spectacle est fini, dit Karras.

– Ouais, fit Clay en penchant la tête. Mais c'est bizarre, quand même.

– Quoi donc ?

– Ta copine, là, comment elle s'appelle déjà ? Madonna ?

– Donna Morgan.

– C'est ça. Elle est venue avec un mec qui conduisait une Plymouth, non ?

– Il s'est cassé. Elle était en train de se demander s'il allait revenir, justement.

– Ça m'étonnerait. Le truc, tu vois, c'est que je l'ai vu sortir quelque chose de cette voiture de dealer pendant qu'elle brûlait. Il l'a mis dans sa caisse – c'était une taie d'oreiller, un truc comme ça – et il s'est cassé.

– Pourquoi tu dis que c'est une voiture de dealer ?

– C'est une Grand National toute neuve, Dimitri. Le modèle le plus cher. Je me suis approché assez près pour voir les mains qui tenaient le volant. C'est des mains de gamin. Comment tu veux qu'un jeune noir de seize ou dix-sept ans ait les moyens de s'offrir une bagnole pareille ?

– Quand même, tu vas un peu vite, là, juste parce que c'est un jeune black...

– Avec tout ce que je vois dans le quartier, ici, tous les jours, je te promets que c'est pas aller vite. Et puis me fais pas le coup du « parce que c'est un jeune black » et tout le bordel. T'oublies à qui tu parles ou quoi ?

– OK, c'est bon, je dois me gourer. J'ai sûrement rien compris.

– Moi, j'ai compris. Tu peux me croire.

– Qu'est-ce que tu veux dire, Marcus ?

– Juste que… (Clay regarda Karras dans les yeux.) Oh, et puis merde.

– Quoi ?

– Je sais même pas pourquoi je continue à parler avec toi ! T'es raide comme un salaud, mon pote.

– C'est pas vrai.

– T'as les yeux explosés, tu tiens pas en place, tu grinces des dents et tout le bordel. Regarde-moi dans les yeux, maintenant, et dis-moi que t'es pas défoncé.

– Marcus…

– Écoute, mec, je sais que ta copine est venue ici pour chercher de la poudre. Je sais que vous êtes allés aux chiottes pour vous en mettre plein le nez. Son mec a pris un truc dans une voiture de dealer, c'était peut-être de la dope, peut-être de l'argent, peut-être le linge sale du mec mort, pour ce que j'en sais, et il a mis les bouts. Moi, ce que j'te dis, c'est que je veux pas savoir. Je veux pas être mêlé à ce genre d'embrouilles et je veux pas que toi tu m'en ramènes, des embrouilles, OK ?

– Je le connais pas, son mec. Je sais rien de lui, ni de sa voiture.

– Écoute…

– C'est bon, j'ai compris, Marcus.

– J'ai une boutique à faire tourner.

– J'ai compris.

– Tu peux prendre le reste de ta journée. Emmène ta copine et dégage.

– Désolé, mec. On se retrouve à l'appart ?

– C'est ça.

Karras se frotta le menton.

– Marcus ?

Clay soupira.

– Y a pas de quoi, mec. Vas-y, tire-toi.

Ils se serrèrent la main. Clay vit Karras retourner vers sa collègue de défonce. Il aurait préféré qu'il ne parle pas de l'appartement. C'était déjà assez dur comme ça, en plus de tous ses soucis de boulot, qu'Elaine l'ait mis à la porte de leur propre maison. Qu'il soit séparé d'elle et de Marcus Jr., leur petit garçon de trois ans. Mais que Dimitri et lui, qui approchaient de la quarantaine, partagent le même appart comme deux étudiants…

Il n'avait pas besoin qu'on lui rappelle tout ça. Surtout pas aujourd'hui.

5

Marcus Clay appuya sur l'accélérateur et attaqua la pente raide de 13th Street, qui menait au plateau de Piedmont. Sa Peugeot était poussive et peina pendant toute la montée. Clay détestait le bruit que faisait le moteur, on aurait dit le cliquetis d'une bombe de peinture vide. Il n'avait jamais aimé cette voiture. Tous les buppies[1] de DC s'achetaient des Peugeot maintenant, depuis la vieille bourgeoisie de North Portal Drive jusqu'aux nouveaux riches des zones pavillonnaires, en passant par les gamins genre Huxtable[2] de Howard University. C'est Elaine qui l'avait poussé à l'acheter, disant qu'il aurait l'air d'un vrai businessman au volant de ce modèle d'importation. La vérité, c'est que c'était elle qui voulait être vue là-dedans quand ils se garaient devant les maisons de ses amis avocats. Ça lui avait fait vraiment de la peine d'abandonner sa Riviera 1972 à l'arrière rectangulaire. Elle n'avait aucun problème, cette caisse, une petite révision et des nouveaux pneus auraient suffi. Si c'était pas une voiture magnifique, cette Riviera, vraiment.

Clarence Tate était assis à côté de lui. Sa fille était à l'arrière. Comme la Cutlass Supreme de Tate était au

1. « Black urban professionals », autrement dit les yuppies (*young urban professionals*) noirs. *(N.d.T.)*

2. La famille du Bill Cosby Show. *(N.d.T.)*

garage, Clay les raccompagnait chez eux. Denice Tate regardait par la fenêtre, sans rien dire. Le garçon brûlé dans la Buick, c'était sa première rencontre avec la mort.

Clay regarda sur la gauche, là où se trouvait la cité de Clifton Terrace. Délabrée jusqu'à un point irréversible de désespoir, envahie par les cafards et les rats, les aires de jeux jonchées de détritus, de seringues et de verre cassé… Un cauchemar pour les femmes et les enfants qui vivaient derrière ces murs. Mary Treadwell, la deuxième femme du maire, qui en avait eu trois, avait détourné des centaines de milliers de dollars de Pride Incorporated, l'agence responsable d'une bonne partie des logements à loyers modérés de la ville. Dans l'argent qu'elle avait pris, il y avait les loyers de Clifton Terrace. Treadwell volait les pauvres tout en menant la grande vie dans ses appartements du Watergate et en sillonnant la ville dans sa Jaguar reluisante. Elle avait été condamnée à trois ans de prison, une peine qu'elle tirait désormais, après avoir perdu son dernier appel en 1985.

Tate aussi regardait par sa vitre. Sur la droite, on voyait Cardoza, le lycée où Denice devait entrer à la rentrée prochaine. Washington consacrait plus de moyens à ses écoles que la plupart des villes du pays. Pourtant, Tate ne connaissait pas de système éducatif en plus mauvais état. Fuites dans les toits, carreaux cassés, absence d'eau courante et toilettes en panne, manque cruel de fournitures, parfois pas de fournitures du tout. Tate savait bien qu'une grande partie de l'argent avait atterri dans les poches d'administrateurs intermédiaires. Et il avait lu dans le *Post* comment le maire avait attribué la plupart des contrats de rénovation des écoles à des entreprises gérées par des minorités, et comment ces entreprises avaient surfacturé les fournitures et la main-d'œuvre de manière scandaleuse. Le puits ayant tout de même un fond, ces prix artificiellement élevés signifiaient que les enfants, désormais, manquaient de tout. Tate, il était pour que les frangins accordent des traitements préférentiels aux autres frangins en affaires – eh, ça avait fonctionné pour les Coréens, les Grecs et les Italiens avant eux ! Mais la politique du maire avait rendu riches une poignée de noirs et plongé des dizaines de milliers d'*enfants* dans la mouise. Ça, c'était vraiment inacceptable. Tate adorait DC. Mais il préférait crever plutôt que de voir sa petite fille endurer ce genre de conditions de merde encore longtemps. Il quitterait la ville s'il le fallait, même si c'était vraiment la dernière chose dont il avait envie.

– Papa ?

– Quoi, ma puce ?

– Je pensais aller chez Ashley, ce soir, pour regarder des films.

– Et sa maman sera là ?

– Oui, papa.

Ce n'est pas tout à fait un mensonge, se dit Denice. La maman d'Ashley sera bien là, c'est nous qui n'y serons pas. Y a Chuck Brown and the Soul Searchers qui jouent au Masonic Temple ce soir. Nous, on sera là-bas. Et on va s'é-cla-ter.

– Très bien, ma caille, dit Tate. Vas-y si tu veux.

Donna Morgan observait Dimitri Karras. Il portait des Vuarnet, ses cheveux gris, pleins de gel, étaient hérissés sur la tête. Il était assis au fond du siège de sa 325, la main droite sur le levier de vitesse.

Karras dans une BM. Cheveux hérissés et Vuarnet sur le nez. Si les yuppies avaient des armoiries, c'étaient bien ces lunettes, cette coupe, cette voiture. Elle n'était pas surprise que Karras ait adopté l'uniforme. Karras avait toujours porté un masque.

Elle l'avait rencontré à College Park, quand elle était étudiante et qu'il enseignait la littérature américaine. C'étaient les années 70, il portait encore son masque de professeur débraillé – cheveux longs, moustache tombante à la Wyatt Earp, blouson en velours sur chemise hawaïenne et blue-jean. Des Clyde aux pieds. Il avait une attitude très cool avec ses étudiants, genre « Je suis plus vieux que vous mais, hé, je suis comme vous ! » – et une réputation auprès des filles. Les hommes sexuellement agressifs ne faisaient pas peur à Donna. Ils ne lui avaient jamais fait peur. En plus, Karras était mignon. Le premier jour de cours, quand leurs yeux s'étaient rencontrés d'un bout à l'autre de la salle, Donna avait compris qu'elle l'aurait un jour en elle. C'était juste une question de temps.

Karras n'était pas un super prof. Il prétendait adorer les livres, mais prenait bien soin de ne pas trop les analyser. Le programme requérait des élèves qu'ils lisent six romans prescrits pendant le semestre et qu'ils assistent à deux cours par semaine. Il y aurait un examen, parce qu'il en fallait bien un, mais Karras leur promit qu'il ne pèserait pas lourd comparé à leur participation globale à la discussion de la semaine, discussion qui généralement ne concernait le livre en question que d'assez loin. Un jour, Karras reconnut devant toute la classe qu'il adorait la marijuana – ce qui ne surprit personne car il avait toujours l'air un peu raide. À Maryland University, cela revenait à ouvrir les vannes. Après cette confession, un bon nombre de ses élèves prirent l'habitude de se retrouver sur le Mall, où des jeunes jouaient au frisbee, prenaient le soleil et promenaient des chiens avec un bandana autour du cou, et de se défoncer la tête avant les cours. Les discussions qui s'ensuivaient étaient parfois animées, intéressantes sur le moment, souvent incohérentes et instantanément oubliées. À l'époque, le bruit courait sur le campus que les cours de Dimitri Karras étaient « vachement profonds ».

Vers la quatrième semaine du semestre, Donna Morgan coinça Dimitri Karras derrière son bureau, un après-midi, à la fin du cours. Il y eut peu d'échange verbal préliminaire entre eux avant qu'elle n'empoigne effrontément sa braguette. Elle l'enfourcha sur sa chaise et y alla à fond. Il avait un grand sourire, du genre rien-à-foutre-de-rien, qui aurait dû mettre Donna au parfum quant à son caractère. Il ne dit pas : « On devrait peut-être pas faire ça », ni dans une version plus lâche : « Tu crois qu'on devrait ? » Aucune question d'éthique ne fut soulevée tout simplement parce que ni l'un ni l'autre n'y pensèrent. Karras faisait le prof en attendant de faire autre chose ; Donna suivait les cours avec un manque de curiosité manifeste et se désintéressait totalement de l'avenir. De fait, Karras laissa tomber son poste à la fin du semestre. Donna abandonna les études au même moment et n'y revint jamais.

Ils restèrent ensemble quelques mois. Il se mit à faire circuler de l'herbe en quantité et elle prit un boulot de vendeuse au Hecht's, à Wheaton Plaza. Au printemps, ils se séparèrent, pour des raisons qui lui échappaient maintenant. Plus tard, elle apprit par un ami que Dimitri s'était retrouvé mêlé à une sale embrouille, sans plus de précisions, pendant l'été de 1976, et qu'il avait abandonné le commerce de gros pour la vente au détail – la vente de disques, pas d'herbe.

Au cours des dix années suivantes, elle dut le croiser deux fois. Une fois dans 19th Street, en 1980, un soir où ils faisaient la queue tous les deux devant le Dupont pour aller voir *Raging Bull*. Ce soir-là, Dimitri portait un nouveau masque : banane à la Elvis Costello, grand pardessus et chaussures super cirées, sorti direct de la couverture de *Get Happy*, c'était son époque Teddy Boy. Elle le revit deux ou trois ans plus tard au Wax Museum pendant la tournée de Graham Parker sur *Real Macaw*. Il portait une veste noire, des chaussures italiennes à bouts pointus et une petite cravate très étroite, comme les mecs de *Special Beat Service* en train de descendre de l'avion. Ses cheveux commençaient à grisonner.

Les quelques fois où la cocaïne les rapprochait, maintenant, Donna l'appelait « monsieur Karras ». C'était une petite pique, une allusion sans grande subtilité à leur différence d'âge, ainsi qu'une réminiscence de leur relation prof-élève. Karras n'avait pas l'air de piger. Ou s'il pigeait, visiblement il s'en foutait.

Avec ou sans masque, Donna devait quand même reconnaître que Dimitri Karras avait de la gueule au volant de sa BMW. Ébouriffé, plaqué ou yuppifié, ce mec avait toujours eu de l'allure.

– T'as une belle voiture, dit Donna.

– Tu trouves ?

– Ouais.

– Je voulais pas faire partie du club, tu sais. Mais j'ai vu celle-là sur un parking et je suis tombé amoureux. Le mélange bleu marine et bordeaux, c'est classe, non ?

Donna passa la main sur le siège en cuir.

– Très joli.

– Depuis quelques années, je travaille dur. J'ai de l'argent. Pas d'enfants à élever, rien dans ce genre-là, alors…

– T'as pas besoin de te justifier. Tout le monde gagne de l'argent ces temps-ci. Faut bien le dépenser d'une manière ou d'une autre, non ?

Donna jeta un coup d'œil par la vitre. Ils étaient en train d'arriver dans Georgetown par M Street.

– Où on va ?

– Faut que je m'arrête à la boutique.

Marcus lui avait dit de rentrer chez lui. Mais Karras voulait l'appeler depuis le magasin de Georgetown, marquer quelques points, qu'il sache que Karras n'avait pas lâché l'affaire.

– Vous deviez aller voir quoi, avec Eddie, ce soir ?

– Echo and the Bunnymen au Lisner. J'ai laissé les places dans le pare-soleil de sa voiture.

– C'est bizarre qu'il soit parti comme ça.

– Ouais. Je me demande pourquoi il s'est cassé.

Karras jeta un œil à Donna, à ses cuisses voilées de noir. Il ne lui avait pas fait part de sa conversation avec Marcus. Il était content qu'Eddie Golden se soit cassé. Il se foutait qu'il ait piqué une taie d'oreiller dans une voiture de dealer. Il ne voulait pas savoir. Et il ne voulait pas que Donna sache, pas ce soir. Il la voulait pour lui tout seul.

– En tout cas, ça règle la question du concert, dit Donna.

– Écoute, on va passer un coup de fil à Eddie pour savoir ce qui s'est passé. Avec l'accident tout près de lui, il a dû flipper, c'est tout. Vous pouvez peut-être encore aller à votre concert… En tout cas, si tu veux mon avis, il t'a rendu service en se barrant avec les billets.

– Oh, déconne pas, les Bunnymen c'est bien !

– Les Bunnymen, ça craint.

– D'accord. Et toi alors, qu'est-ce que t'allais faire ce soir ?

– Je sais pas. Écouter un peu de musique, j'imagine.

– Tu sais, fit Donna, si Eddie se pointe pas, j'ai plus rien de prévu.

– Si Eddie se pointe pas, c'est toi et moi.

Donna réprima un sourire. La situation ne pouvait pas se présenter mieux. Un gramme vierge dans la poche de sa jupe, dans une BM toute neuve avec un beau mec derrière le volant.

Karras était un sprinter, Eddie un coureur de fond. Quoi qu'il arrive ce soir, elle savait qu'Eddie serait là demain matin. Elle aussi, elle espérait qu'Eddie n'allait pas se pointer.

– Monsieur Karras ?

– Quoi ?

– Si on sort, il va me falloir des cigarettes.

Karras coupa par 34th Street, prit à gauche dans P Street et trouva une place pour se garer près de Wisconsin

Avenue. Ils se firent deux petites lignes vite fait et sortirent de la voiture. Donna s'arrêta au Neam's Market pour acheter deux paquets de Marlboro Light – elle s'envoyait les deux sans problèmes pendant une soirée coke –, puis ils descendirent Wisconsin Avenue en direction du magasin.

Ils passèrent devant Mean Feets, la meilleure boutique de chaussures de la ville. Randolph, le vendeur, était devant, adossé à la vitrine, et fumait une cigarette.

– Salut, mec, dit Karras, ça baigne ?

– Comme d'hab, dit Randolph. On essaye de gagner sa vie. Comment vont tes Zodiac ?

Karras baissa les yeux sur ses chaussures lacées en cuir noir, semelle de crêpe, pratiques. C'est Randolph qui les lui avait vendues, et elles étaient devenues sa paire préférée.

– Elles vont bien.

– Je les ai en bottes aussi, avec des petits talons, elles t'attendent.

– Je passerai bientôt.

– Toi aussi, beauté, dit Randolph à Donna. C'est l'heure de venir voir le pied-diatre.

Ça fit rire Donna.

– OK. Merci.

– Je plaisante pas, poupée. C'est pas que ces bottines t'aillent pas, remarque, avec les jambes que tu as. Mm-mm-mm.

– On repassera, fit Karras.

– Je sais, je sais. Et n'oubliez pas de demander Shoedog.

Ils continuèrent à marcher. Passèrent devant Commander Salamander, où les gosses des banlieues riches – Potomac et McLean – venaient se faire teindre les cheveux en rose et acheter leurs accessoires « punk/SM » auprès des propriétaires vieillissants. Au moins, se dit Karras, c'est des gosses qui s'éclatent. Tout le monde s'éclate, ces jours-ci.

Georgetown ne le dérangeait pas, malgré le manque de places pour se garer, les mecs qui faisaient la manche, les bars à thème qui servaient de la bière merdique aux gamins montés de Virginie du Nord les soirs de week-end, la foule, les revendeurs iraniens et irakiens de vêtements et chaussures sans marque, les « bijoutiers » qui refourguaient des chaînes en or aux petits dealers venus de l'autre côté de la ville. Marcus Clay, lui, ne pouvait pas blairer Georgetown, qui était donc devenu la chasse gardée de Karras par défaut. Obligé d'avoir une boutique dans ce quartier si on prétendait être sur le marché à DC.

La demande en musique était forte, ici. Deux ans auparavant, une foule monstrueuse avait défoncé les vitrines de Kemp Mill Records un jour où Frankie Goes to Hollywood avait fait une apparition dans le magasin. Et la même année, quand le bruit avait couru que Prince avait été aperçu en train de faire les vitrines de M Street, des hordes de gamins habillés en violet étaient descendues sur Georgetown dans l'espoir de repérer Sa « Royal Badness ». Ouais, Marcus ne pouvait pas blairer G-town, mais Karras ne se lassait jamais de lui répéter que c'était le magasin au coin de Wisconsin et O Street qui faisait le plus gros chiffre d'affaires de tous.

Karras entra dans la boutique. Donna Morgan resta dehors et alluma une clope.

La boutique était longue et étroite, en général mal tenue et peu éclairée. Le nouveau Falco, *Rock Me Amadaeus*, sortait de la stéréo à fond les ballons. Scott, le gérant, vint aussitôt serrer la main de Karras en souriant.

– Hé, Dimitri, quoi de neuf ?

– Johannesburg [1].

Scott était un peu empâté, le visage couvert de boutons à cause de toutes les saloperies qu'il mangeait. Ses che-

1. *What's the word ?/Johannesburg*, un passage de la chanson de Gil Scott-Heron intitulée « Johannesburg ». *(N.d.T.)*

veux noir cirage étaient courts, à l'exception d'une grosse mèche bouclée qui lui tombait devant les yeux. Marcus s'était plaint de son look et Karras avait haussé les épaules, en disant que c'était un truc « à la Flock of Seagulls ». « Flock of Seagulls, mon cul, avait répondu Marcus. Dis-lui de me virer ses cheveux de sa tronche. »

Mais Scott était un bon gérant, sérieux, qui aimait son travail, et Marcus avait vite oublié cette histoire de cheveux. Karras savait que protéger les bons employés des humeurs parfois massacrantes de Marcus faisait partie de son job. Marcus avait vachement de soucis, en ce moment, Karras pouvait comprendre.

Il jeta un rapide coup d'œil autour de lui. Scott était à la caisse, où deux personnes attendaient. D'autres clients traînaient dans le magasin, des petits banlieusards blancs avec plein d'argent à claquer. Karras fit passer le nouveau Bananarama et le nouveau Miami Sound Machine sur les présentoirs du devant de la boutique. Il dit bonjour à une vendeuse nommée Mary, une Anglaise qui lui avait roulé plein de pelles lors de la dernière fête de fin d'année. Pas de regrets.

La coke était bonne. Karras bougeait vite, il sentait le tic-tic-tic du sang dans ses veines ; il tapa dans la main de Mary quand il la croisa dans l'allée.

Quand Scott eut terminé, Karras lui demanda de sortir un relevé de la caisse. Scott lui passa le morceau de papier. Des chiffres normaux pour un vendredi. Karras composa le numéro de la boutique de U Street et demanda à Cootch de lui passer Marcus.

– Il est parti raccompagner Tate chez lui, répondit Cootch.

– S'il téléphone, tu lui dis que je suis passé à G-town et que je l'ai appelé, d'ac ?

– Pas de problème.

– Les affaires ont repris ?

– Rien du tout. Les flics bloquent encore la rue.

– OK, mec. Porte-toi bien.

– Toi aussi.

Karras raccrocha le combiné et donna une claque un petit peu trop forte sur le bras de Scott.

– Bon, Scott, je me casse. Et c'est pas la peine d'appeler les autres boutiques, hein ?

– Appeler les autres boutiques ?

– Ouais, comme vous faites toujours, pour prévenir les autres gérants que je fais la tournée. Parce que je me casse, ma journée est finie.

– D'accord, Dimitri. À plus.

Karras décocha un beau sourire à Mary – on ne savait jamais – et sortit. Devant la boutique, Donna en était à sa deuxième clope.

– Allez, on y va, dit Karras.

– Où ça ? demanda Donna.

– Chez moi. Faut que je prenne une douche vite fait. Et après on sort.

– On va bien s'amuser, dit Donna.

– On va même s'éclater. Allez, c'est parti.

Marcus Clay gara sa Peugeot près de chez Karras et se rendit à pied à la station de métro de Dupont Circle. Il s'arrêta en chemin pour acheter le *Post* et attrapa la ligne rouge, direction Judiciary Square. Il s'assit près d'un type fluet qui lisait un gros bouquin avec, sur la couverture, un sous-marin, un porte-avions, un drapeau américain, une faucille et un marteau sur le point d'entrer en collision.

Clay parcourut la une du *Post* : William Casey, le directeur de la CIA, jouait des pieds et des mains pour que la Chambre accorde une nouvelle aide de cent millions de dollars aux « combattants de la liberté » au Nicaragua. Casey était un des principaux artisans de la doctrine Reagan et de ses opérations paramilitaires en Afghanistan, au Cambodge et en Angola. Clay secoua la tête. Il avait suffi d'une prise d'otages en Iran pour que toute une génération s'emballe et oublie l'horreur du Vietnam. Les bouquins technico-guerriers, des trucs écrits par des gens qui n'avaient jamais assisté à la mort violente et inutile d'hommes jeunes, faisaient fureur. Les gamins faisaient la queue au cinéma Uptown pour *Top Gun*. Les manœuvres en terre étrangère, la menace du communisme, tout ça donnait la pêche. L'augmentation des dépenses militaires stimulait la Bourse et renforçait l'économie. Et une économie forte, ça ouvre la porte des réélections.

Clay parcourut ensuite le papier de droite : Alphonse Hill, l'adjoint au maire de Washington, venait de démissionner ; on racontait qu'il avait reçu des pots-de-vin d'un entrepreneur du bâtiment. Trois mois plus tôt, Ivanhoe Donaldson, le bras droit du maire depuis des années, avait plaidé coupable face aux accusations de détournement de fonds – presque deux cent mille dollars d'argent de la ville – et de fraude fiscale. Donaldson purgeait une peine de sept ans dans une prison tranquille de Virginie.

Clay soupira, replia le journal et se tourna vers son voisin.

– Comment ça va ?

L'homme lui lança un coup d'œil, répondit d'une voix hésitante :

– Euh... Ça va.

Clay avait brisé la loi du métro : ne pas échanger de regards ni de paroles avec les inconnus. Surtout quand on n'est pas de la même couleur.

– Et votre livre, il est bien ? poursuivit Clay.

– Super.

– Il a l'air vachement excitant. Vraiment.

Clay descendit du métro, ressortit au grand air. Il se rendit au tribunal de la Cour supérieure qui se trouvait à l'angle de 5th Street et Indiana et s'assit sur le bord d'une grosse jardinière en béton, les yeux sur l'entrée principale de l'immeuble. D'une minute à l'autre, Elaine allait apparaître à l'une de ces portes. Il savait qu'elle se précipiterait dehors, pile à l'heure, pour aller chercher Marcus Jr. au jardin d'enfants ou au centre de développement infantile ou comment ils appelaient ça, déjà ?

Des ados passaient devant lui, poussés par leur mère ou leur tante qui les grondait ou regardait droit devant elle, le visage impassible, tandis que les garçons essayaient d'arborer l'air dur. Des gens plus vieux qui attendaient d'être entendus ou de témoigner, ou bien qui étaient venus chercher des amis, de la famille, fumaient des cigarettes. Des avocats miteux, genre Criminal Justice Act, étaient là et fumaient aussi.

Elaine faisait partie des avocats du Criminal Justice Act, des avocats commis d'office, ceux qu'on appelait les Cinquièmistes, en référence au nom de la rue. Mais contrairement à eux, elle n'avait jamais l'air miteux, elle. Et elle n'avait pas non plus le look boutonné jusqu'au col que tant de femmes se sentaient tenues d'adopter ces jours-ci. Clay en voyait partout, des femmes comme ça, on aurait dit qu'elles avaient un napperon accroché sous le menton ; Karras appelait ça leur tenue de clown. Pas de bavoir ou de nœunœud pour Elaine. Elaine avait toujours l'air d'une femme. Elle était toujours belle.

Ouais, Elaine allait pas tarder à débarquer. C'était différent, maintenant, pas comme avant la séparation quand elle travaillait jusqu'à pas d'heure et comptait sur lui pour laisser tout tomber et aller chercher MJ, quand elle trouvait ça tout naturel qu'il abandonne son affaire pendant qu'elle gérait ses dossiers. Ç'avait été un des problèmes entre eux. Un des nombreux problèmes, avant que Clay commette *le* truc qui avait tout cassé.

Là voilà, elle était là.

Putain, c'est vrai qu'elle était belle. Elle portait un ensemble rouille, avec une jupe qui moulait ses longues jambes musclées, et un chemisier en soie couleur crème.

Vraiment, c'était une femme incroyable, entièrement femme, plus grande que le mec qui marchait à côté d'elle, un mec apprêté avec une chemise bleu ciel à fines rayures et col blanc à la Peter Pan – Marcus détestait ce genre de look élégant limite dandy – et des mocassins en cuir souple aux pieds.

Clay se leva et vint à leur rencontre. Elaine fronça les sourcils en le voyant, puis sourit cordialement. Il s'approcha d'eux.

– Salut, Elaine.

– Salut, Marcus.

Clay posa la main sur son bras et l'embrassa sur la joue. Elle accepta le baiser mais dégagea son bras.

– Voici Marcus, dit Elaine. Marcus, je te présente Eric Williamson.

– Marcus Clay.

Il serra la main de Williamson qu'il lâcha rapidement. Ce mec portait un *conk*[1], Marcus n'en revenait pas, et une petite moustache nullarde. Il se tourna vers Elaine.

– Comment tu vas ?

– Je vais bien.

– Je me disais qu'on pourrait, je sais pas, aller boire un café ou un truc comme ça…

– Je peux pas, Marcus. Faut que j'aille chercher Marcus Jr.

– Je peux peut-être prendre le métro avec toi, alors. Je suis à pied, et…

– Je ne crois pas, Marcus.

Il posa la main sur son bras.

– Marcus, arrête.

– Ça va ? demanda Williamson à Elaine.

Clay sentit le sang lui monter au visage. Il ferma les poings puis les rouvrit en respirant à fond.

1. Coiffure caractéristique des noirs américains, en vogue dans les années 60. *(N.d.T.)*

– Ça va, répondit Elaine. Je t'assure, Eric.

Clay se glissa entre Williamson et Elaine et en profita pour poser le talon sur le bout des petits mocassins de Williamson. Clay y mit tout son poids.

– Aïe ! fit Williamson.

Clay recula et sourit.

– Ça va ? demanda Clay.

– Marcus, s'il te plaît... (Elaine se mordit la lèvre.) Écoute, Eric, on se voit lundi, d'accord ?

Williamson lança un bref regard à Clay.

– Très bien, Elaine. Amuse-toi bien.

Et il s'éloigna. Elaine s'approcha de Marcus et parla d'un ton ferme.

– Marcus, qu'est-ce que tu crois que...

– Je voulais te voir, c'est tout. Je voulais pas te faire honte devant tes jolis amis...

– Mes amis ne sont pas jolis, Marcus. On fait juste notre travail, ici, on essaye de défendre les gens qui n'ont personne d'autre.

– Épargne-moi, s'il te plaît.

– Oh, parce que mon ami est un type sérieux, parce qu'il porte un costume, alors il est joli, c'est ça ?

– Des manchettes... Putain, il porte même un *conk*, le mec. Ça, c'est pas joli ? On dirait la famille Debarge[1] à lui tout seul !

– Écoute, Marcus... (Elaine eut un geste de la main.) Tu racontes n'importe quoi. C'est vraiment n'importe quoi. De toute façon, il faut que j'y aille.

Elle s'éloigna.

– Elaine ! Quand est-ce que je vais voir MJ ?

– Appelle-moi, répondit-elle en continuant à avancer de sa démarche assurée.

1. Groupe de musique soul composé de plusieurs membres d'une famille qui portaient tous la même coupe de cheveux. *(N.d.T.)*

Il la vit disparaître dans la foule.

Clay resta là encore quelques minutes en secouant la tête et se dit que c'était vraiment bizarre : une fois qu'on avait commencé à déconner, on avait beau tout faire, y avait plus moyen de s'arrêter.

Anthony Taylor regarda les dernières minutes du match Alabama-Xavier sur le vieux poste installé sur la commode, dans sa chambre. Au-dessus de la commode, un poster fluo annonçait la prochaine tournée du Scorpio à Washington ; ça faisait un moment que Bobby Bennett parlait de ce concert à la radio. Anthony avait arraché le poster d'un poteau téléphonique, à l'angle de 14th Street et Fairmont.

Il restait trois minutes et dix secondes de jeu, et ça semblait clair que l'équipe d'Alabama avait l'affaire dans le sac. Mais il regarda quand même le match jusqu'au bout, histoire de revoir des extraits du match de Maryland, Lenny Bias qui montait au panier contre Pepperdine. Le voilà, numéro 34. C'était trop beau, la façon dont il décollait et restait suspendu dans les airs pendant qu'il marquait.

Anthony éteignit la télé. Sur la commode, il prit la lettre qu'il avait reçue de sa mère ce jour-là et la relut pour la troisième fois. Ça commençait comme d'habitude, sa mère racontait qu'elle cherchait du boulot, que les filles allaient bien, qu'il faisait chaud très tôt en Géorgie et que c'était beaucoup plus vert qu'à DC. « Peut-être que tu pourras descendre passer l'été avec moi et tes sœurs, quand l'école sera finie. » Passer l'été, disait la lettre, pas venir s'installer pour de bon.

Anthony savait bien qu'il n'y avait pas de place pour lui chez son grand-oncle, une maison de quatre pièces quelque part à la cambrousse, dans Fulton County. Pas de place et pas assez d'argent. C'est ce que sa mère lui avait expliqué quand elle avait quitté la ville avec ses deux petites sœurs, un an plus tôt, en le laissant avec sa mère à elle qu'il avait toujours appelée Mémé. De toute façon, elle avait dit, il était bien installé à DC et ça lui ferait plus de mal que de bien de l'arracher à son école, à ses amis, aux profs qu'il connaissait. C'est ce qu'elle lui avait dit et c'est ce qui s'était passé. Il n'avait pas essayé de discuter. Sa mère était au chômage et ça faisait un moment qu'elle utilisait l'argent des allocs pour acheter de la drogue. Ça l'avait rendue toute maigre et malade. La dernière fois qu'Anthony l'avait vue, elle avait l'air d'avoir quarante ans, alors qu'elle devait pas en avoir plus de vingt-huit ou vingt-neuf. Il savait qu'elle avait besoin de quitter le District, de repartir de zéro, de se remettre sur pied.

Anthony avait fait quelques conneries depuis un an. Il s'était fait casser la gueule deux fois, par des « copains » à l'école, et sa prof lui avait dit qu'elle aimait pas trop son attitude. Il était pas dur, pas dur pour de vrai comme d'autres, mais il fallait jouer un peu au méchant quand même sinon les autres mecs te prenaient pour un nul et arrêtaient pas de t'emmerder. Il avait commencé à sécher les cours, quand il pouvait, des journées entières parfois. Il passait l'essentiel de son temps à la bibliothèque Martin Luther King de 9th Street, à lire des bios de sportifs et des vieux bouquins sur le Far West, les cow-boys noirs, tout ça ; et le reste du temps, il se postait à l'angle de 12th Street et U, où il avait fait la connaissance des alcoolos qui traînaient devant le marchand de vin et des commerçants. Et là, on en voyait des trucs. Au bout d'un moment, les mecs du coin, il s'était senti à l'aise avec eux, comme s'il faisait partie de la famille.

Mémé faisait de son mieux pour le garder à la maison, mais il y était de moins en moins. C'est pas qu'elle était faible, c'était pas une grand-mère à la Moms Mabley[1]

1. Comédienne noire. *(N.d.T.)*

non plus. Elle était forte, avec des gros bras, elle fumait des Viceroy et dirigeait une équipe de nettoyage de nuit, dans un bureau. Mémé était pas trop vieille, d'ailleurs, quarante-six ans peut-être, dans ces eaux-là. Elle était gentille, aussi ; il savait que c'était pour son bien quand elle lui faisait la leçon. Elle avait eu vraiment les boules, la fois où elle s'était fâchée tellement fort qu'elle lui avait dit que si sa maman l'avait abandonné, c'était parce qu'il valait rien. Elle s'était excusée et elle avait pleuré, même, un truc qu'elle faisait jamais, mais ça lui était resté. Peut-être que c'est vrai, il se disait, peut-être que je vaux rien, en fait.

Mémé avait un petit copain, Louis, un voyou bon à rien qui portait des vestes en velours et des chapeaux à large bord, la vieille école. Il venait le vendredi soir aider Mémé à dépenser sa paye toute neuve en bière et alcools chers. Les deux, ils écoutaient des vieux trucs soul de Philadelphie et des conneries à la Stax/Volt du temps où ils étaient jeunes, et ils se mettaient à danser. Et puis ils faisaient l'amour, ou bien la bagarre, l'un ou l'autre. Dans les deux cas, Anthony n'aimait pas être dans les parages le vendredi soir.

Il aurait bien aimé revoir sa mère. Et ses demi-sœurs, Keechie et Michelle, nées d'un mec qui s'appelait Rondo et qu'on voyait souvent à la maison, jusqu'au jour où il avait disparu. Au moins, elles avaient connu leur père, elles pouvaient se rappeler sa voix, son odeur. Le sien, Anthony l'avait jamais vu, pas même en photo. Quand il posait des questions à son sujet, on lui répondait jamais vraiment. Et s'il continuait, sa mère et Mémé lui disaient de la boucler.

Anthony regarda l'heure sur son réveil radio. *Solid Gold* allait bientôt démarrer sur la 20, juste après la rediff de *Benson*, mais Louis allait pas tarder à débarquer. Anthony changea de chemise, enfila son blouson Raiders, fit des doubles nœuds à ses Nike, dit à Mémé qu'il sortait faire un tour et quitta la maison. Il faisait nuit maintenant.

Il remonta Fairmont, croisa 13th Street, accéléra en voyant quelques mecs de Clifton Terrace qui traînaient autour des voitures, passa près d'eux d'un pas rapide, mais pas trop. La tête droite, le regard devant lui. Arrivé sur 11th, il tourna à droite et descendit la colline jusqu'à U Street.

Les passants étaient rentrés chez eux et les gens du coin aussi. Il aperçut une ou deux voitures de dealer qu'il connaissait, une qui passait, l'autre qui attendait près du trottoir, au point mort. Il vit un rabatteur au coin de la rue et un autre à la cabine téléphonique. Ils faisaient tous partie de la bande à Tyrell Cleveland. Anthony continua son chemin.

Il n'y avait personne devant le marchand de vin, ce soir, juste des clients qui entraient et sortaient en se dépêchant, avec des bouteilles emballées dans des sacs en papier. Les flics et les mecs de l'ambulance, ils avaient tout nettoyé et disparu. Anthony l'avait reconnue, la Buick noire. Il connaissait le conducteur de vue, un garçon qu'on appelait Junie, qui bossait pour Tyrell. Il avait vu le blanc maigre prendre l'argent ou la drogue ou je-sais-pas-quoi dans la Buick en feu. La femme qui était avec lui, la belle fille blanche en jupe courte et bottines, elle était sortie de la Plymouth du blanc maigrichon avant que tout ça arrive. Elle était entrée dans la nouvelle boutique de disques, là, et elle en était ressortie après l'accident avec un autre mec blanc aux cheveux gris, mais pas trop vieux. Son copain dans la Plymouth s'était déjà cassé.

C'est le genre de choses qu'Anthony remarquait, avec tout le temps qu'il restait dans la rue. Il se demanda si ça pouvait intéresser quelqu'un ; peut-être qu'on pourrait lui donner de l'argent en échange ?

Anthony enfonça les mains dans ses poches et regarda

la nouvelle boutique de disques, de l'autre côté de la rue. Y avait pas de clients, juste un frangin, pas vieux, qui nettoyait. Anthony se demanda où était le propriétaire, le grand type aux épaules larges. Les mecs du coin de la rue racontaïent que ce grand type avait fait la guerre, au Vietnam, celle qui s'était terminée à peu près l'année de sa naissance. Le grand type n'avait pas l'air d'un homme d'affaires. Il avait l'air dur, du genre à se servir de ses poings s'il le fallait.

Même s'il n'était pas tard, la nuit était déjà froide. Et y avait personne dehors, ce soir, à part les dealers et les poivrots. Peut-être qu'Anthony devrait aller faire un tour à la boutique de disques quand le grand type reviendrait fermer, histoire de se présenter et de se réchauffer un peu. Un type comme ça, c'était peut-être bien de le rencontrer.

6

Tyrell Cleveland fit courir son long doigt sur sa joue et s'enfonça dans son fauteuil. Il déplia ses longues jambes et les étira devant lui. Fit craquer les articulations de ses mains et laissa pendre un poignet sur l'accoudoir du fauteuil.

Antony Ray, le cousin de Tyrell, sec comme un coup de trique, vêtu d'une chemise et d'un pantalon noirs, était assis sur une chaise, près du mur, et ne disait rien.

– Chink, dit Tyrell, éteins-moi ce bordel.

– Tyrell, s'te plaît..., dit Charles « Chink » Bennet.

– Éteins ça, je te dis.

Bennet décampa du canapé, direction l'écran de télé géant, en donnant au passage des coups de pied dans les fils d'Atari et les sacs de Doritos vides qui traînaient par terre. Il resta planté un moment devant l'écran dans la lumière bleutée de la vidéo de Suzie Wong, *Oriental Jade*.

– Putain, Chink, dit Mario « Jumbo » Linney. (Assis sur le canapé, un gros joint à la main, il sourit et se pencha en avant.) Tu peux pas t'arrêter de mater ce truc ?

– Mais regarde-la, Jumbo. Elle est trop, c'te meuf. (Bennet pointa l'écran du doigt d'un air rêveur.) T'as vu comme elle souffle, on dirait un clebs !

– Elle est train de se faire monter comme un clebs, aussi.

– Éteins, dit Tyrell.

Bennet éteignit la télé. Les épaules de Tyrell se détendirent. C'était mieux comme ça. Le bruit de la télé n'entrait plus en compétition avec le dernier disque de Whodini, *Back in Black*, qui tournait sur la chaîne. La musique à donf ou la télé à donf, Tyrell pouvait supporter, mais pas les deux en même temps. Dans la cuisine, deux filles faisaient du boucan et rigolaient, deux lycéennes de Northeast Washington que Alan Rogers et Short Man Monroe avaient ramassées en venant de East Capitol. Leurs voix ne le gênaient pas ; Tyrell avait prévu de se les taper toutes les deux ensemble un peu plus tard.

Chink Bennet retourna sur le canapé et s'assit près de son pote, Jumbo Linney. Linney lui passa le joint allumé. Bennet tira dessus et garda la fumée dans ses poumons.

Jumbo Linney, la peau sombre, était énorme, cent trente-cinq kilos pour un mètre quatre-vingt treize. Il passait son temps à manger des hamburgers et des saloperies. Mais il était encore jeune et il était dur. Sûr que sa taille le protégerait. Il était trop bête pour connaître la peur.

Chink Bennet était petit, maigre, la peau claire, avec des yeux d'Asiat en amande. Quand la violence était sur le point d'éclater, il se mettait à glousser, aussi bête qu'une minette à sa première surprise-partie. Jusqu'à maintenant, il s'en était plutôt bien tiré. Assis à côté de Linney, il ressemblait à un Webster[1] afro-chinois.

– Alan, fit Tyrell.

– Ouais, Ty ?

Alan Rogers, adossé à la porte d'entrée, fixa Tyrell et ses étranges yeux vert bouteille.

– Tu dis que t'as pas pu t'approcher de la caisse à Junie ?

– Uh-uh.

– Donc, tu sais pas.

1. Nain noir, personnage de dessin animé. *(N.d.T.)*

– Nan. Mais Tutt m'a fait un signe. Il a secoué la tête en passant devant moi.

– Tu crois qu'il voulait dire…

– Qu'il y avait que tchi dans la bagnole.

– Merde.

– À l'heure qu'il est, il a dû fouiller toute la voiture, remarque. À l'heure qu'il est, il doit en être sûr. T'as dit qu'il allait venir ?

– Ouais, devrait pas tarder.

Tyrell regarda par la baie vitrée. Une paire de phares, puis une deuxième éclaira les gravillons de la route.

– Ça doit être eux.

Short Man Monroe se leva.

– Si tu veux mon avis, Tyrell, on a pas besoin de ces enculés de keufs par ici.

– Du calme, Short Man. On a besoin d'eux. Ils vont nous aider à délimiter notre territoire et à le protéger après.

– Le Tutt, je peux pas le blairer.

– Du calme.

– Je voudrais lui mettre une Valda dans sa grosse tête.

– Calme-toi, j'te dis.

Alan Rogers secoua la tête.

– Junie, putain… J'arrive pas à croire qu'il est mort.

Tyrell baissa les yeux sur ses ongles manucurés.

– Je lui avais bien dit, à ce garçon, de conduire moins vite…

Richard Tutt sortit de sa Bronco. Kevin Murphy referma la portière de sa Trans Am. Ils se dirigèrent vers la maison, en passant entre la 300 et la BMW 633 noire de Tyrell. Sur le côté de la maison, Tutt aperçut la Supra 1982 de Jumbo Linney, complètement défoncée et passée à l'apprêt, le modèle deux tons qui faisait triquer les hispanos.

Tutt était en civil, il portait un blouson Members Only sur une chemise en denim usée et avait glissé son .45 dans la ceinture de son jean délavé à l'acide. Murphy remarqua que Tutt avait mis ses Dan Post, des bottes en peau d'autruche gris clair avec des talons de sept centimètres que Tutt trouvait super branchées. Ses cheveux en brosse étaient raides de gel, rasés derrière et sur les côtés, sans pattes, et sa nuque était grasse et rose comme un cul de bébé.

– Tyrell va être dans tous ses états ce soir, dit Tutt.

– C'est clair, dit Murphy.

– C'est moi qui cause, d'accord ?

– Pas de problème, King.

Après avoir suivi East Capitol, franchi l'Anacostia au niveau du pont Whitney M. Young pour pénétrer dans PG County, et traversé Seat Pleasant sur trois kilomètres, ils avaient atteint une zone semi-résidentielle, semi-commerciale, avec des stations-service, des enfilades de boutiques dont la moitié était fermée et de temps à autre un boui-boui qui servait de la nourriture à emporter. Derrière l'une de ces zones commerciales où seuls un réparateur télé et un pressing étaient encore ouverts, se trouvait un champ plein de cailloux où passait une petite route. La route continuait encore sur cinq cents mètres, puis des graviers remplaçaient le bitume et elle s'arrêtait devant un vieux pavillon adossé à un petit bois d'érables et de chênes. Avec la zone commerciale qui faisait comme une barrière de béton et les arbres qui entouraient la partie droite de la maison, on ne la voyait pas de la nationale.

Un an auparavant, à peu près, un ami de Capitol Heights avait parlé à Tyrell du panneau à louer qu'il avait aperçu sur la route. Tyrell aimait bien l'idée d'être à l'écart de la ville et quand il avait vu la maison, la façon dont elle était bordée par les arbres lui avait tout particulièrement plu. Il avait une copine, une fille blanche du nom de Kerry King, accro à la coke, qui travaillait dans l'immobilier. Avec la poudre qu'il lui filait gratos, plus tous les bons coups de bite qu'il lui mettait, elle avait été plus que ravie de prendre l'appart à son nom.

Tutt et Murphy montèrent les marches du perron. Tutt frappa et Alan Rogers ouvrit la porte en chêne toute grêlée. Tutt et Murphy entrèrent.

– Ça ne vous gêne pas que je reste assis, j'espère, dit Tyrell.

– Messieurs, dit Tutt en pénétrant dans la pièce de sa démarche raide de Musclor, ses gros bras mastoc loin du corps.

Murphy embrassa la maison du regard. Deux grandes pièces, autrefois salon et salle à manger. Une chaîne stéréo, un grand écran de télé, et un ensemble canapé-table dans l'ancienne salle à manger. Sur le canapé en cuir étaient assis Jumbo Linney et Chink Bennet en train de se défoncer et de raconter des conneries. Ils avaient à peine pris note de l'arrivée des flics. Derrière le canapé se trouvait la cuisine. Dans le salon, il y avait le fauteuil inclinable de Tyrell, plusieurs chaises pliables, une table ronde en chêne et une cheminée, que Tyrell aimait faire fonctionner. Murphy connaissait la disposition du reste de la maison : un couloir à droite de la salle à manger, deux petites chambres séparées par une salle de bains, un escalier menant à un grenier pas terminé. Murphy et sa femme, Wanda, vivaient dans un pavillon identique de Takoma Park, à l'angle de 4th Street et Whittier.

Alan Rogers referma la porte, se dirigea vers la table ronde où se trouvait déjà Monroe, prit une chaise et s'assit. Kevin Murphy se plaça derrière Tutt, s'appuya au chambranle de la porte et croisa les bras. Tutt se tenait devant Tyrell. Aucun d'entre eux n'avait esquissé le moindre geste pour se serrer la main. Ça allait de soi.

– Donc ? dit Tyrell.

– Ouais, fit Tutt. Y a eu de l'action, aujourd'hui.

Il fit un grand sourire tout en regardant vite fait autour

de lui. Mutt et Jeff[1] étaient sur le canapé et se fracassaient la tête avec de l'herbe en écoutant du rap débile. Tutt apercevait un flingue, sans doute un .9, posé sur la table devant eux, au milieu de vieux restes d'un repas. À sa droite, Short Man Monroe, l'homme de main de Tyrell, était assis à la table ronde, un cure-dents dans la bouche, en train de faire reluire un de ses deux Glock avec une peau de chamois. Y avait de quoi éclater de rire, c'était tellement un truc de négro d'astiquer un flingue en plastique ! Le jeune Rogers – celui-là, d'après Tutt, c'était un faible – s'était assis à table près de lui. Sur la table, il y avait : une balance électronique, un miroir avec deux ou trois grammes de coke en tas dessus, une lame de rasoir à côté, une compteuse de billets automatique, un sac en papier plein de cash ou d'herbe. Un fusil à pompe Mossberg à poignée antidérapante était appuyé, gueule en l'air, contre les briques au-dessus du foyer. Avec tous les emballages de McDonald's, les sacs de chips vides et les cannettes de soda à moitié entamées qui traînaient un peu partout, Tutt se demanda comment ces petits malins feraient pour retrouver leur quincaillerie si les choses se mettaient à péter.

– Alors ? dit Tyrell.

– Tu veux parler de Junie ?

– Uh-huh.

– Sa voiture était vide.

– Pas de taie d'oreiller… Pas de vingt-cinq mille dollars…

– Rien.

– Je l'ai vu, de mes yeux vu, les mettre dans la voiture avant de partir pour acheter.

– Peut-être qu'il est devenu gourmand, qu'il a planqué le paquet quelque part avant l'accident…

1. Personnages de bande dessinée, façon Laurel et Hardy. *(N.d.T.)*

– Ça m'étonnerait.

Short Man releva la tête.

– Junie était pas assez malin pour faire un coup pareil.

– Ou pas assez con pour essayer de m'entuber, reprit Tyrell.

– Je sais pas où ils sont passés, dit Tutt.

– Non ?

Tutt fit un signe en direction de Rogers et Monroe.

– Tes gars étaient là aussi. Tu devrais peut-être leur demander.

Short Man arrêta d'astiquer son flingue. Il fit passer le cure-dents de l'autre côté de sa bouche, sans quitter le parquet des yeux.

– Je leur demanderai ce que je voudrai quand je voudrai, reprit Tyrell. Pour l'instant, c'est à toi que je pose des questions.

– D'une manière ou d'une autre, Murphy et moi, on va trouver ce qui est arrivé à ton argent, Tyrell, dit Tutt.

Tyrell fixa Murphy. Murphy soutint son regard.

– C'est pour ça que je vous paye, tous les deux. Hein, Murphy ?

Tutt se racla la gorge.

– Bon. Ben on va commencer par les poivrots du quartier et voir ce qu'ils ont à nous dire.

– Hé, Tutt ! fit Alan Rogers. Tu devrais parler avec le petit môme, aussi.

– Quel môme ?

– Celui qui passe son temps devant Medger's.

– Ouais, dit Tutt. Je vois qui tu veux dire.

Murphy repensa à la conversation qu'il avait eue avec Anthony Taylor. « J'ai vu ce qui s'est passé », avait dit le gamin. Et quand Murphy lui avait répondu que beaucoup de gens avaient vu ce qui s'était passé, le gosse avait ajouté : « Après, aussi. » Comme s'il avait vu autre chose.

– Je m'en occupe, déclara Murphy.

– Eh bien…, fit Tyrell en souriant. On sait parler !

– Ce môme, il est toujours là, dit Monroe. Il dit qu'il s'appelle « Tony le Tigre », une connerie comme ça.

– Il s'appelle « T », reprit Murphy en répétant : J'irai le voir.

– Je m'en fous de qui va voir qui, dit Tyrell. Tant que je récupère ce qui est à moi.

Dans l'autre pièce, Linney et Bennet éclatèrent de rire bruyamment. Ils avaient remis la cassette porno et Chink Bennet, debout devant l'écran géant, faisait semblant de niquer Suzie Wong.

– Je croyais vous avoir dit de me virer cette cassette, dit Tyrell.

– C'est pas moi, c'est Jumbo ! s'exclama Bennet.

– Oh l'autre, quel menteur !

– Éteignez-moi ça et venez voir ici. On parle affaires ; je veux que vous soyez au courant.

D'un signe de tête, Tutt désigna l'homme assis en silence.

– C'est qui, le nouveau, Tyrell ?

– Antony Ray. Un cousin à moi. Il vient de sortir de Lorton, y a trois semaines. Il a tiré quatre ans sur une peine de huit pour vol à main armée. Je sais pas encore ce qu'il va faire chez nous, mais je suis sûr qu'on lui trouvera une place. Pas vrai, cousin ?

Antony Ray hocha la tête.

– Son grand-oncle, reprit Tyrell, c'était un mec important de 7th Street, dans les années 40. DeAngelo Ray, il s'appelait.

– Bien, dit Tutt. Content d'apprendre qu'il y a du sang royal qui entre dans l'organisation. (Tutt leva le menton vers Ray.) Monsieur Antony, enchanté.

Ray ne dit rien.

– Je vais me chercher un verre d'eau, dit Murphy.

Il entra dans la cuisine. Deux filles étaient là, devaient pas avoir plus de seize ans. Elles se trémoussaient sur le dernier Whodini qui passait dans l'autre pièce. L'une des deux, celle qui portait une chemise à rayures rouges et blanches, le dévisagea. Murphy hocha la tête. Les filles gloussèrent. Il aperçut un miroir de sac posé sur le comptoir avec plusieurs lignes dessus et un billet de vingt dollars à côté. Murphy trouva un verre propre dans le placard, le remplit au robinet. Il but le verre en fermant les yeux, penché au-dessus de l'évier.

– Ça va, beau mec ? dit l'une.

– Il est fort en plus, dit l'autre, et elles rigolèrent.

Ça ne va pas, ce n'est pas bien. Ce que je fais n'est pas bien. Notre père qui êtes aux cieux, ce que nous faisons n'est vraiment, vraiment pas bien.

Murphy posa le verre dans l'évier et revint dans la grande pièce. Quand il entra, Tyrell, les yeux sur Tutt, disait :

– Alors, tu les as pas chopés ?

– Non, dit Tutt. Y en avait un que j'avais presque coincé dans l'impasse. Je l'aurais attrapé si tes gars n'avaient pas foutu des obstacles partout, dans cette rue.

– Tu sais qui sont ces mecs ?

– Moi, je sais, dit Monroe. Y en a un qui se fait appeler Chief.

– Le gosse que j'ai poursuivi, il portait un bonnet en tricot vert fluo. La prochaine fois, il ferait mieux de se mettre carrément une cible sur la tête.

– C'est des gamins, Ty, fit Rogers. Ils jouent aux voyous, c'est tout.

– Ils me font de la concurrence sur mon propre terrain. Ça, c'est pas jouer, pour moi.

– On va s'en occuper, dit Tutt.

– Sauf si c'est moi qui m'en occupe d'abord, intervint Monroe.

– Il s'agit pas de faire du boucan, Tyrell, reprit Tutt. Il s'agit pas de déclencher une guerre. S'agit de mettre de l'ordre, c'est tout.

– Il a raison, Short, dit Tyrell. On veut pas de scandale.

Juste que tout reste bien tranquille. Sous contrôle. C'est pour ça qu'on a des mecs en bleu de notre côté.

Linney et Bennet rigolèrent et se tapèrent dans la main.

– Allez, viens, Tutt, dit Murphy.

– Hé, King Tutt, dit Bennet. Elles sont trop classes, tes écrase-merde ! Tu vas danser la bourrée ce soir, ou quoi ?

– Quoi, elles te plaisent pas mes bottes, Chink ? Et moi qui allais te faire un compliment sur ton survêt…

Bennet baissa les yeux sur sa tenue de jogging vert vif en toile de parachute comme s'il la voyait pour la première fois.

– Il est cool, ce survêt !

– Très cool. En fait, moi, j'en achèterais deux, si j'étais toi.

– Ah ouais ?

– Ouais. Un pour chier dessus et l'autre pour couvrir ma merde.

Personne ne rit. Murphy vit Monroe pointer son Glock sur Tutt et articuler le son *pan*.

– Viens, on y va, Tutt.

– Oui, dit Tyrell. Vous feriez peut-être mieux de vous casser.

Tyrell déplia sa grande carcasse dégingandée. Il faisait près de deux mètres. Il avait la peau claire et des taches de rousseur, avec des traits longs et chevalins, un soupçon de barbe, des dents pointues et des oreilles pointues. Murphy, ça lui rappelait les personnages en pierre qu'on voit sur les églises des blancs.

– À demain, fit Tutt.

– Ma tune, répondit Tyrell. Retrouvez-la-moi.

Tutt acquiesça et adressa un salut de la main très élaboré à Monroe. Tutt et Murphy sortirent, entendirent la porte claquer derrière eux.

Une fois dans la cour, Tutt se retourna vers la maison en souriant.

– An-tony Ray, putain… Pouvait pas s'appeler

« Anthony », comme tout le monde, fallait que ça soit « An-tony »… Enfin, j't'appelle demain, d'accord ?

– C'est ça. À demain.

Tutt monta dans sa Bronco aux pneus démesurés. Murphy monta dans sa Trans Am toute neuve. Il mit le contact et reprit le chemin qui ramenait à la nationale.

Posté derrière la baie vitrée, Tyrell regarda les deux voitures reprendre Central Avenue, tandis que Linney et Bennet regagnaient leur canapé. Puis Tyrell se dirigea vers la cheminée, ramassa le tisonnier posé contre les briques. Il s'accroupit devant le feu, déplaça les bûches et fit renaître la flamme.

Short Man Monroe attrapa son blouson accroché au dossier de la chaise. Il l'enfila, glissa son Glock dans la ceinture de son Lee. Puis il plongea le doigt dans le tas de cocaïne et s'en tartina généreusement les gencives. Fit signe à Alan Rogers.

– On se casse, Ty, dit Rogers.

– Vous allez où ?

– Jeter un coup d'œil au spectacle de Chuck Brown, au Masonic Temple.

– Fais la tournée pendant que tu y es.

– D'accord.

Monroe sortit en laissant la porte grande ouverte. Rogers ouvrit la bouche. Il avait répété ce qu'il allait dire, avait prononcé les mots devant le miroir de la salle de bains à peine une demi-heure plus tôt : « Hé, Ty, je peux pas faire comme tout le monde, pour une fois, laisser tomber le business, juste m'éclater un peu ? » Il regarda Tyrell accroupi devant le feu, le visage éclairé par les flammes. Putain, on aurait dit le diable en personne.

Rogers referma la bouche et sortit.

7

Eddie Golden s'arrêta sur les marches du perron de son immeuble d'Aspen Hill, alluma une Marlboro rouge et jeta un coup d'œil rapide sur le parking. Visiblement, personne ne l'avait suivi. Pas de blacks en voiture de dealer, ni de flics. Il n'avait pas reçu de coup de fil non plus, donc tout baignait. Jusqu'à maintenant, au moins, Eddie s'en était bien tiré.

Il s'approcha de la Reliant, garée près de la benne à ordures marron dans un coin du parking. Il s'était arrêté dans une rue de traverse, une fois franchie la limite du Maryland, pour ranger la taie d'oreiller dans le coffre. Et là, impossible de résister, il avait fallu qu'il contemple l'argent encore une fois. Et qu'il prenne deux ou trois cents dollars. De l'argent de poche, comme ça, en attendant de savoir ce qu'il allait faire.

Du coup, Eddie Golden se sentait un peu chargé. Y avait l'argent, des billets de dix et de vingt pliés dans son portefeuille, qui faisait un gros paquet dans la poche arrière de son jean. L'inhalateur dans sa poche avant, bourré de poudre qu'il venait d'acheter à un voisin, un certain Leonard au look de savant fou qui dealait dans son studio du deuxième étage parfumé à la pisse de chat. Ses clés de voiture et les clés de l'appart de Donna dans l'autre poche. Un demi-paquet de Marlboro dans une poche de sa veste, un paquet entier dans l'autre. Avec tout ça, il se sentait lourd, ralenti, une drôle de sensation pour un gars maigre comme lui. Et bien sûr, il se sentait un peu nerveux.

Après avoir acheté la coke à Leonard, Eddie était redescendu chez lui pour retirer sa tenue de concert et enfiler des habits plus adaptés à la tournée des bars de Wheaton – jean et chemise écossaise. Il se servit deux petites lignes, qu'il sniffa avec un des billets de vingt tout neufs, tira deux trois taffes d'une cigarette, puis alla faire un tour aux chiottes. La coke de Leonard était lourdement coupée au mannitol, un laxatif pour bébé qui lui avait aussitôt relâché les intestins. En sortant des toilettes, il appela Donna et laissa un message sur son répondeur. Il refit quelques rails, s'assit sur le canapé, fuma quelques cigarettes en se tordant les mains entre deux taffes, puis il se cassa car l'exiguïté de son appartement commençait à le faire disjoncter.

Il se rendit en voiture au Hunter's, un bar au coin de Georgia Avenue et University Boulevard. L'endroit était bondé, avec la foule habituelle du vendredi soir, des jeunes prolos blancs, déjà à moitié faits pour la plupart. Eddie commanda une bière au barman, un type qui avait fait de la lutte, et retrouva ses potes à une table de quatre située près de la petite scène, où un groupe de rock du Sud, coulé dans le moule Marshall Tucker/Rossington Collins, s'accordait. La table était couverte de bouteilles de Bud et de Miller Lites, avec deux cendriers pleins et trois petits verres vides qui sentaient le Jack Black.

– Hé, mec, joue du Krokus[1] ! cria un des amis d'Eddie au guitariste et les autres rigolèrent.

Ses copains étaient des installateurs en électroménager, tout comme lui, qui travaillaient à la com pour plusieurs magasins locaux. Ils touchaient la moitié sur chaque installation, ce qui avait l'air bien, comme ça, mais en

1. Groupe de hard rock. *(N.d.T.)*

réalité il fallait souvent y retourner, ou alors les ventes étaient annulées, ce qui, d'après Eddie et ses amis, était bien sûr la faute aux vendeurs qui ne se donnaient jamais la peine de prendre les mesures correctement quand les clients étaient en magasin. La plupart des vendeurs étaient juifs, ce qui en faisait une cible encore plus évidente pour les amis d'Eddie. Ils avaient trouvé un nom, pour les juifs : ils les appelaient des tapirs, d'après le mammifère au long nez que l'un d'eux avait vu un jour dans un livre d'images.

Eddie aussi était juif, mais il ne leur avait jamais dit. Avec un nom comme Golden, on pourrait croire qu'ils auraient deviné, mais non, ils pensaient qu'Eddie avait adopté un de ces noms qu'on trouve à Las Vegas, un nom de gigolo flambeur comme Bobby Montana ou Nicky Diamond, et Eddie n'avait jamais rien fait pour les détromper. Il avait grandi à Layhill, un quartier aisé essentiellement juif, et sa famille appartenait au country-club juif local, Indian Springs, que les amis d'Eddie, bien sûr, avaient rebaptisé Israel Springs.

Dans la famille, Eddie était le seul de sa génération à avoir interrompu ses études au niveau du bac ; après l'avoir vu traîner dans la maison pendant deux ans, défoncé à l'herbe en permanence, ses parents lui avaient coupé les vivres et l'avaient mis à la porte. Ça n'avait pas vraiment dérangé Eddie qui, de toute façon, avait honte de sa mère et de sa façon de parler – trop fort – et de son père et de sa manière de s'habiller – trop voyant. Il en avait jusque-là des cousins qui avaient réussi, du dîner annuel de Pessah, dont vraiment il n'avait rien à foutre, des cendriers Atlantic City[1] et autres tchotchkès répandus un peu partout dans la maison. Eddie était un bon petit juif, élevé bien comme il faut, avec plein de pers-

1. Ville balnéaire très prisée par la petite bourgeoisie juive américaine. *(N.d.T.)*

pectives d'avenir et tout et tout. Mais Eddie ne voulait pas être juif. Son ambition secrète, c'était d'être un beauf bien blanc, comme ses potes.

– Je croyais que t'avais rencard ? dit Mike Frane, un mec épais avec des gros bras.

– Nan, dit Eddie. De toute façon, j'avais pas envie d'y aller, à ce concert.

– Tous des tarlouzes, à DC, ponctua Frane.

– Et ta copine, alors ? demanda Dave Marshall, le plus méchant de la bande avec ses traits coupés au couteau et ses lèvres minces. Elle y est allée toute seule ?

– Je crois. J'en sais rien. Et alors ?

– Je parie qu'à l'heure qu'il est, elle a un paquet de mecs autour d'elle en train de la renifler comme des gros chiens.

– T'inquiète pas pour elle.

– C'est sûr, y en a d'autres qui s'en chargent.

– Bon, mais c'est pas tout, dit Eddie en remarquant brusquement que son verre était vide et en cherchant une serveuse du regard. Faut boire un coup.

Eddie paya une tournée de bières et de whiskys. Ils burent les whiskys cul sec et allumèrent des clopes. Il était encore tôt mais Marshall, Frane et le troisième mec présent à la table, un type idiot et silencieux du nom de Christianson, avaient tous l'air fait. « Baise ou baston », c'était leur devise, mais comme aucun des trois n'avait la moindre chance de tirer un coup, Eddie savait déjà comment la soirée allait se terminer. Il se leva pour aller au téléphone, composa le numéro de Donna. Laissa un autre message sur son répondeur.

Eddie se rendit aux toilettes, qui se trouvaient derrière le bar, entra dans un chiotte et tira deux coups sur son inhalateur. De retour dans le café, il dit bonjour à un type sympa qui s'appelait Tony, alluma une clope, s'approcha du bar et commanda une nouvelle tournée. Il rapporta les bières lui-même, retourna chercher les verres de whisky.

Il avait de l'énergie à revendre. N'avait pas envie de se rasseoir. Ne savait pas quoi faire d'autre.

Dave Marshall lança un truc à un maigrichon qui se dirigeait vers la sortie. Comme il était lâche, il avait attendu que le mec soit tout seul pour le traiter de « sale gonzesse ».

La table était maintenant entièrement recouverte de bouteilles vides et de verres.

– Merci pour les bières, mec, dit Marshall.

– C'est vrai, Eddie, ajouta Frane. Qu'est-ce qui se passe, t'as gagné au loto ou quoi ?

Eddie cligna de l'œil et se remémora l'adresse de ses parents.

– Quatre-vingts dollars en jouant 7-3-7.

– Super, dit Christianson.

– Je me demandais, aussi, reprit Marshall. Tu claques de la tune comme un négro au Seven-Eleven[1].

Tout le monde rit. Eddie Golden ferma les yeux, avala son Jack cul sec. Il s'essuya le menton avec sa manche.

Eddie jeta un coup d'œil autour de lui. Donna lui manquait. Il se demandait où elle était.

Postée sur la gauche de la scène du 9 : 30, Donna Morgan avala les dernières gouttes de sa bière. Dimitri Karras essayait de se frayer un chemin à travers la foule, deux Bud au-dessus de la tête, pour la rejoindre.

Sur scène, le bassiste, la deuxième guitare et le batteur accordaient leurs instruments, pendant que « How Soon Is Now » sortait des enceintes. Karras savait que c'était le morceau qui lui resterait en tête quand il repenserait à l'année 1986, tout comme « Brass in Pocket » lui évoquerait toujours 1980 et « Dancing with Mysteries » ferait aussitôt surgir 1981.

Il parvint jusqu'à Donna et lui tendit une bière. Elle

1. Petite supérette de quartier. *(N.d.T.)*

s'adossa au mur noir et but. Son front était couvert de gouttes de sueur. L'endroit était toujours plein à craquer, humide quelle que soit la saison, et sentait un mélange indéfinissable de pisse et de transpiration. C'était le meilleur endroit pour écouter de la musique live de toute la ville.

Karras voulait absolument que Donna voie la tête d'affiche, Tommy Keene, « la vraie zicmu d'aujourd'hui » selon lui. Il en avait parlé pendant tout le chemin, en sniffant avec Donna le contenu de sa fiole en verre, et tout le long du grand couloir qui menait à l'entrée de la boîte, où des répliques de Robert Smith, coiffées façon Cure, en long pardessus, et d'autres gamins vêtus de noir attendaient en parlant et en fumant. Karras était tellement excité que Donna n'avait pas eu le cœur de lui rappeler qu'elle était dans le public, le soir où Keene avait fait la première partie de Graham Parker au Wax, le même soir justement où elle était tombée sur Karras qui arborait à l'époque son masque new wave. Karras n'avait jamais été très balèze, question souvenirs ; il aimait à dire que c'était parce qu'il « vivait dans l'instant », mais Donna savait bien que c'était une façon de maquiller son manque d'attention aux autres, sans le rendre plus acceptable pour autant.

Keene débarqua en jean et veste genre fripier, et se lança dans un morceau de son dernier album, *Songs from the Film*, un truc propulsé à la guitare. Pour l'instant, c'est Los Angeles qui l'avait récupéré, mais, dans le fond, Keene appartiendrait toujours à DC. Après le pont de « Baby Face », quand le break monte et culmine avec le refrain, et que Keene, les yeux fermés, chantait tout contre le micro, et que le groupe le soutenait, compact, toute la salle s'était rapprochée de la scène et dans la bousculade, le bras de Karras s'était retrouvé autour des épaules de Donna et il se dit, comme l'alcool et la cocaïne se mariaient délicieusement dans son cerveau : C'est vraiment un moment unique, et peut-être que je ne mourrai jamais, d'ailleurs, peut-être que je vais continuer à vivre pour toujours.

Karras se pencha vers Donna à la fin du premier set et lui dit qu'il était temps de bouger. Donna haussa les épaules, dit d'accord. Karras laissa un pourboire à Mike, le barman, en ressortant. Dehors, dans la nuit, ils ressentirent le choc électrique de l'air froid sur leur peau en sueur. Karras passa son bras autour de Donna pour la réchauffer tandis qu'ils remontaient F Street. Puis il s'arrêta, la fit pivoter vers lui et l'embrassa devant l'impasse, pas très loin de l'entrée de la boîte. La langue de Donna, râpeuse comme celle d'un chat, glissa sur la sienne. Il sentit la chaleur de son bas-ventre quand il se pressa contre elle. Elle recula d'un pas, repoussa une mèche de cheveux humides qui lui tombait dans les yeux, et sourit.

C'est bon, se dit-il. J'y suis.

Quittant le tribunal, Marcus Clay descendit Indiana Avenue et se rendit au Dutch Treat, une espèce de bistrot situé au premier étage d'un immeuble, près des Archives nationales. Il s'assit au bar, commanda une bière qu'il sirota en regardant la fin du match Alabama-Xavier sur le poste de télé. Ça allait, comme endroit. On ne venait pas l'emmerder, il pouvait boire tranquillement sa bière fraîche, regarder un peu de basket, laisser tomber les tensions de la journée qui pesaient sur ses épaules et sur son dos. Oublier qu'il avait fait le con, encore une fois, avec Elaine.

Quand la partie fut terminée, Clay reprit la ligne rouge jusqu'à Dupont Circle, récupéra sa voiture et repartit pour U Street. Un ado se tenait devant sa boutique, près du téléphone public fixé dans le mur de briques. À cette heure-là, il y avait toujours un jeune apprenti dealer ou un autre appuyé contre sa voiture, en train d'attendre que le téléphone sonne ou de passer un coup de fil.

– T'as une raison particulière d'être là ? demanda Clay, la main sur la porte de Real Right Records.

– Je m'occupe de mes affaires, répondit le garçon en ponctuant ses mots d'un roulement de mécaniques.

– Tu vois, ici, l'affaire elle est à moi. Et j'ai pas besoin que tu traînes devant la boutique pour faire peur à mes clients.

Le jeune garçon sourit.

– Des clients, j'en ai pas vu beaucoup, qu'ils aient peur ou pas, depuis le début de la journée.

– Allez, bouge, dit Clay en s'approchant du garçon qui faisait la moitié de sa taille. Bouge, je te dis.

Le jeune garçon prit son temps, mais il s'en alla.

Clay entra dans le magasin. Cootch était derrière le comptoir et baissait le volume du nouvel Africa Bambaata.

– Salut, patron.

– Salut, Cootch. Du neuf ?

– Pas un seul client.

– Merde.

– Ouais, je sais. Mais t'en fais pas, Marcus. Ça va changer, une fois que les travaux du métro seront terminés. U Street va renaître, tu vas voir.

– Ça fait des années qu'on dit ça. La question, c'est : « Est-ce que je vais pouvoir tenir assez longtemps pour voir ça ? »

– Tu l'as dit.

Marcus se frotta le visage.

– T'as un truc prévu, ce soir ?

– Je voulais emmener ma chérie voir un film. Y a *Le Jeu de la mort* qui passe à L'Enfant Plaza.

– Elle est branchée Bruce Lee, ta chérie ?

– Du moment qu'il s'agit de passer la soirée avec moi, elle serait même branchée Chuck Norris !

– Vas-y, alors, prends ta soirée. Je vais faire la caisse.

– Merci, dit Cootch.

– Pas de quoi, répondit Clay.

Quand Cootch eut refermé la porte à clé derrière lui, Clay mit *Impressions : Sixteen Greatest Hits* sur la platine et monta le volume. Il adorait Curtis Mayfield, il adorait toute la musique sortie de la rue à la fin des années 60, début 70, avec son message positif d'élévation spirituelle et de fierté. Il savait bien qu'un mec comme lui, à la tête de quatre boutiques de disques, aurait dû se mettre aux rythmes plus récents, mais la vérité, c'est qu'il n'y comprenait rien.

Un gamin frappa à la porte. Clay s'avança, aperçut un blouson Raiders. En s'approchant, il reconnut le petit gars qui traînait au coin de la rue. Clay lui fit signe que c'était fermé. Le gamin frappa de nouveau.

Clay ouvrit la porte avec sa clé.

– Qu'est-ce qui se passe, petit frangin ?

– Je peux entrer ?

– C'est fermé. Je termine la caisse, c'est tout.

– C'est pas pour acheter. C'est que… J'ai froid, mec.

– Je m'appelle pas « mec ». Je m'appelle « M. Clay ».

– J'ai froid, monsieur Clay.

Clay jeta un coup d'œil dans la rue sombre. Ses doigts, qui tenaient la poignée de la porte, étaient déjà gourds de l'air de la nuit.

– T'es tout seul ?

– Oui, m'sieur.

– Et ta famille ?

– J'habite Fairmont Street avec ma mémé. Elle a de la visite, ce soir.

– Tu devrais pas te promener tout seul, comme ça.

– Oui, m'sieur.

Clay ouvrit la porte.

– Viens te réchauffer. Mais j'ai presque terminé. Après ça, faudra que tu t'en ailles.

Le gosse entra. Clay remarqua qu'il portait les nouvelles Nike « Michael Jordan » dont tous les gosses étaient fous. Clay retourna derrière la caisse et baissa la musique, tandis que le gamin se mettait à regarder les disques dans les rayons.

– Ouah, vous avez le nouveau Run-DMC ?

– On a tout, répondit Clay.

– Si vous voulez, vous pouvez prendre n'importe quel disque pour l'emmener chez vous ?

– Ouais, mais je me retirerais le pain de la bouche.

– Comment ça ?

– C'est moi le patron, ici.

Le garçon pencha la tête de côté.

– Comment vous avez fait ?

– Bossé dur.

Clay continua à compter ses billets. Quand il releva les yeux, le gosse était en train de dribbler avec un ballon imaginaire dans l'une des allées, puis il sauta et marqua un panier.

– Tu joues au basket ? demanda Clay.

– Un peu, dit le gamin. Mais je crois que je serai jamais assez grand…

– Ouais, de toute façon, c'est vraiment dur d'entrer dans la NBA. Mais y a pas de mal à jouer comme ça, pour le plaisir, tant que t'oublies pas de faire tes devoirs, aussi. C'est sain, le basket, ça t'évite de te retrouver dans la rue comme tous les autres abrutis qu'on voit par ici.

– Ouais, je sais.

– Tu sais, hein ? T'as vu le match de Maryland, aujourd'hui ?

– Des extraits.

– Lenny Bias a fait…

– Vingt-six.

Clay nota quelques trucs dans son livre de comptes. Puis il le referma, regarda le gamin.

– Tu t'appelles comment, petit frangin ?

– T.

– Ton vrai nom, pas ton surnom.

– Anthony Taylor.

– T'as quel âge, Anthony ?
– Treize ans.
– Raconte pas d'histoires. T'as l'air d'en avoir onze. Je me trompe ?
– Comment vous savez autant de choses, m'sieur ?
– Si tu vis assez longtemps, tu finis par apprendre beaucoup.
– C'est ce que dit ma mémé.

Clay contempla le gamin de la tête aux pieds.
– Tu veux faire quelque chose pour moi pendant que je finis mes comptes ?
– Quoi ?
– Y a un balai dans la pièce du fond, appuyé contre mon bureau. Et une pelle à côté. Si tu voulais donner un coup de balai par ici, ça m'arrangerait.
– Est-ce que je serai payé ?
– On regardera ce que t'as fait et on verra après.

Clay vit le gamin se diriger vers la pièce du fond en essayant un mini-roulement de mécaniques. Ce gosse n'avait que huit ans de plus que Marcus Jr. Est-ce que son petit garçon se retrouverait un jour dans la rue, comme ça ? Clay repensa à Anthony Taylor, posté à son coin de rue, tout seul dans le froid.
– Je jure devant Dieu, dit Clay à voix très basse, je jure que je ne te laisserai jamais aussi seul.

Richard Tutt gara sa Bronco aux pneus surdimensionnés sur un parking rempli de 4×4 aux pneus surdimensionnés et entra au Gold's Gym de Georgia Avenue. Il se changea, enfila un short et un marcel, entra dans le gymnase, fit quelques échauffements devant un grand miroir mural, puis il attaqua les poids.

Tutt ne faisait que des haltères. Le rameur, l'Universal, les machines comme ça, c'était bon pour les surfeurs, les avocats au dos avachi, les gosses et les gonzesses, et de toute façon, ça ne permettait pas de faire ressortir les veines pareil. Ni de faire autant de bruit, non plus. Il aimait bien le claquement du métal.

Tutt fit des poids sur le banc, paré par un type qu'il connaissait, puis se dirigea vers les barres pour faire travailler ses biceps. Il était fier de ses bras ; il aimait bien enfiler les séries au maximum pour que les veines ressortent comme des gros vers roses.

Il bossa dur. C'était plus facile quand il pensait à des gens qu'il avait envie de tuer. Comme l'homme de main à Tyrell, Short Man Monroe. Short Négro, plutôt. Comme si Tutt était du genre à se laisser casser les burnes par une demi-portion de macaque. Et maintenant, ce petit rigolo voulait lui apprendre son boulot et dégommer les gosses qui jouaient aux dealers près de U Street, ou retrouver l'argent qui avait disparu de la voiture à Junie ? Tutt ne se laisserait pas faire. Il était encore flic, et Tyrell et toute sa bande ne représentaient rien, à peine un peu de merde sur ses godasses. C'est sûr, il prenait leur argent et il continuerait tant qu'il y en aurait à prendre. Mais ils ne l'avaient pas mis dans leur poche pour autant. C'était lui, le patron. Ils finiraient bien par comprendre. Et quand ils auraient compris, Tutt passerait à une autre bande de petits malins, parce que des mecs prêts à se faire niquer, y en avait toujours à la pelle.

Tutt termina une série et se contorsionna un peu pour mieux se voir dans le miroir. On aurait dit qu'il avait un peu fondu, non ? De toute façon, il serait plus jamais aussi balèze que l'été qu'il avait passé à Ocean City, quand il bossait comme videur au Hurricane Club avec les mecs de Salisbury State University aux petits yeux rapprochés, et qu'il se shootait aux hormones de singe et arpentait la plage, aussi balèze que Joe Jacoby[1]. L'été où ils avaient

1. Énorme joueur des Redskins, équipe de football américain de Washington. *(N.d.T.)*

emmené une petite serveuse sur un bateau et où, après l'avoir soûlée à la bière, ils lui avaient demandé si c'était une bonne ou une mauvaise fille. Elle avait répondu en minaudant « Moitié moitié, je dirais », et là, Dewey, le copain à Tutt, avait flanqué sa grosse paluche d'ours sur sa chatte, en lui disant : « Et ça, c'est quelle moitié ? » Putain, comment elle avait fait un bond. Et filé doux, après. C'était un été de fous. C'est sûr qu'il serait plus jamais aussi balèze qu'à l'époque, mais il avait fait une croix sur les stéroïdes, juste après ça, parce qu'il avait passé le test pour devenir flic. Plus aucune drogue depuis. Suffisait d'un seul contrôle positif pour se faire virer de la police.

Tutt revint vers les vestiaires en s'essuyant la figure avec sa serviette. Il croisa un gars qu'il connaissait, un mec costaud mais qui parlait bizarre, comme s'il bossait à la bibliothèque ou un truc comme ça. Tutt s'arrêta pour lui raconter une blague.

– Hé, mon pote, dit Tutt, tu sais ce que ça veut dire, « pédé », en vrai ?

– Non.

– Pas Encore le Dass[1], Enculé ?

Si le gars sourit, en tout cas ça échappa à Tutt.

– Tu veux dire que c'est un acronyme ?

– Hein ?

– Tu sais, quand chaque lettre d'un mot représente la première lettre d'un autre mot ?

– C'est ça, ouais.

Tutt entra dans le vestiaire en secouant la tête. Depuis quand ils acceptaient les intellos, dans ce club ?

Il se doucha, puis se rhabilla à côté d'un flic de Montgomery County, un type qui s'appelait Penny de son nom de famille. Penny était ceinture noire, deuxième dan. Il prétendait que le travail au tapis le faisait maigrir, alors il venait trois fois par semaine faire des haltères.

1. Sida en verlan. *(N.d.T.)*

– Hé, Tutt ! Qu'est-ce que tu trimbales dans ta poche en ce moment ?

– Des . 38, ceux de la police. Mais les braves citoyens qu'on nous demande de maîtriser, ils ont des automatiques qui peuvent cracher quatorze balles par chargeur. Des .9 Mini-Tec, tout ça. Alors, tu peux me faire confiance, j'ai prévu autre chose.

– Quoi ?

– Me suis acheté un .45. Un . 38, ça tire bien, droit et tout, mais le Colt a plus de puissance de frappe.

– Tu l'as dit.

– Et puis, y a autre chose. (Tutt jeta un coup d'œil autour de lui, baissa la voix.) Quand la jungle va se mettre à chauffer et à déborder, on va trouver plein de gardes nationaux de mes deux crevés dans la rue. Et eux, ils ont des .45. Ça fera plein de munitions un peu partout pour les vrais soldats, les flics du front comme nous, on aura qu'à se baisser pour les ramasser et les glisser dans nos flingues.

Penny gloussa doucement.

– Putain, Tutt… Tu ferais mieux de faire gaffe à ce que tu racontes, avec ces histoires de jungle, et tout. Et puis je croyais que ton partenaire, c'était un black ?

– C'en est un. Mais c'est un des bons. Tu peux me croire.

Tutt referma son casier.

– À la prochaine, Penny.

– À la prochaine.

Tutt sortit et se rendit à la cabine téléphonique. Tout en fouillant dans sa poche à la recherche d'une pièce, il observa une petite nana qui se dirigeait vers le club, une fille qui faisait des haltères. Elle portait des guêtres en laine et un sweat-shirt qui tombait sur son épaule, laissant apparaître la bretelle de son maillot de corps. Tutt, ça lui rappela la nana de *Flashdance*, celle dont tout le monde disait qu'elle était à moitié négresse.

– Quelle classe, beauté ! dit Tutt en lui faisant un grand sourire plein de dents. Y a rien qui me plaît plus qu'une femme qu'a des bonnes cuisses bien musclées.

– Gros porc, dit la fille en entrant rapidement dans le club de gym.

– Ouais, ouais, ouais, fit Tutt.

Il trouva un quarter, le glissa dans la machine, passa son coup de fil.

Kevin Murphy avala une gorgée de bière et vit le meneur foncer avec le ballon. Il avait une jolie façon de protéger la balle en dribblant. Et son coéquipier, le jeune Farmer venu de l'Alabama, il touchait vraiment sa bille.

Adossé au canapé, Murphy monta le son du Mitsubishi tout neuf grâce à la télécommande. Il ne voulait pas entendre les pas de sa femme. Il savait qu'à cette heure-ci elle était là-haut en train de pleurer un peu, ou bien de se lever peut-être, de faire le tour de la chambre, de se rasseoir sur le lit, de se tordre les mains, des trucs comme ça. C'était un bruit de pas ordinaire, rien de plus, sauf qu'il s'imaginait le visage perturbé de Wanda, tout chiffonné, tandis qu'elle marchait ainsi dans le noir, sans aller nulle part, sans savoir où aller.

Cette nouvelle télé, c'est vrai qu'elle avait une super image. Il avait lu un truc dans un magazine à propos du tube spécial Diamond Vision, une connerie comme ça, avant même d'entrer dans la boutique. Le vendeur, un blanc à rouflaquettes, après avoir jeté un coup d'œil à Murphy, avait essayé de lui parler black et avait qualifié l'image du poste de « top classe et assureman ». Il l'avait même appelée la « Cadillac des télés », en clignant de l'œil sur le mot Cadillac, comme si la mention de cette voiture devait déclencher un réflexe conditionné chez un noir. Murphy, qui était resté très calme, sans afficher d'intérêt particulier, avait ri en lui-même quand le vendeur, pensant avoir perdu la main, en avait lâché une bien bonne, comme quoi acheter cette télé, c'était comme avoir un « attrape-craquette » chez soi. Malgré son ignorance, il y avait quelque chose chez ce vendeur, sa détermination aveugle peut-être, qui avait plu à Murphy. Et il avait acheté la télé. Mais il ne pouvait pas le laisser s'en tirer comme ça avec toutes ses conneries. Alors, après avoir payé cash, avec des billets de cent, il avait serré la main du type et glissé : « Au fait, ça fait au moins une vingtaine d'années que je n'ai pas entendu parler de craquette. Et je me rappelle pas avoir jamais entendu ce mot dans la bouche d'un noir. » Et comme le vendeur souriait nerveusement, Murphy avait ajouté : « Avec une tchatche comme la tienne, c'est dommage de faire une fausse note. »

Ouais, c'est vrai que l'image de cette télé était vraiment clean. Mais à la vérité, il ne prenait pas plus de plaisir à regarder le match sur son Mitsubishi que sur sa vieille Admiral écornée de trente centimètres. En un sens, ce nouveau poste lui faisait penser à sa nouvelle Trans Am noire métallisée. Il en avait toujours voulu une, d'accord, et maintenant il l'avait, le modèle haut de gamme. Mais jamais il n'aimerait une voiture comme il avait aimé sa première, une vieille Camaro d'occasion dorée, intérieur en cuir. Ça, c'était vraiment une belle bagnole.

C'est marrant comme l'argent n'avait plus beaucoup d'importance pour lui, maintenant. On pouvait pas en mettre trop à la banque, à cause des numéros de série des billets, tout ça. Du coup, Murphy devait le dépenser sur des choses matérielles.

Au début, bien sûr, l'argent devait servir à l'adoption. Un bébé pour lui et Wanda. Et le bébé aussi, il lui faudrait des choses. Quand ils avaient commencé à s'y intéresser de près, une fois que les charlatans de la fertilité lui avaient eu nettoyé son compte en banque à coup de piqûres, de cycles et de médicaments, Murphy n'en était pas revenu, du prix d'une adoption. Mais il savait qu'il fallait qu'il trouve une solution pour Wanda, malheureuse comme elle l'était.

Il s'était confié à Tutt, lui racontant l'impasse dans laquelle il se trouvait. Et c'est juste à ce moment-là que Tutt avait suggéré de palper un peu d'argent, par-ci par-là. Tutt disait que, comme ça, ils pourraient contrôler la situation sur le terrain, calmer le jeu des dealers et de leurs revendeurs, éviter qu'ils pètent les plombs avec leurs histoires de territoire à la con. La façon dont Tutt en parlait, ça paraissait logique, ou peut-être était-ce Murphy qui avait voulu l'entendre comme ça. Il avait presque réussi à se convaincre que c'était bien.

Kevin Murphy n'avait pas trop réfléchi. Il s'était mis à palper.

Bizarrement, c'est à peu près à ce moment-là que Wanda avait commencé à faire machine arrière. Elle qui avait passé des années à se faire des cheveux parce qu'ils ne pouvaient pas avoir d'enfants se mettait à douter, maintenant que Murphy lui en donnait la possibilité. Et à se comporter de manière vraiment étrange, en racontant que Dieu lui avait « dit » qu'il était écrit qu'ils ne devaient pas avoir d'enfants. Ajoutant même, au cours de l'une de leurs disputes : « Pourquoi je voudrais d'un enfant que quelqu'un d'autre a abandonné ? » Elle qui, quelques mois auparavant, ne pouvait plus supporter de fréquenter les amis qui avaient des enfants. Elle qui avait quitté son travail de fonctionnaire parce qu'elle ne parvenait plus à dissimuler la honte de sa stérilité. Peut-être que Murphy aurait dû le sentir depuis le début, qu'elle était fragile. Ted, le frère de Murphy, celui qui était pasteur, avait prétendu la première fois qu'il l'avait rencontrée que Wanda avait « le cœur malade ». Ted avait toujours eu le chic pour voir à l'intérieur des gens et pour les aider avant que leurs problèmes ne deviennent trop graves. À la fin, quand il ne pesait plus que quarante kilos, il n'y a que lui-même qu'il n'était pas parvenu à aider.

Kevin et Wanda avaient arrêté de fréquenter leurs amis. Au bout d'un moment, de peur que Wanda ne pique une crise de fou rire incontrôlable ou n'éclate en sanglots hystériques, ils avaient même cessé d'inviter les voisins à venir partager un barbecue. Loin de l'environnement de son bureau, avec juste une visite de la famille de temps en temps, Wanda avait rapidement perdu toute notion de sociabilité. Et toute forme d'espoir.

Et bien qu'il n'en eût plus un besoin pressant, Kevin Murphy avait continué à accepter l'argent. Parce qu'une fois qu'on avait commencé, on ne pouvait plus s'arrêter. Un flic « amendé », ça n'existe pas. Bien sûr, il lui restait toujours la possibilité de quitter les forces de l'ordre, de tout lâcher. Mais il ne le ferait jamais. Du plus loin qu'il pouvait se souvenir, Murphy, tout comme son enfoiré de partenaire, n'avait jamais voulu qu'une seule chose. Il n'avait plus que ça, désormais ; au regard de ce qu'il avait perdu, être flic, c'est tout ce qu'il lui restait.

Le téléphone sonna sur la table à côté de lui ; Murphy décrocha.

– Oui, dit-il. Puis : D'accord, on se retrouve là-bas.

Il raccrocha le combiné. Le match allait bientôt se terminer, il y en aurait d'autres plus tard. Ça lui ferait du bien, pour le moment en tout cas, de sortir un peu.

Murphy traversa le sous-sol aux murs lambrissés de pin qu'il venait de refaire quelques mois auparavant. Il y avait un joli petit bar en bois, avec un plateau en formica, le genre que son père avait toujours rêvé de posséder. Accrochés aux murs, des souvenirs des Redskins, plein de photos dédicacées qui remontaient à Bobby Mitchell, Sonny et Charley Taylor. Et sous une grande lampe rectangulaire, une table de billard.

Il franchit la porte qui conduisait à la partie non terminée du sous-sol, passa devant la vitrine fermée à clé dans laquelle il rangeait ses fusils, deux Remington automatiques, chargés. Il frôla le punching-ball qu'il avait pendu aux poutres du plafond, puis atteignit l'étagère en chêne placée au-dessus de son établi. Là, il y avait plusieurs armes de poing : un Walther PPK . 380, double action, deux Combat Magnum .357 et un Beretta 92F. Il descendit la boîte du Walther, l'ouvrit, en sortit le flingue, vérifia le chargeur, le remit en place d'un coup du poignet. Puis il bloqua la sûreté, glissa l'arme dans la ceinture de son pantalon et sortit sa chemise par-dessus pour dissimuler la bosse.

Kevin Murphy excellait au tir. Il s'exerçait souvent et avait gagné plusieurs prix d'adresse. Pourtant, il n'avait jamais tué, ni même blessé un homme. De ça, il en était fier.

Murphy monta les escaliers jusqu'à la chambre, frappa et poussa la porte. Wanda était étendue sur le lit, vêtue de sa blouse d'intérieur, les mains croisées sur la poitrine comme une morte.

– Je vais faire un tour, mon cœur.

– D'accord.

– Tu veux quelque chose ?

– Uh-uh.

– Et les petits chocolats que tu aimes bien ?

– Ça m'est égal.

– Très bien, mon cœur. Je vais pas tarder à rentrer.

Murphy referma doucement la porte, attrapa ses clés de voiture qui pendaient au clou planté dans le mur. Wanda ne lui avait pas demandé où il allait. Ses yeux ne s'étaient pas posés sur lui quand il était entré dans la pièce. Elle avait continué à fixer les marques de pinceau au plafond de leur chambre. Elle n'avait même pas cillé.

Murphy descendit les marches du perron et se dirigea vers sa voiture neuve et rutilante.

8

C'est vers la moitié du concert de Chuck Brown que Denice Tate repéra Alan Rogers et le petit mec à l'air méchant avec lequel il était souvent. Brown faisait chanter le public sur son tube « We Need Some Money » et la salle en sueur, bondée, du Masonic Temple, bougeant à l'unisson sur le morceau qui s'étirait en longueur, semblait atteindre un état de transe qui ne devait rien à de quelconques substances. Chuck Brown, le roi du go-go, allait jouer avec un autre roi, James Brown, au Convention Center quelques semaines plus tard, mais Denice ne pouvait pas imaginer un concert qui déménage plus que celui-ci. Elle détestait mentir à son père mais là, maintenant, surtout depuis qu'elle avait vu Rogers, elle était vraiment contente d'être venue.

– Il te regarde, lui dit sa copine Ashley qui ondulait en cadence, un pas en avant, un pas en arrière.

– C'est pas vrai, Ash !

– Je te le dis !

Ça faisait un moment qu'Alan Rogers cherchait du regard la jolie nana, celle qu'on appelait Neecie dans le quartier. Une jolie meuf comme ça, pas encore abîmée, on pouvait s'en faire sa gonzesse si on voulait. Maintenant, il l'avait bien en vue, elle était près d'une autre fille qu'était loin d'être aussi jolie qu'elle. Faut dire que Neecie, elle était vraiment trop classe.

Short Man Monroe se tourna vers Alan Rogers.

– T'es prêt, mec ?

– Nan, Short. Je veux rester encore un peu.

– Faut qu'on se casse. Tyrell veut qu'on fasse la tournée.

– Vas-y, toi. Moi, je veux mater un peu le concert.

– Je sais ce que tu vas mater.

– Elle a une copine…

– Ça m'intéresse pas. Reste si tu veux. Je repasse te chercher en revenant.

Rogers se fraya un chemin à travers la foule, en faisant attention à ne bousculer personne, pour pas qu'on se sente obligé de le bousculer en retour. On aurait dit que toute la ville était là, ce soir. Il vit quelques mecs de Rayful Edmond du Strip, des types de Montana Terrace, dans Northeast Washington, et quelques restes de la vieille bande de Hanover Place, à l'ouest de North Capitol. Rogers en connaissait quelques-uns suffisamment pour les saluer du menton, mais il évita les regards.

Valait mieux se méfier par ici, maintenant. Il avait vu un jeune type se faire descendre pour un regard pris de travers, à Chapter III, un soir, dans Southeast Washington, il l'avait vu se tordre sur le parking, une balle dans le dos, la bave qui lui sortait de la bouche et tout, comme de la mousse de lessive qui déborde, tandis que la vie s'enfuyait de ses yeux. Depuis, Rogers en avait rêvé plusieurs fois. Parfois, il se forçait à rester éveillé, la nuit, par peur d'en rêver encore. Alan Rogers avait la tenue, la démarche, mais ça, il n'en voulait pas, cette omniprésence de la mort quand on était dans le milieu.

Pourtant, fallait bien faire quelque chose, non ? On pouvait pas se retrouver comme ces pouilleux d'assistés ou ces vieux nases qui sentent la pisse et la vinasse et dorment sur les grilles du métro en plein hiver. Fallait avoir des trucs, fallait avoir l'air classe pour que les garçons vous respectent et que les filles vous matent.

Mais comment se procurer toutes ces choses quand on savait à peine écrire son nom ? Ses profs l'avaient fait passer de classe en classe, mais ils lui avaient appris que dalle. Pas à écrire et à lire, en tout cas, ni à calculer dans sa tête, non. Même pas à chercher du travail.

Un jour il était allé voir pour un boulot de plongeur dans un bar de 2nd Street, et le jeune blanc qui dirigeait la boutique, après lui avoir dit qu'il ne pouvait pas le prendre, avait décidé de lui donner quelques conseils. « La prochaine fois que tu réponds à une annonce, avait dit le mec, fais comme si t'en avais envie, du poste. Mets une chemise propre et tiens-toi droit sur ta chaise ; souris, peut-être ; regarde la personne à qui tu as affaire dans les yeux. Dis que tu veux le boulot. Et ne regarde pas ton futur employeur comme si tu avais envie de lui botter le cul. » À ce moment précis, Rogers avait eu envie de lui botter le cul, à ce joli garçon, mais plus tard, en y repensant, il s'était aperçu que le petit blanc avait raison. Alan Rogers n'avait jamais eu de modèles. Personne pour lui expliquer même les trucs les plus simples, genre comment s'habiller, comment faire pour chercher du travail, comment se tenir. Comment vivre, quoi.

À une fête, dans le quartier de Shaw, un ami qui était maintenant en prison lui avait présenté Tyrell Cleveland. Le lendemain, Tyrell l'avait appelé. Lui avait demandé s'il voulait se faire un peu de tune. Dès qu'il l'avait rencontré, Rogers avait bien pigé de quoi il retournait mais il ne voyait vraiment pas d'autre avenir. Dans la rue et chaque fois qu'il allumait la télé, il voyait tous ces types bien sapés qui s'achetaient des trucs, portaient des fringues de marque, conduisaient des belles bagnoles. Lui aussi avait besoin de choses comme ça. Il se dit, ouais, il est temps de palper un peu, comme tout le monde.

– Salut, la belle, dit Rogers avec un grand sourire.

– Salut.

– Ça fait des heures que je te cherche.

– Ah ouais ?

– Enfin, que je cherchais une belle nana classe. Je savais pas que ce serait toi jusqu'à ce que je te voie. Mais tu sais bien que t'es la plus belle ici, ce soir.

– Arrête ton char, Alan.

– Tu connais mon nom ?

– Bien sûr. Et toi, tu connais pas le mien ?

– On t'appelle Neecie, c'est ça ?

– C'est ça.

– Tu vois ? fit Alan Rogers.

Denice Tate avait les mains croisées derrière le dos.

– Tu vois quoi ?

– Toi et moi, on fait de la télépathie. On était faits pour se rencontrer, je te dis.

Denice rit. Ashley leva les yeux au ciel et gloussa.

– Viens, on va faire un tour, dit Rogers. C'est classe, comme concert, mais j'entends que la musique, aussi près de la scène. J'ai envie de parler avec toi.

Denice jeta un regard à son amie, puis dit :

– D'accord.

Ils se dirigèrent vers l'arrière de la salle, où il y avait moins de monde, et trouvèrent une place dans un coin. C'est surtout Alan qui parla. Denice aimait bien sa voix, son style, la façon dont ses grandes mains s'agitaient quand il voulait expliquer quelque chose. Et ses beaux yeux bruns. Il dit une blague, ce qui les fit rigoler. Puis il se pencha en avant pour l'embrasser. Elle ferma les yeux, le laissa faire. Il était gentil, ce garçon. Et le baiser lui plaisait bien.

Clarence Tate étudia le programme du mois de mars que l'Ibex Club envoyait à tous ses habitués. Il se dit que Denice allait rester encore quelques heures chez Ashley. Il avait le temps de se faire un petit plaisir pour une fois, de sortir, boire un verre.

Il enfila une veste par-dessus sa chemise au col ouvert,

monta dans sa Cutlass Supreme tout juste révisée et se dirigea uptown, une vieille cassette des Stylistics dans l'autoradio. Il se gara à l'angle de Georgia et Missouri Avenue, à quelques mètres de l'entrée de la boîte. Il connaissait un des patrons, un mec avec qui il était allé au lycée et qui faisait maintenant partie du Comité de la boxe de DC. Il mentionna le nom du mec au premier videur, qui fit un signe de tête au second videur, ce qui voulait dire que c'était bon, il n'aurait pas à payer. Avant de le laisser entrer, le premier type lui passa un détecteur à métal en forme de U sur tout le corps. C'était nouveau, ça, mais ça pouvait se comprendre, avec toutes les armes qui traînaient dans les parages, maintenant. Ça n'empêchait pas l'Ibex d'être un endroit plutôt sympa.

Tate monta les marches recouvertes d'un tapis rouge. Sur le palier du premier, il vit une bande de jeunes et entendit les lourdes basses d'un groupe de hip-hop dans la salle adjacente. Il continua jusqu'au second et entra. Là, les gens étaient davantage de son âge, bien habillés, et ils buvaient dans des verres. Sur scène, un homme chantait.

Tate commanda un cognac avec un grand verre d'eau et s'accouda au bar. Il ferma les yeux un moment en écoutant la voix profonde de Gil Scott-Heron et les superbes paroles de « 95 South », une de ses chansons préférées. Gil jouait en solo, ce soir, juste lui et son piano, parfait pour le cadre. Il avait maigri depuis la dernière fois que Tate l'avait vu, et ses cheveux grisonnaient maintenant.

Tate se rappela qu'il avait l'habitude de passer *Winter in America* à Denice et de l'endormir en chantant sur la chanson « Your Daddy Loves You ». Ça faisait quoi, dix ans déjà ? Nom d'un chien, elle grandissait vraiment trop vite.

Pendant la pause entre les deux sets, Tate engagea la conversation avec une femme au bar. C'était une belle femme qui avait quelque chose d'agréable ; des hanches larges, c'est sûr, et les cuisses, n'en parlons pas, mais quelle importance ? Tate non plus n'était pas un top model, avec tous les kilos qu'il avait pris.

Ils discutèrent, rigolèrent à plusieurs reprises. C'était vraiment une bonne soirée. La femme avait un sourire facile. Avant de partir, il prit son numéro de téléphone. Elle eut l'air un peu surpris qu'il n'essaie pas au moins de terminer la soirée avec elle. Mais il n'y avait même pas pensé. Il fallait qu'il rentre pour retrouver Denice et de toute façon, ça n'aurait pas été correct qu'il ramène une femme à la maison. Lui qui essayait de donner l'exemple à sa petite fille chérie.

Dimitri Karras et Donna Morgan s'étaient installés à l'arrière de l'auditorium de l'école Saint-Augustin, au coin de 15th et de V Street. Ils entendaient très bien, de là, et sentaient les pulsations de la musique les pénétrer, tandis que la foule, essentiellement masculine, se déchaînait sur Scream, un des groupes les plus chauds de DC. Karras avait des cheveux gris et Donna approchait de la trentaine. Ils n'avaient plus leur place dans l'arène.

Pourtant, Karras avait voulu jeter un coup d'œil à ce concert. Scream, un groupe qui signait sur le label local Dischord, faisait partie de la bande punk/hard qui y mettait de la mélodie et de la pêche. Il aimait bien le public aussi, pas complètement pogo ou heavy metal. C'était plutôt un public rock, auquel il pouvait s'identifier, avec des mecs clean, d'autres à moitié barrés et d'autres encore complètement défoncés. Karras, il captait pas vraiment le nouveau mouvement Straight Edge, ces gamins post-punks qui s'élevaient contre l'alcool et la drogue. Il y en avait, ils se dessinaient carrément un X sur la main avant d'aller en boîte, fiers de montrer qu'ils n'avaient pas picolé ! Merde, la drogue et le rock, c'était fait pour aller ensemble, non ? En tout cas, dans l'esprit de Karras, c'était comme ça. Minor Threat et tous les autres groupes Straight Edge, il aimait bien leur pêche, mais cet aspect-là il n'y comprenait rien. Il se disait que la nouvelle génération avait besoin de se faire une identité, de se distinguer des fumeurs d'herbe chevelus qui étaient venus avant elle. Et même s'il n'avait pas très envie de le reconnaître, Karras savait que sa confusion avait à voir avec son âge. Il y avait plein de trucs qu'il ne comprenait plus.

Les frères Stahl étaient sur le devant de la scène, Peter au micro et Franz qui déchirait sa gratte, avec Skeeter Thompson qui lestait le tout à la basse et les baguettes de Kent Staw qui martelaient les caisses. Ils en étaient à la fin de « Feel Like That » quand Karras sentit une main sur son épaule. Il se retourna.

Le type qui se tenait devant lui, il le connaissait. Pas loin de la trentaine, jean noir, veste années 50 sur une chemise sortie du pantalon. Un Grec ; il le connaissait, mais le type avait vieilli, changé...

– Nick Stefanos, fit celui-ci en lui tendant la main. T'es bien Dimitri Karras, non ?

– C'est ça.

Karras lui serra la pince.

– Tu te rappelles de moi ?

– Bien sûr, dit Karras en souriant.

Il s'en rappelait, maintenant. Stefanos était le petit-fils d'un vieux, qui s'appelait aussi Nick Stefanos et qui tenait un *diner* à l'angle de 14th et S Street où le père de Karras avait travaillé à la fin des années 40, peu de temps avant sa mort. La dernière fois que Karras avait vu le jeune Stefanos, c'était pendant le week-end du bicentenaire, juste après le sale plan avec Wilton Cooper et les autres. Stefanos partait traverser les États-Unis en bagnole avec un copain et Karras était allé lui dire au revoir. Il ne se rappelait plus pourquoi.

– Comment ça va ? demanda Karras.

– Ça va bien, mec.

Karras l'étudia d'un œil rapide. Il savait reconnaître un membre du club quand il en croisait un. Il se pencha en avant, approcha sa bouche de son oreille.

– Tu veux une ligne ?

– Ouais, fit Stefanos. Bien sûr.

Karras indiqua à Donna un endroit contre le mur de gauche, lui fit un clin d'œil, dit qu'il revenait tout de suite. Elle avait des yeux excités, brillants. Elle était bien allumée mais Karras savait qu'elle ne craignait rien toute seule. Depuis qu'ils étaient entrés, personne ne les avait même regardés.

Karras et Stefanos trouvèrent des toilettes libres. Karras ferma le verrou, s'adossa à la porte et sortit la fiole de son jean. Stefanos ferma le poing ; Karras versa un petit tas dans le creux de son pouce. Stefanos l'aspira, prit un deuxième tas dans l'autre narine. Karras, lui, se servit avec la petite cuillère.

– Elle est bonne, dit Stefanos.

– Toujours, répliqua Karras. Alors, quoi de neuf ?

Stefanos leva la main, façon salut indien, et la retourna pour que Karras puisse voir son alliance.

– Tu t'es marié ?

– L'année dernière.

– Félicitations. Elle est grecque ?

– Non. Blanche, elle s'appelle Karen. Je l'ai rencontrée au Local. Y avait Teresa Gunn qui passait ce soir-là. Karen ressemblait à Chrissie Hynde. Enfin, à l'époque. On a fait la fête, et genre, on est tombés amoureux.

Ça n'a pas l'air de lui faire particulièrement plaisir, se dit Karras.

– Elle est là ?

– Uh-uh, c'est pas son genre. Plus maintenant, en tout cas. Elle est à la maison. D'ailleurs, je vais me tirer aussi, dès que Scream aura terminé.

– Tu restes pas pour Black Flag ?

– Rollins ? Nan.

Karras ressortit la fiole. Il servit Stefanos comme la première fois.

– Merci.

– *Tipota.*

– Et toi, qu'est-ce que tu fabriques ?

– De la bonne poudre.

Stefanos rit.

– À part ça ?

– Je travaille avec mon pote, Marcus Clay. Tu te rappelles du magasin de disques…

– Real Right Records ?

– Ouais, là.

Ils parlaient à toute blinde. Karras refit une ou deux lignes. Stefanos alluma une Camel qu'il avait sortie de la poche poitrine de son blouson.

– Ça te gêne ?

– Uh-uh.

Stefanos tira à fond sur sa clope. Retint la fumée dans ses poumons, puis la recracha pendant qu'il prenait une deuxième taffe.

– Qu'est-ce que tu fais, maintenant ? demanda Karras.

– Je travaille toujours au Nutty Nathan's.

– Celui de Connecticut Avenue ?

– Ouais.

– Mon dealer est dans le coin.

– Passe, viens dire bonjour.

– T'étais magasinier, à l'époque…

– Je suis vendeur, maintenant. Depuis des années. Karen veut que j'essaie de passer gérant.

– Vas-y, alors.

– Ouais, tu parles…

– De quoi t'as envie ?

– Putain, j'en sais rien. Je bosse aussi à côté, avec un mec de Nutty Nathan's, Johnny McGinnes. Filature. On retrouve des gens. On les suit et on les retrouve. Oh, je sais pas, j'arrive pas à me fixer vraiment, tu vois ? Et puis, j'ai que vingt-sept ans ; j'ai envie de m'amuser.

– Moi aussi.

– T'as que vingt-sept ans ?

– Casse-toi, *re*.

Karras essuya un truc qui lui coulait du nez.

– Je saigne ?

– Non, ça va.

– Et ton grand-père ? Il est toujours vivant ?

Stefanos recracha la fumée vers le plafond.

– Ouais, il… Ça va. Il a vendu son resto. Il est pratiquement aveugle, maintenant, il marche avec une canne. Je vais le voir à Irving Street, je dîne avec lui une fois par semaine.

– Brave gars.

– Qui ça, moi ?

– Non, ton *papou*.

– Ouais, super.

– Encore une petite pour la route ?

– OK.

Stefanos jeta son mégot dans les toilettes avant de sortir, ralluma une autre clope avant même d'être revenu dans la salle. Ils se serrèrent la main, se tapèrent sur l'épaule. Stefanos se dirigea vers la scène, où Scream faisait péter la baraque, maintenant. Karras se rendit rapidement vers Donna.

C'était sympa de revoir le petit Stefanos. Sympa, et un peu triste en même temps. Il n'aurait pas su dire pourquoi. Karras retrouva Donna et lui dit qu'il était temps de partir. Il avait besoin de prendre l'air. D'être dehors.

– Je suis content que tu aies pu venir, dit Tutt.

– J'avais besoin de faire un tour, répondit Kevin Murphy.

Ils descendaient 13th Street dans la Bronco de Tutt. Ils s'étaient retrouvés à l'endroit habituel, devant un bar du nom de O'Grady's, à l'angle de Longfellow et Colorado Avenue, où Murphy avait laissé sa Trans Am.

– Comment va Wanda ?

– Ça va.

D'après Tutt, Wanda était du genre cinglé. La dernière fois qu'il l'avait vue, elle était venue ouvrir la porte dans une blouse merdique, on aurait dit la bonne. Et elle schlinguait vraiment, aussi, comme si elle s'était pas lavée depuis au moins une semaine. Tutt savait d'expérience que les noires aimaient bien sentir bon, même qu'elles en rajoutaient des fois, avec leurs parfums sucrés. Mais la femme de Murphy, ça faisait longtemps qu'elle avait laissé tomber l'hygiène et qu'elle se foutait pas mal de son apparence. Elle tenait les murs, maintenant, et devait réfléchir longtemps avant d'ouvrir la bouche. Y avait un grand panneau « à louer » dans ses yeux. Si on lui avait demandé son avis, Tutt aurait dit qu'elle était complètement foutue.

Mais Tutt prenait garde à maintenir les conversations sur Wanda au strict minimum. Murphy était vachement susceptible ces jours-ci.

– T'as vu le maire à la télé ? demanda Tutt.

– Nan.

– Son adjoint a démissionné dans un… Comment ils ont dit, déjà ?

– Un climat de suspicion.

– Ouais, c'est ça. C'est la corruption généralisée dans toute la ville, et voilà encore un de ces petits malins qui se casse la gueule. Les journalistes lui posaient des questions, et le maire arrêtait pas de répondre : « Vous n'avez aucune raison de mettre en doute la véracité de mes propos. » Et il s'épongeait la tête avec son mouchoir. Je te parie qu'il s'agit de la transpiration des cocaïnomanes.

– Oui, oui, fit Murphy d'un ton las, en espérant que la

conversation en resterait là. La mairie a des problèmes.

– Des problèmes ? Ça, oui. Mais tu sais ce qu'il va faire, le maire, ce soir, pour les oublier, ses problèmes ? Il va aller au This Is It ? se faire quelques lignes sur sa table en verre préférée, tout en regardant une pute qui lui sucera la bite par en dessous. Peut-être même qu'il prendra un co-gnac pour accompagner sa co-caïne [1].

Tutt ricana d'une voix suraiguë et donna un coup de coude dans les airs. Murphy tourna la tête et regarda par sa fenêtre. Cette histoire du This Is It ? – le bar de gonzesses à poil de 14th Street –, il savait bien que Tutt allait y venir. Le flic qui avait rapporté l'histoire, il s'était fait mettre au placard pour ça, mais l'histoire était parvenue aux oreilles du grand public quand même.

Kevin Murphy savait bien que le maire était grave, un alcoolo, un monstre, accro à la coke et au cul. Mais il était assez vieux pour se rappeler comment fonctionnait la ville avant lui [2]. Il espérait que le maire allait se ressaisir et faire son boulot. Et il n'avait surtout pas envie d'en parler avec un gros porc raciste comme Richard Tutt.

– Évidemment, poursuivit ce dernier, vu comment le maire risque d'être pris toute la soirée, ça laisse sa femme libre de sortir pour aller retrouver une de ses petites copines, tu vois ce que je veux dire ?

– Hé, Tutt ?

– Qu'est-ce qu'il y a, collègue ?

– T'en as jamais marre d'entendre ta voix ?

Short Man Monroe braqua le volant et fit demi-tour au beau milieu de 11th Street pour reprendre vers le sud. Il

1. Imitation raciste de l'accent noir américain. *(N.d.T.)*

2. À cause de son statut particulier de ville administrative, Washington n'a le droit d'élire son maire et son conseil municipal que depuis 1974. *(N.d.T.)*

avait fini sa tournée pour la soirée. Une boîte Nike orange remplie de billets reposait sur le siège à sa droite.

Monroe était assis tout au fond du siège, l'avant-bras posé sur le rebord de la fenêtre, le poignet pendant à l'extérieur. Fallait ça pour avoir le look gangster. Monroe vira les conneries à la Billy Ocean qui passaient sur WKYS. Il mit WPGC, sa station préférée.

Il était content que le boulot du soir soit fait, mais il n'avait pas encore fini sa journée. Fallait qu'il retrouve les mômes, celui qui se faisait appeler Chief et les autres. Il allait sûrement pas laisser Tutt, ou l'autre, là, Mister Charley [1], lui faire la leçon. Fallait qu'il prouve à Tyrell qu'on n'avait pas besoin de ces gus. Monroe était plus souvent sur le terrain que Tyrell, ces jours-ci, et peut-être que Tyrell se rendait pas compte comment ça bougeait, en ville. Graisser la paluche à deux flics, ça servait plus à rien. Plus vraiment. Fallait voir le business qu'ils avaient monté à ciel ouvert vers le Strip, et personne qui bronchait.

Monroe jeta un coup d'œil à sa montre, celle au bracelet doré. C'était presque l'heure de repartir dans l'autre sens pour aller chercher son pote, Alan Rogers, au Temple.

Rogers. Putain, ce mec était complètement barré sur la petite gonzesse. Monroe, lui, c'est pas une chatte qui lui tournerait la tête. En plus, à quoi ça servait de perdre son temps à monter l'affaire, quand on pouvait se faire sucer la bite vite fait par une pute pour quelques rails de coke ? En tout cas, c'était comme ça avec les filles qu'il connaissait.

Monroe passa le doigt sur la gâchette du .9 glissé entre ses cuisses serrées. Hmm, c'était bon.

1. Comme « Oncle Tom », une expression péjorative utilisée par les noirs pour qualifier un autre noir qui aurait trahi son peuple. *(N.d.T.)*

Jumbo Linney et Chink Bennet, alors eux, ça leur aurait pas fait de mal, un petit plan cul. Y avait bien les films qu'ils se mataient, en vidéo, et aussi ceux sur grand écran du Casino Royal et du Stanton Art où ils allaient se branler. Mais jamais aucune fille pour de vrai. C'est sûr qu'ils étaient pas jojos, les mecs. Jumbo, il avait le look de Fat Albert[1] et Chink, petit et jaune comme il était, on aurait dit le bouffon en cire accroché au lampadaire sur la pochette du disque de Grandmaster Flash, celui où y a « The Message » sur la deuxième face. Avant, Monroe se demandait s'ils étaient pas pédés, les mecs, vu comment ils étaient toujours fourrés ensemble. Mais maintenant, il avait compris qu'ils étaient juste habitués l'un à l'autre, d'avoir grandi dans la même cité et tout. Y avait rien qui pouvait les séparer.

Monroe aimait bien le cinéma, mais pas ces conneries de pornos. Il aimait les films qui parlaient de mecs qu'avaient réussi, qui menaient la grande vie, qu'avaient fait leur loi et qui s'en étaient tirés. La série du *Parrain*, par exemple, et surtout le keum de *Scarface*, le plus classe de la terre. Terminator, aussi, il aimait bien. Surtout la scène où *Terminator* revient au commissariat et nique tous ces enfoirés en uniforme. Le soir où Monroe avait vu le film, au Allen, sur New Hampshire Avenue, les petits frangins les plus durs s'étaient mis debout pendant la scène et ils criaient : « Tue-les ! » et « Encore ! »

Monroe aperçut deux garçons, plus bas dans la rue, près de la ruelle qui donnait dans T Street. L'un d'eux portait un bonnet vert fluo.

– Ah, ah ! fit Monroe. Nous y voilà.

Il rétrograda après un virage à droite très serré. Les garçons levèrent la tête au son des pneus qui crissaient sur l'asphalte.

1. Gros personnage noir de dessin animé. *(N.d.T.)*

9

C'est en pensant à un grand méchant rottweiler qui habitait dans l'impasse derrière son petit pavillon de O Street que Wesley Meadows avait choisi son surnom. Ce rottweiler, baptisé Chief par son propriétaire adolescent, faisait flipper tout le quartier. Au bout d'un moment, plus personne – enfant ou adulte – ne passait près de la clôture du jardin où le gamin gardait son chien. Chief avait beau être retenu par un collier étrangleur attaché à une grosse chaîne, la façon dont il se dressait sur ses pattes arrière, découvrait ses dents jusqu'aux babines quand on approchait du jardin, ça vous coupait les jambes. Et Wesley, il avait encore plus peur que les autres. Pour lui, personne au monde n'était aussi fort ni aussi méchant que ce chien, et c'est pour ça qu'il avait pris le même nom.

Wesley Meadows et son ami James Willets descendirent la ruelle en direction de T Street. Il fallait contourner un tas de machins – des jantes de pneus, des vieilles machines à laver, des trucs comme ça – placés là par la bande à Tyrell Cleveland pour ralentir les voitures de patrouille et les flics à pied. Mais c'était plus si difficile de se promener là-bas la nuit ; Wesley et son pote James avaient mémorisé tous les obstacles, maintenant.

James, lui, se faisait appeler P-Square[1]. Il disait qu'il

1. « P au carré ». *(N.d.T.)*

avait choisi ce surnom parce que ça faisait mystérieux et tout. Il n'osait pas dire à Wesley où il l'avait trouvé, mais Wesley le savait quand même. C'était un diminutif de Peter Parker, le type qui devient Spiderman, le personnage de BD préféré de James.

Dans la poche du jean de James, il y avait une figurine de Spiderman, ainsi que quelques *dimes* et *quarters*[1] de cocaïne coupée, enveloppés individuellement dans des petits bouts d'alu tortillés aux extrémités. Wesley avait la même chose dans une des poches de son pantalon de survêt, et dans l'autre, un vieux .22 au percuteur complètement usé. Il avait échangé le flingue contre un demi-gramme à un junkie super nase au nez plein de morve, vers 10th Street.

Wesley Meadows et James Willets avaient onze ans.

Wesley ne voulait faire de mal à personne, mais il fallait bien un flingue si on voulait jouer le jeu, donc il en avait un. Bien sûr, il ne gagnait pas encore grand-chose avec son business, mais ça lui donnait une occupation le soir pour échapper à ses frères et sœurs, à sa mère et à son petit copain, celui qu'avait une grande gueule et qui passait son temps chez eux, à lui dire ce qu'il devait pas faire. Le grand frère de Wesley, Antoine, alors lui, il était carrément dans le milieu. Une fois de temps en temps, Wesley lui piquait un peu de coke, pas assez pour qu'il s'en aperçoive, et il la mélangeait avec une bonne dose du truc dans la bouteille de plastique bleue, la poudre pour bébés qui faisait faire caca tout de suite. C'est Antoine qui avait montré ça à Wesley.

– On va se faire un peu de tune, ce soir, P-Square ?

– Plein de tune, répondit James avec son grand sourire niais.

À la vérité, ils ne vendaient presque jamais rien. La

1. Doses de dix et vingt-cinq dollars de cocaïne. *(N.d.T.)*

plupart du temps, ils ressortaient la même marchandise deux ou trois soirs de suite.

Wesley jeta un coup d'œil à James. Il était petit et maigre, avec des dents de cheval. Les autres, à l'école, ils se foutaient toujours de lui à cause de ça, ils l'appelaient Hi-Han Willets, ce genre de truc. James était trop petit et il avait trop peur pour être utile en cas de pétrin, mais Wesley l'avait quand même nommé son lieutenant. Pour lui donner confiance. Ce qui était bien avec lui, c'est qu'il se débinait pas, contrairement à leur pote Mooty Wallace, qui rentrait chez lui à toutes jambes dès qu'un mec de la bande à Tyrell leur jetait un regard de travers. Faut dire que Mooty, il courait plus vite que Wesley et James réunis.

Et puis zut, de toute façon, ils faisaient que s'amuser, c'est vrai, ils grattaient un peu mais pas trop, sans marcher sur les plates-bandes de Tyrell. La bande à Tyrell, ils voyaient bien que Chief et P-Square, c'était rien que deux mômes. Ils iraient sûrement pas perdre leur temps avec eux.

En arrivant au bout de l'allée, Wesley et James entendirent un crissement de pneus. Ils levèrent la tête : une Z noire se dirigeait droit sur eux.

– Magne-toi ! cria Wesley Meadows.

Ils firent demi-tour et se mirent à courir.

Short Man Monroe gara sa Z. Il retira la clé du contact, sortit de la voiture le Glock à la main, pointé en l'air. Il s'enfila dans la ruelle étroite.

Le bonnet vert, il le voyait même dans le noir. La tête d'un autre garçon, aussi, qui bringuebalait d'avant en arrière tandis qu'il courait à côté de celui qui se faisait appeler Chief.

– Hé, mec, arrête-toi ! hurla Monroe.

Il sauta par-dessus un pneu, atterrit sur ses deux pieds, continua à courir sans casser sa foulée.

– P-Square ! fit Wesley.

– Ouais !

Leurs voix leur parurent bizarres, modifiées par leur souffle court, vu comment ils couraient à toute blinde.

– Prends à droite, dit Wesley. Je te retrouve dans notre rue !

– OK !

James Willets obliqua brusquement et se dirigea droit sur la clôture d'un jardin. Il tenait sa figurine à la main, bien serrée dans son poing. Il savait qu'il devait sauter la barrière sans la toucher…

– Peter Parker, dit James. Vole !

Et il franchit la clôture sans presque l'effleurer, fonça dans l'obscurité du jardin, ressortit sur le devant, mû par l'adrénaline, ses pieds touchant à peine l'herbe sèche du jardin et l'asphalte de la rue.

– Hé, toi ! hurla Monroe.

Il avait laissé le maigrichon s'échapper pour se concentrer sur celui qu'on appelait Chief. Il était en train de le rattraper.

En sortant de l'allée, Wesley fonça soudain à droite et dévala S Street. Une femme marchait sur le trottoir ; Meadows la contourna habilement, continua à filer.

En débouchant au coin de la rue, Monroe faillit percuter une espèce d'abrutie avec des provisions dans les bras. Elle croisa son regard, aperçut l'automatique dans sa main. Elle écarquilla les yeux et se dépêcha d'avancer, tête baissée, en fixant le trottoir et ses pieds.

Monroe courut encore quelques pas, ralentit, s'arrêta. Il se plia en deux, le temps de reprendre son souffle.

– Putain, fit-il.

Il se redressa. La femme allait se souvenir de lui. C'était idiot de terminer le boulot ce soir. Il avait vraiment de la chance, ce môme, qu'elle ait débarqué comme ça. Il rangea le Glock dans la ceinture de son jean.

Plus bas dans la rue, au niveau de 12th Street, il vit le

gamin au bonnet vert s'arrêter sous un lampadaire, regarder derrière lui, puis sauter en l'air genre de joie et agiter les bras. Il croyait quoi, ce petit merdeux, que Monroe était en train de jouer ? Et qu'est-ce qu'il avait à la main ? On aurait dit… non, c'est pas qu'on aurait dit, c'est que c'était vraiment un flingue !

– Là, mon pote, tu viens de régler ton sort, dit Monroe en plissant les yeux derrière la buée qui sortait de sa bouche. Maintenant, tu vas mourir, c'est sûr.

Assis sur le canapé, Dimitri Karras allongeait la ligne sur le miroir à l'aide de sa lame de rasoir. Il poussait et repoussait la poudre et à chaque coup de poignet la ligne s'allongeait un peu. Il adorait jouer avec la marchandise ; parfois, il se disait que le rituel était ce qu'il y avait de meilleur dans la coke.

Debout au milieu de la pièce, Donna Morgan dansait sur *No Free Lunch*, le maxi de Green on Red que Karras avait mis sur la platine. Tout en remuant, Donna regardait l'épisode de *Miami Vice* qui passait, le son coupé, à la télévision. Karras trouvait ça amusant – ironique, il aurait dit, à l'époque où il était prof – qu'une nation entière de jeunes accros à la coke suivent religieusement les exploits de ces deux flics stylés tous les vendredis soir. Karras en aurait bien touché un mot à Donna, mais de toute façon elle n'aurait pas entendu. La musique était trop forte.

Après s'être arrêtés pour acheter un pack de douze Heineken, ils étaient revenus chez Karras, au 1841 R Street, un bâtiment surnommé le « Trauma Arms » par ses habitants précédents. D'habitude, Karras ne buvait pas beaucoup, mais quand il prenait de la coke sa soif ne connaissait plus de limites. Ces derniers temps, il s'était mis à picoler pas mal. Cinq cadavres étaient alignés sur la table devant lui.

– Tiens, ma puce, fit-il quand il parvint à accrocher l'attention de Donna.

Il la regarda qui se dirigeait vers le canapé. Elle avait retiré son pull et ne portait plus qu'un T-shirt blanc glissé dans sa jupe. Comme tout le monde ces temps-ci, les fêtards aussi bien que les adeptes des gymnases, Donna avait un corps tonique. Karras se rappelait les taches de rousseur sur sa poitrine, ses tétons sombres accrochés comme des prunes sur ses petits seins blancs et durs. Il s'efforça de ne pas y penser davantage. Il voulait continuer à faire la fête, ne pas précipiter les choses.

Donna se servit d'un billet de vingt dollars, roulé bien serré et scotché, pour aspirer le rail. Une cigarette se consumait dans le cendrier, une autre qu'elle venait d'écraser fumait encore.

– Aaaah, fit-elle en plongeant ses doigts dans le verre d'eau posé sur la table puis en se les fourrant dans le nez.

Elle prit une bouteille de bière. Karras se mit à chanter sur le disque qui passait :

– *Time ain't nothin' when you're young at heart and your soul still burns*[1]...

– Ouais ! fit Donna.

Karras sniffa la moitié de sa ligne par une narine, l'autre moitié par l'autre. Puis il versa de nouveau un peu de poudre du képa de Donna sur le miroir. Comme le morceau de musique se terminait, Donna demanda :

– T'as des disques de U2 ?

– Uh-uh.

– Quoi ?

– Je les ai vus à l'Ontario à l'époque de la tournée de *Boy*, et puis au Ritchie, à College Park, pour être bien sûr que je ne ratais rien. Les gens étaient tous en cuir noir, le poing en l'air. On se serait cru à Berlin en 1938.

1. « Le temps ne compte pas quand ton cœur est jeune et que ton âme brûle toujours... » *(N.d.T.)*

– Ah ouais, parce que, genre, tu y étais en 1938, dans l'Allemagne nazie…

– Écoute, je comprends pas ce qu'on leur trouve, c'est tout.

– Qu'est-ce que tu veux écouter, alors ?

– Continue avec la bande de Paisley Underground[1]. Mets Dream Syndicate.

– Lequel ?

– *Medecine Show*, dit Karras. C'est une production Sandy Pearlman.

– Hein ?

– Le mec qu'a produit ce disque a produit les premiers trucs de BOC. C'est lui aussi qu'a fait le disque des Clash, *Give Em Enough Rope*.

C'était du pur speed, maintenant, Karras savait bien. Sa langue ne remuait pas assez vite pour déverser toutes les conneries qu'il avait en stock. Il déblatérait des trucs sans aucun intérêt, juste pour le plaisir d'entendre sa propre voix.

– Mais qu'est-ce que tu racontes ?

– Vas-y, Donna, mets le disque de Dream Syndicate.

Deux bières et quelques lignes plus tard, Karras se retrouvait au milieu de la pièce, en train de grattouiller le solo de « Merrittville » mais sans guitare. Il aperçut son reflet dans la fenêtre, un type aux cheveux gris qui faisait courir ses doigts sur des barrettes imaginaires.

– Qu'est-ce qu'il y a de drôle ? demanda Donna.

– Drôle ? Je suis bien, c'est tout.

– Moi aussi, je suis bien.

Elle avait atteint son apogée, une sorte de bonheur illusoire et désespéré dans le regard. Son sourire était scotché au visage. Elle avait l'air déchiré.

Karras, lui, en voulait encore. La durée des montées

1. Mouvement de groupes de rock comprenant notamment Green on Red, Long Ryders, etc. *(N.d.T.)*

était de plus en plus brève ; encore, encore, il ne pensait qu'à ça. Il allongea des lignes. Ils parlèrent et parlèrent. Donna se leva d'un bond et téléphona à Eddie Golden pour la troisième fois de la soirée.

– Encore le répondeur, dit-elle.

– Oh, fit Karras.

Il ne lui avait pas raconté qu'Eddie avait pris un truc dans la voiture en flammes. Je lui dirai demain, se dit-il, ou peut-être pas du tout. Est-ce qu'elle a besoin de savoir ? Pourquoi tout gâcher ce soir ?

Karras l'attira sur le canapé et l'embrassa. Puis il se recula, sourit, le sourire à mille dollars. Il avait branché son charme, position maximum. Ils s'embrassèrent jusqu'à ne plus avoir de salive. Karras glissa sa main sous le T-shirt de Donna, pétrit ses seins à travers son soutien-gorge. Ses tétons étaient durs comme des cailloux.

– Monsieur Karras, murmura Donna.

– C'est moi.

Ils burent encore un peu, parlèrent encore beaucoup, rigolèrent. Ils terminèrent la coke de Donna. Écoutèrent *Psychocandy*, *The Replacements Stink* et mirent le volume à fond sur *Zen Arcade* dans une montée de bière-plus-poudre. Karras finit la soirée par un pogo improvisé sur un morceau des Pogues tiré de l'album *Rum, Sodomy and the Lash* et renversa une vieille table basse tandis que la dernière Heineken finissait par faire son effet.

Il atterrit sur le cul ; les basses résonnaient dans les grosses enceintes Polk. De l'autre côté de la pièce, debout près du canapé, Donna, les cheveux dans les yeux, léchait le képa qui avait contenu la poudre. Quand elle eut nettoyé les moindres recoins, elle le laissa tomber. Ses yeux s'assombrirent en suivant la trajectoire de la feuille de papier jusqu'au sol.

– Qu'est-ce que tu dis de ce hot-dog, petit frangin ? demanda Marcus Clay.

– Je dis qu'il est super bon, monsieur Clay. Merci de me l'avoir payé.

– Pas de quoi.

Ils étaient assis au comptoir de Ben's Chili Bowl, près du vieux cinéma Lincoln de U Street. Clay y avait emmené le petit Anthony Taylor après avoir fermé le magasin. Il lui avait donné cinq dollars pour avoir balayé et lui avait dit qu'il allait le déposer chez lui. Mais le garçon avait l'air d'avoir faim, alors ils avaient fait un arrêt en chemin. De toute façon, Clay n'avait rien de prévu pour la soirée et rien ne valait une escale tardive au Ben's.

À l'aide de son petit pain, Clay épongea les haricots rouges qui restaient dans son assiette.

– T'en veux un autre ?

– D'accord.

Clay fit signe au serveur.

– Deux autres. Et un autre soda au raisin pour le jeune homme.

On les servit et Taylor attaqua aussi sec. Il tourna la tête pour regarder un bus qui passait sur l'avenue.

– Il est joli, ce bus, fit Anthony.

– Tu aimes les bus ?

Taylor acquiesça en avalant une gorgée de soda.

– J'aimerais bien en conduire un comme ça, quand je serai grand.

– Tu sais, si tu travailles comme il faut, tu pourrais même être propriétaire d'un bus comme ça.

– Pour de vrai ?

– Pourquoi pas ? Tu peux faire tout ce que tu veux, si tu en prends la décision. J'ai grandi dans le coin, moi aussi, entre 13th Street et Euclid. Quand j'étais petit, je voulais avoir un magasin de disques à moi tout seul. Maintenant, j'en ai quatre.

– La vache.

– Mais il faut que tu saches que ça m'a demandé beaucoup de travail pour en arriver là. Ç'a pas été facile. Les jeunes dealers, aujourd'hui, qui mènent la grande vie, ça te paraît peut-être super, mais rappelle-toi que cette vie-là ne dure pas. Y a que la mort ou la prison qui attend ces gars-là au bout du compte.

– Je sais. Comme le type qui a cramé aujourd'hui. S'appelait Junie, il travaillait pour Tyrell Cleveland.

– Cleveland, hein ?

Clay avait déjà entendu ce nom.

– Ouais, c'est lui qui contrôle le business dans le quartier, autour de votre magasin. Junie, le type qui a cramé aujourd'hui, dans la Buick super rapide ? Il bossait pour Tyrell.

– Tu vois trop de choses pour ton âge, mon petit gars.

– Je vois tout ! J'ai vu le blanc qu'est sorti de la Plymouth pour prendre une taie d'oreiller dans la Buick à Junie.

– Ah oui ?

Clay évita le regard du garçon.

– Ouais ! Et y avait un paquet de billets dans cette taie d'oreiller ! J'en ai vu s'envoler de la Buick pendant qu'elle brûlait.

De l'argent. C'était donc bien ça. Clay se demanda si Karras savait que sa copine de défonce fréquentait un type suffisamment cinglé pour voler de l'argent à un dealer.

– Y a une jolie fille blanche qu'est sortie de la Plymouth la première, qu'est rentrée dans votre magasin et qu'est ressortie après l'accident avec le type blanc qu'a des cheveux gris. Celui-là, je le vois tout le temps dans la boutique. Et encore autre chose.

– Quoi ?

– Y avait une pancarte sur la porte de la Plymouth. J'ai

appris le numéro de téléphone et l'adresse qu'il y avait dessus par cœur. Je vous ai bien dit que je voyais tout.

– Uh-huh.

– J'allais le dire au policier, reprit Taylor. Un type que je vois souvent dans notre quartier, il est toujours avec le flic blanc qu'a l'air méchant. Mais il m'a pas demandé.

– Qu'est-ce que tu vas faire s'il te demande ?

– À votre avis, qu'est-ce que je dois faire ?

Clay mordit dans son hot-dog pour gagner un peu de temps. Il ne voulait pas que son ami Dimitri soit mêlé à tout ça. Et ce n'était certainement pas bon pour le gosse d'y être mêlé non plus. Mais voilà qu'il essayait de jouer les exemples pour le gamin et de lui donner des conseils. Il pouvait quand même pas se montrer sélectif sur ce qui était bien et ce qui était mal.

– Si le flic noir te demande, reprit Clay, tu lui dis de venir me voir.

– Ouais, je me doutais que vous diriez ça. D'après mes copains, à l'école, vaut mieux rien raconter aux flics du tout.

– Tes copains se trompent. Mais dans ce cas précis… Pour cette fois, c'est mieux qu'il vienne me parler. D'accord ?

– D'accord.

– Tu veux un autre hot-dog ?

– Nan, je commence à plus avoir faim.

– Moi non plus. Mais ils sont bons, non ?

– Plus bon, tu meurs.

– Surveille ton langage, mon garçon.

– D'accord.

Short Man Monroe détestait ce morceau de Jeffrey Osborne, « You Should Be Mine », surtout quand le DJ appelait ça « The Woo Woo Song [1] », on aurait dit un truc

1. « Chanson pour faire sa cour ». *(N.d.T.)*

spécial pédés. Monroe, il pouvait pas blairer les chansons d'amour. Et voilà qu'il en écoutait dans sa voiture, maintenant, tout en remontant U Street avec Alan Rogers et sa nouvelle poule, celle que son pote appelait tout le temps Neecie. Les deux s'étaient serrés sur le siège passager, Neecie sur les genoux d'Alan. Alan lui roulait des pelles.

– On va où, mec ?

Alan Rogers retira sa bouche de celle de la fille.

– On va déposer Neecie juste à côté d'ici. Faut qu'on la ramène chez elle avant qu'elle se fasse allumer par son père.

– Ton père, dit Monroe, il travaille dans la boutique de disques, non ?

– Dans toutes les boutiques, reprit Denice. C'est le comptable. C'est lui qui s'occupe de l'argent.

– J'savais pas qu'il était si important, fit Monroe en gloussant doucement.

Il fit passer le cure-dents de l'autre côté de sa bouche.

Denice Tate attira Alan vers elle de nouveau et lui donna un long baiser. C'était vraiment bon de l'embrasser, un type beau et fort comme lui, qu'avait été tellement doux avec elle toute la soirée. Et il avait pas essayé d'aller plus loin que ces bons baisers qu'il donnait comme ça, gratis. Un gentleman, voilà ce qu'il était, quelqu'un que son père aurait sûrement apprécié si seulement il lui avait laissé la moitié d'une chance.

– C'était cool, comme concert, hein, ma puce ? demanda Rogers.

– Chuck Brown, il est trop classe, dit Neecie. Je vais m'en souvenir longtemps, de ce concert.

Rogers sourit.

– Ouais, moi aussi.

Monroe s'enfonça encore un peu dans son siège. Encore heureux qu'aucun autre pote était là pour le voir avec Rogers et sa poule. Et Rogers qui se croyait dans un soap opera, avec des petits oiseaux qui lui volaient autour de la tête en faisant cui-cui et tout le bordel, tout le monde il est beau, tout le monde il est gentil. Pourquoi il en vient pas au fait ? se demanda Monroe. Qu'il bourre la meuf une bonne fois pour toutes, qu'il baise et qu'il se casse et qu'il la vire de notre bagnole, putain. Y avait du boulot qui les attendait et les gonzesses avaient rien à voir là-dedans.

Un peu plus loin, un 4×4 garé devant une épicerie ouverte tard leur fit un appel de phares. Monroe relâcha l'accélérateur, vint se garer près du trottoir.

– Hé, Short, pourquoi tu t'arrêtes ?

– Le mec veut nous parler, je crois.

– Quel mec ? demanda Rogers.

– Notre ripou à nous. King Tutt.

10

Après avoir franchi le carrefour de 12th et U, Marcus Clay remarqua un petit groupe qui se tenait autour d'un 4×4 bleu ciel. En s'approchant, il reconnut les petits dealers qu'il avait vus dans la rue, en face de son magasin, le petit avec des gros bras gonflés et le grand au visage gentil. Ils parlaient avec un mec genre Musclor, un blanc aux cheveux rasés. Clay ne pouvait pas en être sûr – le type était en civil – mais on aurait dit le flic qui couvrait le quartier. Le grand mec avait passé son bras autour d'une fille, pour la réchauffer visiblement, vu la manière dont il caressait doucement son épaule. En passant, Clay les regarda de plus près. C'était bien le flic du quartier, en train de faire un contrôle, sûrement. Et la fille, putain, on aurait dit – non, c'est bien ça, c'était Denice Tate.

– Bordel de merde, fit Clay.

– Pardon ? dit Anthony.

– Non, rien.

Il appuya sur l'accélérateur. Ça ne servait à rien de mêler le petit Taylor à tout ça. Ni de s'arrêter. Tout en étant à peu près certain que Clarence Tate n'était pas au courant, Clay se dit que sa petite fille ne devait pas être en danger immédiat. Qu'est-ce qu'il pouvait se passer ? Après tout, ils étaient avec un flic. Le flic ferait attention à ce qu'il ne lui arrive rien. Il veillerait à ce qu'elle rentre chez elle. Denice était maligne ; elle savait éviter les ennuis. Elle s'amusait un peu, voilà tout. Si ça se trouve, elle ne savait même pas que ce type était dans le milieu.

Une question lui vint aussitôt à l'esprit : devait-il en parler à Clarence, comme ça, direct ?

Clay conduisit le gamin jusqu'à Fairmont Street, s'arrêta devant chez lui et laissa tourner le moteur de sa Peugeot.

– C'est ici ?

– Oui.

– Bon, ben rentre chez toi, alors.

Taylor lui lança un regard de côté.

– Est-ce que je peux passer demain ?

– Bien sûr. Passe.

– Merci, monsieur Clay.

– De rien, Anthony.

Clay vit le garçon se diriger vers son pavillon. Il attendit qu'il soit rentré chez lui.

Richard Tutt aperçut la Z à peu près au moment où Kevin Murphy entrait dans l'épicerie pour acheter du chocolat à sa femme. Il fit un appel de phares et la voiture se rangea le long du trottoir. Tutt sortit de la Bronco en même temps que Monroe, Rogers et une jeune nana sortaient de la Z.

Rogers et la fille restèrent en retrait tandis que Monroe avançait vers Tutt de sa démarche lente et balancée, un cure-dents pendouillant au coin des lèvres. Qu'est-ce que je donnerais pas pour lui claquer sa petite gueule de négro et faire tomber ce putain de cure-dents, se dit Tutt.

– Qu'est-ce qui se passe, Tutt ? demanda Monroe. Où est passée ta moitié noire ?

– Mon collègue est dans le magasin. Il va pas tarder.

– Qu'est-ce qui vous amène ce soir ?

– On surveille notre quartier, c'est tout.

– Votre quartier. Genre il vous appartient, maintenant, hein ?

– Il appartient aux bons citoyens. Je ne fais que m'en occuper.

– T'as raison, mon grand.

Tutt sourit. Il glissa la main derrière son dos comme pour remonter son jean.

– J'ai une blague pour toi, Short.

– J'écoute.

– Qu'est-ce que le père de Marvin Gaye lui a dit juste avant de le descendre ?

– J'en sais rien…

D'un seul mouvement, tout en fluidité, Tutt sortit son flingue, l'arma et le pointa sur le visage de Monroe.

– C'est le dernier 45 que t'entendras.

Monroe ne broncha pas. Si le petit blanc voulait jouer au cow-boy devant tout le monde, ça le gênait pas, il était prêt. Et il s'en foutait pas mal qu'il soit flic.

Tutt rigola.

– T'as pas pigé, Short ? Marvin Gaye. 45, comme le calibre. Et comme les 45 tours.

– Je pige. C'est juste que c'est pas très drôle, Tutt.

Alan Rogers passa son bras autour de Denice Tate. Il la sentit frissonner à son contact.

Tutt remit le Colt dans la ceinture de son pantalon. Une voiture approcha. Personne ne tourna la tête quand elle ralentit, puis accéléra de nouveau. Du coin de l'œil, Tutt remarqua seulement qu'il s'agissait d'un de ces machins français qui faisaient fureur chez les blackos de la ville, ces temps-ci.

Murphy sortit de l'épicerie, un paquet de Turtles – les chocolats préférés de Wanda – à la main.

– Qu'est-ce qui se passe ? demanda-t-il pour essayer de rompre le silence étrange dans lequel il débarquait.

Il s'arrêta derrière Tutt ; il restait toujours derrière lui parce qu'il savait que Tutt dégainerait sans même réfléchir si jamais il arrivait quelque chose. Tutt le protégerait, il prendrait le premier coup. Murphy eut l'impression de lire du mépris dans les yeux de Monroe, et de la déception peut-être dans ceux de Rogers. Tous les deux, ils savaient ce que Murphy savait aussi : qu'il n'avait pas le même courage aveugle que le flic blanc, pas autant de couilles.

– Votre collègue, il s'amuse à raconter des blagues, agent Murphy, dit Monroe.

– Qu'est-ce que t'as apporté de beau, Rogers ? demanda Tutt.

Il fit un signe de tête en direction de la fille, la dévisagea lentement, façon loi de la jungle, pour que Rogers comprenne bien qu'il pouvait lui piquer si l'envie l'en prenait.

– T'as trouvé de la chair fraîche ?

Rogers serra Denice contre lui.

– Joli morceau, ajouta Tutt avec un affreux sourire et un clin d'œil en direction de Murphy. Pas vrai, Murph ?

Ferme ta gueule. Ferme-la, mec, pour une fois. Et la regarde pas comme ça. Tu vois pas que c'est rien qu'une môme ? Même toi, tu devrais avoir la décence de t'en apercevoir.

– Allons-y, fit Murphy.

– Ouais, fit Tutt. On a du boulot. Passez une bonne soirée, bande de petits malins.

Tutt et Murphy retournèrent vers la camionnette. La voix de Monroe les arrêta.

– Hé, King Tutt ! J'ai croisé Chief, ce soir, le jeune mec qui essaie de nous griller sur notre territoire.

Tutt se retourna.

– Ah ouais ?

– J'vais m'en occuper moi-même, Tutt. J'vais faire ton travail à ta place.

– Parle pas de travail, tu sais pas ce que ça veut dire, Short.

Monroe sourit, fit passer le cure-dents de l'autre côté de sa bouche.

– On verra.

Monroe, Rogers et Denice Tate regardèrent les flics remonter dans la Bronco et s'éloigner.

– J'ai froid, dit Denice.

– Je sais, ma puce, dit Rogers. Moi aussi.

– Je veux rentrer à la maison, Alan.

– Z'y va, mec, dit Rogers.

– On est partis, dit Monroe.

Clarence Tate gara sa Cutlass, coupa le moteur. Il grimpa les marches en béton du perron, entra, accrocha son manteau à un perroquet derrière la porte. Puis il monta les escaliers et frappa à la porte de la chambre de Denice.

– Denice ? Tu dors, ma chérie ?

Il poussa la porte, entra dans la chambre. Il faisait noir, mais un peu de lumière provenait du couloir. Il aperçut la silhouette de sa fille sous les couvertures de son lit, les petites tresses qui entouraient sa tête.

– Denice ?

Elle ne broncha pas. Il sortit à reculons de la pièce, un sourire aux lèvres, redescendit. Il attrapa une bière dans le frigo, alluma la télé dans son bureau. Il pouvait peut-être encore choper un match tardif comme il y en avait pendant le tournoi.

Dans sa chambre, tout habillée sous les couvertures, Denice sentit son cœur cavaler. Elle était rentrée à temps, mais c'était moins une. Elle repensa à Alan, à cet affreux type avec qui il traînait et à l'horrible flic blanc, aussi, celui qu'avait des petits yeux et qu'était tout rougeaud.

Elle avait peur, elle était excitée et elle avait un peu honte, aussi. Tout ça à la fois. Elle ne pouvait pas s'arrêter de penser à Alan. Malgré tout ce qu'il y avait de mal dans son univers, elle n'avait qu'une seule hâte, le revoir.

Tutt se rangea à côté de la Trans Am de Murphy sur Colorado Avenue et jeta un œil à son collègue.

– Écoute, Murph, demain on va parler aux gens du quartier. Voir ce qu'on peut dégotter à propos de l'argent de Junie.

– D'accord.

– Peut-être essayer de retrouver ce petit…

– Ce petit quoi ?

Petit négro, c'est ça ? Dis-le.

– Ce petit con, là, Chief.

– C'est ça.

À travers le pare-brise, Murphy aperçut un jeune frangin impeccable et sa copine, bien habillée, qui se dirigeaient vers le Twin's Lounge pour écouter un peu de jazz. Y a pas si longtemps de ça, Wanda et lui y allaient aussi, passer une bonne soirée et boire un verre ou deux.

– Murphy, ça va ?

– Ça va.

– T'as vu le morceau de chair fraîche qu'était accroché au bras d'Alan Rogers, ce soir ? Je serais pas contre m'en tailler une tranche, moi non plus.

Tailler une tranche. Tutt reprenait toujours les expressions de Grease Monkey, ou un nom comme ça, le DJ de DC-101 que tous les jeunes blancs de la ville adoraient.

– Elle n'a que treize ou quatorze ans, Tutt.

– Ouais, elle est jeune, mais tu sais ce que Greaseman dit, non ?

Greaseman, voilà, c'était le nom de cet imbécile.

– Non, Tutt, qu'est-ce qu'il dit ton mec ?

– Si elle est assez grande pour s'asseoir à table, elle est assez grande pour manger.

Tutt ricanait encore quand Murphy sortit de la Bronco.

Murphy ne se retourna pas, ne lui dit pas au revoir. Il voulait oublier qu'il connaissait Richard Tutt. Il voulait se laver les mains jusqu'à s'en arracher la peau.

Kevin Murphy rentra dans son quartier, gara sa voiture devant chez lui, glissa son arme sous le siège avant. Puis il se rendit à pied à Takoma Station, à l'angle de 4th Street et Butternut, but une bière puis une deuxième en écoutant le quartet mené par un sax ténor, avec un piano, des drums et une bonne basse pour soutenir le saxo. Il but sa troisième bière tranquillement, face au bar. Personne ne tenta d'engager la conversation ou de l'emmerder d'une manière ou d'une autre. Il connaissait deux trois personnes dans le bar. Quelques autres, qu'il ne connaissait pas, l'avaient probablement identifié comme flic.

Murphy s'acheta un pack de six à la supérette du coin de la rue. Il ouvrit une cannette sur le chemin. Il monta dans la chambre de Wanda et déposa les Turtles sur sa table de nuit. Éteignit sa lampe de chevet. Resta dans le noir une ou deux minutes à l'écouter dormir.

Murphy redescendit au sous-sol, s'assit sur le canapé et posa le reste du pack de six par terre, près de lui. Puis il mit le match, Kentucky contre Davidson, et regarda les dix dernières minutes en sirotant sa bière.

Le match était une cata. Murphy était ivre et il s'ennuyait. Il regarda la pièce autour de lui. Des murs en lambris de pin, des photos des Redskins dédicacées, un vrai bar, une belle table de billard… tout ce dont il rêvait quand il était petit.

Tout ce qu'il avait toujours voulu – toutes les choses matérielles – et maintenant qu'il les avait, rien de tout cela ne le rendait heureux. Qu'est-ce qu'il me reste à acquérir ? se demanda-t-il. Qu'est-ce qui pourrait me rendre heureux, maintenant ?

Il pensa à un endroit sombre et calme qu'il appelait « la paix ».

Murphy tira sur la chaîne de son crucifix en or et le sortit de sa chemise. Il tripota la croix, appuya sa tête sur le dossier. Il ferma les yeux.

Eddie Golden était allongé dans son lit, les poings fermés. Il les ouvrit, essaya de se détendre. Il sentait son cœur battre dans sa poitrine, son dos se cambra sur le lit. Il savait qu'il n'allait pas arriver à dormir. Putain, il allait rester les yeux ouverts toute la nuit.

À ce moment-là, comme d'habitude, Eddie se demanda pourquoi il avait pris autant de poudre. Qu'est-ce qu'il y avait de si bon, dans cette merde, de toute façon ?

Donc maintenant, il avait l'argent. Il avait rentré la taie d'oreiller chez lui, l'avait jetée dans le placard de l'entrée. Mais il pouvait pas le dépenser, non ? Il n'était qu'installateur en électroménager, après tout, et s'il se mettait à se balader avec du pognon plein les poches, il risquait d'éveiller les soupçons. Et il ne pouvait pas le mettre à la banque. Là aussi, ça risquait de jaser.

Eddie Golden ne voulait pas regarder son radioréveil sur la table de nuit. Ça faisait des heures qu'il était couché, maintenant, et regarder l'heure ne ferait que l'énerver.

De nouveau, Eddie s'aperçut que ses poings étaient crispés. Il se tourna sur le côté et ferma les yeux.

Eddie voulait voir Donna, lui raconter ce qu'il avait fait, comment il avait pris l'argent dans la voiture en feu.

Quoi faire de cet argent, c'était ça la question, maintenant. Demain matin, il retrouverait Donna. Elle saurait quoi faire, elle.

Avec une allumette, Dimitri Karras gratta les derniers restes de cocaïne au fond de sa fiole en verre. La fin de la coke : les amis qui s'en vont précipitamment, la dernière ligne d'une maigreur dérisoire, l'inhalateur vide, le coup de langue final et canin sur le papier du képa. Mais ce n'était jamais vraiment la fin. Si on faisait le tour de toutes ses boîtes et de ses fioles, on pouvait toujours en récupérer un peu.

Karras parvint à réunir un mini-tas sur le presse-papiers de verre qu'il gardait sous son lit. Il se servit de sa lame pour l'écraser. Puis il fit une petite ligne avec ce qu'il lui restait.

Le *tap tap tap* de la lame sur le verre. Son dealer appelait ça « le cri d'amour des années 80 ».

À ce moment précis, Donna Morgan ne pouvait pas entendre son cri. Elle était dans la salle de bains, s'affairait, se préparait à se mettre au lit. Elle avait ouvert le robinet pour couvrir le bruit de son pipi. Maintenant, il l'entendait se brosser les dents. Enfin, le petit clic de l'interrupteur près de la porte.

Donna sortit de la salle de bains en soutien-gorge et culotte noirs. Karras sentit son estomac se contracter ; c'était toujours comme ça quand une femme se déshabillait pour lui, la première fois. Ça lui faisait plein d'émotion, comme quand il avait huit ans et qu'il feuilletait des *Playboy* dans le jardin, derrière la maison, en bandant dans son jean, et que la tête lui tournait et qu'il se sentait coupable et complètement désemparé parce qu'il ne savait pas quoi faire. Sauf que maintenant, il savait. Il retira son caleçon d'un seul geste.

Donna trébucha, se rétablit et lâcha six aspirines sur le lit. Ses cheveux noirs tombaient en vrac sur son visage.

– Je vais chercher un verre d'eau.

– Je t'attends, répondit Karras.

Il écouta *The Good Earth*, qui arrivait par les Bose 301 qu'il avait installées dans sa chambre. Il avait mis le disque sur la platine juste avant d'éteindre les lumières du salon.

Donna revint, avala ses trois aspirines en plissant les yeux. Elle tendit le verre à Karras, qui fit de même. Il plaça le verre sur la table de nuit, les glaçons tintaient comme des clochettes contre les parois.

Il se leva, l'embrassa. Il dégrafa son soutien-gorge, le fit glisser sur ses épaules. Il embrassa ses seins, les lécha, se mit lentement à genoux, embrassa son ventre chaud et l'intérieur de ses cuisses musclées tandis qu'il tirait sur sa culotte et la faisait tomber à ses pieds. Sa chaleur, son odeur le frappèrent de plein fouet quand il enfouit son visage en elle. Il écarta les replis de son sexe avec sa langue.

– Dimitri…

– Ça faisait un moment que j'attendais que tu m'appelles par mon nom.

Donna jouit, en s'agrippant à ses épaules.

Ils s'assirent face à face, sur le lit, les cuisses de Donna sur les siennes. Karras plongea un doigt dans la cocaïne, et frotta son clitoris, ses lèvres roses et soyeuses. Donna l'imita, déposa un peu de coke sur son gland, fit glisser le reste le long de sa queue et lui massa les couilles. Il avait l'impression que son sexe était gelé et chaud à la fois.

Il passa une main sous son cul, la souleva et l'approcha de lui, se glissa en elle. Englouti dans sa chaleur, il laissa échapper un long soupir de satisfaction.

– Enfonce-la, dit-elle.

Il n'y avait rien de meilleur au monde.

Ils remuèrent lentement. Remuèrent longtemps. Le rythme et les hurlements des Feelies convenaient parfaitement. Donna rejeta la tête en arrière, poussa son bassin en avant. Des gouttes de sueur tombaient de ses cheveux. Karras lui pinça le sein. Elle posa sa main sur la sienne et le fit pincer plus fort.

– Vas-y, dit-elle.

– Toi d'abord, répondit-il.

Les bruits qu'elle fit l'en rapprochèrent. Ça démarra dans ses cuisses. Il se mordit la lèvre.

Il ouvrit les yeux en entendant un bruit de clochettes. Il

vit la main de Donna qui s'approchait pleine de glaçons et passait derrière lui.

– Qu'est-ce que…

– Chut, fit Donna. À ton tour.

Elle lui fourra les glaçons dans le cul. Karras s'agita violemment, les veines de son cou saillirent. Il jouit dans de grandes convulsions tandis que loin, très loin, il entendait le rire de Donna.

– Putain, fit-il quelques instants plus tard. C'était quoi, ça ?

– Un truc que j'ai entendu quelque part.

– Je croyais que c'était moi le prof, dit Karras.

– Plus maintenant, rétorqua Donna.

Debout dans la rue, les mains au fond des poches, Marcus Clay observait Dimitri Karras par la fenêtre du salon du deuxième étage, celle qui donnait sur R Street. Karras faisait une danse bizarre. Clay entendait la musique, genre irlandais, jusque dans la rue.

Il était trop, ce Dimitri. Trente-sept ans et il foutait un souk de tous les diables, là-haut, avec la fille aux cheveux noirs. Et il devait être complètement défoncé à la coke, aussi.

Clay avait envie d'aller se coucher. Mais il savait qu'il n'avait aucune chance de dormir là-haut, tant que Dimitri serait dans cet état. Il revint à sa voiture.

Clay pensa un instant à se réfugier dans un bar qui aurait la télévision pour regarder le match Kentucky-Davidson, mais il avait déjà bu une bière, ce soir, et c'était à peu près sa limite. Il se dirigea uptown.

Il savait où il allait. Il traversa Rock Creek Park, sortit sur Arkansas Avenue et se retrouva sur le côté de Mount Pleasant, Brown Street, la rue où se trouvait sa maison. Il gara sa voiture quelques mètres plus loin.

Il revint à pied jusqu'à la Chevrolet qui appartenait à

Pepe, un mec bien, un Portoricain bosseur qu'il connaissait depuis quinze ans. Adossé à la voiture, il leva les yeux vers sa maison, vers la fenêtre du premier étage, à droite, celle de la chambre où Marcus Jr. dormait depuis qu'il était né.

Clay apercevait la silhouette d'Elaine, assise dans le rocking-chair, en train de regarder patiemment un livre – de le lire à voix haute, certainement – tandis que Marcus Jr. sautait à pieds joints sur le lit.

Clay voyait la tête crépue de Marcus Jr. apparaître dans le cadre de la fenêtre puis disparaître. Marcus avait une grosse tête et des traits précis pour un petit garçon. Les muscles de ses bras et de ses épaules étaient bien dessinés. La peau sombre – il tenait ça de sa mère. Et des yeux bruns profonds. D'après Marcus, il serait grand, et beau aussi.

Et Elaine qui lui lisait le livre de Donald Crews, celui qui parlait des gosses qui retournent à la campagne et qui jouent sur les rails de chemin de fer et tout ça. Qui le lisait pendant que Marcus Jr. sautait partout, en écoutant parce qu'il adorait ce livre mais en sautant quand même parce qu'il avait trop d'énergie pour tenir en place. À l'heure qu'il était, Clay aurait déjà perdu patience et dit à son petit garçon de s'asseoir et de se tenir tranquille.

Elaine se débrouillait mieux que lui avec le gamin, ça ne faisait pas de doute. Mais un enfant avait besoin de son père pour être entier.

C'était une accumulation de petites choses qui avait éloigné Clay et Elaine, au fil des ans : ils menaient des vies différentes, ils prenaient à peine le temps de se parler, leurs conversations se réduisaient aux questions d'argent, et ils étaient devenus davantage des colocataires que des amants ou des amis. Ils se croisaient sans se regarder, toujours en train de se rendre quelque part. Des détails, des obstacles avaient obscurci le souvenir de leur rencontre, du début. Toutes ces petites choses qui, avec le temps, défont un mariage. Mais c'était un truc plus grave qui avait tout cassé.

La fille que Clay avait rencontrée un soir, au Foxtrappe, elle lui avait montré plus d'attention en une heure qu'Elaine au cours des six derniers mois. En tout cas, c'est comme ça qu'il avait expliqué la chose à Elaine, après coup, quand une de ses copines qui ne savait pas tenir sa langue l'avait appelée pour lui raconter qu'elle avait vu Clay quitter la boîte avec la fille et se diriger vers sa voiture. La vérité, c'est que cette jeune femme, elle était belle, et que Clay avait besoin de savoir : en était-il encore capable, s'il le voulait ? Il avait bu quatre bières, largement plus que ce qu'il buvait d'habitude, et sa raison aussi devait en avoir pris un coup. Il n'aurait jamais dû aller dans sa voiture – cette saloperie de Peugeot, elle lui avait toujours porté malheur – et il n'aurait jamais dû allumer ce gros joint de colombienne qu'elle avait roulé en souriant de ses dents parfaites. Il n'aurait pas dû l'embrasser quand elle s'était penchée vers lui, ni glisser sa main dans sa robe et frôler son gros téton rouge, mais c'était comme ça. Bien sûr, il avait tout nié en bloc à Elaine, ce qui n'avait fait qu'empirer l'affaire. Il n'avait jamais été capable de la regarder dans les yeux en lui racontant un bobard.

Le plus dur, c'est ce qu'il avait appris. Peut-être que c'était prétentieux de sa part – OK, c'était sûrement prétentieux – mais Clay s'était toujours cru au-dessus de ça. Total, on lui mettait une fille en face de lui, ravissante certes mais quand même, et il se comportait comme la plupart des hommes qu'il connaissait. Il ne se serait jamais cru aussi faible.

D'accord, il avait fait plein d'erreurs. Si seulement elle lui laissait une chance, il essaierait d'être un meilleur mari. Quant aux autres femmes, jamais plus. Une chose qui était ressortie de tout ça, c'est qu'il savait maintenant à quel point il aimait Elaine. Et son fils, bon Dieu, comment il l'aimait.

La lumière de la chambre s'éteignit. Elaine devait essayer de calmer Marcus Jr., maintenant, elle avait dû le prendre dans ses bras, sur le rocking-chair. C'était dur pour elle, un grand garçon comme ça, mais ça finissait toujours par l'endormir.

Si Clay était là, il lui proposerait de l'aider. Il dirait à sa femme : C'est bon, descends mon amour, ce soir c'est mon tour. Il s'assiérait dans le rocking-chair, et serrerait son fils dans ses bras, fort, pour qu'il sente qu'on l'aime. Il respirerait l'odeur de ses cheveux.

Mais il n'était pas là. Il était dehors, dans la rue.

Dimitri l'avait toujours prévenu, quand il voyait une certaine lueur dans les yeux de Marcus, avoir des aventures avec d'autres femmes, tu n'y penses même pas. Tu ne veux pas te retrouver à la porte de chez toi, comme un espion au cœur brisé, à regarder avec des yeux de chien battu ta propre femme et ton propre fils, séparés de toi par des parois de briques et de verre que tu auras payées toi-même.

Et maintenant, c'est exactement ce qui lui arrivait. Marrant quand même que ce soit Dimitri, le roi des dragueurs, qui lui ait donné ce genre de conseils.

C'est pas que Dimitri, lui, changerait jamais. Fallait voir comment il se la donnait avec la fille, au Trauma Arms, à l'heure qu'il était. Quant à Clay, il n'avait plus rien à faire dans cet appartement de R Street. Il aimait son ami, mais cette vie de célibataire, c'était fini pour lui. Il n'en voulait plus.

Clay fit demi-tour et revint vers sa voiture. Il mit le contact, se frotta les mains à cause du froid et se retourna pour jeter encore un dernier regard à la fenêtre de son fils.

Sa place à lui était là, avec sa femme et son fils, derrière les murs de cette maison bien chaude.

Samedi 15 mars 1986

11

Dimitri Karras s'assit sur le bord de son lit. Avec le soleil qui tapait sur la vitre de sa chambre, c'était une vraie fournaise et il n'arrivait pas à redresser la tête. Dans toute la ville, des centaines d'autres sniffeurs de coke étaient en train de roupiller, écroulés par leurs grammes de la veille, ils ne sortiraient pas du lit avant midi ou une heure. Mais Karras travaillait dans la vente au détail, et le samedi était justement le plus gros jour de la semaine. Il pensa à sa mère, aux conseils qu'elle lui donnait toujours, comment elle le poussait à faire des études. Il la voyait, le sourcil levé, ponctuant ses mots d'un petit geste de la main. « Fais du droit, *Dimi mou*, et tu auras des horaires de monsieur. Pas de travail le week-end, rien de tout ça. » Ça fait longtemps que je ne suis pas allé voir ma mère, se dit-il.

Karras se frotta les tempes. La tête lui tournait, tout d'un coup, et il avait l'impression que son ventre était de verre. Il eut un renvoi qu'il ravala et retomba allongé sur le lit. Fit un pet. Essuya la sueur qui dégoulinait de son front. Se força à se rasseoir.

– Putain.

À ses côtés était allongée Donna Morgan, nue sous le drap. Ses lèvres étaient gercées à force de respirer par la bouche. Elle ronflait. À la lumière du jour, sa peau paraissait grise.

Karras toucha l'épaule de Donna, la secoua gentiment.

– Donna. Donna, ma puce, réveille-toi.

– Je viens juste de m'endormir, marmonna-t-elle.

Donna remua un peu mais sans ouvrir les yeux.

Karras aussi avait l'impression qu'il venait tout juste de s'endormir. Il se rappelait avoir regardé par la fenêtre, et ce sentiment de dégoût de soi-même en apercevant l'aube qui pointait. Il avait dormi deux, trois heures maximum.

– Allez, dit-il. Faut que tu te lèves.

Il alla dans la salle de bains, avala trois autres aspirines, but de l'eau froide au robinet jusqu'à en avoir mal à la tête. Moucha son nez plein de sang dans un Kleenex. Se vida les intestins. Prit une longue douche puis s'habilla. Ses vêtements sentaient la clope.

Karras assit Donna sur le lit, resta avec elle jusqu'à ce qu'elle finisse par se lever. Il la vit s'agripper au chambranle de la porte pour entrer dans la salle de bains. Il attendit un peu, afin d'entendre l'eau couler.

Puis Karras se rendit dans la cuisine. Marcus Clay était assis sur un tabouret au comptoir, en train de lire la page sport du journal.

Clay leva les yeux.

– Faut bien qu'il y ait un lendemain matin, dit-il.

– Maureen McGovern[1], répondit Karras.

– Heureusement que tu travailles dans un magasin de disques. Sinon, tu te rends compte tout ce beau savoir qui serait gâché ?

Karras versa du café dans une tasse.

– Merci d'avoir fait du kawa pour moi.

– Merci à toi d'avoir laissé la lumière allumée hier soir.

– Oh, désolé, mec, j'ai oublié.

– Je suis passé en caisse, je t'ai vu par la fenêtre en

1. « The Morning After » est le titre d'une chanson de cette chanteuse pop. *(N.d.T.)*

train de danser comme un taré, j'ai décidé de ne pas m'incruster tout de suite. Quand je suis revenu, avant même d'avoir passé la porte, je vous ai entendus faire un boucan de la mort, là-bas, dans ta piaule.

– On s'est éclatés un peu, c'est tout.

– Ça avait l'air éclatant, en effet. Et qu'est-ce qu'elle fait, maintenant ? Elle retire les bouts de plâtre collés sur son front ?

– Très drôle.

Karras avala une gorgée de café et fit la grimace.

– Ça a un goût de merde, non ?

– Ouais, c'est plutôt dégueulasse, Marcus.

– Je me doutais bien que t'aurais la tronche de travers, ce matin. Je m'en doute toujours, rien qu'à voir les albums que t'as écoutés la veille. Quand j'ai vu la couverture de Whoopdie Doo qui traînait là-bas…

– Hüsker Dü.

– Peu importe.

– Hé, Marcus, tu vas continuer à me casser les couilles longtemps ?

– Pas pour l'instant, j'ai terminé.

Clay se leva, alla rincer sa tasse dans l'évier.

– Tu viens bien travailler, aujourd'hui ?

– Bien sûr.

Clay fit un signe de tête en direction de la chambre.

– Et ta copine Donna, ça va aller ?

– Pourquoi ça irait pas ?

– Je vais pas m'amuser à te rappeler l'âge que t'as, parce qu'on en a déjà assez parlé. Mais cette gonzesse, là, elle n'est plus de la toute première jeunesse, t'es d'accord ?

– Où tu veux en venir ?

– À force de leur en mettre plein le nez comme tu fais, un de ces quatre tu vas te réveiller près d'une tronche toute bleue. Et si tu crois que tu te sens pas bien aujourd'hui, imagine un peu ce que ce sera le jour où t'en feras claquer une.

– Arrête de déconner, mec…

– Je déconne pas. Je parle sérieusement. Et pendant qu'on y est, j'ai appris ce que le copain de Donna avait tiré de la bagnole du dealer, hier.

– C'est quoi ?

– De la tune. Une taie d'oreiller pleine de liquide.

Karras plongea les yeux au fond de sa tasse de café.

– En tout cas, elle n'y est pour rien. Elle le sait même pas, qu'il a pris cet argent.

– Elle finira bien par le savoir. Et je vais te le répéter encore une fois : je ne veux rien à voir dans tout ça.

– J'ai pigé, Marcus.

– Très bien. Je serai à U Street, si tu as besoin de moi.

– Je vais passer à Arlington ce matin, je t'appellerai après.

Clay hocha la tête, se dirigea vers la porte. La main sur la poignée, il se retourna vers son ami.

– Y a du jeu, aujourd'hui, Dimitri. Les Hoyas jouent contre Michigan State à midi, à Dayton. Et les Terps contre University of Nevada-Las Vegas demain soir à sept heures.

Karras releva la tête.

– Et les matchs d'hier soir ?

– Syracuse a battu Brown, pas de surprise. Auburn a dominé Arizona.

– Et Kentucky ?

– Ils ont mis la pâtée à Davidson.

– Les Wildcats, ils assurent toujours.

– Tu l'as dit, bouffi.

Clay ouvrit la porte.

– Vas-y mollo, mon chou. D'accord ?

– D'accord, Marcus. Toi aussi.

Dimitri Karras et Donna Morgan empruntèrent le pont Theodore-Roosevelt pour gagner la Virginie. Donna contempla le Potomac par la fenêtre, le soleil qui miroitait sur les vagues. D'une main, elle abritait ses yeux brûlants et par la même occasion masquait son visage. Quoiqu'elle eût du mal à respirer par le nez, elle sentait quand même l'odeur de nicotine et de bière sur ses vêtements froissés. Elle faisait tout à fait son âge, voire quelques centaines de jours de plus. Elle se sentait comme une pute à vingt dollars.

Au moins, Karras n'avait pas essayé d'engager la conversation. Il avait eu cette décence-là.

La veille, ils ne pouvaient pas la fermer, ni l'un ni l'autre. Ils ne parlaient jamais assez vite à leur goût, commençaient une phrase avant même que l'autre ait terminé la sienne. Chaque idée, chaque opinion leur semblait tellement profonde. Donna avait mal à la mâchoire, maintenant, d'avoir tellement jacté. Elle ne se rappelait pas un seul mot de ce qu'ils avaient dit.

Le cul, par contre, elle s'en rappelait. Même dans son état actuel – une nana toute pâle et malade assise dans une voiture, la tronche sérieusement de travers à cause de toute la coke qu'elle avait prise – elle s'en rappelait. Après le coup des glaçons, ils l'avaient jouée classique, en sueur, et c'était bon. Elle avait donné des grands coups de pied et pointé les orteils, et à eux deux, ils avaient réussi à déplacer le lit jusqu'au milieu de la pièce. Ouais, dans une chambre, Karras était toujours le roi de la bite, mais à part ça il n'avait pas grand-chose à offrir. Quand elle pensait à lui, Donna voyait un beau paquet cadeau avec rien à l'intérieur.

– Donna ?

– Hein ?

– J'ai parlé à Marcus ce matin, pendant que tu prenais ta douche.

– Ah ouais ? De quoi ?

– De ton ami Eddie.

– Et qu'est-ce qu'il a, mon ami Eddie ?

Karras expira lentement.

– Marcus l'a vu sortir un truc de la voiture en feu, hier. C'était une voiture de dealer, Donna. J'imagine que c'est pour ça qu'il s'est cassé en te plantant sur U Street.

– Une voiture de dealer…

Karras hocha la tête, les yeux sur la route.

– Le gosse qui s'est fait cramer était soit un dealer, soit une valise.

– Et tu dis qu'Eddie a pris de la dope dans la voiture ?

– Marcus pense que c'était peut-être de l'argent.

Donna sentit son cœur s'emballer. Elle plongea la main dans son sac, écarta un paquet de clopes chiffonné, en trouva un autre, presque vide, dont elle tira une cigarette toute tordue.

Karras appuya sur l'allume-cigares.

– Je me suis dit que ça t'intéressait peut-être de le savoir.

Donna pensa à Eddie, nerveux comme il était. À ce que ça avait dû être, pour lui, de faire un truc pareil et de passer la soirée tout seul, après. Eddie faisant un truc aussi osé, ça devait être quelque chose à voir.

Puis Donna pensa à Marcus Clay. Qu'est-ce qu'il avait bien pu faire, après avoir vu un truc comme ça ? Donna était sûre qu'il l'avait dit tout de suite à son meilleur pote.

– Et Marcus ne te l'a dit que ce matin ?

– Exact.

– Pourquoi ?

– Il ne devait pas en être sûr avant, je pense. Ou alors, il a oublié, dans toute cette confusion. J'en sais rien, Donna.

Si, tu sais très bien. Il te l'a dit hier, monsieur Karras. Mais tu savais que je ne serais pas restée avec toi si j'avais eu la moindre idée qu'Eddie avait des ennuis. Tu voulais me sauter avant de me mettre au jus.

– Je veux rentrer chez moi.

– Je passe à la boutique d'Arlington et je te dépose juste après.

– J'ai besoin de cigarettes.

– Y a un tabac près de la boutique.

L'allume-cigares ressortit. Donna appliqua l'embout brûlant sur sa cigarette et recracha sa première taffe de la journée. Elle fixa longuement Karras du regard, sans plus se préoccuper de son apparence.

Karras entrouvrit la fenêtre, soupira. Il avait gardé le silence jusqu'à maintenant, se demandant s'il devait ou non lui annoncer la nouvelle. Il était content d'en être débarrassé. Il s'en était plutôt bien tiré.

La boutique d'Arlington, située sur Wilson Boulevard, était gérée par un type qui se faisait appeler Dutch. Le genre de nom qui évoque un buveur de bière au poitrail surdimensionné, mais le Dutch d'Arlington était un petit mec maigrichon avec une drôle de coupe de cheveux en forme de bonnet et deux anneaux dans l'oreille gauche. Il montrait un net penchant pour les chemises en dentelle néoromantiques à la Adam Ant, qu'il portait par-dessus un jean noir. Deux ou trois clients s'étaient plaints de son attitude distante, et ces reproches combinés avec son apparence habituelle l'avaient placé dans la colonne des débits auprès de Marcus. Mais il était là six jours sur sept, ne volait pas dans la caisse et se débrouillait pour faire son chiffre tous les mois. Karras ne le trouvait pas mal du tout, ce Dutch.

Dutch adorait la musique électropop et aimait en passer au magasin. Clay voulait que les gérants passent les albums qui figuraient au top ten du mois, qu'il faisait venir en quantité, naturellement, mais les gérants s'y prêtaient rarement, sauf quand ils avaient été prévenus par un autre gérant que Karras et Clay faisaient leur tournée.

Dutch n'avait pas été prévenu et quand il vit Karras pousser la porte d'entrée, c'était trop tard. *It's My Life*, son album préféré des Talk Talk, tournait sur la platine à plein volume.

– Dutchman ! dit Karras.

– Grillé, fit Dutch en haussant les épaules et en jetant un regard penaud à Karras.

– C'est pas grave.

En fait, Karras aimait bien cet album, même s'il ne l'aurait jamais dit à Dutch.

– Mais baisse un peu, d'ac ? J'ai pas la tête à ça, aujourd'hui.

Dutch lui jeta un coup d'œil avant de baisser le volume de l'ampli. Il avait les épaules voûtées, on aurait dit qu'il avait perdu un peu de poids. Dutch, qui écoutait de la musique de drogués mais n'en touchait aucune, de drogue, pensait que Karras avait un problème avec la poudre. La poudre et les femmes, si on pouvait appeler ces dernières un problème. C'était le bruit qui courait dans la maison, en tout cas.

– Y a du café dans la pièce du fond, dit-il.

– Merci.

Karras se rendit dans le fond. Six mois auparavant, l'endroit était une quincaillerie et le bureau sentait encore l'engrais et le cèdre. Lori, l'assistante de Dutch, était assise au bureau en train de fumer une cigarette.

– Hé, Dimitri !

– Salut Lori. Bouge pas.

Karras essaya de sourire mais c'était au-dessus de ses forces. Il s'était fait Lori, un soir, ici même, après un concert des Wygals qui avait eu lieu dans la boutique. Ça l'avait excité, de mater Janet Wygal toute la soirée, et une chose en amenant une autre, ils en étaient arrivés là, à savoir Lori pliée en deux sur un tas de carton près de la porte de service.

Maintenant, Lori le contemplait avec une expression proche de la pitié.

– Qu'est-ce qu'il y a, j'ai un truc coincé entre les dents ?

– Si je peux me permettre, Dimitri, t'as l'air un peu fracassé ce matin, même pour toi.

– Couché tard, marmonna-t-il ou quelque chose d'à peu près aussi spirituel, tout en versant du café tiédasse dans un gobelet en polystyrène.

Il but la moitié d'un seul coup, se dépêchant de faire passer le liquide dans la gorge, loin de ses papilles gustatives, puis il composa le numéro de la boutique de Georgetown.

– Scott ?

– C'est bien moi, dit Scott, le gérant.

À travers le combiné, Karras entendait « West End Girls », le nouveau Pet Shop Boys, qui passait dans la boutique.

– Ça bouge chez toi ?

– Les gosses des banlieues riches sont en train de débarquer, pile à l'heure.

– Très bien. Je ferai un saut plus tard, d'accord ?

– On t'attend.

Karras raccrocha, termina son café, jeta le gobelet dans la poubelle. Lori écrasa son mégot et suivit Karras dans la boutique.

– Mets le nouveau Simple Minds et le nouveau Hooters sur les présentoirs de devant, Lori.

– Oui, chef.

– Et mets aussi des Windham Hills…

– Oh non, pas la pub pour l'euthanasie ?

– Je sais. Mais les yuppies achètent, me demande pas pourquoi. C'est quoi, déjà, le nom du plus connu ?

– *A Winter Snoozefest.*

– C'est ça, mets-en un paquet sur le devant.

Karras passa derrière le comptoir, où Dutch ajustait le volume sur un nouvel album. Karras composa le numéro de U Street, tomba sur Marcus à la troisième sonnerie.

– Marcus.

– Mitri.
– Je suis en Virginie.
– Ça bouge ?
– Pas encore.
– C'est quoi, ce que j'entends derrière ? Les Doublemint Twins ?
– Non, c'est pas les Thompson Twins. Je pense que c'est Blue Nile. *A Walk Across the Rooftops*.
– Je me fous de ce que c'est. Mais dis à Dutch, s'il est pas en train de planer et de faire des ronds en attendant l'autorisation d'atterrir, que ce qu'on passe dans le magasin, c'est ce qui se vend, pigé ?
– Bien sûr, je vais lui dire.
– Bien. Je te vois tout à l'heure ?
– Ouais. Je vais d'abord déposer Donna et puis j'arrive.
– Y a les Hoyas qui doivent pas tarder.
– J'y serai, Marcus. À plus.
Karras raccrocha.
– Qu'est-ce qu'il raconte ? demanda Dutch.
– Oh, pas grand-chose, répondit Karras. Il vous souhaite une bonne journée. Soyez heureux, faites beaucoup d'enfants, ce genre de trucs.
Karras leur fit au revoir de la main, sortit de la boutique, remonta dans sa BM. Quelques minutes avant, Dutch avait vu une femme, qui avait l'air de porter ses vêtements de la veille, se rendre du tabac à la voiture de Karras.
– T'as vu la meuf qu'est avec lui ? demanda Lori.
– Je l'ai vue.
– Party girl, dit Lori en pensant immédiatement à la chanson de Costello qu'elle aimait tant. Enfin, ça le regarde. Si c'est le genre qu'il aime…
– Bah ouais, répondit Dutch, qui n'avait pas encore décidé s'il préférait les femmes ou les hommes ou si tout simplement ça ne l'intéressait pas.
Lori vit la voiture de Karras s'éloigner. Elle s'était bien

éclatée avec lui, ce soir-là, dans l'arrière-boutique, mais elle n'avait jamais attendu autre chose. Autre chose de lui, en tout cas.

Lori venait de rencontrer un type, un mois plus tôt, au concert de 9353 à DC Space. Un type doux, informaticien, qui aimait la musique et qui la traitait avec respect. Attentionné et vraiment gentil. C'était le genre de mec qui la branchait, maintenant.

Karras quitta la 495 et prit la bretelle qui rejoignait Georgia Avenue North.

– Qu'est-ce que tu vas faire, pour Eddie ? demanda-t-il.

– De quoi tu parles ?

– De l'argent. Y a forcément quelqu'un d'autre à part Marcus qui l'a vu prendre cet argent. Ça va remonter aux mecs pour qui le jeune travaillait. Ou bien ça va remonter aux flics. Dans les deux cas, c'est mauvais.

– On trouvera bien.

– Je crois que tu te rends pas compte...

– On va s'en occuper, coupa Donna. Merci pour le conseil. Et merci de m'avoir mise au courant aussi vite.

Il y avait suffisamment de sarcasme dans sa voix pour convaincre Karras d'en rester là. De toute façon, ils étaient presque arrivés.

Karras entra dans la cour de l'appartement de Donna, une petite résidence avec jardin acculée contre la partie sud du revendeur Chevrolet de Wheaton. Eddie Golden était assis sur les marches de l'immeuble.

Karras se gara à côté d'autres voitures, devant les marches. Eddie se leva mais ne s'approcha pas de la voiture. Il sourit en apercevant Donna. Ne prit même pas la peine de jeter un coup d'œil à Karras, de le regarder de travers. Karras éprouva alors un vague sentiment de culpabilité – peu courant chez lui. Cet Eddie, il a l'air d'un brave type, se dit-il.

Donna serra la main de Karras.

– J'ai passé une bonne soirée, Dimitri. Je me suis bien amusée.

– Attends une minute.

– Uh-uh. (Elle lui donna une petite tape sur le bras.) Faut que j'y aille.

Et elle referma la portière derrière elle, se dirigea vers Eddie. Elle avait retrouvé une certaine pêche, comme ragaillardie à l'idée de l'argent ou à la vue de son homme, Karras ne savait pas. Avant de ressortir de la cour, il les vit s'enlacer.

En redescendant Georgia Avenue en direction de la ville, Karras s'arrêta dans une station Shell pour faire le plein et pisser un coup. Dans les toilettes des hommes, il se moucha dans le PQ et jeta le truc sanguinolent dans la cuvette.

Il se passa de l'eau sur la figure, contempla son reflet émacié dans le miroir couvert de gras. Il avait une longue journée de travail devant lui, et un reste de week-end demain. Il savait ce qu'il lui fallait pour se remonter. Pas grand-chose, certainement pas des quantités comme hier. Juste un petit peu, ça lui irait. Un tout petit peu, histoire de s'éclaircir les idées.

Eddie pencha la tête, embrassa les lèvres fraîches de Donna. Il caressa son ventre, savoura le plaisir que lui procurait son corps nu près du sien.

– Faut que j'aille au boulot, dit Donna.

– Je sais, répondit Eddie.

Ils avaient fait l'amour aussitôt rentrés dans l'appart. Donna était un peu irritée à cause de la veille mais elle ne pouvait pas dire ça à Eddie. Le pot de vaseline qu'elle gardait sur la table de nuit l'avait aidée. En plus, Eddie était plutôt du genre petite queue et ne tenait jamais très longtemps, ce qui tombait bien, pour une fois.

– Eddie ?
– Hein ?
– Je suis fière de toi, Eddie.
Eddie Golden sourit.
– Merci, Donna. Je sais pas ce qui m'a poussé à faire ça. Je sais pas si j'ai eu raison. Je sais toujours pas.
– C'est de l'argent de la drogue, tu sais.
Elle désigna d'un geste nonchalant les billets éparpillés sur le tapis, au pied de son lit. Eddie était allé chercher la taie d'oreiller dans le coffre de sa voiture.
– Ça n'appartient à personne, en fait.
– Qui t'a dit ça ?
– Karras.
– Ton nouveau chéri ?
– C'est toi mon chéri, Eddie. Je t'ai dit, il s'est rien passé hier.
Elle avait dit qu'ils étaient allés écouter un concert et qu'après il était trop tard pour que Karras la raccompagne. Alors elle avait dormi sur le canapé du salon.
Eddie savait bien qu'elle avait baisé avec Karras. Il le savait et il s'en foutait. Il ne voulait pas la perdre. Avec l'argent, ça serait différent maintenant. L'argent et la façon dont il se l'était procuré. Elle allait le respecter, maintenant.
Eddie l'embrassa de nouveau sur les lèvres.
– Arrête, dit-elle d'un ton badin. Faut que j'aille bosser.
– T'es pas obligée, vraiment. Plus maintenant.
– Qu'est-ce que tu veux qu'on fasse, qu'on s'enfuie tous les deux ?
– On pourrait.
– La Floride, ça te dit ?
– Pourquoi pas ?
Donna se doucha pour la deuxième fois de la matinée et enfila des vêtements propres. Eddie avait fait deux rails avec la coke qu'il lui restait de la veille. Donna

sniffa les deux, en se disant que ça l'aiderait à surmonter sa journée de boulot derrière le comptoir bijoux et accessoires chez Hecht. Elle se sentit aussitôt beaucoup mieux et se refit deux lignes avant de quitter l'appartement avec Eddie.

Dehors, dans la cour, Eddie lui dit :

– Je dois installer une machine à laver cet après-midi. Faut que j'aille à Beltsville récupérer mes outils et ma camionnette. Après ça, je passerai chez moi prendre quelques affaires. Je me dis que je ferais bien de rester chez toi un jour ou deux, en attendant de voir si je suis suivi. Ça te va ?

– Pas de problèmes.

Donna effleura le sourcil d'Eddie puis ses cheveux, là où ils avaient brûlé.

– Ça va ?

– Ça repoussera, j'espère.

– Je t'aime, Eddie.

– Faut qu'on parle, Donna, ce soir. Faut qu'on décide ce qu'on fait.

– Je sors à six heures. Et c'est promis, je rentre tout de suite.

Il l'embrassa, se dirigea vers sa Plymouth. Sur le chemin de Beltsville, il glissa une cassette de John Cougar Mellencamp dans l'autoradio et mit le volume à fond.

– *Little pink houses for you and me* [1], chanta Eddie.

Il jeta un œil dans le rétro, sourit tout seul. Donna qui disait qu'elle l'aimait, ça, c'était quelque chose. Il attendait ça depuis longtemps.

Karras étudia le relevé de compte qu'il tenait à la main. Dans la colonne des retraits, on lisait surtout « cinquante dollars », avec de temps à autre un retrait de cent glissé

1. « Des petites maisons roses pour toi et moi. » *(N.d.T.)*

entre deux. Il aurait aussi bien pu inscrire en face « demi-gramme, gramme, demi-gramme ». Un seul coup d'œil à ses relevés lui rappelait combien de coke il s'était mis à consommer au cours des derniers mois. Oh, et puis il laisserait tomber un jour, bientôt... Il s'en lasserait sans doute, comme il s'était lassé de l'herbe.

Karras glissa le relevé dans sa boîte à gants, sortit de la voiture et continua sur Connecticut à pied. Des nuages passaient devant le soleil et faisaient de l'ombre sur le trottoir. Il remonta son jean qui bâillait à la taille. Au distributeur d'argent près du Safeway, il retira encore cinquante dollars, traversa l'avenue et se dirigea vers le vieil immeuble au coin d'Albermarle. Son dealer habitait au septième étage. C'était un type du nom de Billy Smith, qui possédait une boutique d'antiquités dans le quartier d'Adams Morgan, 18th Street. Parfois, Karras avait l'impression que la moitié des antiquaires de Washington dealaient de la coke.

Arrivé au coin de la rue, Karras jeta un coup d'œil au Nutty Nathan's, de l'autre côté de Connecticut, le magasin d'électronique où travaillait le type, là, Nick Stefanos. Karras était passé le voir, un jour, ça devait faire une dizaine d'années, quand Stefanos était encore un ado.

Un gamin noir, un bandana noué autour de la tête, se tenait sur le trottoir, devant le magasin, et regardait le match des Hoyas sur la télé de la vitrine.

Karras entra dans l'immeuble, goûta la nouvelle livraison de poudre de Billy et en acheta un demi-G.

Quinze minutes après, de retour dans sa voiture, il mit WHFS, entendit l'intro de « Back on the Chain Gang » et poussa le volume à fond. Le soleil était sorti de derrière les nuages. Il avait les idées claires, n'était plus fatigué, et le DJ passait son morceau préféré des Pretenders.

Karras sourit. Quelques instants plus tôt, il se sentait comme un chat écrasé sur le bas-côté. Subitement, la journée semblait lui sourire.

12

Quand Kevin Murphy aperçut le petit Taylor, il se tenait devant le marchand de vins, à l'angle de 12th et U Street, les mains bien enfoncées dans les poches de son blouson Raiders. Il dit à Tutt d'avancer encore un peu, puis de se garer.

– Qu'est-ce qui se passe, Murph ?

– Je vais aller parler au môme du coin, là-bas. Peut-être qu'il a vu quelque chose, à propos de Junie et de l'argent.

– Tu veux que je vienne avec toi ?

– Uh-uh. Je crois que c'est mieux si je la joue solo.

– Je vais peut-être aller voir ce que Rogers et Monroe fabriquent, alors.

– Si je te vois pas ici, on se retrouve sur 11th Street, près de T.

– J'y serai, collègue.

– C'est ça.

Murphy sortit de la voiture bleu et blanc et descendit la rue, maintenant d'une main sa matraque en place. Un homme d'un certain âge, abonné au MD 20/20[1], toucha son chapeau et dit : « Bonjour, monsieur l'agent », et Murphy leva le menton. Il passa devant un groupe de vieux assis sur des chaises pliantes installées sur le trottoir. Puis un garçon en jean qui smurfait sur la musique

1. Vin bon marché au taux d'alcool élevé. *(N.d.T.)*

de son ghetto blaster. Il arriva au petit Taylor qui avait les yeux rivés sur la boutique de disques, de l'autre côté de la rue, et qui sautait sur place pour se réchauffer. Les nuages s'étaient regroupés, maintenant, et avec les bourrasques de mars, le fond de l'air était glacial.

– Bonjour, jeune homme.

– 'jour, monsieur l'agent.

– Murphy.

– 'jour, monsieur Murphy.

– Toi, t'es Anthony Taylor, c'est bien ça ?

– C'est ça.

Taylor tourna la tête, attiré par le bruit d'un autobus qui descendait U Street. Murphy vit un petit sourire se dessiner sur les lèvres du gamin.

– C'est un beau bus, dit Anthony, de l'admiration plein la voix. Et propre, en plus.

– Ça te plaît, hein ?

– Un jour, je conduirai un bus à moi tout seul.

– OK.

– Et c'est pas du pipeau. Pour de vrai.

– Ça me paraît pas si extraordinaire que ça, si tu veux mon avis.

– M. Clay dit que je peux faire ce que je veux dans la vie, si je décide de le faire.

– Marcus Clay, c'est celui qui travaille dans la boutique de disques, là ?

– C'est pas qu'il y travaille. C'est qu'elle est à lui, la boutique.

– Eh bien, il a raison, M. Clay. (Murphy caressa sa moustache noire.) Écoute, petit frangin, tu vas poireauter à ce coin de rue toute la journée ?

– Qu'est-ce que je vais faire d'autre ?

– Écoute, je sais pas pour toi, mais moi j'ai un peu faim. Je me disais que j'irais bien faire un tour chez Ben, grignoter quelque chose. Ça te dirait de venir manger un chili dog avec moi ?

– Je sais pas.
– C'est moi qui t'invite, si ça te dit de m'accompagner.
Anthony haussa les épaules.
– Pourquoi pas ?
Tandis qu'ils traversaient la rue tous les deux, Anthony se demanda : Mais qu'est-ce qu'ils ont tous à vouloir me remplir l'estomac, tout d'un coup ?
Chez Ben, les employés avaient allumé la télé pour le match de Georgetown. On en était à la moitié et jusqu'ici les Hoyas avaient maintenu Michigan State en respect. Murphy savait que tout se jouerait dans la seconde moitié.
– T'aimes bien Georgetown, Anthony ?
Anthony Taylor avala une bouchée de haricots rouges, de saucisse et de petit pain.
– Plus trop, depuis que Patrick est parti. J'aime mieux Maryland, maintenant. Lenny Bias.
– Ouais, moi aussi je l'aime bien, dit Murphy. Mais dis-moi un truc, Anthony…
– Ouais ?
– Hier, tu m'as dit que t'avais vu ce qui s'était passé, et après aussi.
– C'est vrai.
– Qu'est-ce que tu entends par là ?
Anthony garda les yeux droit devant lui.
– Bah, l'accident, quoi.
– Et quoi d'autre ?
– Je… je sais pas vraiment. C'était dur à voir, quand j'y repense, avec les camions de pompiers et tout le bordel.
– Anthony !
– Et tout le bazar, quoi. Avec la voiture qui fumait, tout ça.
– Mais t'as dit…
– Vous devriez plutôt parler à M. Clay. Lui, il a vu des trucs. Il vous dira ce qu'il a vu. Je peux y aller avec vous, si vous voulez. Je fais pratiquement partie de… comment on dit… de ses employés, maintenant.

Murphy fit signe au garçon derrière le comptoir de lui apporter l'addition. Le gosse avait modifié son histoire, mais ce n'était pas grave. Murphy, ça ne le mettait pas à l'aise de mêler Anthony à tout ça.

Il le regarda engloutir le reste de son assiette.

– T'as faim ?

– C'est bon.

– T'as mangé, aujourd'hui ?

– Des céréales, ce matin.

– C'est ta maman qui te les a préparées ?

– Ma maman est en Géorgie, à la campagne, près d'Atlanta. Mes sœurs aussi, elles sont là-bas. J'habite avec ma mémé, sur Fairmont. Un jour, j'irai là-bas, pour voir ma famille. Cet été, peut-être. Peut-être même que je resterai là-bas, s'ils ont de la place, et j'irai à l'école. Et je prendrai un Greyhound pour y aller, un modèle à deux étages, avec des vitres teintes en vert.

– Et ton père, Anthony ?

Anthony haussa les épaules.

– Jamais connu.

Murphy observa encore le garçon, perdu dans son blouson trop grand.

– Où t'habites, exactement ?

– Pourquoi, vous voulez me dénoncer à la police ?

Murphy lui fit un clin d'œil.

– J'ai juste besoin de savoir, pour les papiers, tu sais. Au cas où il y aurait une suite à l'enquête.

Anthony lui donna son adresse et Murphy prit soin de bien la noter.

– Vous êtes gentil, fit Anthony.

Murphy gloussa.

– Merci. Ça t'étonne ?

– Je sais pas. Vous êtes toujours fourré avec ce flic blanc, là.

– Agent Tutt ?

– Je sais pas son nom.

– Écoute, tu penses quand même pas que tous les blancs sont méchants, non ?

– J'en connais pas des masses, à vrai dire. Mais celui-là, je sais qu'il vaut rien, ça c'est sûr.

– Pourquoi tu dis ça ?

– Sa façon d'être. Et puis, j'ai entendu des trucs qu'il disait. Comme hier, quand le garçon était en train de cramer, je l'entendais parler avec un autre flic blanc. Il disait : « Ces négros, y a pas à dire, ils aiment la viande bien grillée. » Un truc comme ça. Et puis ils ont rigolé.

Murphy détourna les yeux.

– C'est pour ça que je me demandais pourquoi un type comme vous faisait équipe avec un type comme lui, reprit Anthony.

– C'est comme beaucoup de choses, dans la vie. C'est compliqué.

– Un truc comme ça, moi j'aurais cru que c'était plutôt simple.

Murphy ne répondit pas. Il savait que le gosse avait raison.

– Viens, fit-il. On va voir ton M. Clay.

Murphy laissa de l'argent sur le comptoir et descendit de son tabouret. En se dirigeant vers la porte, il posa sa main sur l'épaule du garçon. On aurait dit qu'elle était faite pour ça. Sa main avait trouvé sa place. À ce moment-là, Murphy sentit un frisson parcourir son corps, comme lorsque la grippe attaque ; il prit soudain conscience qu'il n'aurait jamais de garçon à lui. Et qu'il n'avait aucun droit, lui, Murphy, de jouer les modèles avec un brave gosse comme celui-là.

Marcus Clay était plutôt content de la première mi-temps de Georgetown. Jusqu'à présent, ils avaient tiré leur épingle du jeu, face à Michigan State. Scott Skiles, la star des Spartans, n'en bloquait qu'un sur sept. Si les

Hoyas arrivaient à maîtriser Skiles, Clay se disait qu'ils avaient leurs chances.

– Il leur reste encore toute la deuxième mi-temps, fit remarquer Clarence Tate qui, assis au bureau de l'arrière-boutique où Clay regardait le match, faisait des comptes.

– Ouais, je sais. Tu veux que je monte le son ?

– Ça va, j'entends.

– Je vais faire un tour dans la boutique, en attendant que leurs conneries de mi-temps soient terminées.

– Cootch y est déjà. Et ça bouge pas des masses.

– Merci de me le rappeler. Peut-être que je devrais sortir dans la rue et faire la retape.

– Comme on faisait dans le temps, en abordant les filles sur l'avenue : « Entrez jeter un œil, mesdemoiselles, chez Real Right, on a tout ce qu'il vous faut pour faire la fête. »

Marcus gloussa.

– Ouais, tout ça paraissait plus simple, dans les années 70, non ? Et on se marrait vachement plus.

– Allez, Marcus, me fais pas le coup de la nostalgie. Une entreprise, ça grandit ou ça meurt. Tu te rappelles quand t'étais gamin, comment t'avais mal aux jambes, le soir, dans ton lit ?

– Tu vas pas recommencer avec ton histoire ?

– Pourquoi, je te l'ai déjà racontée ?

– Au moins deux ou trois fois depuis qu'on a ouvert cette boutique.

– Zut. Au fait, où est le professeur ?

– Karras ? Il va pas tarder.

Clay retourna dans la boutique. Cootch était derrière le comptoir, en train d'encaisser une cassette Atlantic Starr pour un client. Denice Tate se tenait près de la porte d'entrée, elle regardait U Street à travers la vitrine.

– Merci, mon frère, dit Clay au client, en essayant de ne pas tiquer sur ses sapes.

Le type avait des cheveux permanentés et un blouson

de cuir noir et rouge sorti tout droit d'un clip de Michael Jackson, celui où Michael danse entouré de cadavres qui sortent d'une tombe.

– Merci à vous, dit le jeune homme tout en enfilant des mitaines avant de sortir.

– Voilà un type pour toi, Neecie, dit Cootch. Il m'a demandé de tes nouvelles en achetant sa cassette. Il t'a appelée Billie Jean. C'est ton nom ?

– Arrête ton char, dit Denice.

Cootch mit *Some of My Best Jokes Are Friends*, un album récent de George Clinton, sur la platine. Tout en se dirigeant vers Denice, Clay se sentit obligé de danser un peu. Un solo de flûte sur un morceau de P-funk, il n'y aurait jamais pensé. Mais ça marchait. Depuis le temps qu'il était là, Clinton assurait toujours.

– Salut, ma caille, dit Marcus pour engager les choses sur un ton cool.

– Salut Marcus.

– Tu t'es bien amusée, hier soir ?

– Ça va. Je suis juste allée chez ma copine Ashley, on a regardé des vidéos.

Clay jeta un coup d'œil derrière lui pour s'assurer que Clarence n'était pas dans la boutique. Puis il regarda Denice droit dans les yeux et dit :

– Écoute-moi. Je t'ai vue hier soir, dans la rue, avec deux types.

Denice baissa les yeux sur le carrelage noir et blanc, expira lentement. Clay la laissa prendre son temps. Il avait décidé de parler à la fille d'abord, pour voir ce qu'elle avait à dire.

– Tu vas le dire à mon père ? demanda Denice.

– Je l'ai pas encore fait. Mais ça ne veut pas dire que je vais lui mentir, non plus. Ce que je veux, c'est qu'on parle un peu de toi d'abord.

– D'accord.

– Ce garçon, avec qui tu traînes, comment il s'appelle ?

– Alan Rogers.

– C'est ça. Eh ben, ce garçon deale. T'es au courant, non ?

– Tu le connais même pas. Alan est un type bien.

– C'est possible. Je suis assez vieux pour voir le monde en demi-teintes. Mais qu'il soit bien ou pas, une chose est sûre : il va t'amener des ennuis. Ça fait des années que ton père bosse pour moi, ma puce, et je t'aime comme si t'étais ma fille. Quand je t'ai connue, t'étais presque un bébé. Je veux pas qu'il t'arrive de mal, c'est tout.

– Je sais. Et ça me touche, Marcus. Mais tu sais, j'étais pas en danger, hier soir. Alan m'aurait défendue. Je l'ai rencontré au concert de Chuck Brown et il me ramenait chez moi, c'est tout.

– Et le mec avec qui il est toujours fourré, le petit dur ? Celui-là, tu vas pas me dire que c'est un type bien…

– Non, mais…

– Et le flic blanc qu'était en train de vous parler ? Il vous a arrêtés pour quoi ?

– T'as vu ça aussi ?

– Je suis passé devant en voiture.

Denice baissa les yeux.

– Le flic blanc, ils l'appellent Tutt. Ce mec-là, il est mauvais.

– Comment ça ?

– Il a des yeux méchants. Lui et Short Man…

– Le pote à Rogers ?

– Uh-huh. Ils se disputaient à propos d'un gamin qui s'appelle Chief. Alan n'avait même pas l'air de savoir de quoi ils parlaient. Ni même de s'intéresser. Tu comprends, Marcus ? C'était un truc entre eux deux, c'est tout.

– OK.

Denice était en train d'embrouiller la question pour esquiver ses conseils.

– Écoute, Neecie, je veux juste que tu réfléchisses à ce que tu fais avant de t'embarquer là-dedans. Réfléchis-y, c'est tout.

– D'accord, Marcus. Je le ferai. C'est promis. Et merci de garder ça entre nous. Merci, hein ?

– Tu m'entends ?

Denice hocha la tête à plusieurs reprises, rapidement.

– Je vais y réfléchir très fort, Marcus.

– Fais-le. Et essaie pas de m'ambiancer, d'ac ?

– Mais non, Marcus, je t'assure.

En regardant par la vitrine, Denice vit le collègue de Tutt, celui qui s'appelait Murphy, traverser la rue, en uniforme, accompagné d'un gamin, et se diriger vers la boutique. Marcus n'avait pas posé de questions à propos de Murphy et Denice n'avait pas pensé à lui en parler. Il avait été plutôt sympa, hier soir, ce type ; il avait calmé les choses à sa façon à lui, très douce. Mais elle n'avait pas envie de se retrouver dans la boutique en même temps que lui.

– Je vais faire un tour, Marcus.

Clay avait repéré le flic et le gamin, lui aussi.

– Bien sûr, Denice. Vas-y.

Denice poussa la porte, croisa le regard du flic avant de descendre U Street. Il la vit, mais ne dit pas un mot. Denice trouva ça bizarre.

Clay vit le flic qui s'approchait. C'était lui qui faisait équipe avec le blanc dont Denice avait parlé, celui qu'on appelait Tutt. Et voilà que ce frangin en uniforme débarquait avec Anthony Taylor pratiquement sous le bras. Clay se demanda si Anthony avait raconté quoi que ce soit au sujet de la voiture des dealers, du petit copain de la fameuse Donna, ou de l'argent.

Clay se dit qu'il allait pas tarder à savoir. Il leur ouvrit la porte.

En entrant dans le magasin de disques, Kevin Murphy remarqua aussitôt la taille et la carrure de Marcus Clay. Clay s'était maintenu en forme, même avec la dizaine de kilos qu'un homme ne peut éviter de prendre au fil des années. Murphy se souvenait d'avoir vu Clay jouer dans un match interlycées, à l'époque où c'était déjà un adulte et où lui, Murphy, était à peine un ado. Cinq années de différence, ça paraissait tellement, à l'époque.

– Bonjour, monsieur Clay.

– Salut, Anthony.

Murphy tendit la main.

– Kevin Murphy.

– Marcus Clay.

– Je connais votre nom.

– Ah oui ?

– Je suis allé à Cardoza, comme vous.

– Pas avec moi, en tout cas. Vous êtes trop jeune. J'en suis sorti en 67.

– Et moi en 72. Mais je vous ai vu jouer. Contre Spingarn, je crois. Vous touchiez bien.

– Merci. Vous habitez toujours DC ?

Murphy hocha la tête.

– À Takoma.

– Et votre collègue ?

– Tutt ? (Murphy sourit.) C'est pas son genre. Non, Tutt habite Silver Spring Towers, juste de l'autre côté de la frontière du District.

Clay désigna Anthony du menton.

– Il a fait des bêtises ?

– Pas de bêtises. On parlait de l'accident qui a eu lieu juste devant votre boutique, hier. Il a dit que je devrais en discuter avec vous.

– T'es prêt à travailler, aujourd'hui, Anthony ?

– Bien sûr.

– Alors, attrape un chiffon et du produit et nettoie-moi les rayons. Cootch va te montrer où ça se trouve, dit Clay.

Puis, en s'adressant à Murphy :
– Venez dans mon bureau, on sera plus à l'aise pour discuter.
Ils se dirigèrent vers l'arrière-boutique.
– Sympa, comme magasin, fit Murphy.
– On fait ce qu'on peut, dit Clay.
– Vous êtes là-dedans depuis la fin du lycée ?
– J'ai commencé par faire un petit détour involontaire dans des contrées lointaines.
– Vietnam ?
– Uh-huh.
Clay balaya Murphy du regard.
– Vous avez joué pour Cardoza, vous aussi ?
– Pas été sélectionné. J'avais un problème pour aller sur ma gauche. (Murphy tripota sa moustache.) Mais je touche encore un peu au ballon. Et comme vous savez, j'aime regarder.
– Ça tombe bien. Parce que j'ai la télé allumée dans mon bureau, avec les Hoyas.
– J'étais justement en train de les regarder chez Ben. J'ai emmené le petit Taylor déjeuner là-bas.
Clay s'arrêta.
– À nous deux, on va l'engraisser, ce petit !
– C'est un brave gosse, dit Murphy.
– Ouais. J'essaie de lui trouver des petits trucs à faire au magasin, histoire de le sortir un peu de son coin de rue.
– Ça peut pas lui faire de mal.
– Il veut devenir conducteur de bus, quand il sera grand. Il vous l'a dit ?
– Il me semble qu'il en a parlé.
Dans l'arrière-boutique, Clay présenta Murphy à Clarence Tate, assis au bureau, sous la lampe, en train d'écrire des trucs dans un grand cahier vert.
Tate se souleva pour lui serrer la main. À la base, il avait le même genre de carrure que Clay, mais il tirait sur

le grassouillet, lui. Il avait un air sérieux, aussi, avec ce côté traits tirés, fatigués, propre aux comptables.

Au-dessus du bureau où Tate était assis, Murphy aperçut une photo de Len Bias. C'était une photo parue dans le *Washington Post*, sur laquelle Bias, vêtu de son T-shirt des Terps, souriait à l'appareil, un ballon de basket dans chaque main.

– C'est mon bureau, déclara Clay qui avait suivi le regard de Murphy. Vous devez trouver ça drôle, un homme de trente-sept ans qui accroche une photo d'un gamin au-dessus de son bureau. C'est juste que – comment dire ? – ça fait longtemps que j'avais pas vu un truc pareil. Il a vraiment du talent, ce gamin.

– Je trouve pas ça drôle, répondit Murphy.

– La plupart des commerçants accrochent leurs objectifs de vente au-dessus de leur bureau, interrompit Tate.

– Clarence s'inquiète à ma place. Faut dire qu'il a une fille qu'il va envoyer à l'université dans quelques années.

– Ah oui ? dit Murphy.

– Clarence est le père de la jeune fille que vous avez croisée en entrant.

Murphy avait reconnu la fille qui se trouvait avec Rogers la veille au soir. Et il savait que la fille l'avait reconnu, aussi.

– Elle a l'air d'une jeune fille très bien, dit-il en évitant le regard de Tate.

– Elle s'appelle Denice, fit ce dernier d'un ton fier. Et oui, elle va très bien, merci.

– Viens par ici, Murphy, dit Clay qui s'était posté devant sa télé.

Puis, en écarquillant les yeux :

– Nom d'un chien, mec, faut que tu voies ça ! Ils vont le repasser, c'est sûr !

Murphy regarda l'extrait qui repassait au ralenti : Scott Skiles fonçait vers le panier, en tête d'une contre-attaque éclair trois contre un. Dans son dos, le meneur se mit à dribbler, le croisa, fit une passe nickel à l'ailier qui marqua comme il faut.

– Skiles, fit Clay.

– On dirait qu'ils sont partis pour marquer, dit Murphy.

– Il reste treize minutes de jeu, ajouta Tate, en levant les yeux de son cahier.

Georgetown avait cinq points de retard. L'un des Hoyas fit signe à l'arbitre pour demander un temps-mort.

Un blanc, l'air usé, les cheveux gris avant l'âge, entra dans l'arrière-boutique. Murphy le dévisagea. On aurait dit que ce type avait pris quelque chose, ses cernes sombres contrastaient avec ses yeux trop brillants.

– Messieurs, dit le type.

– Salut, dit Clay. Dimitri Karras, je te présente Kevin Murphy.

– Comment allez-vous ? demanda Murphy.

– Super, répondit Karras en serrant la main de Murphy un tout petit peu trop vigoureusement. Vraiment super.

Y a pas de doute, pensa Murphy, ce Karras a vraiment pris quelque chose.

– Michigan State a cinq points d'avance, Dimitri. On dirait que Skiles est parti pour s'éclater.

– Thompson ferait bien de ralentir le jeu.

– Il vient de demander un temps-mort, dit Murphy.

– Ça bouge, là-bas ? demanda Clay, les yeux sur le match qui venait de reprendre.

– Pas beaucoup, dit Karras en se plaçant à côté de lui.

Murphy prit une chaise et s'assit. Il se sentait bien, là. D'habitude dans la rue, dans les bars ou au café, il rencontrait toujours une réaction ou une autre quand il portait son uniforme. Ici, personne n'avait eu de mouvement de recul, personne n'avait dit quoi que ce soit. Ça n'avait l'air de gêner personne qu'il soit flic.

Skiles mit un panier de l'intérieur du périmètre, puis reprit la balle et effectua un tir par en dessous qui atteignit pile son objectif.

– Il fait combien, Dimitri ? demanda Clay. Un mètre quatre-vingt-huit ?

– Quatre-vingt-cinq, répondit Karras.

– La vache.

Les Spartans dominèrent les Hoyas pendant toute la seconde mi-temps. Georgetown était éliminée du tournoi. Clay baissa le volume tandis que Karras allait aux toilettes.

– Bon, dit Clay à Murphy, tu voulais parler de quelque chose ?

– C'est vrai, dit Murphy en se rappelant soudain pourquoi il était venu dans la boutique.

Il sortit son carnet, celui sur lequel il avait noté l'adresse d'Anthony Taylor, et un stylo.

– Je voulais te poser quelques questions à propos de l'accident d'hier.

– Ah bon, pourquoi ? C'était bien un accident, non ? Je veux dire, si c'était un assassinat ou un truc comme ça, ils auraient envoyé un mec de la Brigade criminelle ?

– C'était un accident, à ce qu'on sait. Mais la procédure, tu comprends…

Murphy s'aperçut qu'il commençait à bredouiller.

– Je dois juste vérifier un truc ou deux, c'est tout.

– Vas-y.

– En fait, j'ai besoin de savoir s'il n'y a pas eu un truc suspect, un truc que t'aurais vu pendant la scène, un truc louche, quoi ?

Clay prit une décision.

– Non, dit-il.

– Rien du tout ?

– Rien du tout.

Murphy hocha la tête, referma son carnet. Il n'avait pas envie de poursuivre. Subitement, retrouver l'argent de Tyrell n'avait plus tellement d'importance.

– Très bien. Merci. Je suis dans le coin si tu penses à quelque chose.

– À votre service.

– Et merci pour l'hospitalité, hein ?

– Pas de quoi. Reviens quand tu veux. D'ailleurs, on va regarder les Terps demain. Passe, si t'as rien à faire.

– Peut-être bien. C'est mon jour de repos.

Clay lui serra la main.

13

– V'là ta meuf, dit Short Man Monroe. Même qu'elle est jeune, elle a déjà un beau cul.

– J'ai vu, dit Alan Rogers.

Ils étaient assis dans la Z, garée sur 10th Street. Denice Tate venait de sortir d'une épicerie de U Street. Une bouteille de soda fraise à la main, elle reprenait la direction de Real Right.

– Je vais lui parler.

– T'as pas déjà assez parlé comme ça ?

– Ça va, Short.

– Tu ferais mieux de la fermer et de lui mettre un bon coup de bite.

– J'te retrouve plus tard, dit Rogers en sortant de la voiture.

Monroe fit passer son cure-dents de l'autre côté et regarda son pote détaler comme un lapin. C'est pas lui qu'on verrait cavaler comme ça après une pouf. Ça, jamais.

Monroe était assis tout au fond de son siège. Il se pencha sur la droite, poussa la boîte Nike pleine de cash sous le siège passager. Quand il se redressa, il vit que Rogers était en train de baratiner la fille, puis genre il tirait sur son manteau et l'entraînait derrière des palissades que les équipes du métro avaient installées sur cette partie de U Street.

Une voiture de flics qui descendait 10th Street vint se garer près de lui. Le flic baissa sa vitre. Monroe baissa la sienne. Il tripota le Glock coincé entre ses cuisses, comme ça, pour s'amuser. Puis il remonta paresseusement les yeux sur le flic qui était au volant.

– Qu'est-ce qui se passe, Short ? Tu fais une pause dans ton emploi du temps de ministre ?

– On bosse, Tutt. Comme toi.

Alan Rogers s'approcha de Denice Tate, enveloppa son blouson extra-large autour de ses épaules pour les protéger tous les deux. Derrière la palissade, ils étaient cachés aux yeux des passants.

– Tu m'as manqué.

– Toi aussi.

Il l'embrassa, glissa sa langue dans sa bouche. Elle ferma les yeux et répondit à son baiser. Il pressa son bas-ventre en émoi contre celui de Denice et l'entendit gémir.

– Envie de toi, Neecie, murmura Rogers.

– Chaque chose en son temps, répondit-elle d'une petite voix tremblante.

– Mon temps est venu.

Elle aussi avait envie de lui. Quand elle l'embrassait, elle sentait quelque chose de chaud et d'humide la chatouiller entre les jambes. Elle l'embrassa encore une fois avec la langue, puis se recula.

– Alan...

Il la ramena doucement vers lui.

– Ce soir... On peut se retrouver ?

– Je sais pas. J'ai peur.

– Quoi, t'as peur de moi ?

– Non, bien sûr que non. Mais de tes amis. De ta vie.

Il souleva son menton d'une main.

– Avec moi, il t'arrivera rien. Tu le sais pas ?

– Si, mais...

– Et t'as pas à t'en faire pour mes amis…

– Le mec pour qui bosse mon père, il dit que vous êtes tous des dealers.

Rogers pencha la tête d'un air pensif.

– J'essaie de faire mes marques, Neecie. De toucher un peu, comme tout le monde. De gagner assez de tune pour arrêter bientôt, m'occuper de moi, trouver un vrai taf. Faire des études, peut-être. T'inquiète pas, je sais ce que je fais.

– Et la police ?

– Ceux d'hier, tu veux dire ? (Rogers gonfla le torse.) Écoute, ma puce, ils te feront rien.

Denice posa sa joue contre la poitrine de Rogers.

– T'es fort, j'aime bien.

– Il te faut un homme comme moi, dans ce monde. T'as pas compris ?

– Si.

Rogers caressa le sommet de son crâne.

– Et pour ce soir, alors ?

– Je vais essayer. Écoute, faut que je retourne à la boutique. Sinon, papa va s'inquiéter.

– Vas-y, dit Rogers.

– Et ton pote, il est où ? demanda Tutt.

– Il roucoule avec sa meuf.

– Celle d'hier soir ?

– Ouais.

– Je me la taperais bien, moi aussi.

– Un peu foncée pour toi, non ?

– Quand il s'agit de chattes, je fais pas de discrimination. Et je veux priver personne de mes bons offices.

– Faut dire que tu les baises tellement bien…

– Tu t'en doutes, Short.

– Et ton collègue, à toi ?

– Murphy ?

– Uh-huh. Il est où ?

– En train de parler au môme, celui qu'est toujours devant chez Medger's.

– Avec le blouson des Raiders ?

– Ouais. Murphy a dans l'idée que le môme a vu quelque chose pendant que Junie était en train de cramer.

– Si c'est le cas, t'as pas envoyé le bon frangin pour lui parler. Tu sais très bien que ton Murphy est trop faible pour le faire cracher.

– Montre un peu de respect quand tu parles de mon collègue, Short.

– J'en montrerai quand il se fera respecter.

Ils se fixèrent en silence.

– Laisse tomber le môme, reprit Tutt. Et Chief et son pote, aussi. Occupe-toi de tes revendeurs, ramasse ta tune, et continue à vendre ta sale came à tous les petits connards du quartier qu'auraient jamais rien fait de leur vie, de toute façon. Concentre-toi là-dessus. Moi, je fais mon boulot, et je maintiens l'ordre ici. C'est mon quartier. C'est moi qui commande, bordel, tu piges ?

Monroe sourit.

– Ça doit être pour ça qu'on t'appelle King, d'ailleurs.

Tutt lui fit au revoir de la main. Il tira sur le levier de vitesse, appuya sur l'embrayage. La voiture se dirigea vers 11th Street et T, là où il avait rendez-vous avec Murphy. Il se mordit le pouce, recracha un bout de peau morte sur le côté.

Il avait raison, Monroe. Murphy était un faible. Il l'avait toujours été. Et ces derniers temps, il se conduisait comme s'il en avait rien à secouer de leur super combine. Depuis qu'ils couchaient avec Cleveland, ils empochaient chacun quatre mille dollars par mois, net. Cinq patates par an, c'était pas n'importe quoi et maintenant on aurait dit que Murphy voulait laisser tomber ! Ça, c'était pas possible. Il allait devoir s'asseoir en tête à tête avec Murphy, lui expliquer la vie.

Et Monroe... Putain, ce petit négro avait vraiment le don de le foutre hors de lui. Un jour, il lui réglerait son compte et pour de bon.

Monroe devait sûrement leur casser du sucre sur le dos, à Murphy et à lui, chaque fois qu'il avait l'occasion de parler à Tyrell. Tutt se dit qu'il fallait faire quelque chose, vite, pour ne pas perdre l'affaire. Pour leur rappeler qui était le patron.

Tutt sentit le pouvoir monter en lui.

Ça doit être pour ça qu'on t'appelle King, d'ailleurs.

– Tu l'as dit, fit Tutt.

Murphy descendit 11th Street à pied et remonta dans la voiture de patrouille. Sur la CB, on annonçait une querelle domestique dans les immeubles de Highland View, en haut de 13th Street. Tutt brancha le micro, dit au type qu'ils s'en chargeaient. Raccrocha le micro.

– Alors ? demanda-t-il.

– Rien, répondit Murphy.

– Le môme savait que dalle ?

– Que dalle.

– Faut qu'on trouve ce qu'est arrivé à cet argent, collègue. Si on le retrouve, ça va nous mettre dans les petits papiers de Tyrell. Faut qu'on lui montre à quoi on sert, tu vois ce que je veux dire ?

Murphy posa les yeux sur la carte du psaume 23 scotchée au tableau de bord. Il y avait une phrase, vers la fin, que Murphy adorait : « Ton bâton, ta houlette, voilà mon réconfort. » Sauf que Tutt avait réécrit par-dessus, d'une écriture de débile : « Mon flingue, mon insigne, voilà mon réconfort. »

Murphy désigna la radio d'un signe de tête.

– Je croyais qu'on répondait à cet appel ?

– On a une minute. C'est rien qu'une dispute entre deux...

– Deux sales nègres ?
– Oh, allez, Murphy, me fais pas ce plan-là… Tu me connais assez, non ? Je te parle d'un truc important, là.
– Moi aussi.
Tutt démarra la voiture.
– Faut qu'on discute, mec.
– On est en service, répondit Murphy. Je propose qu'on réponde à cet appel.

Ça faisait une quinzaine de minutes que Rogers et Monroe étaient assis dans la Z, au point mort. Rogers n'arrêtait pas de monter le son de la radio pour ne pas entendre les conneries que Monroe débitait sur Denice. Monroe baissa le volume.
– Regarde qui va là, fit Monroe. Murphy prétend que ce gosse sait quelque chose sur l'argent de Junie.
Rogers vit le gosse du coin de la rue qui descendait U-Street.
– Laisse Murphy s'en occuper.
– Et de quoi il va s'occuper, ce pédé ? dit Monroe en ouvrant sa portière.
– Où tu vas, mec ?
– À ton avis ?
– Short, t'amuse pas à déconner avec un môme !
– Je vais pas déconner, fit Monroe en refermant la portière derrière lui. Pas trop.
Et Monroe fonça en direction du môme, lui cria quelque chose en lui faisant signe de la main pour qu'il s'approche. Le môme hésita un moment, regarda autour de lui avant de se décider. Puis il descendit du trottoir et se dirigea vers Monroe.
Au coin de la rue, ils discutèrent un moment. Le gosse avait l'air de flipper. Il recula d'un pas. Rogers vit Monroe s'approcher tout près du visage du môme, puis l'empoigner par le col de son blouson.

Alan Rogers glissa le Glock de Monroe sous son siège, retira les clés du contact et sortit de la voiture. Il se mit à courir.

– Short ! hurla Rogers. Arrête !

Monroe sourit. Il balança le gosse contre la palissade.

14

Anthony Taylor entendit Monroe, le dealer, celui qui se faisait appeler « Short Man », qui lui criait quelque chose de l'autre côté de la rue. Taylor savait qu'il pouvait continuer à marcher et faire comme si Monroe parlait à quelqu'un d'autre. Mais il n'y avait personne d'autre dans les parages et ce n'était pas une bonne idée. Ce n'était pas une bonne idée de courir non plus, car Monroe pouvait le retrouver plus tard. Un soir, par exemple, ce qui serait bien pire. Anthony réfléchit un peu, se dit qu'il allait voir ce que Monroe lui voulait. Si c'était une question à laquelle il pouvait répondre, peut-être qu'il pourrait échanger ce qu'il savait contre quelque chose de bien. Peut-être qu'il pourrait se faire payer.

Anthony traversa la rue, jeta un œil derrière lui à Real Right, se demandant si par hasard M. Clay était dans la boutique, près de la vitrine par exemple. Anthony avançait lentement. Mais une voiture déboula dans U Street, plutôt vite, et il fut obligé d'accélérer. Et voilà qu'il était déjà au coin de la rue avant de l'avoir voulu, pas encore prêt dans sa tête, sans plan d'attaque. Il se retrouva nez à nez avec Monroe.

– Quoi de neuf, petit mec ? demanda Monroe.

– Que dalle.

Monroe n'était pas très grand, mais il avait des gros muscles costauds et des yeux comme ceux qu'on met dans les animaux empaillés. Anthony frissonna dans son grand blouson.

– Paraît que t'étais là, hier, pendant l'accident, quand mon pote Junie a cramé ?

Anthony haussa les épaules.

– C'est vrai.

– Et qu'est-ce que t'as vu, alors ?

– Y a un bout de fer qu'est rentré dans la voiture et qu'a arraché la tête du type.

– Après.

– J'ai rien vu, mec.

– Arrête tes conneries.

Anthony recula. Monroe avança.

– Je te le demanderai pas trois fois.

Anthony sentit ses jambes qui se mettaient à trembler. Il pouvait pas les en empêcher. Il essaya de faire en sorte de ne rien montrer sur son visage.

Faut être dur. Tu peux pas te laisser emmerder comme ça.

– Qu'est-ce que tu me donnes, mec ? demanda Anthony.

Monroe regarda autour de lui, eut un genre de sourire, reposa les yeux sur Anthony et dit :

– Et si je te donnais la vie ?

– Qu-qu-qu'est-ce tu veux dire ?

– Qu-qu-qu'est-ce je veux dire ? Je-je-je v-v-veux dire que je vais t-t-t'arracher ta putain de teuté si tu me dis pas ce que je veux entendre.

Anthony se retourna vers la boutique. Il sentit ses yeux s'emplir de larmes.

– Qu'est-ce tu regardes, hein ? Vas-y, chiale, tu peux y aller. Personne en a rien à foutre de toi, ici, petit con. T'es rien qu'un petit merdeux et tu m'appartiens. C'est pas un mauvais rêve, ta maman va pas te réveiller en te caressant les cheveux, assise au bord de ton lit. Je suis là pour de vrai, tu piges ? Ton cauchemar, il est réel.

– OK. (Anthony avala sa salive.) J'ai vu des trucs.

– Raconte.

– J'ai vu un mec blanc qu'était garé dans la rue. Il est allé vers la voiture à Junie, pendant qu'elle brûlait, il a pris une taie d'oreiller et tout, et il l'a mis dans sa voiture à lui. Et il s'est cassé.

– Ah ouais ? Et comment il était ce blanc ?

– Je sais pas… Blanc, quoi. Maigre, je crois, je sais pas. Y avait une fille avec lui, mais pas quand il est reparti.

– Où est-ce qu'elle est passée ?

– Elle est revenue après, avec un autre mec blanc qui travaille à la boutique de disques.

– Et sa caisse ? C'était quoi, comme caisse ? La couleur, tu te rappelles ?

Anthony ne répondit pas.

Monroe empoigna le gosse par le col et se retourna en entendant crier son nom. C'était Rogers qui arrivait vers eux en courant. Monroe regarda son ami et sourit. Anthony sentit que Monroe le soulevait du sol. Puis Anthony se retrouva dans les airs, sentit la palissade céder un peu sous lui, rebondit et roula par terre. Dut faire un effort pour reprendre son souffle.

Ses pieds patinaient sur le gravier répandu par terre. Il essaya de se relever et de se mettre à courir, mais Monroe le souleva par le blouson et le plaqua contre la palissade. Plus possible de s'échapper, de toute façon : Alan Rogers était arrivé et lui bloquait le passage.

Une veine battait sur la tempe de Monroe, près de son œil droit.

– Je vais te défoncer la gueule, petit con. Je déconne pas et tu le sais. Alors écoute-moi bien : je veux la plaque d'immatriculation de la bagnole.

– C'était une Plymouth, là, elles se ressemblent toutes. Grise… Aïe, merde, tu me fais mal !

– Je veux savoir ce que t'as vu !

– Short ! dit Rogers en posant sa main sur le biceps de Monroe. Putain, mec, vas-y mollo !

– Dégage, Alan !

Monroe repoussa la main d'Alan. Serra le blouson d'Anthony davantage.

– Appliance Installers Unlimited, chuchota Anthony.

– Short ! cria Rogers.

Monroe fit comme s'il n'existait pas.

– Répète !

– Appliance Installers Unlimited, dit Anthony. C'est ça qu'il y avait d'écrit sur le côté de la bagnole du blanc.

– Quoi d'autre ?

– Y avait une adresse. Je me rappelle pas les chiffres. Un endroit dans le Maryland. Beltsville, si ça te dit quelque chose.

Monroe lâcha le blouson d'Anthony, laissa tomber le gamin par terre.

– Short, fit Rogers.

– Quoi !

– Regarde !

Monroe tourna la tête. Un grand mec baraqué traversait la rue en courant et fonçait sur eux. À ses côtés, y avait un blanc aux cheveux gris.

– J'le connais, ce gonze ? demanda Monroe.

– Lui, il a l'air de te connaître, en tout cas, répondit Rogers. Vu comment il court, il a pas l'air de vouloir s'arrêter.

Anthony se remit sur ses pieds.

– Monsieur Clay, dit-il.

– Qui ça ? fit Monroe.

– J'ai essayé de te prévenir, lui dit Rogers. Mais t'étais trop occupé à taper sur ce petit môme.

Marcus Clay venait de transporter le bac de 33 tours de « Word Up » à l'avant du magasin quand il jeta par hasard un coup d'œil à travers la vitrine. Il vit Anthony Taylor qui traversait la rue au niveau de 10th Street. Puis il aperçut Short Man, le dealer, qui se tenait au coin, près de la palissade, et qui faisait signe à Anthony d'approcher.

Clay vint se poster près de la vitrine.

– Baisse un peu la musique, Cootch, lança Clay par-dessus son épaule.

Cootch fit tourner le bouton du volume.

– Ça va mieux comme ça ?

– Ouais. J'arrive pas à voir quand la musique est trop forte.

– Qu'est-ce que tu regardes ?

– T'as envoyé Anthony chercher quelque chose ?

– Je lui ai donné un peu de sous pour aller acheter un soda. Je lui ai dit d'en prendre un pour lui et de garder la monnaie. Ça pose un problème ?

– Je sais pas encore.

Dimitri Karras émergea de l'arrière-boutique et vint se poster près de Marcus.

– Qu'est-ce qui se passe, Marcus ?

– Je regardais le…

Clay s'arrêta de parler en apercevant Karras. Sa mâchoire était complètement crispée.

– Quoi ? fit Karras.

– T'as mangé aujourd'hui ?

– Une tartine, ce matin. Pourquoi ?

– Ç'a pas l'air d'aller.

– Je me sens bien.

– Certainement. Mais ça se voit pas. T'es tout pâle, tu devrais voir. Et ton jean, on dirait qu'il va te tomber sur les chevilles tellement t'es maigre. Tu commences à ressembler à Mitch Snyder[1], après vingt-sept jours de grève de la faim.

– Faut juste que je mange. Un bon repas et une bonne nuit de sommeil, et il n'y paraîtra plus.

– Uh-huh.

1. Célèbre porte-parole des sans-abri. *(N.d.T.)*

Karras regarda par la vitrine, plissa les yeux.

– C'est notre nouvel employé ?

– Ouais, c'est Anthony.

– À qui il parle ?

– Un type qui se fait appeler Short Man. Il revend de la coke pour le dealer du quartier, un mec du nom de Tyrell Cleveland. Le gars qui a brûlé, hier, il travaillait aussi pour Tyrell. Et dis-moi, Dimitri, comment s'appelle le copain de Donna, déjà ?

Marcus voulait en venir quelque part. Quelque chose dans le ton de Clay, trop calme, trop poli, mettait Karras mal à l'aise. Ça faisait un bout de temps qu'il n'avait pas entendu Marcus parler comme ça.

– Eddie Golden, répondit Karras.

– Eddie Golden. Eh bien, Tyrell, celui dont je te parlais ? C'est à lui qu'Eddie a piqué tout ce blé.

Clay vit Short Man s'approcher d'Anthony. Il se mit à fredonner quelque chose, la bouche fermée. Karras se racla la gorge.

– Mais pourquoi Short Man parle comme ça à Anthony ?

– Parce que le gosse a réussi à se foutre au beau milieu. Hier, quand le type dans la Buick a eu la tête arrachée et qu'Eddie Golden a pris la taie d'oreiller, Anthony a vu ce qui s'est passé.

– Merde.

– Ouais.

Karras vit Clay décroiser les bras et fermer le poing droit.

– Je croyais que tu voulais pas t'en mêler, dit Karras.

– J'essaye.

Short Man précipita Anthony contre la palissade. Anthony tomba, essaya de détaler. Rogers débarqua et lui bloqua la voie. Short Man attrapa Anthony par le blouson et le remit sur ses pieds.

– Et puis merde, dit Clay d'une voix douce. T'aurais vraiment pas dû faire ça.

Clay traversa la boutique d'un pas rapide. Karras le suivit.

– Marcus, qu'est-ce que tu vas faire ?

– Je verrai sur place.

– Je viens avec toi.

– Avec toute l'énergie que t'as, ça peut pas te faire de mal.

Ils poussèrent la porte de la boutique. Cootch sortit de derrière son comptoir et s'approcha de la vitrine à temps pour les voir piquer un sprint.

– La vache, dit-il.

Il n'aurait jamais cru que deux vieux lascars comme Clay et Karras pouvaient courir aussi vite.

Short Man Monroe vit le grand mec approcher, suivi par le blanc aux cheveux gris. Le grand mec déboulait vite. Avec son look à la Richard Roundtree, genre guerre du Vietnam, il avait plus l'air tout jeune. Monroe se dit qu'il allait écouter ce que le mec avait à dire et puis qu'il faudrait que l'autre se calme. Si Vietnam voulait se battre, il commencerait par se défendre pour laisser le vieux s'épuiser. Et après, c'est lui qui lui casserait la gueule à ce vieux con.

Cela dit, le mec continuait à avancer. Il avait pas l'air de vouloir s'arrêter pour parler.

– Qu'est-ce tu veux, négro ? demanda Monroe.

Le type était tout près maintenant.

– Y a pas de négro ici, mec. Je m'appelle Marcus Clay.

Monroe lui fit un sourire d'enfoiré, ancra son pied droit dans le sol et lui lança un direct au visage.

Clay fit un pas de côté, esquiva le coup. Il lança la main, la retourna, percuta le nez de Short Man avec un claquement bref et le remonta d'un coup de la paume. La force de l'impact le fit décoller de terre.

Il fut projeté en arrière, les yeux en feu, et vit son

propre sang qui éclaboussait son visage, dégoulinait sur sa lèvre et dans sa bouche.

– Respect ! hurla Karras à Alan Rogers qui s'était approché.

Rogers ne bougea plus. Ce mec blanc avait l'air d'un savant fou, allumé par cent doses de speed.

Anthony Taylor recula le long de la palissade.

– Alors, ça te plaît, nabot ? T'aimes ça quand un type plus grand que toi te met une raclée ?

Monroe se releva, roula des épaules, sourit rouge. Des larmes de douleur coulaient sur ses joues. Il s'avança, ramassé sur lui-même. Mit les mains sur son visage, baissa la tête, vit du sang tomber sur le trottoir.

– Reste où tu es, mec, dit Clay. Si tu veux pas t'en prendre un autre.

Monroe continuait à avancer. Il lança son poing droit dans le ventre de Clay. Clay ramassa les coudes, accusa le coup. Monroe poursuivit avec un direct du gauche, et encore un droit.

Le coup était faible et mal centré. Clay le balaya sur le côté. Puis il mit une grande claque dans la figure de Monroe, aller-retour, et encore un coup façon marteau en plein sur son nez cassé. Monroe jappa comme un chien battu et s'effondra sur le pavé.

– Vache, fit Anthony Taylor.

– Reste pas ici, mon garçon. Retourne à la boutique maintenant, tu m'entends ? Vas-y.

Le gamin lança encore un regard à la silhouette sanguinolente recroquevillée sur le trottoir et s'éloigna. Quelques vieux s'étaient regroupés le long de 10th Street et lançaient des encouragements à Marcus Clay.

– Toi, dit Clay à Rogers, ramasse ton pote et emmène-le chez le docteur. À partir de maintenant, vous ne vous approchez plus de ma boutique. Je veux même plus vous voir dans le quartier, pigé ?

– Vas-y, Clay, montre-leur ! cria un des vieux.

Rogers aida Monroe à se remettre sur ses pieds et l'entraîna vers la Z.

– Viens, Marcus, dit Karras en tirant sur la chemise de Clay.

– Encore un truc, Rogers. C'est comme ça que tu t'appelles, non ?

Rogers et Monroe continuaient à avancer. Clay haussa la voix.

– Tu t'approches plus de cette fille, Rogers. Tu ne touches pas à Denice Tate !

– C'est bon, Marcus, dit Karras. Je crois que tu t'es fait comprendre. Viens, on retourne au boulot.

Ils traversèrent U Street.

Monroe s'arrêta, se dégagea du bras de Rogers. Il se retourna vers Clay.

– Je vais te défoncer la tronche, connard ! Tu m'entends ?

Il vit les vieux rassemblés sur le trottoir, se mit à leur faire des grands gestes.

– Je vais tous vous défoncer la tronche !

Les vieux se détournèrent et reprirent le chemin de leurs maisons.

– Faut aller aux urgences de DC General, dit Rogers.

– Je vais le niquer, cet enfoiré, Alan.

– OK, mec. Mais faut d'abord te retaper un peu.

Alan Rogers se retourna vers Clay et le blanc qui traversaient la rue d'un pas lent. Ce Clay, comment il avait maté Monroe ! D'abord il lui avait cassé la gueule et après il l'avait claqué comme un gosse. Comment j'ai fait pour me retrouver avec la bande avec qui je traîne ? se demanda Rogers.

Il avait envie de voir Denice. Et il avait envie de se casser.

Karras et Clay parvinrent devant la porte de Real Right.

– Putain, Marcus, je t'avais pas vu bouger aussi vite depuis…

– Dix ans ? Pas besoin de me le rappeler, mec.

– Où t'as appris cette frappe ?

– Je m'entraîne un peu avec mon copain flic, George Dozier. Histoire de rafraîchir un peu ce qu'on m'a appris pendant le service.

– Tu sais, on va les revoir, ces mecs.

– Je m'en doute.

Karras posa la main sur la poignée de la porte.

– Qu'est-ce que ça t'a fait, Marcus ?

– Quoi ?

– Tu sais.

– Ça m'a fait du bien, sur le coup. Ce soir, c'est sûr, je vais m'en mordre les doigts. Comme toujours, Mitri.

– C'était quoi, ce truc à propos de Denice ? Elle sort avec le petit Rogers ?

– Ouais.

– Clarence est au courant ?

– Je lui ai pas encore dit.

– Mais tu viens de le dire à tout le quartier, par contre.

– Je sais. Va falloir que je mette Clarence au parfum, maintenant.

Karras lui ouvrit la porte. Clay entra dans le magasin.

15

– Monsieur Clay, dit Anthony. Je suis désolé.

– Désolé de quoi ?

– J'ai mal fait.

– Non, dit Clay. T'as rien fait de mal.

– Tu t'en es bien tiré, dit Karras. Ça va ?

– J'ai un peu mal au dos.

– T'auras quelques courbatures demain, dit Clay. Mais jeune comme t'es, tu vas t'en remettre vite fait.

Clarence Tate arriva dans l'arrière-boutique.

– Qu'est-ce qui se passe, Marcus ? Je viens de raccompagner Denice à la maison. Cootch dit que t'as eu des ennuis ?

– C'est pas lui qu'en a eu le plus, répondit Karras.

– M. Clay lui a cassé la gueule, à ce type.

– Anthony !

– Pardon.

– Qu'est-ce qui s'est passé ? demanda Tate.

– Le gosse s'est fait tabasser par un des dealers du coin. J'ai dû calmer un peu le mec.

– M. Clay a fait « bing » ! dit Anthony en frappant du poing dans la paume de sa main. Il lui a cassé le nez !

– Y a d'autres moyens de régler les problèmes, tu sais, Anthony, dit Clay, tout en repensant au plaisir qu'il avait éprouvé en sentant le nez de Monroe céder sous le coup. On peut parler, discuter.

– Ah ouais, c'est ce que t'as fait ? demanda Karras.

– La ferme, Dimitri.

– Pourquoi ils l'ont tabassé ? demanda Tate.

– Pour avoir des renseignements, dit Clay. Anthony a vu quelqu'un hier sortir quelque chose de la voiture en flammes.

– M. Clay a dit de pas le dire à la police.

– T'étais au courant, Marcus ? fit Tate.

– Ouais. Y a beaucoup de choses que je sais et dont j'aurais dû te parler, Clarence. On finit de régler tout ça et puis faut qu'on cause, toi et moi.

– J'ai essayé de pas lui dire tout ce que je savais, fit Anthony en jetant un œil au type blanc, avec ses cheveux gris et ses yeux cernés. Mais j'ai dû lui dire qu'y avait une fille dans la Plymouth. J'ai dit qu'elle était ressortie du magasin avec vous. Et j'ai dit ce que je savais sur la voiture. Je suis désolé, monsieur Karras, je voulais pas parler de vous, mais…

– T'en fais pas, dit Karras. Tu t'en es bien tiré, je t'ai dit.

Cootch passa la tête dans l'embrasure de la porte.

– Hé, patron. Les flics sont là.

– Murphy ?

– Ouais. Et l'autre aussi, le blanc avec qui il fait équipe.

Ils revinrent tous dans la boutique. Murphy s'avança vers eux. Tutt resta près de la porte à se balancer sur ses talons, en jetant des petits coups d'œil tout autour de lui comme s'il cherchait quelque chose.

– Paraît que t'as eu des ennuis, Marcus ? demanda Murphy.

– C'est pas lui qu'en a eu le plus, répondit Karras.

– Y a des dealers du coin qui ont commencé à tabasser Anthony. Je me suis un peu interposé.

– Qu'est-ce qu'ils te voulaient, Anthony ?

– Me poser des questions à propos de la Buick qu'a brûlé hier.

– Mais t'as rien vu, non ?

– Non. Et même si j'avais vu quelque chose, je leur aurais pas dit.

– Il sait tenir tête, ce garçon, fit Karras, et Anthony lui sourit.

– Vous arrivez un peu tard, messieurs, non ? dit Tate.

– Un habitant de 10th Street a rapporté l'incident pendant qu'on était sur une autre affaire, répondit Murphy. Ça va, tout le monde ?

– Oui, oui, tout le monde va bien.

– M. Clay lui a cassé la… Il lui a cassé la figure, à ce type !

– Quel type ? demanda Tutt depuis l'autre bout de la pièce.

– Celui qui s'appelle Short Man, reprit Anthony. M. Clay lui a cassé le nez.

Clay crut voir les yeux de Tutt se voiler.

– C'est vrai ? demanda Murphy.

– J'en suis pas complètement sûr, répondit Clay. Mais j'ai dû lui faire mal, ça, je le reconnais volontiers. Tu dois m'inculper ?

– Non, à moins que ce Short Man en question ne porte plainte. Et encore, ça m'étonnerait, étant donné les circonstances. C'est bien ça, Tutt ?

– C'est bien ça. Sauf que, monsieur

– Marcus Clay.

– Monsieur Clay. À partir de maintenant, vous laissez les questions de police à M. Murphy et à moi. Hein, qu'est-ce vous en dites ?

Clay hocha la tête. Tutt esquissa un sourire et hocha la tête à son tour.

– Alors, t'as eu assez d'aventures pour aujourd'hui, jeune homme ? demanda Murphy à Anthony.

– Oui, m'sieur.

– Ça te dirait que je te raccompagne chez toi dans ma voiture de police ?

– Ouais ! Je peux, monsieur Clay ?

– Bien sûr, Anthony, y a pas de problème. T'as bien bossé.

Anthony s'avança pour lui serrer la main et Clay le serra dans ses bras. Puis il lui donna une petite tape sur le dos et le laissa partir.

– Merci, dit Anthony.

– Allez, va.

Anthony et Murphy se dirigèrent vers la porte.

– Z'avez une belle boutique, fit Tutt.

– Merci, dit Clay.

– J'espère pour vous que vous tiendrez le coup, ici.

– Vous en faites pas.

Clay, Karras, Tate et Cootch les regardèrent monter dans la voiture de police garée devant la porte.

– Il a l'air sympa, ce Murphy, dit Karras.

– Ouais, il est cool, Murphy, ajouta Tate.

– On peut pas en dire autant de son collègue, par contre, avec son look à la Boss Hogg[1]…, dit Cootch.

– Clarence, dit Clay, viens dans le bureau, qu'on discute.

Anthony Taylor finit par lâcher la grille en métal. Ils l'avaient mis derrière, dans la cage. L'agent Murphy avait monté le volume de la radio installée sous le tableau de bord pour qu'Anthony puisse l'entendre. On voyait un genre de fusil posé, la gueule en haut, près de Tutt, le flic blanc aux yeux méchants. C'est Murphy qui conduisait, il se tenait bien droit. Anthony trouvait qu'il avait l'air classe au volant. Murphy arrêta la voiture au milieu de Fairmont Street.

– Bien, jeune homme…, fit Murphy. C'est ici, non ?

1. Gros shérif raciste du feuilleton télévisé *Dukes of Hazard*. *(N.d.T.)*

– Si.
– Viens, je te raccompagne.
Anthony dut attendre que Murphy fasse le tour pour sortir, vu qu'il n'y avait pas de poignée sur la porte. Anthony se dit que ça devait être fait exprès, parce qu'en général, c'était plutôt des criminels qu'on mettait là, à sa place.
Murphy ouvrit la portière arrière et Anthony posa le pied sur la petite bande de gazon municipal. Deux ou trois gosses du quartier s'étaient approchés de la voiture, ainsi que deux garçons de Clifton Terrace qu'Anthony connaissait de vue.
– Vous dites rien, monsieur Murphy, d'accord ? demanda Anthony à voix basse.
Murphy posa la main sur le bras du garçon et le conduisit jusqu'à son pavillon. Murphy faillit glousser quand Anthony se retourna en roulant des mécaniques et cligna de l'œil à l'intention de ses copains.
Murphy appuya sur la sonnette.
Une femme d'un certain âge, avec des épaules larges et des gros seins en forme d'obus, vint ouvrir la porte. Elle remarqua l'uniforme de Murphy et fronça aussitôt les sourcils.
– Qu'est-ce que t'as encore fait, fils ? demanda-t-elle à Anthony.
– J'ai rien fait, Mémé.
– C'est vrai, madame.
Murphy tendit la main.
– Agent Murphy.
– Lula Taylor.
Elle n'était pas vilaine. Grande et forte, avec dix ans de trop environ pour être vraiment belle. Un gros grain de beauté logé à la base de sa narine droite avait dû en arrêter plus d'un : on aurait dit qu'un scarabée était venu mourir sur son visage.
– Et pourquoi vous me le ramenez, alors ?

– Y a des garçons qu'ont voulu lui filer une raclée, tout à l'heure. Je me suis dit que j'allais l'escorter.

– Merci. Je vous remercie de vous occuper de mon garçon.

– Je vous en prie.

Murphy jeta un œil derrière elle, dans le salon enfumé où l'album *Wattstax* passait sur la chaîne hi-fi. La silhouette d'un homme traversa furtivement la pièce et disparut.

– Tout va bien, alors ? demanda Lula.

– Oui, m'dame. Je voulais juste vous dire, vaudrait peut-être mieux qu'Anthony sorte pas ce soir.

– Oh, non ! fit Anthony.

– Je ne le laisse pas sortir tout seul le soir, si c'est ce que vous croyez.

– Je vais pas passer tout le week-end à l'intérieur, à vous écouter vous disputer, toi et ton copain…

– Anthony !

– Mais, Mémé…

– Ne me parle pas sur ce ton. Va dans ta chambre, maintenant. Allez !

Anthony secoua la tête.

– Au revoir, monsieur Murphy.

– Au revoir, Anthony. Fais attention à toi.

Anthony monta l'escalier.

– C'est tout ? demanda Lula.

– Gardez l'œil sur votre petit-fils, madame Taylor.

Lula fronça les sourcils.

– Vous voulez dire que je ne le fais pas ?

– Non, c'est pas ce que je veux dire.

– Parce que je fais de mon mieux. Je travaille à plein temps et c'est grâce à moi qu'il est nourri, logé, blanchi, sans parler de son blouson NFL et de ses baskets à cinquante dollars qu'il aime tant. Et je lui donne plein d'amour, aussi. Tout ça pendant que ma fille se refait une santé dans le Sud. Je fais de mon mieux.

– Je voulais juste vous dire que les choses deviennent vraiment dures, par ici. Un garçon de son âge ne devrait pas traîner tout seul dans les rues.

– Bonsoir, monsieur l'agent.

Murphy inclina la tête.

– Bonsoir, madame.

Elle referma la porte. Murphy s'éloigna. Sur le trottoir, un des garçons les plus âgés, appuyé contre une vieille Datsun, lui demanda ce que le petit Taylor avait fait. Murphy ne répondit pas, ne le regarda même pas. Il ouvrit la portière et se glissa derrière le volant.

– Tu crois toujours que le gosse raconte la vérité ? demanda Tutt.

– Oui.

– J'en suis pas si sûr. Viens, on va à notre cabine. Je vais appeler Rogers, voir si y a moyen de savoir ce qui s'est passé. Peut-être que Taylor a craché le morceau. On sait jamais.

Tutt téléphonait toujours de la même cabine et faisait en sorte qu'aucun des dealers ne s'en serve. Murphy mit le contact.

– Le vieux, reprit Tutt, tu sais, celui qu'a appelé pour rapporter la bagarre ? D'après lui, Clay a dit à Short Man de pas revenir dans le quartier. Ça va pas lui plaire, à Tyrell.

– J'imagine que non.

– De toute façon, j'ai toujours dit qu'un jour ou l'autre quelqu'un allait lui fermer sa petite gueule, à Short. Mais j'aurais bien aimé que ce soit moi.

– Ton tour viendra peut-être, Tutt.

– Et ce sera avec plaisir. Enfin, il l'a bien mérité.

On l'a tous mérité. Dieu est vengeur et nous fera payer.

– Allez, fit Tutt, on va pas rester ici toute la journée ! À moins que tu veuilles trimbaler encore un de ces petits malins dans la voiture. Tu veux peut-être monter un, comment ça s'appelle, un centre aéré pour enfants en difficulté ?

Tutt émit son ricanement suraigu pendant que Murphy démarrait.

– Putain ! fit Tutt en s'essuyant les yeux.

– Tu te fais rire tout seul, Tutt.

Murphy prit à gauche.

– On va où ?

– Prends T Street. On va voir si on peut pas régler au moins quelque chose avant d'aller voir Tyrell. Peut-être retrouver le gosse au bonnet vert. Tu sais, celui qui se fait appeler Chief.

– T'aurais dû me le dire, Marcus, fit Clarence Tate.

– Je sais bien, Clarence. Je m'excuse.

– Je comprends ce que tu veux dire, t'as cru que tout allait bien en voyant qu'il y avait un flic avec elle, et tout. Mais t'aurais dû t'arrêter pour vérifier, quand même. Ou bien t'aurais dû m'appeler.

– J'ai pris une décision au pied levé, Clarence. J'ai cru qu'avec Tutt, comme c'est un flic et tout, elle ne risquait rien. Et je ne voulais pas mêler le petit Taylor à tout ça. Mais après avoir discuté avec Denice, et avoir vu Tutt aujourd'hui, même quelques minutes seulement… Si j'avais su, j'aurais agi autrement. Y a quelque chose qui va pas chez ce flic.

– C'est clair.

– Mais à ta place, Clarence, je ne serais pas trop dur avec Denice. Elle a la tête sur les épaules, cette gamine. Essaie de te souvenir de la première fois que t'es tombé amoureux. Y a rien qu'aurait pu t'empêcher de voir ta chérie.

– Je m'en souviens, pas besoin de me le dire. Mais ça ne change rien, quand c'est ta propre fille que tu vois prendre un mauvais chemin.

– Ne sois pas trop dur, c'est tout.

– Oui, je sais.

Une clameur sortit du petit écran posé sur le bureau.

– C'est Kansas ? demanda Tate.

Clay acquiesça.

– Temple est en train de prendre une raclée.

Karras sortit des toilettes, où il venait de passer dix bonnes minutes. Clay et Tate échangèrent un regard.

– Bon, Marcus, je me casse, dit Karras d'un ton vif en se frottant les mains avec vigueur.

– T'as appelé ta copine Donna pour lui raconter ce qui s'était passé ?

– J'ai laissé un message sur son répondeur. Je vais aller à Georgetown pour l'heure de pointe, et puis je terminerai par la boutique de Dupont Circle. Je te retrouve là-bas.

– C'est ça.

– Clarence, à plus.

– Professeur.

Tate attendit que Karras soit sorti du bureau.

– Il est mal barré, ton pote.

– Pardon ?

– Il est tombé dans la poudre à fond. Tout le monde le sait dans la maison. Et toi aussi, Marcus.

Clay hocha la tête.

– Jusqu'à maintenant, c'était pour s'amuser. Je ne sais pas si c'est devenu un problème à part entière.

– À partir du moment où tu touches à cette saloperie, t'as un problème, si tu veux mon avis. Tu peux pas me dire le contraire.

– T'as raison. Je crois qu'il est temps qu'on parle, Dimitri et moi.

– Comme tu veux. Je voulais juste t'en toucher un mot.

– Clarence ?

Ils se serrèrent la main, puis Tate prit Clay dans ses bras et l'embrassa.

– Pas de problème, mon frère. Sans rancune.

– Prends le reste de l'après-midi, d'ac ?

– C'est ce que j'allais faire. Je vais aller parler à Denice de ce pas.

Clay le vit sortir de la boutique, monter dans sa Cutlass et partir vers l'ouest.

Pendant le trajet, Tate avait senti qu'il s'emballait ; il se mit à crier dès qu'il posa un pied dans l'entrée. Prise par surprise et déstabilisée, Denice s'énerva aussitôt. Leur conversation, brève et volcanique, se termina par un claquement de porte et Denice alla pleurer dans sa chambre. Tate descendit dans la cuisine et but une bière, appuyé au comptoir. La bière l'aida à redescendre au niveau où il aurait dû être.

Il remonta. Ouvrit la porte de la chambre de Denice. Elle était assise au bord du lit.

– Neecie ?

– Oui, papa ?

– Ça te dirait d'aller voir un film, maintenant ?

Elle leva la tête. Des traces de larmes couraient sur ses joues.

– Pourquoi pas ?

– Viens ici.

Ils se rencontrèrent au milieu de la pièce. Il l'attira contre lui et la serra un long moment, en lui caressant les cheveux.

– Je t'aime, ma fille.

Denice se remit à pleurer. Tate aussi.

16

Short Man Monroe traversa le parking de l'hôpital DC General. Son nez avait été remis en place, couvert de pansements et de sparadrap. Ses yeux enflés étaient gorgés de sang. Alan Rogers dut accélérer le pas pour arriver à le suivre.

– Ralentis un peu, mec.

– Ralentis mon cul, répondit Monroe. Elle est où, la Z ?

– Quelque part dans le coin.

Monroe goba deux cachets de codéine que le médecin des urgences lui avait donnés, renversa la tête en arrière et les avala à sec. Il entendit un bruit de beeper.

– C'est le tien ?

– Ouais.

Rogers sortit le beeper de la poche de son Lee et consulta le numéro qui s'y était inscrit.

– Tutt et Murphy.

– Me demande ce qu'ils veulent.

– Je vais bien voir.

– Les rappelle pas. Ils sont censés nous protéger pour qu'on puisse faire tranquillement notre business dans le quartier. Qu'est-ce qu'ils foutaient quand Vietnam a déboulé ?

– Leur boulot de flic, sans doute.

– Ouais, ben, crois-moi, Tyrell va en entendre parler.

Ils retrouvèrent la Z. Monroe jeta quelques dollars au gardien éthiopien et démarra en trombe.

– Que des enculés d'étrangers partout, dit Monroe.

– C'était un Africain…

– Ils viennent nous piquer notre boulot.

– Mais t'en cherches pas de boulot, Short.

– Oh, ta gueule.

Monroe s'arrêta devant la première épicerie qu'il trouva. Il entra, sortit une Olde English grand modèle du congélateur, haussa le ton pour demander à la Coréenne derrière le comptoir de lui trouver un bottin du Maryland. Son mari et Monroe se fixèrent en silence tandis que la femme se rendait dans l'arrière-boutique. Elle revint avec le bottin. Pendant qu'elle encaissait la bière, Monroe y trouva ce qu'il cherchait.

– J'ai l'adresse du taf, déclara Monroe de retour dans la voiture.

– Quel taf ?

– Appliance Installers Unlimited. C'est bien ce qu'a dit le gosse, non ?

– Je crois. Qu'est-ce qu'on fait ?

– On lance l'affaire.

Monroe dévissa le bouchon de la liqueur de malt et avala une longue gorgée.

– Peut-être qu'on devrait appeler Tutt et Murphy, quand même…

– Uh-uh. On va s'en occuper nous-mêmes, de cet enculé.

– Putain, Jumbo, tu peux pas faire moins de bruit ? demanda Chink Bennet. Un peu de respect pour ma meuf, quoi.

Jumbo Linney plongea la main dans un sachet géant de Doritos, en ressortit une poignée de chips goût bacon. Le bruit de cellophane froissée concurrençait les grognements, les gémissements et les halètements des mecs en train de se branler autour d'eux.

– Ta meuf ? Parce que c'est la tienne, maintenant ? Tu crois que Vanessa te connaît, Chink ? T'as jamais eu de meuf, autant que je m'en souvienne. La dernière fois que tu t'es fait un plan cul, c'est le jour où ton doigt a traversé le papier pendant que tu te torchais, ah, ah, ah.

– J'avais pas entendu cette vanne débile depuis l'école primaire.

– De toute façon, y a qu'à l'école primaire qu'un nain comme toi aurait pu se faire un plan. Tu te rappelles la photo de groupe qu'ils prenaient tous les ans ? Comment ils mettaient toujours les petits avortons devant, au premier rang ? Ils ont dû inventer un nouveau premier rang, pour toi.

– Moins fort ! dit quelqu'un derrière eux.

– Allez faire un tour ! cria quelqu'un d'autre, assis au fond de la salle.

– Qui c'est qui va me faire faire un tour ? répondit Linney en criant aussi. C'est toi ?

– Dans tes rêves, fit Bennet.

– Oh l'autre, il me traite.

Bennet et Linney s'étaient assis à trois sièges d'écart pour que personne ne les prenne pour des pédés. En ce samedi après-midi, la salle du Gayety Theatre était à moitié pleine. « Gratuit pour les dames accompagnées », disait toujours la pub, mais Chink et Jumbo n'avaient jamais vu de femmes dans ce cinéma, à part les putes que les clients amenaient avec eux pour se faire branler et les actrices sur l'écran. Là-haut, Vanessa Del Rio s'était assise sur la tête d'un mec.

– *Elle s'appelle Lisa*, dit Bennet d'un ton empreint de respect, comme un prêtre à qui on aurait demandé quel était son film préféré et qui aurait répondu : « *La Chanson de Bernadette*. » Eh, Jumbo, pourquoi le film c'est pas *Elle s'appelle Vanessa* ?

– Parce qu'elle joue le rôle d'une meuf qui s'appelle Lisa, c'est pour ça.

– La voilà, dit Bennet en montrant l'écran. Elle y va à donf, maintenant.

L'actrice était en train de dire un truc du genre « Hum, quelle grosse bite tu as ! » mais Chink Bennet n'écoutait pas les paroles. Il avait les yeux rivés sur sa bouche, la partie du corps de Vanessa qu'il préférait, quoiqu'il aimait bien ses gros nichons, et les muscles qui bougeaient en haut de ses cuisses. Elle avait un beau cul, aussi.

Deux rangs devant eux, un type secoua la tête comme un cheval puis plongea en avant en déchargeant dans une vieille chaussette. Bennet et Linney rigolèrent. Quelques minutes plus tard, le type se leva et sortit du théâtre.

– Hé, Mister Ed[1], tu vas où ? cria Linney.

– Le film est pas terminé !

Ils se tapèrent dans la main.

– Vanessa, reprit Bennet quelques instants après. Elle, c'est ma meuf.

– Si tu veux mon avis, moi j'aimerais mieux une meuf comme Karen Johnson.

– Quoi, tu la trouves mieux que Vanessa Del Rio ?

– Nan, Chink. Je parle pas de sa gueule ni de son cul. Je parle de ce qu'elle a fait pour le maire. Il la sautait et elle lui trouvait de la coke chaque fois qu'il en voulait, mec. Et après, elle est allée en taule pour lui au lieu de témoigner.

– On dit que c'est les copains du maire qui l'ont achetée, Jumbo. Ceux à qui il avait filé des contrats et tout. Paraît qu'ils lui ont donné une partie des pots-de-vin dont il est question.

– Pourquoi elle l'a fait, j'en sais rien. Mais un homme

1. Cheval qui parle dans la série télévisée du même nom. *(N.d.T.)*

peut s'estimer heureux d'avoir une femme qui fait ça pour lui.

Chink Bennet se frotta le menton.

– Si j'avais le choix, je préférerais rester avec la petite Vanessa, là-haut.

Le film terminé, Bennet et Linney reprirent 9th Street en direction de la Supra.

– On ferait mieux de rentrer, dit Bennet. Sinon Tyrell va se demander ce qu'on fout.

– Arrête-toi d'abord au Seven-Eleven, d'accord ? J'ai une petite envie de Nachos.

– Putain, Jumbo, on peut jamais faire trois bornes sans s'arrêter pour acheter à bouffer !

– Écoute, Chink, toi t'adores le cul et moi j'adore la bouffe, répliqua Jumbo en lui lançant un petit regard de côté. La seule différence, c'est que moi, je peux bouffer quand je veux.

Richard Tutt habitait les Silver Spring Towers, sur Thayer Avenue, à quelques centaines de mètres de la frontière du District. Il s'arrêta au Safeway de l'autre côté de la rue, acheta quelques plateaux-télé Hungry Man et une boîte de glaces-sandwichs, puis prit l'ascenseur qui montait chez lui.

Tutt habitait Silver Spring parce que c'était proche de son travail. Aussi près de DC que possible, sans y être techniquement. Tutt n'aurait jamais voulu habiter un endroit où il se retrouvait en minorité, même si parfois on aurait dit que Silver Spring en prenait le chemin. Quand il regardait dans la rue, il voyait des portos et des blackos, des Punjabs et des Arabes qui se rendaient au métro ou attendaient le bus, ou poussaient leurs petits chariots à deux roues jusqu'à l'épicerie. Tutt se disait qu'il allait peut-être partir à la campagne, du côté de Frederick ou le long de la nationale 29, où on pouvait encore trouver des baraques pas trop chères avec pas mal de terrain. L'aller-retour tous les jours, ce serait l'enfer, mais au moins là-bas, quand on se réveillait le matin, on était entre soi.

Le trois-pièces de Tutt était meublé de façon rudimentaire : un matelas à même le sol dans une des chambres, un salon en kit et la vieille table de ses parents dans la salle principale. Dans l'autre chambre, il avait installé un banc, quelques haltères et un miroir plain-pied.

Ses parents étaient morts. Il n'avait pas beaucoup d'amis, à proprement parler. Sans doute était-ce Murphy, son meilleur ami, même si celui-ci trouvait toujours de bonnes excuses quand Tutt lui proposait de faire un truc en dehors du boulot. De temps en temps, il voyait sa sœur, celle qu'était aux fraises depuis toute petite, mais seulement pour les fêtes ou pour son anniversaire. En général, il l'évitait parce qu'il fallait aussi se farcir le mari, autrement dit son beau-frère de la jaquette.

À part sa sœur, Tutt n'amenait jamais de filles dans son appartement. Il n'aimait pas se réveiller auprès d'une femme qu'il ne connaissait pas et, surtout, il détestait le sentiment de malaise qui plane une fois qu'on s'est retiré et qu'il n'y a plus rien à dire.

Tutt n'avait pas eu de petite copine depuis la seconde. Ce soir, comme presque tous les samedis soir, il n'avait rien à faire.

Tutt reprit sa Bronco bleu layette et se rendit au Erol de East-West Highway. Il choisit un film, *Un justicier dans la ville*, qu'il avait peut-être déjà loué mais il n'arrivait pas à savoir, d'après la boîte. Ces films étaient tous interchangeables et Tutt les trouvait vachement bien, en général. Charlie Bronson qui foutait son souk et défonçait la gueule d'une bande de bamboulas et de crétins du tiers-monde. Y avait rien de meilleur.

Il revint chez lui, fit quatre séries de cinquante pompes, se déshabilla et ramassa un magazine de cul qui traînait par terre, près de son lit. Il le feuilleta tout en se tripotant un peu, mais il n'arrivait pas à se faire bander, alors il alla dans la salle de bains prendre une longue douche bien chaude. Il se sécha, mit un jean délavé tout propre, fit réchauffer au micro-ondes un plateau-télé, l'emporta dans le salon ainsi qu'une cannette de Bud, et disposa le tout devant la télévision pour regarder le film.

Après le dîner, il se sentit un peu fatigué. Il s'allongea sur le canapé pour faire un petit somme.

Quand il se réveilla, le film était fini et la télé diffusait à nouveau son programme habituel. C'était le début de *Facts of Life*, une émission qu'il ne pouvait pas blairer. Tutt regarda les premières minutes pour voir si les nichons des filles avaient poussé depuis la dernière fois, puis il se leva, ouvrit une nouvelle cannette de bière et s'approcha de la fenêtre. Dehors, la rue était noire et il s'était mis à pleuvoir.

Samedi soir. Tutt aurait pu mettre un gros pacson de blé dans sa poche et sortir tout claquer, s'il avait voulu. Il aurait pu aller s'accouder au bar, dans une boîte, à côté d'un paquet de beaux mecs, mais on risquait de l'inviter à danser et question danse, il touchait pas une bille.

Rencontrer les civils, c'était pas son truc.

Il aurait pu inviter une fille au restaurant – il pouvait se payer n'importe quel restaurant, maintenant – mais pour quoi faire ? Écouter une fille tenir le crachoir toute la soirée ? Très peu pour lui. Il aimait encore mieux se coller deux pennies sur les yeux et aller se coucher.

Pour la première fois de sa vie, Tutt avait vraiment de l'argent. Mais en y réfléchissant bien, son seul plaisir dans la vie, c'était le boulot.

Il s'assit à une petite table près de la fenêtre et alluma la CB qu'il avait installée sur une étagère à côté. Il ajusta la fréquence, s'appuya au dossier de sa chaise et sirota sa bière.

Scott déchira le ticket de caisse et le tendit à Karras qui l'étudia. La boutique de Georgetown avait fait un joli chiffre. Marcus allait être content.

Karras salua Scott et Mary, la vendeuse anglaise très mignonne, et descendit Wisconsin Avenue. Il passa devant le cinéma de Georgetown, qui projetait *Caligula* depuis des années. Il bouscula un homme, continua à marcher dans la foule, composée pour moitié de gens qui faisaient encore leurs courses et pour moitié de jeunes de la ville et des banlieues chic déjà arrivés pour faire la fête. Karras se rendit au Pied de Cochon et s'assit au bar.

Il aimait bien cet endroit vieillot qui correspondait à l'idée qu'un professeur d'anglais se serait faite d'un café parisien. C'était devenu un rituel pour lui de venir prendre un verre ici, le samedi, avant de passer à la boutique de Dupont Circle, sa dernière escale. Ce soir, Karras en avait besoin. Il avait l'impression que son âme était en train de sombrer ; peut-être qu'un verre lui redonnerait un peu la pêche. Il ne s'était pas fait de rail depuis une heure, ayant décidé de s'arrêter avant d'en arriver au point où il n'en serait plus capable. Son corps ne supporterait pas une autre nuit sans sommeil et il ne voulait pas trouver un nouveau képa vide dans la poubelle, dimanche matin.

– Hé, Bobby !

– Dimitri, répondit le barman.

– Un Grand Marnier.

– Ça roule.

Karras observa le barman tandis qu'il prenait un pot d'eau chaude et en versait un peu dans un verre ballon. Il fit tourner l'eau avant de la jeter dans l'évier. Puis il versa du Grand Marnier dans le verre chauffé, en surveillant attentivement le niveau.

Karras suivait avec intérêt. Il adorait tous les rituels associés à la défonce.

– Et voilà, fit Bobby, qui ressemblait à un paysan buriné en gilet rouge, en posant le verre devant Karras.

Karras fit doucement basculer le verre sur le côté. La liqueur arrivait juste au bord sans déborder, ne fût-ce que d'une goutte.

– Parfait, Bobby.

– Je sais.

Karras sirota la liqueur tiède. S'il avait aimé fumer, il en aurait grillé une à ce moment précis, mais il n'avait jamais trouvé aucun plaisir au goût du tabac. À l'époque où Clay et lui prenaient le basket au sérieux, Karras n'aurait jamais envisagé de fumer, car cela aurait affecté son jeu. Marcus jouait toujours, un soir par semaine au gymnase Alice Deal, avec un groupe de vieux de la vieille de Washington – Ted Tavlarides, Adam Young, Sam Pinczuk et Bill Valis, notamment. Karras, lui, n'avait pas touché à un ballon depuis plusieurs années.

– Bonjour, ça gaze ? demanda Karras avec un petit sourire lubrique à une brunette, toute en jambes, qui passait devant le comptoir.

Elle le dévisagea d'un œil rapide et détourna le regard. La personne qu'elle cherchait, un homme jeune tiré à quatre épingles, dit quelque chose de plaisant quand elle parvint à sa table, ce qui les fit rire tous les deux.

Dans le miroir du bar, Karras contempla sa silhouette ravagée.

– Putain de merde, dit-il à voix haute.

– De quoi ? demanda Bobby.

– Rien, rien.

Karras repensa à Donna, à la façon dont elle s'était précipitée vers Eddie Golden, l'installateur de lave-vaisselle, ce matin-là. Il était jaloux et la jalousie le troublait. Bon, ils étaient sortis ensemble et ils s'étaient bien éclatés, mais qu'est-ce qu'elle avait de différent de toutes les autres filles qu'il connaissait ? Bien sûr qu'il n'aimait pas Donna, pas qu'il sache. Mais il ne voulait pas la perdre aussi vite. Ou bien était-ce simplement qu'il ne voulait pas perdre tout court.

Karras avala le reste d'un seul trait. Il laissa trois dollars de pourboire et descendit de son tabouret.

– À plus tard, Bobby.

– Plus tard que tu ne le crois, répondit Bobby.

Ta philosophie de comptoir, tu peux te la garder, mon pote, se dit Karras, mais les paroles du barman flottaient encore dans sa tête quand il sortit dans la rue.

Kevin Murphy plaça un bol de soupe aux légumes chaude sur le plateau et l'apporta près du lit. Wanda Murphy se redressa, ramena son peignoir par-dessus sa chemise de nuit et glissa les pieds dans une vieille paire de chaussons.

– Coucou, chérie.

– Coucou, Kev.

Elle lui sourit. Son rouge à lèvres trop épais bavait en plusieurs endroits, comme s'il avait été appliqué par un enfant. Ses cheveux partaient bizarrement dans tous les sens et elle portait la marque des draps sur son visage.

Malgré tout ça, se dit Murphy, c'est encore une belle femme quand elle sourit. Je me demande si elle le sait.

– T'es belle, Wanda, dit-il.

– C'est ça !

– Je plaisante pas. (Il souleva le plateau et le posa sur ses genoux.) Voilà ton dîner.

– Tout ça ?

Murphy rit.

– T'as dit que t'avais pas faim !

– Je sais. Je m'amuse, c'est tout.

Il s'assit auprès d'elle sur le lit tandis qu'elle mangeait sa soupe en regardant la télé. Il posa la main sur sa cuisse, et sentit la chaleur de son corps à travers les deux couches de vêtements. Son vieux poste Admiral était posé sur sa commode et, de temps à autre, Wanda riait de ce qui se disait dans l'émission, riait de choses qui ne parvenaient même pas à tirer un sourire de Kevin. Elle regardait les mêmes feuilletons tous les samedis soir – *Gimme a Break*, *Facts of Life*, *Golden Girls* et *227* – à la suite. Elle appelait ça sa « petite série ». Des vraies conneries, mais si ça pouvait la rendre heureuse quelques heures, Kevin, ça ne le gênait pas.

– Wanda ?

– Quoi, Kev ?

– J'ai passé du temps, aujourd'hui, avec un garçon que j'ai rencontré à Shaw.

– Ah oui…

– Uh-huh. Il a onze ans. Il s'appelle Anthony Taylor. Il se fait appeler T mais je lui ai dit de ne pas le faire. On dirait un de ces noms de guerre que tous les gosses se donnent, maintenant.

– C'est gentil de ta part.

– C'est un bon petit gars, Wanda. Pourtant, ça n'a pas l'air le pied, chez lui. Il vit avec sa grand-mère. Elle fait de son mieux, c'est sûr, mais un garçon a besoin d'une mère et d'un père pour grandir comme il faut.

– Pourquoi tu me racontes ça, Kevin ?

Wanda sourit d'un truc qui venait d'être dit à la télé. Elle n'avait pas détaché les yeux du poste.

– Comme ça, histoire de causer, chérie. Je te raconte ma journée, c'est tout.

– Est-ce que t'essaies de me dire qu'on devrait prendre ce garçon chez nous ? C'est ça que t'as dans la tête ? Tu veux qu'on recueille un étranger que tu viens tout juste de rencontrer ?

– Non, Wanda, c'est pas ce que je dis. Ce garçon a une vie incomplète mais il a sa famille, quand même. (Murphy baissa les yeux sur le tapis.) Non, ce que je dis, c'est qu'il y en a plein des garçons comme Anthony dans ce monde, qu'ont personne pour les guider, pour leur dire comment devenir un homme. Des bébés et des tout-petits, aussi, qu'ont devant eux un avenir sans amour. Alors, toi et moi, on pourrait créer un foyer pour un enfant comme ça. On a cette maison, tu sais bien qu'elle est trop grande pour nous deux, et j'ai de l'argent de côté. Entre toi et moi, on pourrait donner beaucoup d'amour à…

– Kevin !

Wanda se mit à rire d'un rire rauque en se balançant d'avant en arrière et désigna l'écran télé du doigt.

– T'as vu ce qu'elle a fait, cette fille ? Oh, mon Dieu, c'est incroyable !

Kevin remporta le bol de soupe vide et le verre d'eau dans la cuisine. Il se changea, enfila un pantalon de survêtement et un T-shirt et descendit à la cave. Il s'étira, enfila une paire de gants de cinq cents grammes et commença à frapper le punching-bag Everlast accroché à une poutre, près de son établi. Du chatterton entourait le sac en son milieu, là où il avait commencé à se déchirer. Murphy l'avait récupéré d'un type qu'il connaissait, un prof de karaté ; c'étaient ses élèves qui avaient massacré le sac pendant des années avec leur entraînement pieds-mains.

Murphy démarra lentement, avec des frappes légères, puis poursuivit avec des combinaisons plus dures, directs, crochets et coups droits. Cela le fit bien transpirer et il dut s'arrêter pour reprendre sa respiration. Il écouta le bruit de la pluie qui crépitait dans les gouttières qui couraient autour de la maison. Il relaça ses gants et se remit à frapper le sac de sable jusqu'à ce que son T-shirt soit trempé et que la tête commence à lui tourner.

À ce moment-là, son père téléphona au sujet du dîner de dimanche. Murphy lui dit qu'il essaierait d'être là et raccrocha.

Il se doucha, ouvrit une cannette de bière et retourna dans la cave. Il regarda un peu le match. Se leva, attrapa une autre bière et l'apporta à son établi. Dessus se trouvait une boîte en carton, remplie de tickets de loterie provenant de l'église de son père. Il la posa par terre. Puis il ouvrit une boîte de balles Remington qu'il renversa sur l'établi. Une par une, il coinça les balles dans un étau et dessina un X sur leur tête à l'aide d'un marteau et d'un ciseau très fin. Ensuite, il descendit ses Combat Magnum S & W de l'étagère, les démonta, nettoya et graissa les différentes parties l'une après l'autre. Il remonta les revolvers, les rangea dans leurs étuis et replaça les balles dum-dum dans la boîte.

Murphy jeta un coup d'œil à sa montre. Ça faisait trois heures qu'il travaillait à son établi.

Dans la cave, le téléphone sonna. Il décrocha.

– Mon Dieu, dit-il.

Et puis :

– Je te retrouve à O'Grady's dans un quart d'heure.

17

Après avoir quitté la Route 1, Eddie Golden tourna à droite et descendit Sunnyside Avenue en direction d'un horizon de béton – entrepôts d'un étage et terrains vagues grillagés. En semaine, cette partie de la zone industrielle de Beltsville était bondée de voitures, mais le samedi, le coin faisait morne et désolé. Les herbes folles rouleraient dans les rues, se dit Eddie, s'il y avait des herbes folles dans Prince George County.

Eddie était content que ses copains du Hunter's ne soient pas là pour le voir conduire sa camionnette de Jap. Vu la tronche du Courier, ramassé, près du sol, comme un jouet d'enfant, ils auraient aussi bien pu virer le logo Ford à l'arrière et le remplacer par un soleil levant.

Eddie entra dans la cour d'Appliance Installers Unlimited, un petit immeuble compact qui n'était guère plus qu'un cube de parpaings abritant deux baies vitrées. Il gara le pick-up près de l'immeuble, sortit, monta sur la plate-forme arrière et poussa un vieux lave-vaisselle, GSD-400, qu'il avait retiré d'un appartement en location le jour même, jusqu'au bord arrière. Il fit tomber le lave-vaisselle qui atterrit près d'autres machines, là où les collègues d'Eddie avaient fait un tas.

Eddie ferma la camionnette à clé. Retira sa ceinture à outils de la plate-forme arrière et se dirigea vers sa voiture. Il ne restait plus qu'elle sur le parking. Il l'avait garée près d'une benne à ordures, le long du mur de l'immeuble. Sur Sunnyside Avenue, une voiture de sport noire attendait.

Levant le nez au ciel, Eddie se mit à fredonner une chanson d'April Wine qu'il aimait bien. Il y avait des nuages et une odeur de pluie flottait dans l'air. Mais il n'allait pas laisser un peu de mauvais temps lui gâcher sa soirée. Il était vraiment de très bonne humeur. Il détestait travailler le week-end, mais maintenant, avec l'argent et tout, il n'en aurait plus pour très longtemps. Il n'avait qu'une hâte : retrouver Donna, passer la soirée avec elle, parler projets.

La Floride. Nom d'un chien, ça pourrait être vraiment bien.

Il introduisit sa clé dans la serrure de la Plymouth Reliant. Il entendit des bruits de pas sur le gravier. Quelqu'un saisit sa main libre par-derrière et la tordit vers le haut. Eddie plongea en avant, la joue écrasée contre la portière, les yeux au niveau du toit.

– Oh là ! fit Eddie en essayant de rester sur ses pieds. Attends une…

– Ferme ta petite gueule, OK ?

En entendant une inflexion noire dans la voix de l'homme, Eddie sentit l'adrénaline monter en lui.

Un peu plus bas, dans la rue, une voiture démarra. Eddie paniqua et laissa échapper un cri aigu.

Il entendit un craquement. Un éclair de feu parcourut son bras, fusa dans sa nuque et explosa à la base de son crâne. Il sentit ses doigts qui touchaient son avant-bras.

Eddie hurla. Eddie perdit connaissance.

Quand il ouvrit les yeux, il aperçut le dossier d'un siège noir. Il était couché par terre, dans une voiture, et il avait l'impression d'être très près du sol. Des vibrations, de la musique urbaine, et deux hommes qui se disputaient par-dessus la musique ; quand celle-ci s'arrêta, la dispute continua, tout comme le frottement des balais des essuie-glaces sur le pare-brise.

Il était tout recroquevillé derrière les sièges. Quelque chose de lourd pesait sur ses jambes. Il leva son bras de quelques centimètres et baissa les yeux pour voir ce qui lui faisait si mal. Sa main était pliée dans le mauvais sens et l'os de son poignet poussait contre la peau à l'endroit où il avait cédé. Une larme coula sur ses joues.

– Mais pourquoi tu lui as cassé le bras, putain ?

– Il a crié, cet enfoiré ; obligé de l'arrêter.

– Qu'est-ce qu'on va faire de lui, maintenant ?

– On pouvait pas le laisser là. On va le ramener chez Ty et le faire parler.

– Ça va pas lui plaire, à Tyrell, que tu le ramènes à la maison, comme ça.

– Ça va lui plaire qu'on ait retrouvé celui qu'a essayé de l'entuber avec la tune. Tu peux me croire.

– Et si quelqu'un vient le chercher, là où il a garé sa voiture ?

– C'est pour ça que je suis allé la mettre trois kilomètres plus loin, derrière la laverie-auto. Le mec qui vient le chercher, il va croire qu'il est parti du boulot et qu'il est allé se bourrer la gueule, un truc comme ça. Enfin, si jamais quelqu'un en a quelque chose à foutre.

Eddie Golden ferma les yeux. Peut-être que tout cela n'était pas vrai.

Alan Rogers gara la Z entre la Supra et la 633 de Tyrell. Il coupa le moteur et regarda la pluie tomber sur le pare-brise.

– Vas-y, Alan, je vais m'occuper de notre copain.

– C'est moi qui vais m'en occuper, Short. Toi, prends sa ceinture à outils et va prévenir Tyrell qu'on l'a ramené avant que je le fasse entrer.

– C’est vrai.

Monroe plongea la main derrière lui et attrapa la ceinture posée sur les jambes du mec blanc. Il sortit de la voiture sous la pluie, monta les marches du pavillon et entra.

Rogers se retourna pour regarder le blanc. Ses yeux étaient ouverts mais ils avaient un drôle d’air.

– Comment tu t’appelles ? demanda Rogers.

– Ed.

– Ed comment ?

– Ed Golden.

– OK. Je vais te briefer maintenant, parce qu’une fois à l’intérieur, je suis rien qu’un employé comme les autres. Je peux pas t’aider.

Eddie lécha ses lèvres gercées.

– Je t’écoute.

– On sait que t’as pris l’argent. Tout ce que Tyrell va vouloir, maintenant, c’est que tu lui dises où il est. Si tu nous le dis, t’as de bonnes chances de repartir sur tes pieds. Sinon… Tu crois que t’as mal, là ? Eh ben c’est rien à côté de ce qui risque de t’arriver. Des trucs que tu peux même pas imaginer, tu piges ?

– Ou-ou-oui.

– Et bégaye pas comme ça, non plus. Mon collègue, Short, s’il le remarque, il va pas te lâcher.

– J’ai mal.

– J’imagine. Il avait pas à te faire ça. Mais il l’a fait, alors pour l’instant on y peut rien.

Rogers plongea la main dans un gobelet, coincé entre les sièges avant, où Monroe avait laissé ses derniers cachets de codéine.

– Tiens, prends ça. Tu te sentiras mieux après.

Rogers mit les cachets, l’un après l’autre, dans la bouche d’Eddie Golden. Eddie les mastiqua et avala.

– Comment tu t’appelles ?

– T’inquiète.

– Je voulais te remercier, c'est tout.

– T'inquiète, je te dis. Rappelle-toi ce que je t'ai dit. Dis la vérité. Ça sera beaucoup plus facile pour toi.

Rogers sortit de la voiture, passa la main derrière le siège et souleva Eddie par le biceps.

– Ah ! fit Eddie.

– Oui, je sais.

Il fit sortir Eddie et le guida vers la maison. Il le sentait trembler sous sa main.

Eddie entendit un bruit de basses. Il aperçut deux silhouettes derrière les rideaux de la fenêtre. L'espace d'un instant, il pensa à s'échapper, à s'enfuir. Il y avait des bois tout autour de la maison, et des petites lueurs, derrière les bois. Aucun bruit, à part la pluie. L'instant passa. Il laissa le grand type aux yeux doux le conduire jusqu'à la porte. Ils entrèrent.

Assis dans un fauteuil, un noir à la peau claire, avec des yeux vert vif et des traits pointus, anguleux, leva les yeux sur Eddie. Celui à la sale tronche, avec son nez cassé, était assis à une table ronde en train de tremper un doigt dans un tas de coke et de s'en frotter les gencives. Derrière, dans une autre pièce, un énorme noir et un tout petit métis jaunâtre étaient assis sur un canapé et rigolaient en regardant la télé. Un autre noir, mince, se tenait debout contre le mur et fixait Eddie d'un œil terne.

Eddie aperçut plusieurs fusils, revolvers et pistolets, disséminés dans la pièce.

Celui à la peau claire se déplia de son fauteuil. Il dépassait Eddie d'une bonne tête. Il avait de longues oreilles pointues, comme une chèvre.

Les genoux d'Eddie se mirent à trembler. Il sentit son sphincter se relâcher. Il se reprit, déglutit péniblement.

– C'est lui ? demanda Tyrell d'un ton incrédule.

– Ouais, fit Monroe.

– Il ressemble à rien, déclara Antony en se décollant

du mur et en décroisant les bras. Dur à croire que c'est lui qui t'a dépouillé, Tyrell.

– Tu l'as dit, cousin.

– S'appelle Ed Golden, dit Rogers.

– Golden, reprit Tyrell. C'est quoi, comme nom ?

– Feuj, répondit Antony Ray. Pas vrai ?

Eddie Golden baissa la tête. Rogers attrapa une chaise près de la table ronde et la tira jusqu'à la cheminée.

– Assieds-toi, dit-il à Eddie.

Eddie s'assit. Il se pencha en avant, posa son poignet cassé sur son genou et fit la grimace. Il n'avait regardé personne dans les yeux. Les mecs étaient en train de discuter mais il ne comprenait pas grand-chose à ce qu'ils racontaient. La musique – quelqu'un qui criait par-dessus une ligne de basse et un sifflement qui ressemblait à un départ de fusée – était trop forte.

Eddie vit celui qu'on appelait Tyrell se diriger dans l'autre pièce et dire aux autres de venir avec lui. Ils éteignirent la télé, baissèrent la musique et le rejoignirent. Les six types se tenaient maintenant debout autour de lui. Il garda la tête baissée. Les ombres de la cheminée dansaient à leurs pieds.

– Eddie, fit Tyrell. Ça te gêne pas que je t'appelle Eddie, non ?

– Non, dit Eddie.

– Ça le gêne pas, reprit quelqu'un, et deux ou trois rigolèrent.

– Lève la tête quand on te parle, mec.

Eddie se força à les regarder.

– Voilà, c'est mieux.

– Putain, Short, intervint Linney. Qui c'est qui t'a niqué le nez comme ça ?

– Ta gueule, Jumbo.

– Sans déconner, mec, qui c'est qui t'a niqué comme ça ?

– Vas-y, Short Man, raconte, dit Tyrell. J'aimerais bien savoir.

– Un mec qui s'appelle… Alan, c'est quoi son nom déjà ?

– Marcus Clay, répondit Rogers. Il a une boutique de disques qui s'appelle Real Right Records, sur U Street.

– Tu le connais ? demanda Tyrell.

– Alan connaît son nom, répondit Monroe, parce qu'il drague une petite meuf qui s'appelle Neecie Tate. Et le père de la meuf travaille là-bas.

– Ah oui ? fit Tyrell.

– C'est juste une fille que j'ai rencontrée, Ty, et…

– Et celui-ci, reprit Tyrell en désignant Eddie, c'est bien devant cette boutique qu'il m'a dépouillé, non ?

– Si, répondit Monroe.

– J'essaie juste de recoller les morceaux, c'est tout. OK, vas-y, Short.

– J'étais en train de parler à un gosse qui traîne dans le coin, là-bas, qui s'appelle Anthony Taylor. J'ai été obligé d'être un peu musclé avec lui pour qu'il me dise ce que je voulais savoir. Tout d'un coup, y a cet enculé de rescapé de la guerre du Vietnam, Clay, qui débarque en courant et qui me surprend dans mon angle mort.

– On dirait que le Vietnam a fait un peu plus que te surprendre, dit Linney.

– Il te l'a jouée Bruce Lee, le mec, dit Bennet.

– T'a mis la pâtée, dit Linney.

Linney et Bennet rigolèrent et se tapèrent dans la main. Antony Ray sourit. Monroe les calma d'un regard.

– J'ai trouvé ce que tu cherchais, Tyrell. Taylor a parlé avant que l'autre me tombe dessus. C'est comme ça que j'ai retrouvé celui-là.

– Bien joué.

– Ouais, je sais. En ce qui concerne Clay, j'ai pas terminé avec lui. Je viens juste de commencer.

– Peut-être que tu ferais mieux de laisser tomber. On mène un petit business tranquille. Trop de bruit, c'est pas bon pour nous.

– C'est Clay qu'a commencé à faire du boucan. Il s'est mis à crier bien fort pour que tout le monde l'entende, comme quoi il voulait plus voir les mecs de notre genre dans le quartier. Il a même réussi à attirer des vieux négros qui vivent dans le coin pour le soutenir. Bientôt, si on fait pas gaffe, ils vont avoir des milices d'autodéfense pour patrouiller le quartier la nuit.

Tyrell tripota les poils de son menton.

– Ça craint, ça.

– Tu parles que ça craint, reprit Monroe. Je croyais que Tutt et Murphy étaient là pour éviter ce genre de merdier.

– Moi aussi.

Tyrell baissa les yeux sur Eddie.

– Ça va ? La conversation te plaît ?

– Non, dit Eddie. J'écoute pas.

– T'as rien entendu…

– Je peux pas me concentrer. J'ai le bras cassé. Ça me fait mal. Faut que j'aille à l'hôpital…

– Je vois ça. Mais d'abord, faut qu'on parle.

– Je… je suis désolé.

– Oh, je sais que t'es désolé, maintenant. Mais c'est un peu tard pour s'excuser. C'est bien toi qu'as pris mon argent ?

– Je savais pas qu'il était à vous.

– Mais tu savais qu'il appartenait à quelqu'un, non ?

– J'ai pas réfléchi. J'ai voulu aider le garçon dans la voiture. J'ai vu l'argent et…

– Tu l'as volé.

– Oui, mais…

– Mais, dit Tyrell.

– Comme les chèvres, fit Linney.

Bennet rigola.

– Putain, Jumbo, mais quand est-ce que t'arrêteras tes vannes d'école maternelle ? demanda Bennet.

– Vous êtes vraiment une bande d'abrutis, dit Ray en attrapant un Bulldog . 38 sur la table et en l'armant. Vous allez raconter des conneries toute la soirée ? Parce que moi je vais vous trouver où Golden Boy a planqué la tune vite fait.

Ray pointa le flingue sur Eddie qui laissa échapper un bruit sourd.

– Attends, attends, dit Alan Rogers en levant la main. T'as même pas commencé à l'interroger pour de vrai, Tyrell…

Tyrell regarda Rogers, puis Ray.

– Il a raison, cousin. Range ça.

Puis il se tourna vers Eddie.

– OK, où est l'argent, mec ? Vite.

– Chez moi, répondit Eddie Golden. Dans la taie d'oreiller… dans le placard du couloir.

– Où c'est ?

Eddie donna son adresse à Tyrell.

– J'ai les clés, fit Monroe.

– On peut entrer, y a pas de gardien ?

Eddie secoua la tête et Tyrell donna ses instructions à ses hommes.

Monroe conduisit Eddie Golden jusqu'à une des deux chambres au fond du couloir. Il y avait là, à même le sol, un sommier, un matelas recouvert d'un drap, et un radiateur près du lit. Monroe resta près de la porte. Il partit en voyant Rogers arriver avec un verre d'eau, qu'Eddie but avec avidité. Eddie s'allongea.

Rogers ne prit pas la peine de l'attacher. Il n'était pas assez costaud pour filer, dans son état.

– Reste tranquille.

– Merci.

– J'espère que tu racontes pas de conneries, reprit Rogers.

– Non, dit Eddie. Écoute…

Rogers s'en alla. Il referma la porte derrière lui et laissa Eddie dans le noir.

Il les entendit discuter dans l'autre pièce. Il soupira

lentement avec soulagement. C'était le même sentiment qu'il avait eu, la fois où il s'était réveillé dans la salle de réanimation, après son opération. L'impression d'avoir évité une balle. D'avoir gagné du temps.

Et il n'avait pas parlé de Donna. Même avec le flingue pointé sur lui, il n'avait pas pensé une seule fois à prononcer son nom.

Malgré la pluie et les nuages, de la lumière filtrait par la fenêtre et Eddie pouvait maintenant distinguer les angles de la pièce. Son bras le lançait moins, mais la peur et la codéine lui avaient donné mal au cœur et la tête lui tournait.

Les yeux au plafond, Eddie essaya d'oublier la douleur. Il devait réfléchir à ce qu'il allait faire ensuite. Il fallait qu'il trouve une histoire, quelque chose à leur raconter quand ils reviendraient les mains vides. Quelque chose pour rester en vie.

Short Man glissa son Glock, canon en bas, dans la ceinture de son Lee. Il fit tomber grossièrement un peu de poudre dans du papier, replia la feuille et la glissa dans sa veste. Puis il plongea le doigt dans le tas qui restait sur la table et en frotta ses gencives.

– Z'êtes prêts ? demanda Monroe.

– On est prêts, répondit Linney.

– Z'y va.

– On se casse, Ty, dit Rogers.

– Appelez-moi, dit Tyrell, et tenez-moi au courant.

Devant la maison, Monroe et Rogers montèrent dans la Z, Linney et Bennet dans la Supra.

– Ils savent qu'ils doivent nous suivre, ces deux-là ? demanda Rogers.

– Ouais, fit Monroe. Vas-y, allume la caisse.

Pendant que Rogers mettait le contact, Monroe trifouilla dans le gobelet logé entre les sièges.

– Eh, mec, ils sont où mes cachets ?
– Tu les as tous pris, répondit Rogers.
– Je dois délirer, alors…
– T'en as pris quatre en sortant de l'hôpital.
– T'es sûr que tu les as pas filés à ta gonzesse, pour qu'il se sente mieux ?
– De quoi tu parles, mec ?
– J't'ai vu lui apporter de l'eau et tout le bordel, comme si tu l'avais à la bonne, on dirait.
– Vas-y, arrête tes conneries, Short.
Rogers fit demi-tour.
– Tu sais, tu deviens mou, Alan.
– C'est pas vrai.
– Si, c'est vrai, reprit Monroe. J'ai des yeux, mec. Et ils me servent à voir.

Antony Ray dessina un gros rail sur toute la longueur du miroir et ramassa un billet de cinquante, roulé dans le sens de la largeur.
– Fais gaffe avec ce truc, dit Tyrell. Il est encore tôt.
– Je rattrape le temps perdu.
– Je vois.
Ray sniffa la moitié de la ligne. Rejeta la tête en arrière, s'ébroua. Puis se repencha en avant pour se faire l'autre moitié. Il lâcha le billet et alluma une Newport.
Assis dans son fauteuil, face aux fenêtres, Tyrell regarda les voitures s'éloigner.
– Tu sais, Tyrell, ils auraient jamais dû ramener ce mec ici.
– Je sais.
– Qu'est-ce que tu vas faire ?
– Je verrai bien.
– Tu crois qu'il raconte la vérité, à propos de l'argent ?
– On va le savoir bientôt, j'imagine.
– Si tu veux, on peut le savoir tout de suite.

– Pour le moment, on fait les trucs à ma façon, OK ?

– D'accord. Mais faut admettre que ça fout vraiment le bordel qu'ils l'aient ramené ici.

– J'admets.

– Ils ont même pas pensé qu'on pourrait pas le laisser repartir, le petit blanc, une fois qu'il aurait vu la baraque !

– Non, ils y ont pas pensé.

– C'est pas pour dire, mais c'est quand même une sacrée bande de bouffons qui travaille pour toi.

– Qu'est-ce tu veux, cousin ? fit Tyrell. C'est rien que des mômes.

18

Anthony Taylor s'ennuyait, tout seul dans sa chambre avec personne à qui parler, alors il enfila son blouson des Raiders et descendit sans bruit l'escalier. De toute façon, Mémé et son copain l'embrouilleur risquaient pas de l'entendre, vu comment ils avaient monté la musique à fond. On aurait dit que c'était un truc religieux sur lequel ils dansaient, mais un peu plus rock que les machins que Mémé écoutait sur sa station de radio gospel. Avec les choristes qu'arrêtaient pas de répéter : « Je t'emmènerai là-bas. » Ce genre de musique, Anthony, c'était pas son truc, mais Mémé et son copain, ils s'éclataient comme des fous dans le salon.

Anthony se glissa dehors.

Il remonta son col à cause de la pluie. Avec tous les nuages, il faisait vraiment tout noir, ce soir. Anthony évita Clifton Terrace, où des tonnes de mauvaises choses pouvaient vous arriver. Il rejoignit 11th Street et tourna à gauche.

Sur U Street, il aperçut un des mecs de Tyrell qui téléphonait d'une cabine, et un autre qui se tenait au coin de 11th, près d'une voiture au point mort, une bagnole de marque étrangère avec des vitres fumées. Anthony passa devant Real Right et vit que toutes les lumières étaient éteintes, à part un ou deux néons dans le fond. Il se rappela que M. Clay fermait tôt le samedi soir.

Anthony traversa la rue, vint se poster devant chez Medger's, dit bonjour à un vieux qu'il connaissait. Mais fallait que le vieux rentre chez lui, avec la pluie et tout. Anthony commençait à en avoir marre, lui aussi, de se faire saucer, et il alla se réfugier sous un abribus, jusqu'à ce que deux garçons, avec le mot « embrouille » écrit sur le front, viennent le rejoindre. Ils se mirent à faire les malins, en lui demandant s'il avait pas du liquide sur lui, alors il quitta l'abribus, mais pas trop vite, pour pas qu'ils le prennent pour un nase, et continua à descendre la rue.

Il était trempé, il avait froid et un petit peu peur mais au moins, ici, il se passait des choses. C'était mieux qu'à la maison.

Marcus Clay et Dimitri Karras se retrouvèrent à la boutique de Dupont Circle, comme toujours le samedi à l'heure de la fermeture, et burent une bière avec Cheek, gérant de longue date du magasin. La boutique de Dupont Circle avait été la première et pour Clay, elle resterait toujours sa préférée. Logique, donc, que son gérant préféré se trouve là, aussi. Ça faisait plus de dix ans que Cheek travaillait pour Clay et il avait bien dû prendre trois kilos par année de service.

Quand les autres magasins eurent tous téléphoné pour communiquer leurs résultats du samedi, Cheek ferma la boutique et alla porter l'argent à la banque. Clay et Karras traversèrent les deux rues qui séparaient la boutique du Trauma Arms, où ils se lavèrent et changèrent de tenue.

Karras fit décongeler un os de jambon qu'il avait mis de côté pour préparer une soupe de pois cassés. Il fit griller deux tartines tomate et fromage qu'il servit avec la soupe, et ils dînèrent.

Tout en mangeant, ils regardèrent l'équipe de Caroline

du Nord massacrer Alabama-Birmingham. La nourriture améliora considérablement l'état de Karras, même si le résultat du match le contrariait. En tant que fan du Maryland, Karras détestait Dean Smith, un peu comme les Grecs détestent les Turcs, en général.

– Quand même, dit Clay, faut reconnaître que quelle que soit la qualité de leur saison, c'est un entraîneur qui arrive à leur faire franchir les deux premiers matchs.

– Ah ! fit Karras en balayant ses propos d'un revers de la main. C'est à cause de la Conference. L'ACC[1] attire les bons joueurs, Marcus, c'est tout. Regarde tous ceux qui rejoignent la NBA, plus tard.

Le téléphone sonna, Karras décrocha. Il parla un moment, nota quelque chose sur un bloc-notes et raccrocha le combiné en se frottant le visage.

– C'était qui ?

– Donna. Elle s'inquiète pour Eddie, son copain.

– Elle a de quoi.

– C'est pire que ça. Il est pas rentré du travail.

– Il a dû aller s'en jeter quelques-uns…

– Elle ne pense pas. Ils devaient se retrouver tout à l'heure. Et elle dit que c'est pas le genre à lui poser un lapin.

– Qu'est-ce qu'elle veut ?

– Son mec installe des machines à laver. Je vais passer au boulot, là où il gare sa voiture, voir s'il s'est déjà cassé.

– Et après tu vas passer voir Donna…

– Il s'agit pas de ça, Marcus.

– Il s'agit toujours de ça, avec toi.

– Merci pour la confiance.

– Elle est méritée.

– Je sais.

– Mitri ?

1. Atlantic Coast Conference. *(N.d.T.)*

– Et maintenant, tu vas me dire qu'il faut pas que je m'en mêle ? Comme si toi tu t'étais retenu, aujourd'hui…

– OK. Mais fais gaffe, quand même.

Karras alla dans sa chambre et glissa le reste du képa d'un gramme dans sa veste en jean. Puis il sortit.

Short Man Monroe fouilla l'appartement d'Eddie Golden et ne trouva rien. Il téléphona à Tyrell. Puis il entrouvrit la porte de l'appart, s'assura que l'escalier était vide et quitta l'endroit en refermant la porte à clé derrière lui. Il rejoignit la voiture à petites foulées. Monroe se glissa à côté d'Alan Rogers, assis au volant de la Z.

– Le mec a menti, dit Monroe en retirant ses gants et en les jetant sur le tableau de bord.

– Merde. Tyrell et Ray vont le niquer.

– Il avait qu'à pas mentir.

– Qu'est-ce qu'on fait, maintenant ?

– D'abord, on se casse et vite. Je me sens mal, avec tous ces péquenots du Maryland dans les parages. On va à U Street, on taffe. De toute façon, je veux aller y jeter un coup d'œil, voir si Vietnam y est pas.

– Écoute, Short… J'ai un truc à faire.

– Je sais ce que c'est.

– Ça te gêne ?

– Nan. Mais je ferais mieux de monter dans la Supra avec Chink et Jumbo, alors. Parce que Jumbo, il tient pas dans cette bagnole-ci.

– OK, mec. Je vous retrouve plus tard, d'accord ?

– C'est ça.

Monroe glissa la main sous le siège pour récupérer son deuxième flingue, qu'il mit dans sa chemise avant de sortir de la Z. La Supra reprit le chemin du District. Rogers les suivit jusqu'à DC et quitta 13th Street quatre rues avant la descente sur Cardoza. Il rétrograda, ralentit, se gara près du trottoir et coupa le moteur à quelques maisons de chez Denice. Il ne remarqua pas la voiture du vieux qui passait dans la rue.

Alan Rogers s'adossa à son siège. Il pensa à Denice dans sa petite jupe et, pour un moment en tout cas, parvint à sortir le business de sa tête. Rogers s'efforçait de ne pas trop penser au blanc. Il savait ce qu'ils allaient lui faire, maintenant.

Clarence et Denice Tate parlèrent du film sur tout le chemin du retour. Denice avait bien aimé la partie histoire d'amour mais, dans l'ensemble, Tate s'était ennuyé à mourir. Avec un titre comme *Out of Africa*, on aurait pu s'attendre à mieux, mais comme la plupart des films hollywoodiens que Tate avait vus sur le sujet, celui-ci s'intéressait encore une fois à la façon dont le continent et ses peuples avaient affecté les blancs venus y habiter. Des serviteurs indigènes fidèles, le regard humide et l'échine courbée devant leurs maîtres blancs, stars de cinéma. Etc. Le public de Ward Three avait tout gobé. Et Denice avait l'air d'avoir passé un bon moment, ce qui après tout était le but de la sortie. Tate, lui, avait tenu le coup grâce à la musique et aux paysages.

En remontant le trottoir jusqu'à leur maison, Tate entendit le ronflement sourd d'un moteur au point mort. Il tourna la tête, vit de la fumée sortir du pot d'échappement d'une voiture de sport noire, garée quelques maisons plus loin. Le visage de Denice s'anima mais elle essaya de dissimuler sa joie. Tate lui fit monter les marches du perron à la hâte.

Une fois la porte refermée derrière eux, Denice déclara :

– Je vais me coucher maintenant, d'accord ? Je suis un peu fatiguée, tout ça…

– OK, ma caille. Je monte t'embrasser dans une minute.

– Merci pour le ciné, papa.

– Avec plaisir.

Il la regarda monter l'escalier.

Tate descendit à la cave, chercha une petite clé parmi celles de son trousseau, et ouvrit un bloc-tiroirs rangé sous l'escalier. Il en sortit un .22 qu'il avait acheté dans l'impasse derrière Real Right quelques mois plus tôt, et une boîte de cartouches. Il ouvrit le barillet, prit quelques balles qu'il fit maladroitement tomber dans les chambres et referma le revolver.

Tate mit le revolver dans la poche de sa veste et monta les deux étages menant à la chambre de Denice. Il entra. Denice se tenait près de la fenêtre, dans le noir, et regardait la rue.

– Éloigne-toi de la fenêtre, petite.

Denice se retourna, saisie.

– Papa…

– Recule-toi, j'te dis.

Tate s'approcha de la fenêtre. Le petit Rogers se tenait sur le trottoir, devant leur maison. Quand la silhouette de Tate apparut dans l'embrasure, Rogers recula d'un pas. Il enfouit ses mains dans les poches et se mit à s'éloigner d'un pas nonchalant.

– Papa, où tu vas ?

Juste avant de sortir de la chambre, Tate la menaça du doigt.

– Ne t'approche pas de la fenêtre.

Tate descendit l'escalier, ouvrit la porte d'entrée et dévala les marches du perron. Le petit Rogers continuait à avancer en roulant des mécaniques et il s'efforçait de ne pas courir, mais il avait considérablement accéléré le pas et il n'était plus très loin de sa voiture maintenant.

Tate sortit le .22 de sa veste. Il piqua un sprint, la pluie froide lui battait le visage.

– Tu le vois, celui-là ? cria Tate en brandissant son revolver. Tu le vois ?

Rogers jeta un regard par-dessus son épaule, plongea rapidement dans la Z et mit le contact. Tate entendit une fenêtre s'ouvrir au premier étage de chez lui et sa fille qui criait : « Papa ! » d'un ton suppliant.

– Reviens jamais par ici, Rogers, tu m'entends ? Je plaisante pas, tu piges ?

La voix de Tate, poussée, bizarre, fut étouffée par le crissement du caoutchouc sur l'asphalte. Démarrant à fond, la Z noire disparut.

Tate resta tout seul dans la rue. Il baissa les yeux sur sa main et lâcha brusquement le revolver dans sa poche. Il jeta un coup d'œil aux maisons de ses voisins, fit demi-tour et reprit le chemin de chez lui. Il entendit la fenêtre du premier se refermer et vit Denice qui reculait et se réfugiait dans l'obscurité de sa chambre.

De toute sa vie, Tate n'avait jamais utilisé une arme à feu. Dans le Washington de sa jeunesse, c'était la façon dont on se servait de ses poings qui faisait ou non la réputation de quelqu'un. Il savait que désormais les dés étaient pipés, et c'est pourquoi il avait acheté le .22. Mais brandir une arme sur un gamin… merde, qu'est-ce qui lui avait pris ?

On aurait pu croire que ça rendait fort, puissant, de tenir un engin de mort à la main, mais Tate se sentait lâche. C'est drôle que le fait de brandir une arme puisse vous donner honte à ce point.

Dimitri Karras frappa à la porte de l'appartement de Donna Morgan. Même si elle essaya de le dissimuler, il remarqua un éclair de déception dans ses yeux quand elle aperçut sa tête.

– Ouais, ce n'est que moi. Je peux entrer ?

– Bien sûr. Je suis désolée, je croyais que…

– Je sais.

– Entre et retire ta veste mouillée.

Karras s'assit près de Donna sur le canapé du salon. Des coussins étaient posés un peu partout et des rideaux en dentelle pendaient aux fenêtres. Au mur, une reproduction représentant des femmes 1900 à la plage, en robes longues et ombrelles. La pièce sentait la laque pour cheveux et les mégots de cigarettes.

– Alors ?

– Je suis passé au boulot d'Eddie. Tu dis qu'il a des clés pendues au rétro de sa camionnette ?

– Oui.

– Alors, la camionnette y est, sur le parking.

– Et sa voiture ?

– La voiture n'est pas là.

Je suis allé jusqu'à la benne où tu dis qu'il la gare toujours. Il y avait une clé à écrous et un tournevis par terre, sur l'asphalte, près de la place vide.

– Qu'est-ce que ça veut dire ?

Karras haussa les épaules.

– Il a fini de bosser, il est retourné chercher sa voiture et il s'est cassé. Je vois que ça. En tout cas, ça veut pas dire qu'il lui est arrivé quelque chose.

Pourtant, on dirait bien que quelque chose lui est arrivé. Ou que quelqu'un le suivait et qu'il le savait. Comme s'il était pressé, ou qu'il y avait eu du baston, pour qu'il laisse tomber ses outils, comme ça.

– Il m'aurait appelée s'il ne rentrait pas ce soir.

– Tu l'as déjà dit. Écoute, il n'a pas fait le bon boy scout et ne t'a pas appelée. Ça veut pas dire qu'il est forcément arrivé quelque chose.

– Je me disais que je devrais peut-être appeler les flics.

– Et leur dire quoi, qu'Eddie a dépouillé un dealer ? Tu veux qu'il se retrouve en taule, en plus ? T'en sais rien, Eddie est peut-être en train de faire la fête quelque part, ou bien il est parti acheter un cadeau pour ramener à la maison.

– Je suis inquiète, Dimitri.

– Je sais. C'est pas que je le prends à la légère.

Pourtant, j'aimerais bien. J'aimerais te faire rire, oublier peut-être. Sortir la coke, te défoncer. Je suis pas bon à grand-chose, mais ça, je peux le faire.

Karras regarda le poignet de Donna.

– Dis donc, poulette, tu sais que t'as deux montres ?

Donna acquiesça.

– J'en ai essayé une pour un client et je suis partie avec à la fin de la journée.

– Pratique d'en avoir deux, au cas où tu changes de fuseaux horaires…

– Genre, je fais tellement souvent le tour du monde. (Donna regarda son poignet.) Tu peux pas imaginer, les gens en sont dingues de ces machins.

– C'est ça que tu fais, chez Hecht ? Tu vends des montres en plastique ? C'est une carrière ?

Donna rigola.

– Ouais, je suis la reine de la Swatch.

– Viens là.

Karras la prit dans ses bras et la serra, embrassa le sommet de son crâne. Il sentit sa queue durcir quand Donna pressa ses seins contre sa poitrine. Ça l'ennuya, son corps qui le trahissait alors que, pour une fois, il essayait de jouer les bons garçons. Il se dégagea, passa la main dans ses cheveux.

Donna sourit.

– J'ai senti, tu sais.

– Ah, putain !

– T'as fait un effort, Dimitri. Mais le genre grand frère protecteur, c'est pas ton truc.

Elle l'embrassa sur la joue.

– Tu veux bien rester avec moi quand même ? Jusqu'à ce qu'Eddie appelle ?

Je crois pas qu'il va appeler, tu sais, se dit Karras.

– Bien sûr, Donna. Je veux bien rester.

Debout sous l'auvent étroit de Real Right Records, Short Man Monroe, Jumbo Linney et Chink Bennet attendaient, tandis que la Supra tournait au point mort. Monroe frotta le reste de sa coke sur ses gencives et laissa tomber le papier vide dans le caniveau.

– Il est fermé, Short, fit Linney.

– Ça, j'ai remarqué. Mais peut-être qu'il a oublié un truc. Peut-être qu'il doit faire des comptes, genre, et qu'il va revenir.

– Mais peut-être pas, ajouta Bennet.

– Faut que je défonce la tronche de quelqu'un, ce soir, dit Monroe en frappant du poing dans la paume de sa main. J'ai envie de niquer quelqu'un pour de vrai.

– On devrait retourner chez Tyrell, dit Bennet.

– On a le temps, dit Short. (Il regarda de l'autre côté de la rue, plissa les yeux.) Hé, hé ! Tu vois ce qui se passe quand on attend ?

– C'est qui ?

Monroe sourit.

– Il se fait appeler T. Et Vietnam, son protecteur, n'est pas dans les parages.

Le gosse au blouson des Raiders venait de tourner le coin de la rue. Il se figea en apercevant Monroe devant le magasin. Il fit demi-tour et se mit à courir.

– On y va, dit Monroe.

Il se mit au volant, dut attendre que Bennet se glisse à l'arrière et que Linney engouffre son gros corps dans le siège passager. Monroe passa la première d'un coup sec, démarra. Il fit le tour du chantier qui occupait le milieu de la chaussée et prit 12th Street sur la gauche.

– Le voilà, dit Monroe en désignant Anthony Taylor qui dévalait le trottoir.

– Oh, merde ! dit Bennet, inquiet et défoncé.

Il se mit à glousser.

Monroe fit monter la Supra sur le trottoir. Anthony se trouvait en plein dans les phares, maintenant, et la pluie tombait autour de lui comme un filet. Il se retourna, les yeux et la bouche grands ouverts.

– Il file, dit Bennet.

Monroe rétrograda et appuya sur l'accélérateur.

– Vas-y mollo, Short, dit Linney. Tu veux pas le tuer, quand même.

– Ah bon ?

Anthony plongea sur la droite, roula entre deux voitures garées au bord du trottoir, se releva et reprit l'autre trottoir en direction de T Street.

– Dis donc, fit Bennet. Il court, le petit négro.

Monroe redescendit sur la chaussée. Il enfonça la pédale, prit T Street en dérapage et s'arrêta. Le gosse avait disparu.

– Où il est ? demanda Linney.

– Laisse tomber, dit Monroe. Regarde.

Monroe désigna l'entrée d'une ruelle où se tenaient trois jeunes garçons. Malgré les essuie-glaces qui balayaient le pare-brise, Jumbo Linney vit que l'un était de corpulence normale et l'autre aussi maigre qu'un Biafrais. Le troisième portait un bonnet vert vif sur la tête.

Monroe rit et fit vrombir le moteur.

– Maintenant, on va rigoler pour de bon.

Anthony entendit la Supra passer près de lui en crissant. Il attendit que le son s'évanouisse puis sortit en rampant de la voiture sous laquelle il s'était glissé.

Il courut.

Il courut comme il n'avait jamais couru, prit 13th Street sur la droite, traversa U Street, remonta la colline entre Cardoza et Clifton Terrace sans ralentir un instant. Il entendit des garçons crier et rire dans son dos. Des fantômes le poursuivaient, les morts, le feu, les serpents et les rats, tous les trucs pâles et horribles qui dormaient sous son lit, et toutes les affreuses bestioles aux dents longues qui traînaient dans les recoins sombres de la cave de sa grand-mère. Tous le poursuivaient, maintenant, et il n'allait sûrement pas s'arrêter parce que ce soir les monstres étaient de sortie, et ils étaient tous derrière lui, proches, si proches qu'il sentait leur haleine chaude et fétide hérisser les poils de sa nuque.

Il entendit un coup de feu résonner, plus bas.

Il frappa de toutes ses forces sur la porte de la maison de sa grand-mère. Elle le fit entrer, stupéfaite. Sans s'arrêter, il escalada les escaliers menant à sa chambre. S'empara de la lettre de sa mère posée sur la commode et la roula en boule dans son poing. S'affala sur son lit.

Il entendit un deuxième coup de feu.

– Mon Dieu, s'il vous plaît, mon Dieu, s'il vous plaît.

Il plaqua les mains sur ses oreilles et ferma les yeux.

19

– Ils ont amené un copain, ce soir, dit Short Man Monroe en dirigeant la Supra sur les trois garçons qui s'étaient mis à courir et essayaient de garder l'équilibre malgré le sol mouillé.

Il les avait presque rattrapés maintenant.

– C'est le petit frère d'Antoine Meadows, Short, dit Jumbo Linney. Antoine fait partie de la bande d'O Street.

– Rien à branler de savoir qui c'est, dit Monroe.

Il freina devant l'entrée de l'allée, laissa la Supra tourner et sauta d'un bond hors de la voiture. Il tira son Glock de la ceinture de son Lee, fit monter une balle dans le canon et jeta un œil dans la caisse. Chink Bennet se glissait déjà entre les sièges pour reprendre le volant.

– Fais le tour, dit Monroe. On va les coincer des deux côtés. Jumbo, prends mon autre flingue, mec, il est sous le siège du conducteur.

– J'ai pas besoin de flingue, Short, dit Linney.

– Si. Ce petit enfoiré de Chief en a brandi un l'autre soir.

– Short…

– Laisse tomber.

Monroe pénétra en courant dans l'allée, le flingue à la main. Bennet appuya sur le champignon, partit en trombe, prit à gauche au coin de la rue. Il n'arrêtait plus de glousser.

Chief Meadows, P-Square Willets et Mooty Wallace foncèrent dans l'allée. Mooty était le plus rapide de la bande et la peur lui avait donné des ailes. Il était loin devant.

– À droite, Mooty ! cria Chief, et Mooty bondit par-dessus une petite barrière.

Il disparut dans l'obscurité d'un jardin, le traversa à toutes jambes et ressortit de l'autre côté. Il s'arrêta derrière une voiture garée là, vit la Supra passer en flèche, avec un gros dans le siège passager et un petit garçon au volant. Il courut vers sa maison.

– Chief ! dit P-Square qui cavalait aux côtés de son copain. (Il avait sorti sa figurine de Spiderman de la poche de son survêtement et la serrait dans sa main.) Il arrive !

Chief se retourna. L'homme de main de Tyrell Cleveland fonçait droit sur eux sous la pluie. Ce démon avait une espèce de masque blanc sur le visage qui lui recouvrait le nez.

Chief regarda devant lui. La Supra s'était garée devant l'allée et barrait le chemin. Un gros mec et un petit type, on aurait dit un gosse, en sortirent.

– P-Square, prends à droite !

P-Square obliqua, tomba sur le côté. Il parvint à se relever, courut vers la barrière du jardin le plus proche. Il serra Spiderman dans son poing et quitta le sol. C'était un bon saut ; il savait qu'il allait franchir la barrière.

– Peter Parker ! dit Willets. Vole !

Quelque chose le frappa dans le dos. Il entendit un bruit sec et ressentit une douleur. Il vit un ruban rose et mouillé sortir de sa poitrine. Le sol noir qui se hâtait à sa rencontre.

Ghaaa ! dit-il.

Puis il ne dit plus rien.

En entendant le coup de feu, Chief Meadows se précipita dans un jardin sans barrière et dérapa dans la gadoue. Il tomba à plat ventre. Se mit à ramper vers la maison. Un chien grognait quelque part, pas loin. Les lumières de la maison s'étaient éteintes au son de la détonation. Il faisait sombre dans le jardin, c'était mieux comme ça.

Chief entendit quelqu'un glousser dans l'allée. Les gloussements se rapprochèrent, ainsi que les grognements du chien. Il entendit le type à Tyrell qui criait son nom.

Mon Dieu, aide-moi, j'ai jamais fait de mal à personne pour de vrai ; je voulais pas, mon Dieu.

Chief n'entendait plus P-Square. Il s'était sauvé, voilà ; il était rapide, P-Square, comme Mooty, et il sautait comme personne. P-Square était petit, mais il était plus courageux que…

Un rottweiler bondit dans l'obscurité.

Aboyant comme un fou, il courut vers Chief, ses yeux reflétant la lumière du lampadaire fixé sur la maison d'à-côté. Le sang de Chief ne fit qu'un tour et il se retrouva sur ses pieds. Sans réfléchir, il fit demi-tour et sortit du jardin : le chien lui courut après, se rapprocha de lui, puis fut brusquement arrêté par sa laisse.

Chief s'arrêta au milieu de l'allée. Il se pencha en avant, les mains sur les genoux, pour reprendre sa respiration.

– Merci, mon Dieu, dit-il. Merci pour la laisse.

En se redressant, il vit le type de Tyrell qui se tenait devant lui, à trois mètres, et souriait sous son masque.

– Le chien t'a fait peur, mec ?

Chief esquissa un rictus.

– Ouais. J'ai… J'ai pas honte de le dire, mec, j'ai peur des chiens.

– Faut apprendre à dominer cette peur, Chief.

Le sourire du type disparut. Il montra l'autre côté de l'allée d'un mouvement de la tête.

– Jette un coup d'œil à ton pote, négro.

Chief aperçut P-Square, couché sur le ventre, qui ne bougeait pas ; son blouson était tout déchiré dans le dos.

Chief se mit à pleurer.

– Oh, regarde-moi ça. Tu te fous plus de ma gueule, maintenant.

On entendit une sirène dans le lointain. La sirène, la pluie, et le petit rire suraigu. Chief ne pouvait pas s'arrêter de pleurer.

– Viens, Short, fit une grosse voix derrière Chief. Faut qu'on se casse d'ici, mec.

– Pousse-toi, Jumbo. Et toi aussi, Chink.

– Short…

– Fais ce que je te dis.

Chief entendit des bruits de pas derrière lui. Il se pissa dessus.

– Je voulais pas, mec… C'était juste pour rigoler, tu comprends ? Regarde…

Il tira son .22 de la ceinture de son pantalon.

– Je peux même pas tirer de balles avec ce truc, mec, c'est vrai.

– Tu me menaces avec ton flingue, Chief ?

– Mais non, mec. Je te menace de rien du tout. (Il jeta l'arme sur le côté.) Tu vois ? É-É-cc-ccc-ou-te…

– Où t-t-t-tu-tu v-v-veux al-l-ler ? Retr-tr-trouv-ver t-ton co-pain ?

– Maman ! cria Chief, et l'allée devint toute blanche.

20

Dimitri Karras était en train de préparer des lignes quand une musique martiale, annonçant l'édition de vingt-trois heures de *Eyewitness News*, se mit à retentir dans le poste de télé de Donna Morgan. Karras passa le miroir à Donna.

Donna écarta une cannette de bière et posa sa cigarette dans le cendrier. Elle inhala la coke au moyen d'un stylo Bic dont on avait retiré la mine.

Donna tendit le tube en plastique à Karras.

– Tu veux sniffer ?

– Attends une seconde, dit Karras, les yeux rivés à l'écran de télévision.

Donna jeta un coup d'œil au poste : au premier plan, un journaliste tenait un micro et parlait d'un ton solennel à la caméra ; au fond, des policiers en uniforme, d'autres qui ressemblaient à des flics mais habillés en costume et en imperméable, des rues mouillées, des ambulances, des infirmiers qui bougeaient lentement, un petit tas sous un drap.

Karras décrocha le téléphone et composa un numéro.

– Qu'est-ce qu'il se passe ? demanda Donna mais Karras ne répondit pas.

– Marcus ? fit Karras. Salut, c'est moi. Mets la 9, mec.

Karras garda les yeux sur le journal télé et, au bout d'un moment, il dit :

– Ouais, c'est à une rue de la boutique… Je sais. C'étaient des mômes. Non, ils ont pas donné de noms. Je me suis dit qu'il fallait que tu le saches… Bien sûr. Écoute, je vais peut-être pas rentrer ce soir. Ouais, toi aussi.

Karras raccrocha.

– Ça va ? demanda Donna.

Il prit un instant avant de répondre.

– Oui, oui.

– Tiens, fit Donna en lui tendant le Bic. Prends ça, Dimitri, tu te sentiras mieux.

Karras baissa les yeux sur la poudre disposée sur le miroir.

– Pas maintenant, dit-il. Vas-y, toi.

Tyrell Cleveland raccrocha le combiné. Il s'enfonça dans son fauteuil, les yeux sur le feu. Passa un doigt sur sa joue.

Accroupi devant la cheminée, Antony Ray déplaça une bûche. Des flammes s'engouffrèrent dans l'espace libéré.

– C'était Jumbo, dit Tyrell. On est dans la merde.

– Ah ouais ?

– Eddie Golden a menti. La taie d'oreiller est pas chez lui.

– Ça, on le savait déjà.

– C'est pas tout. Short Man vient de tuer deux mômes. Des vrais mômes. Tu sais, Chief, le petit qui jouait au dealer sur notre territoire ? Lui et un autre. Il les a flingués tous les deux.

Ray fit claquer sa langue.

– Ça craint. Et c'est con. Rogers a pas pu l'empêcher ?

– Il était plus avec eux à ce moment-là. Ils vont pas tarder à revenir.

– Faut que tu remettes de l'ordre dans ton équipe, cousin.

– Ouais…

– T'en sais pas plus ?
– Ça doit être aux infos, maintenant.
– Tu vas regarder ?
– Pour quoi faire ? Faut que je réfléchisse.

Ray sniffa la ligne qu'il avait préparée sur le miroir. Il s'engagea dans le couloir, entra dans la chambre de gauche et referma la porte derrière lui.

Le temps passa. Tyrell entendit le blanc crier.

Le cri était fort, aigu, et il importunait les oreilles de Tyrell. Il se leva, se rendit dans l'autre pièce et monta le volume de Run-DMC. Il resta là, debout près de la chaîne, jusqu'à ce que Ray revienne. Il avait les yeux brillants et retenait un sourire. Tyrell baissa de nouveau le volume pour pouvoir recommencer à réfléchir.

– Il a parlé ?
– Il a commencé à dire un truc à propos d'un blanc qui travaillerait dans la boutique de disques de U Street. Il est tombé dans les pommes juste après ça. J'ai dû appuyer un peu trop sur son aile cassée. Vu sa tronche, il risque de rester dans le coltar toute la nuit.
– Il a pas l'air du genre héros, ce mec. Soit il est complètement con, soit il dit la vérité. Il a pris l'argent, ça, il l'a dit. Mais peut-être qu'il s'est fait dépouiller après par quelqu'un qu'il connaît.
– Peut-être le mec du magasin.
– Va falloir lui demander quand il se réveillera.
– J'y manquerai pas.

Tyrell vit réapparaître le sourire.

– Le tue pas, Antony.
– T'inquiète, répondit Ray. J'ai trop de plaisir à le garder en vie.

Dès qu'il eut intercepté le premier appel sur son poste, Richard Tutt téléphona à son collègue. Kevin Murphy le retrouva à O'Grady's quinze minutes plus tard. Ils descendirent downtown dans la Trans Am de Murphy. Il grilla tous les feux rouges. En arrivant près de Shaw, il éteignit les essuie-glaces ; la pluie s'était arrêtée.

Sur la scène du crime, Murphy et Tutt montrèrent leurs badges qu'ils accrochèrent à leurs ceintures et passèrent sous le ruban jaune. Tout le monde était là : les journalistes de la presse écrite et de la télé avec leurs équipes techniques, des ambulances, des gosses du quartier, des flics en uniforme et en civil de leur commissariat, des experts médico-légaux, Miller, leur propre brigadier, et Breen, l'inspecteur, un pasteur du coin très médiatique et un élu local important. L'allée était éclairée, maintenant, et bien protégée.

Murphy aperçut deux détectives de la Criminelle, George Dozier et Doc Farelly, qui parlaient aux habitants, tous réunis dans un des jardins. Plusieurs flics se tenaient autour du corps d'un jeune garçon, étalé sur le ventre derrière un grillage. Un chien aboyait sauvagement pardessus les couinements des radios de la police et des équipes de sauvetage qui grésillaient dans la nuit.

Murphy vit que Tutt s'était rapproché d'un deuxième groupe de flics, au milieu de l'allée. Il contemplait le corps qui gisait là ; un agent en uniforme, du nom de Platt, lui parlait à l'oreille. Murphy s'avança et risqua un œil au milieu.

Le gosse était allongé sur le dos, les yeux ouverts, les dents découvertes. Son crâne et un morceau de son front avaient disparu. Un bonnet vert fluo gisait un peu plus loin, un morceau de viande rouge dissimulé dans ses replis.

Murphy se détourna et vomit sa soupe aux légumes.

– Viens, dit Tutt en attrapant Murphy par le bras. On se tire.

Ils retournèrent vers la Trans Am. Murphy trébucha. Tutt le retint.

– Short Man, dit Murphy.

– Je sais, répondit Tutt.

– Marcus !
– Elaine.
– Qu'est-ce que tu fais ici à cette heure-ci ?
– Fallait que je te voie. Que je voie mon garçon.
– Tu sais ce qu'on a convenu. Que tu m'appellerais toujours avant de passer.
– Je sais, mais... Elaine, s'il te plaît.
Elle le regarda dans les yeux.
– Qu'est-ce qu'il y a, Marcus ? Y a quelque chose qui ne va pas ?
– Faut que je voie MJ. Que je lui dise bonsoir.
Elaine s'écarta.
– Entre, alors. Mais ne le réveille pas, d'accord ? Ça m'a pris une heure pour l'endormir.
– Merci.
Elaine le vit traverser le hall d'entrée et monter l'escalier.
La chambre de Marcus Jr. était plongée dans le noir. Un peu de lumière provenait du lampadaire de Brown Street. En traversant les persiennes, elle dessinait des croix sur les couvertures. Une raie jaune pâle brillait sur le visage de MJ. Il avait la bouche ouverte et ronflait un peu. Clay écouta sa respiration profonde, regarda sa petite poitrine se soulever en cadence.
Il se mit à genoux et embrassa la joue chaude de son fils. Renifla ses cheveux. Elaine avait dû lui faire un shampoing, ou un truc comme ça, parce qu'il sentait un parfum de noix de coco. Mais elle ne dissimulait pas l'odeur de fromage de chèvre qu'il sentait depuis qu'il était bébé. Clay adorait cette odeur.
Avant de quitter la chambre, il se retourna encore une fois pour jeter un dernier regard au petit garçon.
Elaine n'avait pas bougé. Elle l'attendait, appuyée au mur de l'entrée, les bras croisés sur la poitrine. Clay vint

se poster devant elle. Il lui souleva le menton, passa un doigt sur sa nuque musclée. Elaine laissa tomber ses bras. Clay se pencha, l'embrassa sur la bouche. Elle émit un son rauque, détourna la tête.

– Je peux rester ?

Sa bouche se contracta.

– Non.

Elle détourna les yeux.

– Ça lui ferait du bien de me voir en se réveillant, pour une fois.

– Je ne crois pas, dit-elle d'une voix douce.

– T'en as envie, Elaine. T'as envie de moi, je le sais.

– Je ne nie pas. Mais ça n'arrangera rien. Le problème n'a jamais été là.

– Il était où, alors ? Avec cette fille ?

– Cette fille n'était qu'une façon de me manquer de respect, encore une fois. Je ne parle pas d'elle, parce que je sais qu'elle n'avait pas d'importance pour toi. Je parle du fait que tu ne m'as jamais reconnue pour ce que je fais. Ce que je suis.

– J'ai toujours été fier de toi.

– Tes boutiques passaient toujours en premier, t'as jamais pensé que ce que je faisais pouvait avoir de l'importance pour moi. Pour notre famille.

– Je sais bien. Mais j'ai fait du chemin, depuis, je te le jure…

– Non. (Elle toucha sa poitrine.) Je ne suis pas prête. D'accord ?

Clay baissa la tête.

– Qu'est-ce qui ne va pas, ce soir, Marcus ? Pourquoi t'es venu, sérieusement ?

– Y a deux gosses, onze ans, quelque chose comme ça, qui se sont fait descendre près de la boutique d'U Street, ce soir.

– Non ? Tu les connaissais ?

– Je crois pas. Mais des gosses comme ça, j'en vois

tous les jours. J'en ai un à qui je fais faire des petits boulots au magasin, ces jours-ci, juste pour éviter qu'il traîne dans la rue. Ces gosses n'ont personne pour les guider, Elaine, personne pour leur servir d'exemple. J'étais, je sais pas… Ça m'a donné envie de voir mon fils.

Elaine passa ses bras autour de son cou et l'attira contre elle. Elle sentit les mains puissantes de Marcus dans son dos.

– Promets-moi, dit Clay, que, quand tu seras prête, tu essaieras, au moins.

– Je te le promets.

– Je t'aime, mon cœur.

– Moi aussi, je t'aime, répondit Elaine.

Kevin Murphy ressortit de l'épicerie avec un pack de douze de Miller High Life sous le bras. Il se laissa tomber dans le siège conducteur de la Trans Am, sortit deux bières du sac, posa le sac derrière lui. Il ouvrit une bouteille et en but la moitié d'un seul trait. Il s'essuya le menton sur sa manche.

– Vas-y mollo, dit Tutt.

– Trop tard.

Il démarra. Accéléra au feu rouge et remonta 14th Street, le compteur bloqué sur cent. Il balança la bouteille vide par-dessus son épaule, ouvrit la pleine logée entre ses cuisses.

– Fais gaffe, dit Tutt.

Murphy fit un écart pour éviter le bus qui redémarrait. Ils traversèrent le carrefour d'Arkansas Avenue à fond et attaquèrent la colline. Ils passèrent devant des dealers qui fourguaient des *dimes* et des *quarters* à des automobilistes, devant une boutique de spiritueux fermée. Murphy cloua la pédale au plancher. Tutt agrippa l'accoudoir.

– Écoute, dit Tutt quand Murphy ralentit enfin à un feu

rouge, ce soir, y a rien à faire. Rentre chez toi et prends-toi trois cuites si c'est ça que tu veux, bordel, mais moi je vais aller réfléchir.

– Genre tu réfléchis, toi…

– Ouais, bah au moins je pète pas les plombs. Et je te le dis, je vais nous sortir de là.

– Y a pas d'issue possible. On se fait graisser la paluche par un dealer qui a tué deux gosses ce soir.

– Mais nous, on est pas des dealers. Faut pas que t'oublies ça. On est des flics.

– On est rien du tout, répliqua Murphy. Et on est baisés.

Murphy déposa Tutt devant sa Bronco sans un mot de plus. Il continua à remonter vers le nord, engloutissant une troisième bière avant d'arriver à Takoma. Il se gara sur 4th Street, regarda de travers un jeune type parce que celui-ci l'avait regardé de travers au moment où il sortait de sa voiture.

– Tu cherches quelque chose ?

– Non, mec, rien du tout.

– Alors, fais pas comme si tu cherchais.

Murphy pénétra dans Takoma Station, parvint jusqu'au bar, commanda une bière et un petit verre de Cuervo. Il s'enfila la tequila et en commanda une deuxième. Il dit un truc à un type qui se tenait près de lui, et le type prit son verre et s'éloigna. Il vit deux couples, à l'autre bout du comptoir, qui riaient en le montrant du doigt. Il avala sa tequila, termina sa bière et laissa du flouze sur le comptoir. Il se dirigea vers la sortie du bar ; des groupes de gens s'écartaient pour le laisser passer. Une fois dehors, il s'aperçut que son badge était toujours accroché à sa ceinture.

Murphy s'assit dans la Pontiac et but encore une bière. Il rentra chez lui.

Wanda dormait. Murphy s'assit au bord du lit et la secoua jusqu'à ce qu'elle ouvre les yeux.

– Kevin ?

Il se pencha en avant, posa sa bouche sur ses lèvres et l'embrassa. Il se mit à bander immédiatement. Ça faisait tellement longtemps. Il introduisit sa langue dans sa bouche, la fit courir sur ses gencives. Il malaxa brutalement ses seins à travers sa robe d'intérieur.

Elle le repoussa. Il recula, vit qu'il avait étalé son rouge à lèvres. On aurait dit un vieux clown.

– Kevin ! dit-elle. Tu pues l'alcool !

– C'est pas vrai ! dit-il en se redressant. Et c'est toi qui me dis que je pues ? Toi qu'as même pas fait l'effort de te laver depuis une semaine ?

– Oh, Kevin !

Wanda porta les mains à son visage et se mit à pleurer. Murphy sortit en titubant.

Il était au sous-sol, maintenant, et il l'entendait encore. Pleurer et marcher dans cette foutue cellule qu'elle appelait sa chambre.

– Je suis désolé, dit-il.

Et puis, de toutes ses forces :

– La ferme !

Il avait descendu les bières. Il en but une autre, très vite.

Il alla à sa table de billard et tripota les boules. Ça l'ennuya et il ouvrit une autre bouteille. Il regarda un peu la télé. But encore une bière. Il se leva, alla jusqu'au mur des Redskins, décrocha sa photo préférée, la numéro 25, une photo dédicacée de Joe Washington qu'il avait encadrée. Il la contempla un moment en oscillant. Il remarqua que le devant de sa chemise était trempé.

Hypocrite.

Il était devant le punching-ball qui se balançait, maintenant, et il ne portait plus de chemise. Torse nu, les phalanges en sang, il entendait Wanda crier dans sa chambre.

Arrête s'il te plaît arrête s'il te plaît arrête.

Il était à son établi. Ses armes étaient posées dessus en désordre. Il fallait qu'il en choisisse une, maintenant.

Assassin d'enfants.

Il prit un des Combat Magnum, ouvrit le barillet, prit une balle parmi toutes celles qui traînaient sur l'établi. Il glissa la balle dans la chambre. Il rit.

Qu'est-ce qui te fait rire, putain ? T'as vu ce que ça fait, un flingue ? La cervelle et le crâne explosés, étalés sur le mur. Les yeux exorbités par la décharge de gaz. Le nez brûlé par les flammes passant dans... N'y pense pas, mec. Pense juste à la paix.

Des larmes roulaient sur ses joues. Il prit une deuxième balle. Elle lui glissa des doigts et roula sur l'établi. Il la récupéra à tâtons.

Déconne pas avec les bastos. Ça te laisse beaucoup trop de temps pour réfléchir, Kev.

Murphy attrapa la balle, la glissa dans une autre chambre. Il fit tourner le barillet, le referma d'un coup sec. Puis il tourna le revolver vers lui et referma les lèvres sur le canon froid.

Ne réfléchis pas ne...

Murphy mit le pouce sur la gâchette. De la main droite, il releva le chien. Les larmes brûlaient ses joues. Il entendit le rire de Wanda. Il gémit ; le canon lui donnait des haut-le-cœur.

Fais-le fais-le fais-le fais-le.

Murphy appuya sur la détente.

Non !

Le chien, en se rapprochant, le fit loucher.

Dimanche 16 mars 1986

21

Dimanche matin : cessez-le-feu dans la grande ville. Les voitures roulent lentement et s'arrêtent aux feux rouges. Les ringards se lèvent tôt, jouent avec leurs enfants, lisent le journal et vont à l'église. Les putes et les truands dorment tard.

Marcus Clay et George Dozier étaient assis au comptoir du Florida Avenue Grill, au coin de 11th Street et de Florida Avenue, à la pointe nord du quartier de Shaw. Ils s'étaient retrouvés à l'église, comme tous les dimanches, et Clay avait suivi Dozier au Grill pour un petit déjeuner tardif.

Ils étaient assis sur des tabourets rouges à l'endroit où le comptoir fait un coude, près des portes battantes de la cuisine. Le mur qui surplombait le gril, le plan de travail et les machines à café était décoré sur toute sa longueur de photos de célébrités locales ou nationales venues au fil des ans goûter à la meilleure *soul food*[1] de Washington. Clay se trouvait devant une photo de Sugar Ray Leonard et de son fils, Ray Jr. ; Dozier était placé devant un Johnny « Guitare » Watson tout sourire. Clay et Dozier avaient grandi ensemble. Ils fréquentaient ce *diner* depuis toujours.

1. Cuisine des noirs du sud des États-Unis. « Soul » ici signifie l'appartenance à la culture noire américaine. *(N.d.T.)*

– Merci, miss Mary, dit Dozier à la serveuse qui déposait devant lui une assiette comportant saucisse piquante, deux œufs et garniture.

– Je vous en prie, inspecteur, répondit la serveuse. Tenez, Marcus.

Clay la remercia et contempla avec amour la « spéciale du chef » qu'elle venait de poser devant lui : jambon fumé et œufs au plat, sauce aux haricots, semoule de maïs, pommes fruits sautées et petits pains chauds. Il attaqua.

– Alors, qu'est-ce que t'en penses ? demanda Clay.

– On les aura, répondit Dozier. Y a trop de monde qui s'en mêle maintenant. C'était en couv du journal, ce matin, et ça va faire l'ouverture du journal télé pendant plusieurs jours. Le patron nous a déjà réunis à ce propos, hier soir tard. Tu vas voir que le maire va s'y mettre, lui aussi, et nous gratifier de son expérience personnelle sur le problème de la drogue à DC.

Dozier lança un clin d'œil à Clay.

– Alors, tout ce qu'on raconte sur le maire est vrai ? demanda Clay.

– Deux overdoses depuis 1983. C'est remonté jusqu'à l'IAD[1], mais le rapport a été enterré. On dit qu'il gobe du Valium toute la journée, histoire de redescendre d'un cran avec la cocaïne. En attendant, le trafic de drogue augmente. Les gosses ont même la trouille d'aller à l'école, maintenant.

– C'est vraiment la honte.

– En tout cas, ceux-là, on les aura.

– Et le flingue ?

Dozier haussa les épaules.

– Des douilles de neuf millimètres. Le flingue peut être n'importe où, il peut venir de n'importe où. N'importe qui peut se rendre en Virginie, acheter un flingue, le rap-

1. Internal Affairs Division, service d'investigation interne de la police. *(N.d.T.)*

porter à DC et le revendre. Ou le louer pour la nuit. Ou l'échanger contre un peu de poudre. Une arme connaît souvent plusieurs vies avant d'être utilisée pour tuer quelqu'un.

– Alors, comment vous allez faire ?

– On va quadriller le quartier, parler avec tout le monde. C'est pas les indices qui permettent d'élucider un crime, c'est nos sources. Si c'est une histoire de drogue, personne ne veut parler, parce que les citoyens et même les indics craignent davantage les dealers que la police, maintenant. Et la plupart des crimes ont un rapport avec la drogue, de nos jours.

– Tu crois que ces gosses dealaient ?

– C'est pas eux qui dealent dans ton quartier, non. C'est un type du nom de Tyrell Cleveland qui fait du business là-bas. Il a placé des valises un peu partout autour d'U Street.

– Je sais.

– Tu connais Tyrell ?

– Uh-uh. Mais j'ai eu une petite conversation en tête à tête avec un de ses hommes de main, hier après-midi.

– Ouais, va falloir qu'on coince son équipe, nous aussi, voir s'ils sont au courant.

– La question, c'est pourquoi des mômes de cet âge-là seraient la cible d'un règlement de comptes entre dealers ?

– Y a des gosses de n'importe quel âge qui s'en mêlent, maintenant, Marcus. Ces deux-là avaient de la cocaïne dans la poche, emballée dans du papier alu. Un truc merdique, essentiellement composé de laxatif pour bébé, mais voilà. Et celui qui a eu le haut de la tête arraché, Wesley Meadows, on a retrouvé ses empreintes sur le .22 tombé à côté de lui. Un vieux flingue nase au percuteur cassé, il aurait jamais pu tirer avec, même s'il le voulait, mais l'évidence est là : ce gosse de onze ans se baladait avec une arme.

– La vache.

– J'ai parlé avec un des meilleurs copains de Meadows, Mooty Wallace il s'appelle. Il prétend qu'il était chez lui hier soir. Le grand frère de Meadows, Antoine, alors celui-là on est sûr qu'il est dans le milieu. On l'a interrogé aussi, mais ça n'a rien donné non plus. Faut qu'on continue à parler aux gens. Mais on les aura. On les aura.

Clay et Dozier s'arrêtèrent de parler et plongèrent dans leur petit déjeuner jusqu'à ce qu'un bruit les fasse se retourner. Tout excités, des jeunes assis à une des tables derrière eux montraient du doigt, à travers les stores de la fenêtre, un jeune caïd, arborant le fameux air dur, qui se tenait devant une voiture étrangère toute neuve et discutait avec une fille.

– C'est qui, cette célébrité, George ?

– Tony Lewis, répondit Dozier à voix basse. Il bossait pour Cornell Jones, de Hanover Place, jusqu'à ce que Jones tombe. Maintenant, c'est un bras droit de Rayful Edmond. T'as vu les yeux brillants des gosses, quand ils ont aperçu ce type ? Dans le temps, c'est les flics qui inspiraient ce genre de respect. Je me rappelle la première fois que j'ai vu un frangin policier, un jour où ma mère m'avait emmené chez Morton acheter des habits du dimanche. J'ai vu ce type dans son uniforme, la manière dont les gens le regardaient, j'ai compris que c'était ça que je voulais faire plus tard.

– Et tu l'as fait, mon frère. T'as eu l'uniforme et ton insigne d'inspecteur, aussi, sans traîner. Mais Edmond, alors ? Vous pouvez pas le mettre en cabane ?

– On y travaille. Mais il a toutes les ramifications de son empire, plus les gens au pouvoir, peut-être, pour le protéger. Tu sais, son coin, entre Orleans et Morton Place, dans le quartier de Trinidad ? Les flics y vont même plus. Les allées sont pleines de barbelés et de trucs pour que les voitures de patrouille puissent pas passer. Tous les week-ends, c'est bourré de bagnoles immatriculées dans le Maryland ou en Virginie qui font la queue pour acheter des *quarters* et des *dimes* comme des hamburgers au drive-in. En plus, on dit qu'il est en train de mettre en place un réseau de sous-traitance avec les autres dealers de la ville.

– Un vrai businessman, on dirait.

– Edmond est devenu un héros, Marcus, je mens pas. Il sponsorise une équipe de basket de la Police Athletic League, il distribue des dindes aux pauvres au moment de Thanksgiving, tout ça. Il se balade en ville dans une Jaguar blanche avec des roues en or pour que tous les gosses le voient. Tout le monde veut l'imiter, comme Nicky Barnes à Harlem. Je te le dis, Marcus, on est en train de perdre la bataille, ici. Pas assez nombreux, pas assez armés. Tous les ans, depuis qu'il est en place, le maire réduit les moyens de la police. Chaque fois qu'ils annoncent le nouveau budget, y en a de moins en moins pour nous. On n'a pas assez de voitures, pas de matériel neuf, même pas d'ordinateurs pour nous relier au fichier criminel fédéral. Et les nouvelles recrues qui arrivent chez nous, écoute, y en a plein qui sont carrément pas qualifiés. Paraît qu'il y en a même quelques-uns qui sont pas loin d'être débiles. Tout ça alors que le pays traverse la pire vague de criminalité qu'il ait jamais connue…

– Tu l'as dit, George.

– Et tu crois que ce vieux machin rabougri qui nous gouverne sur Pennsylvania Avenue en a quelque chose à foutre ? Et ses conseillers à lunettes en écaille, qui font plaisir aux riches et qui enfoncent les pauvres encore un peu plus ? Tu crois qu'ils en ont quelque chose à foutre, ces mecs sortis de Harvard ? Et la femme du Président ? « Dites non à la drogue », hein ? Facile à dire quand t'es né avec des opportunités, un avenir et que tu peux faire autre chose.

– Tu l'as dit.

– Et ça va pas s'arranger. T'as entendu parler du crack, non ?

– J'ai lu un article dans *Newsweek*.

– Ça va arriver, y a pas de soucis à se faire. T'imagines, c'est comme s'ils avaient ouvert un McDo à New York, à LA et à Detroit, et que tout d'un coup ils s'aperçoivent qu'il ont oublié d'en ouvrir un à DC ! Ouais, le crack va pas tarder à débarquer. Et là, ça sera plus un truc pour s'éclater le week-end, comme c'est le cas maintenant avec les blancs des quartiers résidentiels qui consomment la poudre chez eux, bien au chaud. Le crack, ça coûte pas cher et ça rend accro en moins de deux. Une dope faite sur mesure pour le ghetto. Ce qui veut dire que personne n'en aura rien à foutre. Et là, le sang va vraiment couler dans les caniveaux…

– George, fit Clay. Parle pas si fort, mon pote.

– C'est quand je vois des gosses se faire tuer, Marcus, ça me rend tout chose.

– Je sais, mec. Je sais.

Clay sauça le reste de son assiette avec son petit pain. Le gros type à la caisse, au bout du comptoir, cria à la serveuse :

– Miss Mary, si vous continuez à traîner comme ça, ce monsieur va avoir fini de manger avant d'être servi !

Dozier rigola.

– Ça a du sens, ce qu'il vient de dire ?

– Pour lui, oui.

– J'adore cet endroit, putain.

– Mmm. Moi aussi. Mais les saucisses piquantes vont pas faire de bien à ton ulcère.

– Et ta sauce, là, elle va te remonter tout droit au cœur et lui faire un gros baiser bien baveux.

Clay écarta son assiette vide. Dozier se redressa et desserra sa ceinture d'un cran.

– Tu sais, Marcus, la plupart du temps, je tiens le choc avec tout ça. Mais quand je vois le cadavre d'un enfant…

– Ça doit être dur.

– Comment va ton fiston ?

– Il va bien. Elaine et moi, on va faire tout ce qu'on peut pour que ça marche.

– Les deux miens, j'ai pas besoin de te dire ce qu'ils représentent pour moi. J'ai pas pu fermer l'œil, hier soir, j'arrêtais pas d'aller dans leurs chambres, voir si tout allait bien.

– Moi aussi, il a fallu que j'aille embrasser le mien.

Dozier fit tourner le couteau dans son assiette.

– Le petit Willets, tu sais, celui qu'a pris une balle dans le dos ? Il tenait une figurine dans la main, le genre de truc avec lequel mes garçons jouent aussi, quand ils l'ont retrouvé. Il avait de la cocaïne dans les poches et un jouet dans la main. T'imagines ? Il avait même un nom de guerre, c'est le seul truc que Wallace nous a dit. Il se faisait appeler P-Square, je sais pas ce que ça veut dire. Son copain, Meadows, aussi : lui, c'était Chief.

Clay s'arrêta de tripoter la serviette qu'il tenait dans la main. Il avait déjà entendu ce nom, et ça ne faisait pas longtemps. Sans doute un des gosses qui venaient acheter des disques à la boutique.

– George, dit Clay. Faut surtout pas que tu penses que ce que tu fais ne sert à rien. C'est important. Moi, je t'admire.

– Merci, Marcus. Mais c'est dur. J'ai déjà fait quinze ans. Dans dix ans, j'aurai fait mes vingt-cinq. Je me dis, même si j'adore cette ville, quand j'aurai fait mon compte, je me casse.

– Y a plein de gens à qui je parle en ce moment qui disent comme toi.

Clay jeta un coup d'œil à sa montre.

– Faut que j'y aille, mon pote. On ouvre à midi.

Ils firent signe à la serveuse et sortirent leurs portefeuilles.

– C’est bon, hein, George ?
George cligna de l’œil et répondit :
– À en pleurer.

Marcus Clay n’arrêtait pas de revoir Denice, debout devant lui dans la boutique de U Street. Derrière lui, quelqu’un klaxonna ; le feu était vert, il avança.

C’était la conversation qu’il avait eue avec elle à propos d’Alan Rogers, voilà ce que c’était. Ils avaient parlé du vendredi soir, quand il était passé en voiture et qu’il les avait vus dans la rue. Il entendait sa voix maintenant, voyait ses lèvres remuer lentement…

Tutt et Short Man se disputaient…

Clay se rangea le long du trottoir.

… à propos d’un gamin qui s’appelle Chief.

Voilà, c’était ça. Ça voulait rien dire, remarque. Short Man connaissait Chief. Ça voulait pas dire qu’il l’avait tué.

Short Man dealait pour Tyrell Cleveland. Les gosses morts dealaient aussi sur son territoire.

Tutt et Short Man se disputaient à propos d’un gamin qui s’appelle Chief.

Tutt et Short Man.

– Tutt, dit Clay à voix basse.

Tutt n’était pas seulement un sale mec. C’était un pourri, aussi.

22

Quand Marcus Clay entra dans le magasin, *Young, Gifted and Black,* « le » disque du dimanche matin selon Cootch, passait sur la chaîne et la voix éthérée d'Aretha emplissait la pièce. Adossé aux rayonnages, Dimitri Karras sirotait une tasse de café.

Clay s'approcha de lui direct et lui tapa sur l'épaule. Karras fit de même. Vingt-cinq années d'amitié avaient rendu les préliminaires inutiles. Il se passait quelque chose ; le fait d'en parler les aiderait à mettre leurs idées en place.

– Content de te voir, mec, dit Clay.

– Je t'attendais, répondit Karras.

– Cootch ?

– Oui, patron ?

– On est dans le fond.

Clay se versa du café dans une tasse au sigle de la radio WHUR et prit place dans sa chaise pivotante. Karras s'assit sur le bord du bureau.

– Toi le premier, dit Karras.

– D'accord, répondit Clay. Je viens de prendre le p'tit déj avec George Dozier. Tu sais, les gosses qui se sont fait descendre, hier soir ? Il travaille sur le coup. M'a dit qu'un des gosses se faisait appeler Chief. Denice était avec

Rogers et Short Man, l'autre soir, quand Tutt, le collègue de Murphy, a débarqué. Denice a dit que Tutt et Short Man s'étaient disputés à propos d'un gosse qui s'appelait Chief.

Karras avala une gorgée de café.

– Tu penses que c'est Short Man qui les a descendus ?

– George dit que les mômes dealaient à la petite semaine sur le territoire de Tyrell. Et Short Man bosse pour Tyrell…

– Et Tutt, alors ?

– Tutt est pourri.

– C'est Denice qui l'a dit aussi ?

– Non. Mon sentiment, c'est tout.

– Murphy ?

– C'est pas parce qu'il fait équipe avec ce mec qu'il est forcément au courant. (Clay plongea les yeux dans sa tasse.) J'devrais appeler George Dozier tout de suite et le laisser démêler tout ça avec l'IAD.

– Pourquoi tu l'as pas fait, alors ?

– Parce que j'en suis pas certain.

– C'est ça. Et puis y a autre chose, aussi, Marcus.

– J'y ai pensé, répondit Clay. Y a l'argent. Et ta copine.

– C'est vrai. Et autre chose encore, que tu sais pas. Il est arrivé un truc à Eddie, le copain de Donna.

– Celui qu'a dépouillé Tyrell ?

– Ouais. Je suis allé à l'endroit où il gare sa voiture. Un mécanicien, ça prend soin de ses outils et les siens traînaient par terre. Soit il était vraiment très pressé, soit il a été cueilli. Il n'a pas appelé, hier soir, et c'est pas le genre à planter Donna, surtout pas s'il la sent prête à faire ce qu'il veut, ce qui est le cas, maintenant.

– Tu crois que Tyrell a coincé Eddie ?

– C'est possible. Et envoyer la cavalerie maintenant, ça pourrait bien le faire tuer.

– Ils peuvent aussi bien le tuer s'ils n'obtiennent pas ce qu'ils cherchent. Et dans ce cas-là, tu penseras que c'est de ta faute.

– Je ne crois pas. Ils ont besoin de le garder en vie, tant qu'ils savent pas où est l'argent. J'espère juste qu'il est assez malin pour comprendre ça.

– T'as vu l'argent ?

– Chez Donna, dans une taie d'oreiller.

– Ça veut dire qu'elle est mal barrée, elle aussi, s'ils le cherchent.

– Oui.

– Je parie que tu lui as bien changé les idées, hier soir, hein, Dimitri ?

– Pas comme tu penses.

– Ah bon ?

– Je te le dis.

Clay reposa sa tasse sur son bureau.

– Eh ben dis donc, tu nous la joues Sir Galahad[1], tout d'un coup ? Qu'est-ce qui t'arrive ?

– J'essaie d'assurer un peu, c'est tout.

– Ça faisait longtemps. Je suis fier de toi, mec.

– Merci, dit Karras.

– Alors, qu'est-ce qu'on fait ?

– On devrait peut-être en parler avec Murphy.

– Il travaille pas, aujourd'hui. Il a dit qu'il viendrait regarder le match à la boutique. Mais je veux être sûr de ce que je pense de Tutt avant de déclencher l'alarme.

– Et qu'est-ce que tu comptes faire ?

– Tutt ne travaille pas aujourd'hui, non plus. S'il couche avec Tyrell, et que Tyrell est impliqué dans ces meurtres d'une manière ou d'une autre, les deux vont forcément se rencontrer pour voir comment limiter la casse. Ou au moins Tutt aura rendez-vous avec un mec de la bande à Tyrell.

– Tu veux suivre Tutt et voir où il va ?

Clay hocha la tête.

– Mais pas nous. Il nous a vus de trop près. Tu connais

1. Le plus noble des chevaliers de la Table ronde. *(N.d.T.)*

pas quelqu'un qui voudrait suivre un flic pendant une heure ou deux, aujourd'hui ? Je le dédommagerai en conséquence.

– Tu sais où il habite ? Tu connais sa voiture ?

– Silver Spring Towers. Et il a une Bronco bleu layette, je l'ai vue moi-même.

Karras réfléchit un moment.

– Y a un mec que je connais. (Il avala la dernière goutte de café et jeta le gobelet en polystyrène dans la poubelle.) Je vais lui passer un coup de fil.

Adossé au comptoir, Nick Stefanos suçotait un bonbon rafraîchissant à la menthe tout en observant son pote, Johnny McGinnes, qui essayait de fourguer un poste Sharp cinquante centimètres à un jeune couple d'Indiens accompagné d'un petit garçon. Le couple était venu pour le Sony – McGinnes l'avait prédit, de sa voix la plus dessin animé, dès qu'ils étaient entrés dans le magasin – et il avait essayé de les faire passer au modèle du dessus, le Lynitron, un truc juteux qui rapportait un bénef de dix dollars. Le couple était en train de se diriger lentement vers la sortie.

Stefanos observa McGinnes, avec ses cheveux peignés en diagonale sur le front qui lui donnaient un petit air à la Hitler, sa chemise en polyester, raide comme des draps qui volent dans la brise du printemps, et ses mains qui battaient l'air pour ponctuer ce qu'il racontait. Quand il bossait à la vente, McGinnes était l'homme le plus heureux, le plus satisfait que Stefanos ait jamais rencontré. Stefanos l'enviait sur ce point.

– Quoi de neuf, péquenot ? demanda Andre Malone, le vendeur hi-fi stéréo de la boutique.

Malone se glissa avec grâce entre deux vitrines et sortit une Newport de sa veste de coupe italienne.

– McGinnes est en train de perdre l'affaire.

– Ça, j'avais remarqué. Et où est notre célèbre gérant ?

– Louie est à l'appart de Van Ness, en train de rendre visite à sa copine.

Malone alluma sa cigarette et éteignit la flamme en recrachant la fumée.

– Lou est parti tirer un coup, c'est ça ?

– J'imagine.

Malone jeta un coup d'œil à la veste de Stefanos.

– Où t'as chopé ces fringues, mec, à l'Armée du Salut ?

Stefanos baissa les yeux sur la manche de sa veste grise à carreaux, 1956.

– Classic Clothing, sur Benning Road.

– C'est bien ce que je disais, l'Armée du Salut.

– On peut pas tous avoir ta classe.

– Je vais te dire un truc, mec. Même dans la super mouise, tu verras jamais un frangin porter les fringues d'un mort.

Malone sourit.

– Regarde l'autre, maintenant.

McGinnes avait coincé le couple près de la porte.

– N'oubliez pas, dit McGinnes en souriant d'un air stupide, le Sharp va pas rester en solde très longtemps. Alors, à bientôt.

– À bientôt, répondit le mari.

– Viens voir ici, toi, dit McGinnes en se penchant sur la poussette et en pinçant la joue du petit d'un geste un peu trop brusque qui lui fit écarquiller les yeux. C'est un gentil petit enfoiré que vous avez là, vous savez ?

– Merci, dit le mari.

– Merci à vous, répondit McGinnes qui souriait toujours.

Tandis que le couple quittait le magasin, McGinnes se dirigea vers le comptoir.

– *Potz*[1], dit-il.

– Bel effort, dit Malone.

1. « Quels cons ! », en yiddish. *(N.d.T.)*

– Toi, tu savais même pas comment tu t'appelais quand t'es arrivé, jusqu'à ce que je t'apprenne la vie.

– Ouais, mais maintenant je le sais, et je le sais bien. Et ceux-là aussi, ils auraient su comment je m'appelais, si tu m'avais pas piqué ma place.

– J't'aurais pas piqué ta place si t'étais pas dans le fond, en train de téléphoner à une de tes gonzesses.

Stefanos ferma les yeux. Il était en descente de coke plus gueule de bois, et il avait pas trop envie de participer. Leurs chamailleries, ça lui donnait mal à la tête. Ça et la déco orange et or du magasin, aussi.

Stefanos décrocha le téléphone mural.

– Nutty Nathan's, le radin qui travaille pour vous. Nick Stefanos à l'appareil.

Puis :

– Salut, Dimitri, comment ça va ?

Quand il raccrocha, Andre Malone s'était éloigné et McGinnes était en train d'allumer une pipe à herbe qu'il gardait à gauche dans la boutique. McGinnes tira une grosse bouffée, conserva la fumée dans ses poumons un moment, puis la recracha dans un frigo placé près de la caisse.

– C'était qui ?

– Un mec que je connais qui s'appelle Dimitri Karras. Il voulait savoir si on filerait pas un flic pendant son jour de congé. Le suivre, voir où il va, rappeler Karras pour lui raconter, un truc comme ça. Y a un billet de cent pour nous si on le fait. Ça t'intéresse ?

– Ouais, mais faut que je fasse encore quelque ventes ici, avant.

– Et moi je veux regarder le match.

– C'est Maryland qui joue ?

– Ouais. Tu sais, le gosse qui s'appelle Freddie, qui est toujours devant la boutique, en train de regarder les matchs sur les postes de la vitrine ?

– Celui qui porte un bandana ?

– Ouais. C'est un super fan de Bias. Je lui ai dit qu'il pouvait venir regarder le match avec moi aujourd'hui.

– Y a pas de problèmes si on s'y met plus tard ?

– Karras a dit que c'était bon.

– T'as l'adresse de la file ?

Stefanos tapota sa poche poitrine.

– Ici.

– Ça marche.

Un noir d'un certain âge approcha de la boutique, côté Connecticut Avenue.

– Hé, Jim, ça te gêne pas si je me fais cet abruti ? Il revient pour moi, de toute façon.

– À t'écouter, on croirait qu'ils reviennent tous pour toi, Johnny.

– Je plaisante pas. Il était là y a un mois, il cherchait une télé. Tu sais bien que j'oublie jamais la tête d'un client.

– Ouais, je sais. Vas-y.

Stefanos le vit aller à la rencontre du type et l'entraîner rapidement vers les Sharp. Il commencerait avec un poste haut de gamme, puis il redescendrait en lui disant qu'il avait pas besoin d'un truc pareil, deviendrait son ami et son confident. Peut-être que ça marcherait, peut-être pas. Une chose était sûre : McGinnes réussirait à vendre un Sharp à quelqu'un avant la fin de la journée.

– Vous dites que l'image est bonne, sur ce poste ? demanda le noir.

– Bonne, c'est pas le mot, répondit McGinnes avec un grand sourire. Je dirais plutôt top classe et assureman.

– Alors, ton mec est d'accord ? demanda Marcus Clay.

– Lui et son collègue ont d'autres trucs à faire d'abord. Ils s'y mettront dans quelques heures. Je lui ai dit qu'on laisserait le billet à la boutique tout à l'heure.

– Tu sais où c'est ?

– Ouais.

Juste en face de chez mon dealer.
Karras enfila sa veste en jean.
– Je me casse un moment. Je t'appelle plus tard.
– Où tu vas ?
– Voir ma mère.
– Passe-lui le bonjour.
– J'y manquerai pas, répondit Karras.

Dimitri Karras parcourut lentement la route qui serpentait à travers des hectares de pelouse tondue de près, puis il se gara vers le fond du terrain. Il traversa l'étendue d'herbe, en prenant bien soin de ne pas piétiner une pierre ou une tombe fraîchement creusée. Les noms inscrits sur les tombes allaient de l'irlandais à l'italien, pour ensuite devenir presque exclusivement grecs. Il dut chercher un peu, comme toujours, avant de retrouver ses parents, séparés par la vie pendant si longtemps mais couchés côte à côte désormais, dans la mort. Sur la pierre tombale, une inscription rappelait leurs vies.

Karras prit les marguerites qu'il avait achetées sur le bord de la route et les plaça dans le petit pot posé au-dessus du nom d'Eleni Karras. Dans leur cuisine, sa mère avait toujours des fleurs coupées, cueillies dans le petit jardin qu'elle entretenait dans l'arrière-cour. Karras la revoyait, debout dans la cuisine, adossée à l'évier, les bras croisés, un sourire de guingois sur les lèvres tandis qu'elle le regardait manger. Il n'y a pas de plus grand plaisir pour une mère grecque, se dit Karras, que de donner à manger à son fils unique.

Karras arrangea les marguerites et de la main écarta les brins d'herbe coupés qui recouvraient son nom. Il ferma les yeux, appuya son pouce sur les deux doigts voisins, effleura son front, son épaule droite, son épaule gauche puis sa poitrine. Quand il eut fini son *stavro*, il prononça une prière muette.

– Ah, oui ! fit-il en rouvrant les yeux. Y a Marcus qui te dit bonjour, maman.

Il nettoya les saletés qui recouvraient le nom de son père. Celui-ci, Pete Karras, était mort en 1949, abattu d'une balle pendant qu'il tuait d'autres gens, dans le bureau d'un usurier du nom de Burke. Dimitri, qui était bébé à l'époque, ne se rappelait rien de lui, pas même son odeur. Quand Eleni comprit qu'elle allait mourir de la tumeur qui lui dévorait le cerveau, elle demanda à Dimitri d'exhumer le corps de son mari du cimetière Brentwood, dans Northeast Washington, où les Gréco-Américains étaient enterrés en grand nombre, et de transporter ses restes jusqu'aux Portes du Paradis de Montgomery County, cet endroit vert et propre, à l'ombre d'arbres bien taillés, où pas une bouteille de bière ni une capote usagée ne jonchait le sol. Vers la fin, tenant sa main ratatinée comme une serre d'oiseau, il le lui avait promis.

Il avait promis d'autres choses, aussi. Qu'il trouverait une gentille *yineka*, qu'il l'épouserait, ferait des enfants, et découvrirait tous ces bonheurs qu'Eleni prétendait avoir connus en l'élevant. Qu'il reprendrait des études, deviendrait quelqu'un de sérieux, un bon *anthropos*, qu'il prendrait racine.

Bien sûr, il n'avait pas tenu ces promesses. Et maintenant, il ne savait pas s'il en était capable.

Au lieu de tout cela, il avait vendu pour un bon prix la maison de sa mère, dans Northwest Washington, il avait reçu une coquette somme de l'assurance en tant que seul héritier testamentaire, il s'était acheté la BMW, avait pris des vacances à Hawaii et était devenu propriétaire de son appartement. Il avait claqué de l'argent sans compter – bars, fringues, filles et coke. Il lui en restait encore plein, assez pour maintenir à flot un célibataire sans attaches pendant très, très longtemps.

Karras passa la main sur ses lèvres et essuya un truc

qui coulait de son nez. Il aperçut du sang sur son index, le frotta sur son jean.

Il fit demi-tour et retraversa la pelouse en direction de la BM bleu marine qui rutilait au soleil.

Andy Murphy habitait une petite maison de brique en haut de 14th Street, près du Walter Reed Hospital. Dans son jardin, un groupe d'anges de pierre miniatures faisaient face à une petite statue de Jésus portant un halo en fil de fer, avec le mot « fils » inscrit sur une couronne de fleurs. Andy Murphy disposait toujours des fleurs fraîches dans un petit vase, derrière l'autel, d'un bout à l'autre de l'année.

Debout dans la cuisine, Andy Murphy était en train d'arroser le poulet de jus, tandis que des haricots verts mijotaient dans un grand faitout posé sur la cuisinière. Il attendait son fils Kevin et sa bru, Wanda, pour dîner ; il avait passé la journée à lire le journal du dimanche, à assister à l'office de son église baptiste et à préparer le repas. Quand ils viendraient, ils réciteraient le psaume 23 tous ensemble et puis ils dîneraient.

Faire à manger pour trois, ce n'était pas si difficile. Pas comme quand Teddy, son fils aîné, venait aussi, avec sa femme et ses enfants. Teddy était pasteur, c'était un brave garçon, solide et déterminé. La leucémie l'avait emporté, voilà trois ans, et aussitôt après, sa femme avait décampé avec un jeune filou qui travaillait dans les assurances, partie sans laisser d'adresse pour une ville du New Jersey, là-haut. Andy Murphy avait reçu une carte et une photo de ses petits-enfants à l'occasion du premier Noël, et puis plus rien depuis.

Il remerciait souvent le Seigneur d'avoir encore Kevin et Wanda. Les recevoir, une fois par semaine, ça lui donnait encore quelque chose à faire. Et ça avait l'air de faire du bien à Wanda. Il se disait que Dieu n'allait pas tarder à le rappeler pour être auprès de sa femme, Paulette, disparue depuis dix ans. Mais jusque-là, un homme avait bien besoin de distractions pour passer le temps. Peut-être qu'il n'aurait pas dû prendre sa retraite si tôt – il avait été mécanicien au Brown Building de 19th Street, entre M et N Street, pendant les quinze dernières années de sa carrière – mais il fallait bien se retirer, faire de la place aux plus jeunes. C'était leur monde, après tout. Dont il se contentait de louer un petit bout, désormais.

La sonnette retentit. Andy Murphy traversa le salon pour aller ouvrir.

– T'es en avance, dit-il.

– Je ne serai pas là pour le dîner. Mais je me disais qu'on pouvait peut-être réciter le psaume ensemble.

– Tu n'as pas l'air bien…

– J'ai eu des soucis, répondit Kevin Murphy avec un étrange sourire. Mais ça va mieux.

23

Tyrell Cleveland raccrocha le combiné sur la table, à côté de son fauteuil.

– Qui c'était ? demanda Short Man Monroe.

– Une de nos valises, répondit Tyrell. Les flics arrêtent pas de les emmerder depuis ce matin, en leur posant des questions sur Chief et son pote. Et sur moi.

– Ces mecs savent que dalle, reprit Short. Et si jamais ils savaient quelque chose, de toute façon ils l'ouvriraient pas.

– C'est pas eux qui m'inquiètent. Si t'avais pas descendu ces petits jeunes, ils auraient rien à raconter tout court.

– Mais le petit négro avait un flingue, Ty.

– Mouais. J'espère que tu t'es bien débarrassé du tien, de flingue.

– Pas de lézard. J'l'ai balancé dans l'Anacostia.

– Pas de témoin et pas d'armes. Ça devrait aller, alors.

Tyrell jeta un œil à Rogers.

– Et toi, t'étais où pendant que ça se passait ?

– Parti voir sa meuf, répondit Monroe.

– Tyrell…

– Faut que tu te ressaisisses, Alan. T'es pas en train de te barrer en couilles, hein ?

– Bien sûr que non.

– Tant mieux. Je suis bien content de l'apprendre, Alan.

Antony Ray, Rogers et Monroe étaient assis autour

de Tyrell à la table ronde. Sur le canapé, Chink Bennet et Jumbo Linney jouaient silencieusement avec l'Atari.

– Comment va notre ami Eddie, Antony ?

Antony fit tomber la cendre de sa cigarette.

– S'est rendormi.

– Il a l'air vraiment mal, dit Rogers. Il risque de tomber dans le coma.

– T'inquiète, fit Ray. Je vais bientôt mettre un terme à ses souffrances.

– Pas encore, dit Tyrell. Alan, t'as entendu parler d'un blanc qui travaille dans la boutique de disques, là ?

– Il le connaît, répondit Monroe. Le blanc aux cheveux gris l'a mis KO, hier.

– J'y pouvais rien, Ty…

– Écoute… Antony y est allé un peu fort avec notre ami Eddie, hier soir. Mais avant de tourner de l'œil, Eddie a dit quelque chose à propos de ce mec blanc et de la tune.

Rogers haussa les épaules.

– Peut-être qu'il a piqué la tune à la meuf d'Eddie…

Tyrell plongea son regard dans les flammes.

– On dirait que tout nous ramène à cette boutique de disques, vous voyez ce que je veux dire ?

– On voit très bien, fit Monroe en souriant.

– Peut-être qu'on devrait lui faire une petite visite à ce Marcus Clay. Lui et sa bande, tout le monde dans une même pièce. Pour parler de l'argent et d'autres trucs aussi. De comment co-exister tous ensemble dans le quartier. Parce que vu sa façon de la ramener et de gueuler sur tous les toits comme quoi il veut plus voir les mecs de notre genre dans les parages, y en a forcément un des deux qui va pas faire long feu. Peut-être qu'en lui parlant, je peux lui faire piger les choses.

– Ça me paraît une bonne idée, dit Monroe.

– Et toi, Alan ? Ça te va ? Ou t'as peur que ça « mette en péril » ta relation avec cette fille, comme on dit dans les feuilletons ?

Ray et Monroe rigolèrent. Rogers sentit sa lèvre trembler quand il se força à sourire.

– On y va maintenant ? fit Monroe.

– Nan, répondit Tyrell. Je veux regarder le match de Maryland d'abord. J'appellerai Clay après et j'arrangerai ça. Tutt et Murphy doivent passer aussi. Faut que je parle avec eux, que je sois sûr qu'on est toujours d'accord. Même les ripoux chopent les boules quand on se met à flinguer des mecs dans leur secteur.

– Je vais encore me répéter, dit Monroe. Mais je pense qu'on a pas besoin de ces deux-là, Tyrell.

– Du calme, Short. Je leur balancerai un peu plus de tune. C'est la seule chose qui compte, pour eux. Pour tout le monde, d'ailleurs, quand tu réfléchis bien.

Tyrell étira sa grande carcasse.

– C'est pas tout ça. Avec toutes ces histoires, j'ai failli oublier le business. Chink ! Jumbo !

Bennet et Linney rappliquèrent. Linney portait un sac de Cheetos dans lequel il fourrageait d'une main.

– Z'êtes occupés ? demanda Tyrell.

– Nan, Ty, pas vraiment, répondit Bennet.

Tyrell les dévisagea d'un air amusé.

– Si ça vous dérange pas, j'aimerais bien que vous alliez ramasser la tune que vous avez pas eu le temps de récupérer hier, vu que vous étiez occupés à fracasser ces gosses.

– On a rien à voir là-dedans, dit Linney.

– Hé, Short, fit Bennet. Passe-nous la Z, mec, d'accord ? On a intérêt à se calmer avec la Supra, pendant un moment en tout cas. On risque de s'être fait repérer, hier soir.

– Tu sais bien que ton pote Jumbo tient pas dans la Z, rétorqua Monroe. Alors prends ta Supra, bordel.

– Tyrell, demanda Bennet, faut qu'on y aille maintenant ?

– Oui, répondit Tyrell. Maintenant.

Kevin Murphy salua Cootch et se rendit dans l'arrière-boutique de Real Right. Marcus Clay, Dimitri Karras et Clarence Tate étaient assis côte à côte devant la vieille télé pourrie du magasin. Debout près de Clay, Anthony Taylor sirotait une cannette de soda au raisin.

– Monsieur Murphy ! s'écria Anthony.

– Bonjour Anthony, répondit Murphy. Quoi de neuf, messieurs ?

– T'as raté la première mi-temps, dit Clay.

– J'avais des trucs à faire. Mais j'ai écouté la radio sur le chemin. Maryland a six points de retard, c'est ça ?

– Ouais, fit Clay. Et St. John's a perdu devant Auburn, tout à l'heure, c'est dingue, non ?

– Le Big East est éliminé du tournoi, dit Karras. Ils ont même pas réussi à placer une seule équipe parmi les Sweet Sixteen.

– Ce qui veut dire que la rencontre Bias-Walter Berry que tout le monde attendait va pas pouvoir avoir lieu, ajouta Clay.

– De toute façon, on dirait que Maryland va pas réussir à passer en huitième de finale, Marcus, dit Tate.

– Faut pas être défaitiste, Clarence. Lenny va remonter tout ça dans la seconde mi-temps. Tu vas voir.

– UNLV les maîtrise bien, remarque, dit Karras. Dès qu'il y a un des Terps qu'a la balle, ils arrivent à lui mettre deux mecs sur le dos. Tarkanian est un bon entraîneur. Et Anthony Jones assure.

– Il vient de Washington, déclara Tate pour la troisième fois de la journée. De Dunbar.

– Tout dépendra de Bias, conclut Clay. Prends une chaise, Kev.

Murphy prit une chaise et s'assit près de Clay, qui l'observa de plus près.

– T'as pas l'air trop en forme.

– Trop bu hier soir. J'étais sur la scène du crime, pas loin d'ici.

– Faut qu'on parle de ça, juste toi et moi, quand on aura l'occasion.

Murphy garda les yeux rivés sur l'écran.

– OK.

Len Bias fonça sur la ligne de fond et fit plonger la pilule malgré les trois défenseurs adverses.

– Numéro 34, chuchota Clay.

– Et voilà ! dit Karras.

– Regardez un peu Tark, dit Tate. On dirait qu'il va bouffer son chiffon.

– Vas-y, bouffe-le ! dit Anthony, et Clay lui donna une tape sur la tête.

Les Terps marquèrent les quatorze points suivants sans aucune réaction de la part des Runnin' Rebels, amenant le score à 41-33 pour l'équipe de Maryland. Ses joueurs se mirent à se taper dans les mains au milieu du terrain.

– Pourquoi l'entraîneur a l'air si fâché ? demanda Anthony.

– Il trouve qu'ils se réjouissent un peu trop vite, répondit Clay.

Armon Gilliam, le grand ailier d'University of Nevada – Las Vegas, et Jones se mirent à marquer. 17 contre 2 d'affilée, ce qui nous menait à 50-43 pour UNLV.

Bias ramena la différence à trois. Derrick Lewis, l'autre star de l'équipe de Maryland, fit une faute.

– Qu'est-ce que c'est que ce jeu ? demanda Karras.

Murphy lui tapa dans la main.

– Faut qu'ils le passent à Lenny, maintenant ! dit Clay. S'ils lui passent le ballon, il peut leur gagner le match…

– Putain – oh, pardon, Anthony ! – regardez-moi Jones. Il arrête pas d'en placer de l'autre bout du terrain !

– Il vient de DC.

– De Dunbar, même. On sait, Clarence.

– Allez, Bias !

– Numéro 34 !

C'est Bias qui avait mis les treize derniers points de l'équipe de Maryland. Les Terps ramenèrent la différence à un point ; il ne restait plus que quarante secondes de jeu. John Johnson, un joueur de réserve des Terps, fut appelé à la ligne des lancers francs. Tark demanda un temps-mort pour qu'il puisse se préparer psychologiquement. Johnson manqua le panier.

– Oh, non ! fit Karras.

Le meneur de Maryland, Jeff Baxter, traversa le terrain en dribblant.

– Passe à Bias, dit Murphy.

La sonnerie retentit. Maryland avait perdu la partie.

– C'est trop dommage, fit Clay. Bias a mis trente et un points et pris douze rebonds. Et ils ont perdu quand même !

Le groupe se dispersa. Anthony Taylor demanda à Murphy de le ramener chez lui et Murphy lui dit de l'attendre devant. Clay et Murphy restèrent seuls dans l'arrière-boutique.

– Il a la trouille de rentrer tout seul, dit Clay. Il a entendu les coups de feu, hier soir. Et y a des mecs qui l'ont poursuivi en voiture, aussi.

– Il a dit qui c'était ?

– Non, il a peur. Trop peur pour le dire, même à moi. Mais je pense que ça devait être Short Man Monroe. En poussant d'un cran, y a de quoi penser que c'est Cleveland et Short Man qui sont derrière ces assassinats.

– Comment t'en arrives là ?

– J'ai petit-déjeuné avec George Dozier, ce matin. Tu le connais ?

– Brigade criminelle. Un mec bien, avec une bonne réputation dans la maison. Il est allé à Cardoza, il a à peu près ton âge. Vous avez dû vous connaître tout petits.

– Exact. George m'a dit que les gamins jouaient aux dealers sur le terrain de Tyrell. L'un d'entre eux s'appelait

Chief. Le boulot de Short Man consiste justement à nettoyer le terrain pour Tyrell.

– Continue…

– L'autre soir, j'étais dehors, et je suis passé devant Alan Rogers, Short Man et la fille de Clarence, Denice, qu'étaient dans la rue. Ton collègue, Tutt, il était avec eux.

Murphy haussa les épaules pour camoufler le grand trou qui se creusait dans son estomac.

– Une petite fouille de routine, sans doute.

– En civil ? Tutt porte l'uniforme, d'habitude.

– Tutt est un peu agressif.

– Denice dit que Tutt et Short Man se disputaient au sujet d'un gosse du nom de Chief.

Le cœur de Murphy fit un bond dans sa poitrine. Il garda les yeux sur le plancher.

– Tutt est pourri, dit Clay. Et tu dois le savoir.

– Tu parles de mon collègue, là. C'est grave ce que tu dis.

– Tu dois t'en douter, toi aussi. T'as pas eu l'air très surpris quand je t'ai dit ça. Murphy ? J'te parle, mec.

Murphy sentit qu'il se mettait à transpirer sous sa chemise.

– D'accord, finit-il par répondre, je vais pas nier que moi aussi j'y ai pensé. Mais qu'est-ce que tu comptes faire ?

– Et toi, Kevin, qu'est-ce que tu comptes faire ?

Murphy se leva.

– Tu l'as dit à Dozier ?

– Non. Je voulais t'en parler d'abord.

Murphy enfonça les mains dans les poches de son jean.

– Donne-moi le reste de la journée, Marcus, c'est tout ce que je te demande. Faut que je confronte Tutt à ma façon. Que je règle tout ça. D'ici ce soir, ce sera arrangé. Demain, je vais voir Dozier et je lui donne tout ce que je sais. Ça marche ?

Clay le regarda.

– OK. Quelques heures ne feront pas une grande différence, je te l'accorde.

– Merci, dit Murphy.

– Allez, viens, dit Clay. J'ai l'impression que t'as une grosse journée devant toi. Et Anthony doit prendre son repas du dimanche avec sa grand-mère. Faut qu'il rentre.

Ils revinrent dans la boutique. *Kiss*, le nouveau Prince, chauffait sur la platine. Derrière le comptoir, Karras et Tate faisaient des comptes.

– Anthony ?

– Oui, monsieur Clay ?

– T'as fait la poussière des rayons ?

– Oui, msieur.

– T'as sorti les disques d'abord, hein ? T'as pas seulement passé le chiffon tout autour ?

– J'ai fait bien comme vous m'avez dit.

– Tiens. (Clay lui tendit un billet de dix dollars.) C'est bien.

– Merci !

– Allons-y, dit Murphy.

– Appelle-moi plus tard, dit Clay.

– Sans faute, répondit Murphy.

Clay vit Murphy et Anthony s'engouffrer dans la Trans Am noire garée devant la porte. Il se retourna vers Cootch, haussa la voix par-dessus la musique.

– Y a eu du monde, Cootch ?

Cootch secoua la tête.

– Pas un rat.

Murphy s'arrêta devant le pavillon d'Anthony.

Anthony montra du doigt une jauge du tableau de bord.

– C'est quoi, ça ?

– Un compte-tours. Ça mesure la vitesse de rotation. Tu sais, quand tu fais tourner le moteur ? Des trucs comme ça.

– C'est une belle voiture, monsieur Murphy. Moi aussi, un jour, j'aurai une belle voiture comme ça. Pour aller avec ma compagnie de bus.

– Une compagnie, maintenant ? (Murphy gloussa.) Je te crois, mon garçon. Mais souviens-toi, les belles voitures, les habits classes, tout ça, ça ne veut rien dire à moins d'avoir gagné l'argent pour les acheter. En travaillant dur.

– Comme M. Clay. Comme vous.

Murphy détourna les yeux.

– Anthony ?

– Oui ?

– M. Clay m'a dit que des types t'avaient poursuivi, hier soir. Est-ce que c'est le même que celui qui t'a cassé la figure dans la rue ?

– Je… Je sais pas.

– Si, tu le sais. Et tu dois me le dire, pour que ça ne se reproduise plus. C'est celui qu'on appelle Short Man ?

Anthony acquiesça lentement.

– Oui. Mais… Et s'il revient me chercher, maintenant ? Et si vous pouvez pas régler ça avec lui ?

– Je vais arranger ça, Anthony. T'as pas à t'inquiéter pour ça. T'as plus à avoir peur.

– Mais y a pas que lui. C'est tout qui me fait peur. J'aimerais bien que ce soit l'été pour aller à la campagne avec ma maman et mes sœurs.

Murphy sourit au garçon.

– Si t'en as vraiment envie, l'été arrivera peut-être plus vite que prévu.

– Pour de vrai ?

– Peut-être.

Murphy lui ouvrit la porte.

– Allez mon garçon, y a ton dîner qui t'attend.

– Merci de m'avoir raccompagné, monsieur Murphy. À bientôt.

– À bientôt.

Murphy vit la grand-mère d'Anthony qui s'écartait pour le laisser entrer. Lula Taylor resta un moment sur le pas de la porte, à observer la Trans Am noire qui tournait au point mort. Murphy s'éloigna.

Karras, Tate et Clay se trouvaient dans le bureau de l'arrière-boutique quand le téléphone sonna. Clay décrocha.

– Real Right.

– Marcus Clay ?

– C'est moi.

– Tyrell Cleveland.

Clay ajusta le combiné contre son oreille.

– J'écoute.

– Toi et moi, faut qu'on discute.

– Qu'on discute de quoi ?

– Y a un petit blanc qui travaille chez toi ?

– Pas spécialement petit. Il s'appelle Dimitri Karras.

– Mais il travaille bien pour toi ?

– Et alors ?

– Ce Karras, il a vingt-cinq plaques à moi.

– Ah oui ?

– C'est un garçon du nom d'Eddie Golden qui me l'a dit. À l'heure qu'il est, il arrive plus trop à parler, mais on a réussi à en savoir assez pour comprendre que ton Karras est le deuxième voleur sur le coup. Il a dépouillé une copine d'Eddie après qu'Eddie m'a dépouillé…

– Je sais pas de quoi tu parles.

– Mais si tu sais. Si tu veux, on peut retourner voir Eddie et lui tordre encore un peu le bras pour être sûr qu'il dit la vérité. Mais je crois pas que ça lui plairait beaucoup. Il commence à avoir le poignet comme un ballon de rugby.

– Vous tenez Eddie ?

– On avait pas le choix. Et t'amuse pas à appeler la

police maintenant, Clay. Je serais obligé de terminer M. Eddie Golden vite fait bien fait, si tu vois ce que je veux dire ?

– Qu'est-ce que tu veux ? demanda Clay.

– Un rendez-vous. Dans ta boutique de U Street. Ce soir, après la fermeture. Faut qu'on parle de deux, trois trucs. Autant le faire en face à face.

– Qui y aura ?

– Moi, Alan Rogers et Short Man Monroe. Il est pressé de te revoir, depuis que tu lui as mis une raclée, hier.

Clay réfléchit un moment.

– Pas de flingues.

– Quoi ?

– Pas de flingues.

– Et vous ?

– J'ai dit pas de flingues. Je te donne ma parole.

– D'accord. Prépare mon fric, Clay. On fera un échange. Ma tune contre la vie d'Eddie Golden.

– Le tue pas.

– M'oblige pas à le tuer.

La ligne se mit à sonner occupé. Clay raccrocha.

– Qui c'était ? demanda Karras.

– Tyrell Cleveland.

Tate lâcha son crayon et releva la tête.

– Qu'est-ce qu'il voulait ?

– Il s'est mis dans l'idée que c'est toi qu'avais l'argent, Dimitri. C'est Eddie Golden qui lui a raconté ça. T'avais raison : ils ont Eddie. Cleveland m'a dit qu'ils le tueraient si j'allais chez les flics.

– C'est qui, Eddie Golden ? demanda Tate.

– On t'expliquera plus tard, Clarence, dit Clay.

Puis, à Karras :

– Cleveland veut venir nous voir tout à l'heure.

– Qu'est-ce que t'as dit ?

– J'ai dit qu'on serait là.

– Avec qui il vient ? demanda Karras.

– Deux mecs de sa bande.
– Lesquels ? demanda Tate.
– Short Man. Et Alan Rogers.
– Je suis avec vous, dit Tate.
– Je m'en doutais, Clarence, répondit Marcus Clay.

24

– Donc, j'étais dans un bar, dit Johnny McGinnes, et je demande un Leon Klinghoffer[1] au barman. « C'est quoi ? », il me fait…

– Ben oui, dit Nick Stefanos. C'est quoi, au fait ?

– Un Leon Klinghoffer ? (McGinnes sourit de toutes ses dents.) Deux coups – de whisky – et un glaçon qui fait plouf.

– Très drôle, Johnny, ta vanne *Achille Lauro*. T'as pas une vanne *Challenger*, non plus ?

– Si, j'en ai quelques-unes, si tu veux que je te les raconte.

McGinnes fit péter la bague d'une cannette de Colt 45, grand modèle.

– T'as soif, le Grec ?

– Ça me passera peut-être le mal de tête.

– Tu peux prendre autre chose, pour ça. Je crois que j'ai deux TT dans la poche.

– Deux TT ?

– Des Tainted Tylenols[2].

1. Leon Klinghoffer : citoyen américain assassiné lors du détournement du bateau italien *Achille Lauro* par un groupe de Palestiniens en octobre 1985. *(N.d.T.)*

2. Gélules antidouleur coupées au poison. *(N.d.T.)*

– Donne-moi une Colt, ça ira.

McGinnes sortit une cannette du sac posé à ses pieds. Il la passa à Stefanos qui l'ouvrit et avala une longue gorgée. McGinnes pointa le doigt sur le pare-brise.

– C'est lui ?

– Uh-uh.

La Dart de Stefanos était garée sur Easley Street, en face des Silver Spring Towers. La Bronco bleu layette était là, sur le parking.

– On le suit, ce mec, c'est tout ?

– Ouais.

– Pas besoin de le coincer ?

– Quoi, tu crois qu'on va arrêter un flic ?

Stefanos sortit une Camel filtre de la poche intérieure de sa veste d'occasion et appuya sur l'allume-cigares. Il alluma sa cigarette, prit une grande bouffée, garda la fumée dans ses poumons.

– Quand même, reprit McGinnes, ce truc de filature, ça baigne dans l'huile. Tu vois, moi, j'ai tout calculé... Hé, Nick. Nick ?

– Quoi ?

– Bon d'accord, ç'a pas l'air de t'intéresser pour l'instant. Mais je vois bien, dès qu'on commence à filer un mec, tu t'excites vite fait.

Stefanos tira sur sa Camel, recracha la fumée par la fenêtre ouverte.

– C'est vrai, j'aime bien le côté défi du truc. Quand tu retrouves quelqu'un, t'as l'impression d'avoir vraiment réussi, plus que quand tu fais une vente.

– Peut-être que tu devrais te mettre à faire ça à plein temps. Vu que t'as pas l'air de t'éclater, ces derniers temps, je veux dire.

– C'est ma femme qui serait contente... Déjà qu'elle arrête pas de me faire chier pour que je trouve un vrai boulot sérieux, comme tous les mecs de mon âge qu'ont du gel dans les cheveux.

– De la mousse.

– Enfin bref. Écoute, mec, j'en sais rien…

– Peut-être que t'as raison, Nick. Peut-être que c'est ta femme qu'a un problème, pas toi.

– Ouais, c'est ce que je commence à me dire, ces temps-ci.

McGinnes se gratta l'entrejambe.

– Gagner de l'argent, c'est pas difficile. Ce qui est dur, c'est de trouver un truc que t'aimes faire tous les jours. Comme moi, regarde : j'adore ce que je fais.

– Je sais, Johnny.

Stefanos remarqua un gros type costaud qui sortait de l'immeuble et se dirigeait vers la Bronco.

– Voilà le mec.

– C'est qui, le chaînon manquant, un truc comme ça ?

– Mate son jean délavé.

– La grande tenue des beaufs d'aujourd'hui.

Stefanos mit le contact, jeta sa clope par la fenêtre. Il laissa la Bronco atteindre Fenton Street avant de démarrer sa Dodge. Le moteur Mopar fit quelques à-coups quand il appuya sur l'accélérateur.

– Faut que je la fasse réviser, dit Stefanos.

– Si tu veux mon avis, déclara McGinnes en souriant lentement, c'est les joints toriques[1] qu'ont besoin d'être remplacés.

– C'est quoi, ce qu'on écoute ? demanda McGinnes.

– Thin White Rope.

– On dirait que le chanteur est sur les chiottes en train de pousser un coup.

– Super groupe. J'les ai vus au 9:30, la semaine dernière. Un mec qui s'appelle Petersen, des Insect Surfers,

1. Partie défectueuse de la navette spatiale *Challenger* à l'origine de son explosion en vol, le 28 janvier 1986. *(N.d.T.)*

a fait leur première partie. Davey Con Carne, il s'appelle maintenant. Trop classe, comme concert.

– Oui, d'accord. Ralentis, Nick, t'es trop près. Il va nous viser.

– Nous viser ? Sympa comme expression, Johnny, vraiment cool. Où t'as chopé ça, dans *Hardcastle and McCormick*, un truc comme ça ?

– Je crois que c'était dans *Scarecrow and Mrs. King*[1].

Stefanos se rangea près du trottoir tandis que la Bronco prenait à gauche sur Colorado Avenue. Le conducteur s'arrêta derrière une Trans Am noire garée devant le bar irlandais.

– *Salt and Pepper*[2], dit McGinnes tandis qu'un noir à moustache sortait de la Pontiac, la fermait à clé et se dirigeait vers la Bronco, côté passager.

– Et voilà, dit Stefanos.

La Bronco prit vers le sud. Stefanos et McGinnes aussi.

– Il prend l'itinéraire touristique, fit remarquer McGinnes comme ils descendaient Pennsylvania Avenue, non loin de la Maison-Blanche.

De l'autre côté de la rue, dans Lafayette Park, tout un quartier de sans-abri avaient installé leurs tentes sur la pelouse.

– Reaganville, dit Stefanos.

– Qu'est-ce que tu veux que j'y fasse, que je passe le reste de la journée à pleurer ?

– Ah ouais, alors tant que nous on s'en tire bien, eux ils peuvent crever, c'est ça ?

– T'es en train de les perdre, Nick.

1. Deux médiocres feuilletons télévisés sur la police datant des années 1980. *(N.d.T.)*

2. Autre feuilleton télévisé célèbre. Les héros en sont deux flics, l'un noir, l'autre blanc. *(N.d.T.)*

– C'est pas vrai.

Dix minutes plus tard, les deux voitures se retrouvaient sur East Capitol Street, en direction de l'Anacostia.

– On dirait qu'on va quitter DC, dit McGinnes.

– Je vois ça, répondit Stefanos.

Dans le Maryland, le long de Central Avenue, Stefanos leva le pied et se rangea devant un petit centre commercial à moitié désert. Il avait ralenti en voyant la Bronco emprunter une petite route qui passait derrière les boutiques. Il se gara dans le dernier espace libre et coupa le moteur. Ils apercevaient encore la Bronco ; elle s'arrêta au milieu de plusieurs voitures noires de marque étrangère, devant un petit pavillon entouré d'arbres.

Les deux hommes sortirent de la Bronco. Tandis qu'ils se dirigeaient vers la maison, montaient le perron et passaient la porte, McGinnes dévisagea le noir avec intérêt.

– Nick ?

– Quoi ?

– Non, rien.

Stefanos et McGinnes restèrent là encore une dizaine de minutes et terminèrent le pack de six.

– Tu prends l'adresse ? demanda McGinnes en écrasant une cannette vide dans sa main et en la jetant sur le siège arrière, par-dessus son épaule.

– Je l'ai.

– C'est bon, alors. On a fait ce qu'on avait à faire.

– On dirait.

– Qu'est-ce qui va pas ?

– Je sais pas. J'ai pas l'impression qu'on a terminé, c'est tout. Tu vois ce que je veux dire ?

– Ouais, je sais. C'est marrant, moi non plus.

McGinnes enfila une paire de lunettes de soleil.

– Faut que j'aille pisser.

– Moi aussi, dit Stefanos.

Ils se rendirent sur le côté de la rangée de boutiques désaffectées et urinèrent contre le mur en brique, côte à côte. McGinnes dessina ses initiales sur le mur en pissant, puis il referma sa braguette.

– Maintenant qu'on est là…

– Quoi ?

– T'es curieux, non ? Me dis pas le contraire.

– C'est vrai, je suis curieux. Et la liqueur de malt m'a niqué la tête, assez pour faire une connerie.

– Je veux juste voir de quoi il retourne. Peut-être qu'il y aura un peu plus de pognon à la clé.

– Peut-être.

– C'est moi qui leur parle.

– J'avais pas de doutes là-dessus.

Ils firent demi-tour et se dirigèrent vers le pavillon, au bout de la route.

– Où il est ? demanda Tutt.

– Qui ça ? répliqua Tyrell, assis dans son fauteuil.

– Fais pas le malin. Au téléphone, tout à l'heure, tu m'as dit que vous aviez le voleur.

– Oh, le petit oiseau blanc tombé du ciel ? fit Antony Ray. Celui qu'a l'aile cassée ? Chip, chip, chip.

Ray rigola et, se penchant par-dessus la table, tapa dans la main de Short Man Monroe.

Alan Rogers était assis dans un fauteuil, contre le mur. Il regardait Kevin Murphy, debout près de la porte.

– Kidnapper quelqu'un constitue un crime capital, au cas où votre bande de petits malins le saurait pas, reprit Tutt.

– Merci du tuyau, dit Tyrell.

– Vous avez intérêt à ce qu'il reste en vie. Ajoutez un assassinat aux autres accusations, et vous vous retrouvez avec une peine de mort automatique.

– Qui parle d'accusations, ici ? Vous allez m'accuser de quelque chose, agent Tutt ?

– On est plus à DC, ici, Tyrell. On est dans le Maryland et ils rigolent pas. Tu ferais bien de prévenir ton psychopathe de poche et le cousin Antony, aussi.

Monroe recula dans son fauteuil, passa son cure-dents de l'autre côté de sa bouche. Il fit lentement tourner le Glock sur la table, de manière que la poignée lui revienne dans la main.

– Ouais, ouais, fit Tutt. Je vois ton flingue, Short Man. T'es un gros dur, hein ? Super dur avec les petits garçons. Mais t'as vu ce qui t'arrive quand tu rencontres un homme de taille normale ? Le patron du magasin de disques, là, il t'a remis à ta place vite fait, hein ? T'as même été obligé de tuer deux gosses, après, pour redevenir un grand.

– Allez viens, fit Monroe en se levant. Si tu veux te fritter, viens te fritter.

Antony Ray posa la main sur la poitrine de Monroe et le força à se rasseoir.

– C'est pas l'heure, dit Ray.

Monroe fixa Tutt et sourit. Tutt expira lentement. Tyrell, les yeux dans la cheminée, passa son long doigt sur sa joue.

– Où est Golden ? demanda Murphy d'un ton très calme.

– Ah, notre voix de la raison ! dit Tyrell. Content de voir qu'on a un mec avec autant de sang-froid de notre côté.

– Où il est ? reprit Murphy.

Tyrell fit un geste élaboré de la main.

– La chambre sur la gauche.

– Il va s'en sortir ?

– Autant que je sache. Alan s'est occupé de lui, lui a donné à boire et à manger. Alan est amoureux, au cas où vous seriez pas au courant, et ça le rend tout sentimental et tout.

Murphy fit un signe de tête à Rogers.

– Alan a bien fait. Parce qu'il faut qu'il reste en vie.

Mon collègue a dit la vérité. C'est important pour nous tous qu'il reste en vie.

– Tout à fait d'accord avec vous, agent Murphy. Golden mort n'a aucun intérêt pour moi. Surtout tant que Clay et le mec blanc avec qui il bosse ont toujours notre tune.

– Qui t'a dit ça ?

– Eddie. Et Alan, Short et moi, on va voir M. Marcus Clay, ce soir, pour faire un petit échange. Voir si on peut se mettre d'accord sur d'autres points, aussi. Ça demandera peut-être un peu de persuasion, mais il y viendra.

Tyrell regarda Murphy d'un air curieux.

– Ça te pose un problème ?

Murphy ne répondit pas.

Antony Ray écarta les lamelles du store de la baie vitrée.

– Oh, merde. Qu'est-ce que c'est que ce bordel, maintenant ?

Ils regardèrent tous par la fenêtre. Deux blancs, l'un d'un certain âge, l'autre plutôt jeune, descendaient le chemin de gravier en direction du pavillon.

– Des flics, dit Monroe.

– C'est vrai ? demanda Tyrell.

Tutt plissa les yeux.

– Jamais vu ces deux-là.

– C'est une descente, ou quoi ? Parce que si…

– Je te dis, Tyrell, je crois pas que ce soit des flics.

– Allez vous planquer dans le fond, avec Murphy, jusqu'à ce qu'on pige ce qu'ils veulent.

Alan Rogers se leva et se colla contre le mur. Antony Ray resta assis. Monroe attrapa une serviette par terre et en recouvrit l'automatique qu'il tenait à la main.

– Viens, Murph, dit Tutt en montrant la cuisine d'un signe de tête.

– Je te suis.

Tutt contourna le canapé en piétinant les fils de l'Atari et entra dans la cuisine. Murphy le suivit mais il bifurqua et prit le couloir. Il dépassa la salle de bains, ouvrit la porte de la chambre et entra. Il referma la porte, les yeux sur la silhouette étendue sur le lit.

On entendit frapper à la porte du pavillon.

– Short, dit Tyrell. Mets-toi derrière moi. Si je me pousse et je te fais signe, tu descends ces deux enfoirés direct. Deux coups rapides à la tête. Perds pas de temps.

Monroe acquiesça, ajusta la serviette pour qu'elle recouvre le canon.

Tyrell se déplia de toute sa hauteur. Il ouvrit la porte.

Murphy s'agenouilla près du matelas. Eddie Golden était couché sur le côté, les jambes repliées contre la poitrine. Son poignet avait l'air d'une courge tordue, orange, violet et noir. Eddie leva sur Murphy ses yeux agités qui ne pouvaient plus se fixer.

– C'est qui ?

– Je m'appelle Murphy.

Il sortit son badge de sa veste et l'approcha du visage d'Eddie.

– Je suis un policier. Tyrell croit que je suis de son côté. Mais c'est pas vrai. Je suis là pour t'aider, Eddie. Tu comprends ?

Eddie souleva la tête.

– Sortez-moi d'ici.

– Je peux pas maintenant, chuchota Murphy. Je reviendrai te chercher tout à l'heure.

– Pas tout à l'heure, maintenant…

– Eddie, faut que je sache où est l'argent. Je vais le rapporter et leur donner pour qu'ils te laissent partir vivant.

– C'est Karras qui a l'argent. Le mec du magasin de disques…

– Arrête tes conneries. C'est plus à eux que tu parles, là, c'est à moi. Je connais Karras. Et je connais très bien

Marcus Clay. Ces deux-là n'ont dépouillé personne, Eddie. Maintenant, tu vas me dire où est l'argent, Eddie. Il est où ?

Ils entendirent des rires venir de l'autre pièce. Eddie grimaça, battit des paupières.

– L'argent, Eddie, l'argent. Ça va te sauver la vie.

Eddie se passa la langue sur les lèvres, les yeux fixes.

– Donna, dit-il. Mais faut surtout pas lui faire de mal.

– Je lui ferai pas de mal. Je te le promets, mec, il lui arrivera rien. Dis-moi où elle habite.

Eddie lui donna son adresse.

– Quand est-ce qu'elle y sera ?

Eddie lui dit à quelle heure elle quittait son boulot.

– Qu'est-ce qu'elle a comme voiture ?

– Une RX-7 rouge. Vieille…

– Bon, maintenant, écoute. Je reviens tout à l'heure. En attendant, Alan Rogers va s'occuper de toi. Et fais ce qu'il te dit, compris ?

Eddie hocha la tête.

Murphy s'approcha de la fenêtre à guillotine, évalua la distance jusqu'au sol, dehors. Il l'ouvrit, fit coulisser la fenêtre, remarqua qu'elle grinçait fort. Il jeta un dernier regard à Eddie et quitta la pièce.

Une fois dans le couloir, il vit Short Man Monroe qui levait sa main recouverte d'une serviette. Il apercevait la crosse de l'automatique par en dessous. Les deux qui s'approchaient de la maison tout à l'heure étaient maintenant sur le perron. Et Monroe pointait son flingue sur eux.

Nick Stefanos se mit à jouer avec la monnaie qui traînait dans sa poche pendant que Johnny McGinnes frappait à la porte de chêne grêlée. Derrière les murs du pavillon, on entendait une ligne de basse bien épaisse et quand la porte s'ouvrit en grand, Stefanos reconnut les cris de Kurtis Blow : « *It's tough, like Muhammad Ali/It's rough, like the Oakland Raiders*[1]... »

Puis, quand il eut remarqué le type debout dans l'embrasure de la porte et ceux qui l'entouraient, il ne fit plus du tout attention à la musique.

Celui qui se tenait devant eux devait faire deux mètres. Il avait des oreilles et un menton pointus, et des yeux vert bouteille. Une gargouille, se dit Stefanos en le regardant.

Un jeune homme noir, trapu et musclé, était près de la Gargouille, le nez couvert de gaze et de sparadrap. Il tenait ses mains couvertes d'une serviette en face de lui. Il a dû se faire mal aux mains aussi, pensa Stefanos.

Assis à une table ronde, un noir à la peau foncée, long de traits également, les regardait d'un œil dur. Un très jeune homme, debout contre le mur, fixait ses pieds. Sur la table se trouvait une balance, du genre de celles que Stefanos voyait dans les appartements où il achetait sa coke.

C'est une maison de dealers, pensa Stefanos, et ils n'essaient même pas de le dissimuler. Il comprit aussitôt qu'il était temps de repartir.

– Comment allez-vous ? dit McGinnes en tendant la main à la Gargouille, qui ignora son geste.

– Qu'est-ce que tu veux, mec ? T'es chez des particuliers, ici.

McGinnes sourit.

– C'est exactement la raison pour laquelle nous venons vous rendre visite aujourd'hui. Mon collègue et moi-même sommes représentants, agents immobiliers pour Cushion and Pushin'.

– Qui ça ?

– Cushion and Pushin'. Je m'appelle Richard Long. J'ai pas retenu votre nom.

1. « Aussi dur que Muhammad Ali/Aussi rude que les Oakland Raiders... » *(N.d.T.)*

– Je te l'ai pas dit.

Le Nez-masqué sourit.

– C'est quoi, ton nom, déjà ? reprit la Gargouille.

– Richard Long, dit McGinnes. Comme l'acteur. Celui qui jouait dans *The Big Valley*. Mais la plupart des gens m'appellent Dick.

– Ça m'étonne pas, dit la Gargouille, et tout le monde rigola[1].

McGinnes se racla la gorge.

– Enfin bon, nous quadrillons le quartier à la recherche de propriétaires qui voudraient mettre leur maison en vente sur le marché. Étant donné la situation, ces jours-ci, on peut obtenir davantage que la mise à prix. Beaucoup de gens en profitent…

– Ah ouais ? (La Gargouille haussa la voix.) Ça m'étonne qu'on vous ait pas donné une liste pour éviter de perdre votre temps avec des gens comme nous. Et quand je dis « des gens comme nous », je veux pas dire des négros. Je veux dire des locataires, *Dick*.

– C'est une belle journée, dit McGinnes. On s'est dit qu'on allait tenter le coup, comme ça.

Le regard de la Gargouille devint glacial.

– Mauvaise idée.

Stefanos vit le Nez-masqué lever la main. Sous la serviette, il aperçut le canon d'un flingue.

– Viens, Dick, dit Stefanos qui avait envie de courir mais ne voulait pas abandonner son ami.

– Vous allez nulle part, déclara la Gargouille en s'écartant de l'embrasure de la porte et en se tournant vers le Nez-masqué. Hein, Short ?

1. Jeu de mots. À cause de l'homophonie avec « dick », ou pénis en argot, c'est comme s'il disait : « La plupart des gens me traitent de couillon. » *(N.d.T.)*

Le petit blanc à la veste pourrie, c'est clair qu'il avait pigé de quoi il retournait. Ça se voyait dans ses yeux, qui passaient à toute allure de son collègue, celui qui se faisait appeler Dick, à Tyrell. Il essayait d'attirer l'attention de ce bon vieux Dick, il voulait dire : « Laisse tomber, mec, on se casse. »

Monroe se dit qu'il tuerait le plus jeune en premier, un trou dans la tempe quand il tournerait la tête. Puis le taré avec ses lunettes de soleil, ses rouflaquettes à la Evel Knievel[1] et ses cheveux peignés de travers sur le front. Vite fait, *pan-pan-pan*, avant qu'ils aient le temps de crier.

Monroe leva son flingue à hauteur de taille, visa autant que possible. Il s'était entraîné à tirer de la hanche, dans les bois, dégommant des bouteilles et des boîtes posées sur des souches, et il était devenu assez bon. Quand même, c'était pas évident de tirer de là où il était. Quoique, s'il les ratait, il pouvait toujours leur courir après et leur mettre une balle dans la tête devant la maison.

Il glissa son doigt sur la détente, serra la crosse du Glock dans sa paume.

Le jeune mec dit un truc, et Tyrell répondit un truc. Puis Tyrell s'écarta, tourna la tête, sourit et dit : « Hein, Short ? »

Le sourire de Tyrell s'évanouit. Monroe sentit une pression soudaine sur son épaule, des doigts qui s'enfonçaient dans le creux de sa nuque.

– T'auras pas besoin de ça, dit la voix de Kevin Murphy.

Monroe abaissa son arme. Murphy s'avança. Il vit les deux blancs sur le porche, un mec de vingt ans et quelques et une espèce de rigolo avec des lunettes de soleil.

– Ça ne nous intéresse pas, messieurs, dit Murphy, et il referma la porte.

Tyrell le regarda d'un sale œil.

1. Célèbre motard casse-cou. *(N.d.T.)*

– Putain, mais qu'est-ce que tu fous, mec ? demanda Monroe.

– C'est complètement idiot, dit Murphy. Vous pensez à rien.

– C'était forcément des flics, dit Tyrell. Et tu vas les laisser repartir comme ça ? Ils ont dit qu'ils étaient représentants, des agents immobiliers, une connerie comme ça.

– C'était forcément des représentants, dit Murphy. T'as vu leurs fringues ? Un flic assez malin pour mettre au point un déguisement aussi parfait, ça n'existe pas.

– C'est vrai, cousin, dit Antony Ray. Pour craindre, elles craignaient, leurs sapes.

– Le petit jeune, avec la vieille veste ? fit Monroe. Il saura jamais comment il a eu de la chance, aujourd'hui.

Nick Stefanos remarqua que sa main tremblait quand il enfonça l'allume-cigares. Il tira sur le levier, fit demi-tour et reprit la nationale. La Dodge cracha du gravier et fonça à toute blinde vers l'ouest.

– Ralentis, mec, dit McGinnes.

– Mon cul, ouais. (Stefanos alluma sa clope et lui jeta un regard de travers.) Fallait vraiment que t'ailles voir dans cette maison…

– T'étais aussi curieux que moi. Oh, et puis, laisse tomber ! On s'en est sortis, non ?

– Limite. Si y avait pas eu le mec à moustache, on serait encore sur le perron en train de chier dans notre ben… S'il avait pas claqué la porte…

– C'est vrai qu'il a jeté de l'eau sur le feu, hein ? Mais pourquoi ? C'est bizarre, ce mec…

– Quoi ?

– Je sais pas. Pas encore trouvé. (McGinnes se frotta le menton.) Mais j'ai ma petite idée.

Stefanos ralentit au feu rouge.

– Nick ? On retourne pas au boulot, hein ?

– J'ai dit à Louie qu'on revenait pas aujourd'hui.

– Gare-toi, alors. Je veux passer un coup de fil à Andre à propos de cette petite idée que j'ai. Et une bière me ferait vraiment pas de mal.

– Moi non plus. (Stefanos rit.) Dick Long. Putain, mais où t'es allé chercher ça ?

– Hé, pas de familiarités, le Grec. Pour toi, ça sera Richard Long.

Nick Stefanos aperçut une épicerie avec une cabine téléphonique devant. Il coupa la file de voitures en sens inverse et se gara.

Tutt sortit de la cuisine et s'arrêta devant Kevin Murphy.

– T'étais où ?

– Aux chiottes, répondit Murphy.

– C'était qui, ces mecs à la porte ?

– Des représentants. Allez, viens.

Ils vinrent se poster devant Tyrell qui s'était laissé retomber dans son fauteuil.

– On se casse, dit Tutt. Rappelle-toi ce que j'ai dit à propos de Golden. Vous pouvez pas le garder encore longtemps. T'as compris ?

– T'inquiète pas, dit Tyrell. D'ici ce soir, on aura tout réglé. Hein, Antony ?

– Ouais, fit Antony Ray.

– Je vous appellerai plus tard, dit Tutt. Pour savoir comment ça s'est passé avec Clay.

Tutt dévisagea Monroe encore une fois avant de partir. Murphy fit un signe de tête à Rogers, qui détourna les yeux.

Une fois dans la Bronco, Tutt mit la clé de contact et jeta un coup d'œil à Murphy, assis dans le siège passager, le regard droit devant lui.

– T'as l'air bien calme, aujourd'hui, dit Tutt. Ça te change d'hier soir.

– Fallait que je me ressaisisse, c'est tout.

– C'est bien que t'aies la tête froide. Parce qu'il va falloir qu'on prenne une décision, et sans tarder.

– Ah ouais ?

– Tyrell et sa bande, ils savent plus ce qui font. C'est ce qui arrive quand on se met au pieu avec une bande de…

– Une bande de quoi ?

– De petits malins, comme ça.

– Qu'est-ce que tu veux faire, alors ?

– Je sais pas encore. J'ai bien une idée générale, mais il faut que je réfléchisse. Prépare-toi à l'action quand j'aurai tout mis au point. Faut que tu me dises que t'es avec moi, collègue. Quoi que je dise, faut que tu sois derrière moi. On est d'accord ?

Murphy lui décocha un curieux sourire.

– Oui.

– Je te dépose à ta voiture. J't'appellerai plus tard, avec tous les détails.

– Donne-moi un peu de temps, dit Murphy. J'ai deux, trois trucs à faire avant.

Tyrell Cleveland appuya sur une touche du téléphone, attendit le signal. Il appuya encore sur plusieurs touches puis raccrocha.

– Qui c'est que t'appelles ? demanda Monroe.

– J'essaye de beeper Chink et Jumbo.

– Ils ont dû aller voir un film, dit Alan Rogers.

Tyrell était enfoncé dans son fauteuil, un doigt sur la joue.

– Tu sais, Short, dit-il, je commence à me dire que t'avais raison à propos de nos amis les flics. Ça sent l'embrouille. Je suis pas sûr qu'on ait encore besoin d'eux.

– Tutt, dit Monroe.

– C'est Murphy qui m'inquiète. T'as vu ses yeux, aujourd'hui ? On dirait un de ces négros de bénitier, complètement barrés sur le Seigneur. Il a plus peur de rien, on dirait, il est capable de tout.

Le téléphone sonna. Tyrell décrocha. Il écouta un moment, dit « Nan ! » et raccrocha violemment.

– C'est eux ? demanda Monroe.

– Non, une erreur, répondit Tyrell, son long visage marqué par l'agitation. Chink et Jumbo… Putain, mais ils sont où, ces abrutis ?

25

– C'est le tien ? demanda Chink Bennet en entendant le son d'un beeper.

– Ouais, dit Linney qui détacha le beeper de sa ceinture et plissa les yeux afin de distinguer les chiffres dans l'obscurité du cinéma. Tyrell et compagnie.

– Réponds pas tout de suite, d'ac ?

– J'suis d'accord. J'ai envie d'oublier un peu toutes ces conneries.

– Jumbo ? fit Bennet qui regardait d'un œil morne le gros plan d'une fille en train de sucer une bite de trois mètres de long.

– Quoi ?

– J'arrête pas de repenser à hier soir. Au môme qu'a eu un morceau de crâne arraché.

– Je sais, Chink. J'arrivais pas à m'endormir non plus, hier soir.

– Tu crois… Tu crois que le gosse a entendu le bruit de la décharge du flingue, ou pas ?

– Je peux pas te dire.

– Tu crois qu'il a vu quelque chose ? Ou c'était genre à un moment il pleurait sa mère et puis après plus rien ? Tu crois que c'est comme ça ? Tout d'un coup, plus rien ?

– J'en sais rien, moi. Ma tante, elle chantait un gospel, tu sais, à l'époque où elle faisait partie d'un chœur, à l'église. Ils parlaient d'aller rejoindre un endroit, « suave comme l'éternité », ils disaient, et ils arrêtaient pas de répéter ça. Toutes ces dames d'église, elles avaient l'air tellement content, putain, en chantant cette chanson. (Linney se frotta le visage.) Ça a l'air bien, non ?

– De toute façon, ça peut pas être pire qu'ici.

Ils regardèrent encore dix minutes de *Delicious*, sans parler. Le public du dimanche au Casino Royal Theater était mou et clairsemé.

– T'aimes bien Desireau Cousteau ? demanda Bennet.

– Pas mal.

– Elle vaut pas Vanessa, mec.

– Tu l'as dit.

– Allez viens, Jumbo, on se casse.

Ils retrouvèrent la Supra garée sur 14th Street. Bennet se mit au volant et Jumbo glissa sa grosse carcasse dans le siège passager. En entrant, sa tête heurta le petit sapin déodorant accroché au rétro qui se mit à se balancer d'avant en arrière.

– On ferait mieux de rentrer, non ? dit Bennet. Pour rapporter la tune à Tyrell.

Il s'assura que la boîte de Nike orange pleine de liquide était toujours sous le siège.

– Ouais, on devrait y aller, dit Linney.

La Supra se mit en route. À une trentaine de mètres de là, une Monte Carlo couleur or fit de même.

Bennet se sentit mieux en conduisant ; il contourna le Capitol, prit Maryland Avenue en direction de Northeast Washington et rejoignit Benning Road. Linney avait trouvé une cassette de Experience Unlimited dans la boîte à gants et l'avait mise à fond, fenêtres baissées. Il faisait pas trop froid, aujourd'hui ; rien que de regarder le soleil, ça les réchauffait.

– Experience Unlimited, ils assurent, dit Linney.

– Trop classe, dit Bennet en tapant dans la main de son pote.

Bennet aperçut une fille en jean moulant qui descendait la rue. Il leva le pied.

– Hé, Jumbo, mate un peu la meuf, elle fait de la pub pour Jordache[1].

– Et pourquoi tu ralentis, mec, tu vas l'inviter à dîner ? Parce que, dans ce cas-là, tu ferais mieux de trouver un bottin pour t'asseoir dessus d'abord, sinon elle verra pas ta petite tête par la fenêtre.

Bennet fit comme s'il n'avait pas entendu et se mit à chanter par la fenêtre ouverte :

– *You got the look I want to know bet-tah*[2]…

La fille leva les yeux au ciel et s'arrêta de marcher jusqu'à ce que la Supra l'ait dépassée.

– C'est trop tôt pour brancher les filles, décréta Bennet. Les vraies meufs, elles sortent le soir.

– C'est ça, on reviendra tout à l'heure quand il fera nuit, Chink ; comme ça, je verrai ton charme opérer.

Ils arrivèrent dans le quartier de Kingman Park. Jumbo se frotta le ventre, montra du doigt une petite épicerie.

– Hé, gare-toi, négro, faut que je m'achète un truc à bouffer.

– Putain, Jumbo, mais t'as pas assez bouffé aujourd'hui ? Tu t'es enfilé cinq chili dogs, chez Ben, tout à l'heure, quand on a fini de récolter l'argent.

– Gare-toi, Chink, bordel.

Bennet se gara devant l'épicerie au rideau de fer à demi baissé sur la devanture.

– On dirait que c'est fermé, dit Bennet.

– Pas encore. Allez, viens, mec.

– Je veux rien.

1. Marque de jeans. *(N.d.T.)*

2. « Avec ce look, on a envie de te connaître… » Slogan publicitaire de la marque en question. *(N.d.T.)*

– Viens, je te dis.

Bennet et Linney entrèrent dans la boutique. Deux minutes plus tard, une Monte Carlo couleur or se garait derrière la Supra. L'homme au volant coupa le moteur. Avec celui qui était assis près de lui, ils sortirent de la voiture et se dirigèrent vers l'épicerie. Ils enfilèrent un bas noir sur leur visage et dégainèrent un revolver avant d'entrer.

– Hé, mama San ? dit Linney. Où c'est qui sont, tes sodas ?

– Sodas dans le fond, dit la Coréenne au visage rond debout derrière le comptoir.

À ses pieds, son fils de quatre ans faisait rouler une petite voiture sur le sol tout gras. La femme et son père observèrent le gros noir qui se dirigeait vers l'arrière du magasin, tout en gardant un œil sur le petit type pâlot qui était entré avec lui.

À travers les lamelles du rideau anti-émeute, Bennet vit une Monte Carlo dorée ralentir et se garer. Il jeta un coup d'œil autour de lui, remarqua sur le mur la trace d'une vieille enseigne, un logo de trois lettres disparu depuis longtemps.

– Hé, Jumbo ! fit Bennet. T'as vu, c'était une ancienne boutique DGA comme y en avait partout dans le temps. Y en avait une près de Barry Farms, tu te rappelles ?

Linney remontait l'allée du magasin d'un pas lourd, une bouteille de lait chocolaté Yoo Hoo à la main. Ses hanches frôlaient les rayons des deux côtés. Il attrapa un gros sac de pork skins [1] sur une étagère sans s'arrêter.

– Regarde-moi ça, dit Bennet, t'arrives même plus à passer.

1. Spécialité américaine : morceaux de gras grillés, en forme de chips. *(N.d.T.)*

– Tu prends rien ?

– Je garde la ligne pour les filles.

– Oh, lâche-nous un peu avec ça.

Linney et Bennet s'approchèrent du comptoir. Deux hommes cagoulés, un revolver à la main, déboulèrent dans le magasin.

– Reculez, bordel ! hurla le premier, en pointant son arme, un revolver à la crosse entourée de Scotch noir, sur la femme à la caisse.

Linney et Bennet reculèrent d'un pas ; Linney berçait le sac de pork skins et la bouteille contre sa poitrine. Bennet se mit à glousser. Il fit tout son possible pour réprimer le bruit de son rire mais celui-ci se répercuta dans le magasin.

La femme prit son enfant dans les bras et tourna le dos aux hommes cagoulés. Le vieux leva les mains.

– Prenez argent ! dit le vieux. Pas tirer !

– On en veut pas de ton putain d'argent, Chang. Allez vous planquer dans la pièce du fond tous les trois. Allez, dégage !

Les Coréens se précipitèrent vers la réserve. Le deuxième type passa derrière le comptoir et les suivit dans le fond.

– Qu'est-ce que t'as à rigoler, petit mec ? demanda le chef, en pointant son flingue alternativement sur Linney puis sur Bennet.

– J'peux pas m'empêcher, répondit Bennet, qui essayait de s'arrêter de glousser mais n'y arrivait pas. Faut pas le prendre mal !

Linney regarda le leader dans les yeux.

– Allez, calme-toi, frangin…

– Frangin ? reprit le type. J'ai pas de frangin, mec. J'en avais un qui s'appelait Wesley Meadows. Tu sais, « Chief »… Mais il s'est fait buter hier soir, par vous deux…

Antoine Meadows releva son collant et découvrit son visage.

– Oh, merde, dit Bennet.

– On y est pour rien, nous ! dit Linney.

– Et en plus il ment, cet enfoiré, dit Meadows.

La bouteille de Yoo Hoo glissa des mains de Linney et se brisa sur le sol carrelé.

– Chink, dit Linney en se rapprochant, son torse énorme comme un bouclier devant Bennet.

Meadows visa le sac de pork skins ; la balle traversa le cœur de Linney.

Le sang jaillit en tache de Rorschach au milieu de la fumée et Linney bascula en arrière, les bras moulinant l'air. Chink Bennet recula, trébucha et tomba par terre. Linney tomba par-dessus lui et le cloua au sol.

Antoine Meadows avança d'un pas. Sa main qui tenait l'arme tremblait violemment. Il jeta un coup d'œil autour de lui. Puis dans la rue. On lisait de la peur et quelque chose de sauvage dans ses yeux.

– Tu t'es vu, petit cow-boy de mes deux ? Y a ton cheval qui t'est tombé dessus ? Tu devrais te voir, petit mec…

Chink Bennet ne pouvait plus remuer les jambes. Et il ne pouvait pas s'arrêter de glousser. Il gloussait et des larmes coulaient sur ses joues.

Meadows arma le chien.

– Qu'est-ce que t'as à rigoler, encore, petit mec ? Tu sais pas que tu vas crever ?

Bennet vit le chien retomber. Il se demanda s'il entendrait quelque chose.

26

– Y a du neuf ? demanda Dimitri Karras.

– Que dalle, répondit Marcus Clay en jetant un regard circulaire à sa boutique vide.

– J'ai téléphoné au boulot de Stefanos. J'ai eu un mec du nom d'Andre. Il m'a dit qu'ils avaient appelé pour lui poser quelques questions. Et qu'ils ne revenaient pas de la journée.

– Tu crois qu'ils vont m'appeler ?

– Oui oui. Mais je me disais que je pourrais déposer l'argent chez le grand-père de Stefanos. Je voulais voir le vieux, de toute façon. J'ai pensé à lui tout à l'heure, en allant rendre visite à ma mère. Mon père a travaillé pour lui, dans les années 40. Il tenait un resto, Nick's Grill, à l'angle de 14th et S Street.

Clay sourit.

– Je me souviens de cet endroit. Avec George Dozier, on y allait tout le temps jouer au flipper, quand on était petits. J'ai toujours été intrigué par les personnages qui tenaient l'endroit, ces deux Grecs à peine descendus du bateau qui servaient de la soul food aux frangins du quartier. En fait, l'homme dont tu parles, il m'a chopé un jour en train de mettre une fausse pièce dans le flipper. Il m'a fait balayer toute la boutique et après il m'a donné un rouleau de nickels pour que je puisse jouer. Sévère et gentil à la fois. C'est ce qu'il pouvait faire de mieux pour moi, à l'époque.

– Ça te dit d'aller faire un tour ?

– Ouais, ça me rend barjo de rester ici sans rien faire.

Karras gara sa BMW à l'angle de 17th et Irving Street, dans le quartier de Mount Pleasant, et les deux hommes remontèrent 17th où ils bifurquèrent dans une allée. Karras avait rendu visite à Stefanos une fois, depuis que celui-ci lui avait demandé de donner des conseils à son petit-fils, dix ans plus tôt. Karras savait que les habitants des pavillons d'Irving Street utilisaient la porte sur l'allée comme entrée principale. La quatrième maison était celle de Nick.

Karras frappa à la porte. Par la fenêtre, ils virent un vieil homme s'approcher en s'appuyant sur une canne. Il défit deux verrous et la porte s'ouvrit en grand.

– Monsieur Stefanos ?

– Ouais ?

Le vieil homme plissa ses yeux laiteux, glaucomateux, qui regardaient loin derrière Karras. Il avait perdu tous ses cheveux, à l'exception de quelques mèches peignées en travers de son crâne tavelé. Il s'était tassé, aussi, mais ses mains en revanche n'avaient rien perdu de leur immensité. Ses épaisses lunettes d'écaille reposaient de travers sur son nez large.

– Dimitri Karras.

Le vieil homme les gratifia de son large sourire.

– *O yos tou Panayoti Karras ?*

– C'est moi. Le fils de Pete Karras. Et j'ai amené un ami, monsieur Stefanos.

– Marcus Clay.

Clay tendit la main au vieux qui la serra.

– *Ella*, dit-il avec un geste de sa main libre. Entrez donc. J'étais justement en train de faire un petit café.

Ils pénétrèrent dans une pièce qui avait dû être une chambre véranda, maintenant entièrement fermée par des cloisons en lambris. Un vieux canapé recouvert de couvertures afghanes s'y trouvait, près d'un fauteuil inclinable en cuir vert rafistolé de chatterton par endroits. La télévision, collée contre le mur, était allumée. Sur l'écran, Steve McQueen disputait une partie de carte à Eddie Robinson.

– Asseyez-vous, dit Stefanos. Vous prenez du café tous les deux ?

– Ça serait parfait, dit Karras tandis qu'il prenait place sur le canapé avec Marcus.

– Regardez un peu la télé, si vous voulez. Sur Playhouse Five, avant, ils passaient des westerns de Randolph Scott le dimanche après-midi. Plus maintenant. Mais McQueen, il est pas mal. Il fait un bon cow-boy.

– Vous inquiétez pas, dit Karras. Prenez votre temps.

Stefanos revint dix minutes plus tard, apportant trois petites tasses et leurs soucoupes sur un plateau, la canne accrochée à l'avant-bras. Ils ne lui proposèrent pas de l'aider.

Il posa le plateau sur une petite table basse près du canapé. Chacun se servit, pendant que Stefanos s'installait dans son fauteuil inclinable.

Clay jeta un coup d'œil dans sa petite tasse en céramique peinte, sortie tout droit d'une dînette. Elle était à demi remplie d'un liquide épais et noir comme du goudron. Il but une gorgée de caféine amère.

– Qu'est-ce qui t'amène ? demanda Stefanos, le visage tourné vers le soleil qui traversait les fenêtres de la véranda.

– Je voulais vous déposer ça, dit Karras en fourrant un billet plié dans la grande main de Stefanos. Je dois de l'argent à votre petit-fils. Ça m'a donné une excuse pour venir voir comment ça allait. J'ai rendu visite à ma mère aujourd'hui et j'ai pensé à vous.

– Elle est où, Eleni, aux Portes du Paradis ?

– Oui, avec mon père.

– Hmm. Moi, j'irai à Brentwood, avec tous mes amis.

Stefanos glissa le billet dans la poche poitrine de sa chemise écossaise.

– Qu'est-ce que c'est, que je puisse le dire à Niko, au cas où il téléphone ?

– Cent dollars.

– Ah oui ? (Stefanos sourit.) Et qu'est-ce qu'il a fait pour gagner ça ?

– Il a suivi quelqu'un pour moi et Marcus.

– Avec son copain McGinnes, c'est ça ?

– C'est ça.

– Quel bouffon, celui-là. (Stefanos tourna la tête.) Tu as vu Niko, ou juste parlé au téléphone ?

– Je l'ai vu l'autre soir.

Et je lui ai mis de la poudre premier choix plein le nez.

– Il t'a paru comment ?

Déchiré. Et tout tendu à l'intérieur.

– Il avait l'air en forme, dit Karras.

– Il est pas heureux, dit Stefanos. Il a épousé une *Amerikanitha*, elle le pousse toujours à travailler plus dur, à grimper les échelons, à devenir sérieux, tout ça. C'est moi qui l'ai élevé, tu sais, il est comme mon fils. C'est mon fils. Je me fais du souci pour lui.

– Faut qu'il trouve sa voie, dit Karras.

– Les jeunes, aujourd'hui, ils pensent qu'à faire *chrimata*, comme si l'argent c'était tout ce qui comptait. C'est pas l'argent, c'est le chemin, *katalavenis* ?

– Bien sûr, je comprends.

– Ce qui compte, c'est de prendre plaisir à ce que tu fais, jour après jour. (Stefanos but une gorgée de son café turc.) Aaah… Enfin bon. Et toi, qu'est-ce que tu fais, *re* ?

– Je travaille pour Marcus qui est ici.

– O Mavros ?

– Ne.

– Qu’est-ce que tu fais, Clay ?
– Je suis propriétaire de quelques boutiques de disques, monsieur Stefanos.
– Appelle-moi Nick.
– OK, Nick.
– Bravo. C’est bien d’être son propre patron, hein ?
– Oui, c’est bien. Ça tape un peu sur les nerfs, les jours de paye, mais c’est bien.
– Moi aussi, j’avais une affaire, à l’angle de 14th et S Street.
– Je connais. Nick’s Grill.
– C’est ça !
– On a eu une bonne discussion, vous et moi, quand j’étais petit.
– J’espère que je t’ai bien traité.
– Tout à fait.
Stefanos sourit de guingois.
– Ouais, y a rien de tel que d’avoir son affaire à soi. Surtout pour moi, qui venais d’une cabane en pierre dans la montagne, avoir un restaurant… Rien que de mettre la clé dans la serrure, chez moi, tous les matins… C’était quelque chose.
– À vous entendre, ça avait l’air facile, dit Clay.
– Pas toujours. (Stefanos fronça les sourcils.) Une fois, y a des types qui sont venus pour me piquer de l’argent, chez moi, dans mon propre resto. Ton père était là, Thimitri ; ça devait être en, je sais pas, 1949. Nom d’un chien, presque quarante ans. *O patera sou*, et Costa, et un type qui s’appelait Lou DiGeordano. Et le grand *mavros* qu’on appelait Six et qui faisait le videur chez moi, à l’époque. Je me rappelle ce que j’ai ressenti en pensant que ces hommes allaient me piquer un bout de mon affaire, quelque chose que j’avais construit avec mes mains, à la sueur de mon front.
Clay regarda le vieil homme.
– Et comment vous vous en êtes tirés, Nick ?

On les a massacrés comme des animaux dans l'arrière-boutique. On les a tués avec des machettes et des pistolas et on les a découpés en morceaux.

Stefanos reposa sa tasse et sa soucoupe sur la table basse.

– On les a convaincus de nous laisser tranquilles. (Il tourna son regard vide vers Clay.) C'était important de faire passer un message clair. Vous devez savoir de quoi je parle, Clay, vous qui avez une affaire, aussi ?

– Oui, répondit Clay.

Karras termina sa tasse.

– Va falloir qu'on y aille, Nick.

– Hokay, mon garçon. Et merci de t'occuper de Niko.

– Pas de quoi.

– Je suis content de vous avoir vu, dit Clay en serrant la main du vieil homme. Vous dérangez pas, on retrouvera la sortie.

– Ravi de t'avoir rencontré, Clay. Salut, Dimitri.

Ils le laissèrent sur la véranda, les yeux grands ouverts sur les images troubles de son écran de télévision. Il écouta la porte qui se refermait et leurs pas qui descendaient les marches en fer donnant sur l'allée.

Nick Stefanos ferma les yeux. Il sourit lentement aux images qui se déroulaient dans son esprit : des femmes blondes en robe à fleurs, des hommes en costume à rayures et feutre mou, un tablier blanc amidonné, une bouteille de bière Ballantine bien fraîche, une Buick rutilante, des jetons rouges et noirs et des cartes à jouer sur un tapis vert, du lard qui grésille sur le gril, le ciel étoilé au-dessus de Meridian Hill Park, une brise tiède venue de l'eau à Hains Point… Les rues larges et propres d'une ville toute de promesses disparue à jamais.

– Putain, je suis défoncé, dit Clay. J'ai l'impression que je vais me bouffer la langue.

– C'est le café turc, dit Karras qui avait pris 16th Street pour redescendre la colline, celle qui longeait le parc autrefois appelé Meridian Hill et rebaptisé Malcolm X.

– Ça doit être pour ça qu'ils t'en servent que la moitié d'une demi-tasse.

– Uh-huh.

– Si t'en bois assez, à mon avis t'as plus besoin de ta poudre, là, pour être raide.

– Je crois que j'en aurais besoin quand même, répondit Karras d'une voix douce. Elle m'aime trop, si tu vois ce que je veux dire.

– Ouais, je vois. Moi, je m'y suis jamais mis, à cette dope. J'ai essayé une ou deux fois, mais je me suis dit qu'un truc qui te faisait te sentir aussi bien, ça devait être louche. Et j'avais raison. Je veux dire, regarde ce que ça fait faire aux gens ! Avec l'herbe, il s'agissait d'être ensemble, de partager. Avec la coke, quand tu vas à une fête, maintenant, tout le monde est toujours en train de disparaître, de se planquer, tous tellement préoccupés de leur prochain rail qu'ils arrivent même pas à se détendre avec leurs amis. Enfin, quand ils en ont encore, des amis…

Karras sentit le regard de Clay se poser sur lui.

– Tu dis ça pour nous, Marcus ?

– Non. Toi et moi, on restera toujours amis, je pense. Mais ça fait un moment que je te vois te barrer là-dedans. Gaspiller de l'argent que ta mère a passé sa vie à économiser. Ça me fait du mal de voir ça… Enfin, t'es grand. Tu sais bien qu'il faudra que tu laisses tomber, un jour. Ce que je me demande, c'est est-ce que tu réfléchis, des fois, à la façon dont ça affecte le monde qui t'entoure ? Tu sais qu'à chaque fois que t'achètes un gramme, tu nourris le dragon qui pousse des gosses à s'entre-tuer dans les rues de la ville ?

– J'y pense. Et j'en suis pas fier.

Clay se pencha vers lui.

– Et tu sais quoi, Dimitri ? Le pire, c'est que, depuis, tu me mens. Cette dope, ça te pousse à ça. Et tu m'avais jamais menti, avant.

Karras acquiesça.

– Je sais ce que j'ai à faire. La seule chose que je peux te promettre, c'est que je vais essayer.

Ils redescendirent U Street, calme et presque déserte. Karras gara la 325 devant le magasin. Clay, toujours assis sur son siège, gardait les yeux rivés sur le pare-brise.

– Tu viens ? fit Karras.

– Ouais. J'arrive pas à me sortir le vieux de la tête, c'est tout. Ce qu'il a raconté, à propos des mecs qu'avaient essayé de le braquer dans sa propre boutique, ça m'a vraiment touché. Ça m'a fait repenser au début, quand j'ai démarré. Comment je la voulais, cette affaire. Et comment je baisse les bras, ces derniers temps ; je la laisse échapper. Ça m'a fait penser à ce soir, aussi. À Tyrell Cleveland et sa bande qui pensent qu'ils vont débarquer chez moi et me dire ce que je dois faire.

– Et alors ?

– Alors ça va pas se passer comme ça. Et c'est pour ça qu'un peu de renfort nous ferait pas de mal.

– Tu penses à qui ?

– Al Adamson, dit Clay. Tu te souviens de lui ?

Al Adamson avait la tête sous le capot d'une Lincoln 1963 quand le téléphone sonna dans son garage. Il déplaça la lampe baladeuse, s'essuya les mains sur un chiffon et décrocha.

– Oui… Marcus, comment tu vas ?

Adamson écouta Marcus parler. Puis il dit :

– J'arrive. Tu veux que j'apporte quelque chose ? T'es sûr ? OK, à tout de suite, alors.

Adamson se doucha, passa des vêtements sombres et redescendit dans son garage. Il n'avait vu Marcus que deux fois depuis le Vietnam. Une fois dans la rue, en 82, et durant cette embrouille qui s'était passée pendant le week-end du bicentenaire, en 76. Le frère d'Al, Rasheed, travaillait dans la première boutique de Marcus, sur Dupont Circle. Quand Rasheed avait connu une fin tragique à cause d'une bande de violents salopards débarqués du Sud, Marcus avait aidé Al à venger son frère. Ils n'avaient pas besoin de se voir souvent pour que le lien entre eux continue d'exister ; Marcus savait que le jour où il avait besoin d'Al, il serait toujours là.

Al Adamson prit son couteau Ka-Bar à gaine dans le dernier tiroir de son meuble à outils. Il le glissa dans un genre de holster qu'il avait trafiqué pour pouvoir l'accrocher sous son aisselle, et l'ajusta afin que le manche reste bien collé contre sa poitrine. Il enfila une veste noire pardessus son T-shirt en filet de maille noir et remua les épaules. Plus tard, dans le miroir en pied de sa chambre, il admira le tombé de la veste, avant de lacer ses chaussures vernies en serrant bien fort.

« Pas de flingues », avait dit Marcus. Les couteaux, il n'en avait pas parlé.

Debout devant la vitrine, Marcus Clay observait U Street plongée dans l'obscurité. Cootch était rentré chez lui après avoir terminé la paperasse. Clay et Karras s'étaient enfermés dans la boutique. Monté sur une échelle, Karras accrochait au mur un grand poster de Janet Jackson que lui avait offert un représentant.

Près de la caisse, le téléphone sonna.

– J'y vais, dit Clay en décrochant le combiné.

Puis, en plaçant la main dessus :

– C'est le fameux McGinnes.

Karras descendit de l'échelle et traversa la pièce.

– Tu peux me parler, dit Clay dans l'appareil. Parle plus fort, mec, je t'entends pas.

– C'est parce que je suis dans un bar, répondit McGinnes qui se tenait debout près du téléphone à pièce de La Fortresse, un verre de scotch plein à la main.

À moitié fait, Nick Stefanos s'appuyait au mur, un verre de bourbon à la main, une Camel allumée coincée entre les doigts.

– Raconte.

– On a suivi ton mec. Voilà l'adresse.

Clay la nota.

– Qui est-ce qu'il allait voir ?

McGinnes décrivit la bande qu'ils avaient vue, les voitures, la balance sur la table, le flingue sous la serviette.

– Bien joué, dit Clay.

– Tu prends la qualité, on te sert la qualité, répondit McGinnes. Tu veux parler à Nick ?

Clay s'adressa à Karras :

– T'as quelque chose à dire à Stefanos ?

– Dis-lui d'aller voir son grand-père.

– Il dit que Stefanos devrait aller voir son grand-père. De toute façon, il y sera bien obligé, parce que c'est là qu'on a laissé les cent dollars. Et puis faut qu'il y aille.

– On se disait que tu serais peut-être prêt à arrondir les cent dollars, vu toutes les infos supplémentaires qu'on te rapporte, dit McGinnes.

– Si t'en veux plus, faut m'en donner plus, dit Clay.

– D'accord, dit McGinnes. Alors, écoute. Ton flic musclor, là, il a retrouvé quelqu'un avant d'aller chez les dealers. Un type noir, beau gosse, avec une moustache. Ils y sont allés ensemble. Il m'a semblé le reconnaître, alors j'ai téléphoné au magasin et j'ai demandé à un des vendeurs de feuilleter mes fiches. Il se trouve que je lui ai vendu une télé, une belle Mitsubishi, y a deux ou trois mois de ça. Il s'appelle Kevin Murphy. Ouais, Murphy. Non, je confonds pas. Comme j'le dis toujours à Nick, j'oublie jamais la tête d'un client… Hé, t'es toujours là ? Allô ?

– Qu'est-ce qui s'est passé ? demanda Stefanos.

– Il m'a raccroché au nez. Bonjour la reconnaissance !

– Il a dû être coupé. De toute façon, on a la tune, non ?

– Ouais, chez ton papa.

– *Papou.*

– C'est ça. Allez, bois un coup avec moi avant d'y aller. Faut s'en jeter derrière la cravate quand on est à La Fortresse.

– Je suis déjà bourré.

– Allez, le Grec, juste un !

– OK, dit Nick Stefanos. Juste un.

– Qu'est-ce qui va pas, Marcus ?

– Attends, faut que je passe encore un coup de fil.

Clay fit un mauvais numéro, jura, en composa un autre.

– Clarence Tate.

– Clarence, c'est Marcus.

– Marcus, j'arrive…

– Très bien. Mais en fait, j'appelais pour Denice. Elle est là ?

– Juste à côté.

– Passe-la-moi.

Clay tapota du crayon sur le comptoir.

– Denice ? Ça va. Écoute, j'ai une question à te poser.

– Vas-y.

– L'autre soir, quand Tutt, le flic, était dans la rue avec toi, Rogers et Monroe, est-ce que t'as vu son collègue, par hasard, Kevin Murphy ?

– Oui, dit Denice. La plupart du temps, il était à l'épicerie mais à la fin il est ressorti. Il a calmé un peu tout le monde. Il était très gentil…

– Pourquoi tu me l'as pas dit plus tôt, Neecie ?

– Parce que tu me l'as pas demandé. Pourquoi tu t'énerves comme ça, Marcus ?

– T'inquiète pas pour ça. Merci. C'est tout, je pense… tout ce que je voulais savoir.

Clay raccrocha le combiné. Regarda Karras.

– Appelle Donna, dit Clay.

– Elle doit pas encore être rentrée du boulot.

– Alors, laisse un message sur son répondeur. Dis-lui de laisser entrer personne chez elle.

– Personne personne ? demanda Karras qui vit une ombre traverser le visage de Clay.

– Personne personne. Pas même un flic.

– À cause de Tutt ? dit Karras.

– Pas que de Tutt, répondit Clay en secouant la tête. De Murphy, aussi.

27

Du deuxième palier de l'escalier extérieur de l'immeuble de Donna, Kevin Murphy observait la circulation sur Georgia Avenue en caressant sa moustache. Il jeta un coup d'œil à sa montre : si elle rentrait directement du travail, elle allait pas tarder. En relevant la tête, il remarqua une RX-7 rouge, vieux modèle, pleine de taches de rouille, qui pénétrait sur le parking et venait se garer devant l'immeuble.

Murphy se plaqua contre le mur de brique. Il vit Donna fermer sa voiture à clé et monter sur le trottoir, le pas alerte, de jolies guibolles qui dépassaient d'une minijupe noire, avec des collants noirs assortis à sa coiffure de rock star. Pas mal, comme nana. Bien sûr, elle avait quelques heures de vol au compteur – à moins d'être aveugle, personne ne l'appellerait plus « Mademoiselle » – mais elle était bien, dans le genre cuir tanné, brut et presque dur. Il allait lui tomber dessus d'un instant à l'autre, maintenant, et s'il avait de la chance, peut-être que cette fille coriace ne paniquerait pas.

Murphy se mit à dévaler tranquillement les escaliers comme s'il était chez lui, le menton levé, et quand il passa près d'elle, suffisamment près pour sentir son odeur, il lui adressa un sourire amical, ni dragueur ni menaçant. Son trousseau à la main, une des clés sortie, elle le contourna en lui rendant un sourire cordial pour s'arrêter devant la porte de son appartement, numéro 21.

Murphy s'assura que le parking était vide, puis s'empara du bras de Donna. Une main sur le point sensible derrière l'articulation du coude, pas assez pour lui faire vraiment mal mais suffisamment pour qu'elle sente qu'il en était capable. L'autre main sur la bouche.

Elle se cabra quand il voulut la pousser contre la porte.

– Pas de panique, Donna, dit-il d'une voix douce, ses lèvres contre son oreille. On va rentrer tranquillement, d'accord ?

Donna acquiesça. Il relâcha la pression sur les nerfs de son coude et vit les muscles de son visage se détendre. Il maintint sa paume en bâillon sur sa bouche, en surveillant la clé qu'elle tenait à la main afin qu'elle n'essaie pas de lui arracher un œil avec.

Elle ne trouvait plus la bonne clé, maintenant.

– Vite, dit Murphy. Je ne plaisante pas.

Un instant après, ils étaient dans l'appartement et Murphy referma la porte derrière lui. Donna s'aplatit contre le mur de l'entrée.

Murphy plongea la main dans sa veste.

– Non, fit Donna.

Murphy en ressortit sa carte et la lui mit sous le nez.

– Je suis un policier. Je suis venu pour t'aider, Donna. Toi et Eddie.

– Eddie ? Où il est ?

– T'occupe pas de ça. Où est l'argent ?

– Je ne…

– Ne perdons pas de temps, Donna. J'ai besoin de voir l'argent et tout de suite.

Donna était figée contre le mur. Elle voulait bouger. Ne pas montrer sa peur. Mais elle était clouée sur place.

– Donna ! cria Murphy, et son nom se répercuta dans l'appartement.

Son cri la décolla du mur. Murphy la suivit dans le salon. En passant, Donna vit que la lumière rouge de son répondeur clignotait. Elle s'arrêta sur le seuil de sa chambre et sentit que ses genoux se mettaient à trembler.

N'entre pas là-dedans avec lui. Non. N'importe qui peut acheter une fausse carte…

Murphy posa le plat de sa main sur son épaule et la poussa gentiment en avant. Une fois dans la chambre, Donna se retourna pour lui faire face.

– L'argent, dit-il.

Donna sortit la taie d'oreiller du placard et la lui tendit. Il la posa sur le lit et fouilla dedans. Il en retira une liasse de billets retenue par un élastique, la compta, fit de même avec une deuxième. De grosses larmes roulaient sur les joues de Donna.

– Je te vole tes rêves, c'est ça ?

Donna secoua la tête.

– Non. Je pense à Eddie.

– C'est bien. C'est à lui qu'il faut penser. Il est en vie. Mais ceux qui l'ont enlevé, ils lui en ont fait baver. Et tu sais quoi ? Il n'a pas prononcé ton nom une seule fois. Il les a jamais mis sur ta trace.

Murphy pensa à Wanda, étendue sur son lit.

– Quelqu'un qui t'aime comme ça et qui continue à t'aimer malgré toute la douleur qu'on lui fait subir, il faut le garder, tu sais ?

– Eddie a fait ça ?

– Ouais, dit Murphy en laissant tomber les deux liasses sur le lit.

– Je… Je veux qu'on me le rende.

– Je vais te le rendre, Donna. (Murphy désigna les billets d'un geste du menton.) Y a cinq mille dollars, là. Toi et Eddie, prenez-les et fichez le camp. Ça va péter, tu comprends ? Et ceux qu'il a dépouillés n'oublieront jamais.

– Vous prenez le reste ? demanda Donna, aussitôt honteuse des paroles qu'elle venait de prononcer.

Honteuse, d'abord, puis inquiète.

Murphy se redressa, referma sa main sur la taie d'oreiller, la mâchoire serrée. Il s'avança, s'arrêta à une trentaine de centimètres de Donna.

Les épaules de Donna furent prises de convulsions. Ses yeux étaient gonflés par la peur, ivres de confusion. Murphy leva la main pour essuyer les larmes de son visage. Donna recula, retomba contre le mur de la chambre.

– Je vous en prie, me faites pas mal, dit-elle.

– Je vais pas te faire mal, dit Murphy en penchant la tête d'un air étrange. Je suis un flic.

Derrière la vitrine, Clay, Karras et Tate virent une Lincoln jaune canari se garer de l'autre côté de U Street. Al Adamson, crâne rasé, barbe taillée de près et lunettes cerclées d'écaille, sortit de la voiture et traversa la rue. Karras remarqua aussitôt le dessin de ses biceps sous sa veste noire.

– Al a pas l'air de rigoler, dit Karras.

– Non, dit Clay.

– Je vois qu'il bosse toujours sur ses Continental.

– C'est sa spécialité.

– Ça, et niquer les gens, ajouta Karras.

– On se sent tout de suite plus fort, hein ? dit Clay. Rien que de savoir qu'il est de notre côté.

Tate fit entrer Adamson, qui lui serra la main puis échangea avec Clay une poignée de main particulière qu'ils avaient mise au point dans le temps, sur le front.

– Ça me fait plaisir de te voir, mec.

– Et moi !

Adamson adressa un signe de tête à Karras, une lueur dans le regard.

– Alors, Karras, ça fait longtemps ! Où est passée ta chemise hawaïenne ?

– Ça fait vraiment longtemps, répondit Karras.

– Vous avez entendu la radio ? demanda Adamson.

– Quoi ? fit Tate.

– Y a eu une nouvelle fusillade aujourd'hui, du côté de Kingman Park, cette fois-ci. Deux jeunes frangins qui se sont fait descendre dans une épicerie. Les agresseurs n'ont pas touché aux propriétaires du magasin. Ça ressemble à un règlement de comptes entre gangs. Si on ajoute les deux gamins d'hier soir et la demi-douzaine qui s'est fait tuer ailleurs, en ville, je crois qu'on arrive à une espèce de record à DC. Le mec à la radio a dit qu'on appelait déjà ça le « week-end rouge ».

Les hommes restèrent silencieux ; Adamson retira ses lunettes et les embua de son haleine. Puis il les frotta sur le revers de sa veste et les remit sur son nez.

– Marcus, dit-il en se tournant vers Clay. Alors, c'est quoi ton problème ?

– Ils vont pas tarder à débarquer. C'est vrai qu'on ferait mieux de se mettre au point.

La nuit était tombée rapidement ; le froid et l'obscurité avaient vidé les rues dominicales. Il se passait peu de chose dans Fairmont Street, à part quelques durs qui traînaient du côté de 14th Street. Kevin Murphy coupa le moteur de la Trans Am, prit le sac de gym qui se trouvait à côté de lui et le posa sur ses genoux. Il en retira une liasse de billets qu'il glissa sous le siège. Puis il sortit de la voiture, le sac à la main.

Murphy monta les marches du perron de la maison Taylor et sonna. Lula Taylor vint ouvrir. Une cigarette allumée pendait au coin de ses lèvres et elle plissait les yeux contre la fumée qui formait comme un rideau devant son visage. Dans la main, elle tenait un paquet de Viceroy à moitié vide. Comme elle se tenait une marche plus haut que Murphy, elle le dépassait d'une dizaine de centimètres.

– Oui ?

– Kevin Murphy. L'agent de police qui a ramené Anthony hier soir.

– Et encore aujourd'hui. Je me souviens. J'ai eu du mal à vous remettre, sans votre uniforme.

– Oui, m'dame, dit Murphy en jetant un coup d'œil derrière lui sur la rue déserte.

– Je peux pas vous inviter à entrer, dit Lula en retirant la cigarette de sa bouche et en faisant tomber la cendre sur le perron. Et je veux pas déranger Anthony. Il est dans sa chambre en train de faire des maths. Vous devez savoir comme c'est difficile de le mettre à ses devoirs. Il a pas besoin d'être interrompu maintenant.

– Je suis pas venu voir Anthony, madame Taylor.

Elle le dévisagea.

– Et qu'est-ce que vous me voulez, alors ?

Murphy lui tendit le sac de gym.

– Je suis venu vous donner ça.

– Qu'est-ce qu'il y a dedans ?

– Pas loin de quinze mille dollars.

Elle crispa les lèvres involontairement, ce qui fit grimper le scarabée logé contre son nez d'un demi-centimètre. Elle regarda la rue derrière lui, en s'efforçant de ne pas avoir l'air intéressé, et tira sur sa cigarette.

– C'est beaucoup d'argent, finit-elle par dire en recrachant la fumée par ses narines ouvertes.

– Oui, m'dame.

– De l'argent sale, je suppose.

– Effectivement. De l'argent de la drogue, pour tout vous dire. Avec tout le mal que cet argent a fait, je me suis dit qu'il était peut-être temps de l'employer à quelque chose de bien.

Elle contempla la rue.

– Qu'est-ce que vous voudriez que je fasse avec, agent Murphy ?

– Qu'il serve à sortir Anthony d'ici, pour commencer.

Que vous l'envoyiez à la campagne, là où il n'y a pas de danger. Qu'il soit avec sa mère et ses sœurs.

Lula fit tomber quelques cendres, les yeux sur le ciel obscur.

– Vous voulez que je le retire de l'école comme ça, en plein milieu d'année ?

– Les assistantes sociales là-bas s'arrangeront bien. Il peut reprendre l'école à l'automne. Ça lui fera pas de mal, hein ? Qu'il puisse respirer l'air pur un moment, jouer dans les bois, se faire des nouveaux amis. Se promener le soir sans avoir peur.

Lula ferma les yeux, imagina la scène.

– Présenté comme ça, ça n'a pas l'air mal.

– Peut pas être pire qu'ici. (Murphy se dandina.) Vous savez, madame Taylor ?

– Quoi ?

– Vous avez fait de votre mieux. C'est vous qui l'avez amené où il en est, et c'est un garçon formidable.

– Merci. Je l'adore, ce gosse.

– Mais la rue est plus forte que vous. Et ça va faire qu'empirer, dans cette ville. Vous comprenez ? Pour le bien d'Anthony, faut que vous le laissiez partir.

Lula respira à fond, ce qui souleva son ample poitrine.

– Quinze mille dollars…

– Ça me gêne pas si vous voulez en prendre un peu pour vous, histoire de vous adoucir la vie.

– Ma petite fille aura bien besoin de la totalité. Et cette fois, je crois qu'elle l'utilisera vraiment pour ses enfants.

Elle tira sur sa cigarette et la laissa tomber par terre, l'écrasa du pied. Regarda Murphy, hocha la tête. Il lui tendit le sac.

– Demain matin, reprit-il, vous le mettez dans un bus de la compagnie Greyhound. Ceux à deux étages avec les vitres fumées. Et qu'il ait un siège près de la fenêtre, hein ? Surtout, qu'il ait un siège près de la fenêtre.

Lula Taylor essuya une larme qui menaçait de tomber.

– Avec tout cet argent, je pourrais l'envoyer en avion, première classe, et il en resterait encore plein.

– Mettez-le dans le bus, dit Murphy en lui pressant la main.

Il fit demi-tour et se dirigea vers sa voiture.

– Agent Murphy ! cria Lula Taylor.

Mais il continua à marcher. Il monta dans sa Pontiac et démarra, sans se retourner pour regarder une dernière fois la lumière dans la chambre d'Anthony.

Richard Tutt introduisit des balles dum-dum dans le chargeur, fourra celui-ci dans la crosse de son Government Model .45. Il fit tourner le pistolet dans la lumière en admirant l'insigne Colt frappé dans la crosse de noyer. Belle arme. Certains préféraient le Lightweight Commander, qui faisait sept cent soixante-cinq grammes, contre un bon kilo pour le Government. Mais Tutt aimait le côté trapu de ce flingue.

Il glissa l'automatique dans son étui, fixé à la ceinture de son jean délavé.

Tutt prit ensuite son matos privé, un FIE six coups, calibre .25, qu'il avait piqué à un blackos, à l'angle de 14th et T Street. La tronche de moquette avait le nez écrasé contre la portière de la voiture de patrouille quand Tutt l'avait fouillée au corps. Son flingue était glissé dans son calebar, carrément le long de sa queue. Enfoirés de négros avec leurs flingues…

Le .25 logeait parfaitement dans la poche de la veste Members Only de Tutt. Il l'y mit et se contempla dans la glace. Il avait fière allure.

Le .45 contenait sept balles. Avec le six-coups, ça en faisait treize. Murphy se pointerait avec ses .357, ce qui faisait douze de plus. De quoi enterrer un paquet de têtes de nègres. Fallait les prendre par surprise, c'était ça l'essentiel. Mais putain, avec vingt-cinq pruneaux, on pouvait carrément faire la guerre.

Tutt décrocha le téléphone et composa le numéro de Murphy. Il fut surpris de voir sa main trembler. Il n'avait jamais tué personne, mais en un sens il s'apercevait qu'il avait attendu ça toute sa vie. Enfin, il serait soulagé quand ça serait terminé. Y avait pas d'autres moyens de s'en sortir : fallait liquider l'affaire proprement et passer à autre chose. Il aurait bien bu une bière, mais ça n'était pas le moment. Il fêterait ça plus tard, avec Murphy.

– Allô ? dit Wanda Murphy à l'autre bout du fil.

– Salut, Wanda, c'est Richard.

– Richard ! Comment vas-tu ?

Tutt se mit à taper le talon de sa Dan Post sur le sol. Il était pas d'humeur à faire la converse avec Wanda-la-barjo ce soir.

– Kevin est là ?

– Il vient juste de rentrer, dit-elle de sa voix trop joyeuse, trop chantante. Je vais te le chercher.

Tutt entendit des pas et quelques mots. Puis :

– Tutt.

– Salut, Murph. T'étais sorti ?

– J'ai la tune, Tutt. J'ai récupéré les vingt-cinq mille de Tyrell.

– C'est pas vrai ! Putain, mais comment…

– Eddie Golden m'a mis au parfum, tout à l'heure.

– Mais pourquoi tu me l'as pas dit ?

– Je voulais être sûr de mon coup. Mais je l'ai. Ici même. Je me suis dit qu'on pourrait l'apporter chez Tyrell ce soir. L'échanger contre Golden.

– Mais on va pas l'échanger pour de vrai, hein, Kev ?

– Non, dit Murphy.

Tutt se détendit. Murphy était avec lui, y avait pas d'embrouille.

– L'argent va les occuper, reprit Tutt. Mais tu sais ce qu'on a à faire, hein ?

– Je sais.
– On est d'accord, alors ?
– On est d'accord.
Tutt sourit.
– Je te retrouve, mon pote. Ça faisait un moment que j'attendais que tu reprennes tes esprits.
Murphy essaya de détendre sa mâchoire.
– On va avoir besoin d'aide. J'ai pensé à Rogers. Il peut faire sortir Golden, pendant que les autres sont tous dans une autre pièce. C'est le plus faible de la bande. Ça sera pas dur de le convaincre qu'on peut lui filer une part.
– Mais on peut pas lui filer une part, Kevin. Il fait partie de la bande.
– Je sais.
– Je vais beeper Rogers, et le mettre au jus, dit Tutt.
– Laisse-moi lui parler, Tutt. T'es pas exactement la bonne personne pour convaincre Rogers de quoi que ce soit. Moi, il peut me comprendre.
– Tu t'en occupes, alors, dit Tutt en consultant sa montre. On se retrouve chez O'Grady's dans une heure.
– Disons deux. J'ai quelques trucs à terminer.
– Très bien, collègue. À tout à l'heure.
Tutt raccrocha, regarda sa main ; elle ne tremblait plus.

Murphy reposa le combiné. De l'autre côté de la chambre, Wanda était assise sur le bord du lit ; sa vieille robe d'intérieur de chez Kmart pendouillait par-dessus sa chemise de nuit en coton délavé, et elle portait des pantoufles roses aux pieds. L'écran télé renvoyait des lueurs colorées sur son visage.
Les rires en boîte enflèrent, dominés par celui de Wanda.
– Oh, Kevin ! Punky Brewster est tellement mignonne, ce soir !

– Tu veux manger, chérie ?

– Je me suis fait un croque-monsieur avant que tu rentres. J'ai un peu sommeil. Je vais regarder *Silver Spoons* et après je crois que je ferai un petit somme.

– Dors pas trop, ou t'arriveras plus à dormir cette nuit.

– Non, non.

– Wanda ?

– Quoi ?

– Je vais sortir ce soir. Une affaire de police dont je dois m'occuper avec Tutt.

Les yeux de Wanda n'avaient pas quitté l'écran.

– OK.

– Je t'ai acheté un truc à l'épicerie. Je te l'apporterai avant de ressortir.

– Merci, Kev.

– Je t'aime, ma puce.

– Moi au… (Wanda se plaqua la main sur la bouche.) Oh, Kevin ! Cette petite nana est tellement drôle !

Murphy se changea, enfila un jean, des chaussures de course et un polo à manches courtes. Il quitta la pièce.

En bas, debout à son établi, il écrivit une lettre d'une page qu'il signa de son nom. Il la mit dans une enveloppe qu'il cacheta et adressa à George Dozier, aux bons soins de Marcus Clay. Murphy n'avait pas beaucoup de respect pour ses supérieurs, et carrément aucun pour les mecs en costume trois-pièces de l'IAD. Ce que Marcus lui avait dit de Dozier, ainsi que la réputation de ce dernier dans la maison, avait achevé de le convaincre.

Murphy prit la taie d'oreiller qui gisait en tas à ses pieds et la posa sur l'établi, près de la boîte contenant les tickets de loterie de son père. Il jeta les tickets dans la taie, ainsi que la dernière liasse de billets.

Murphy descendit ses Combat Magnum S & W de l'étagère, les sortit de leurs boîtes et les disposa sur l'établi.

Il en prit un dans sa main : canon de quinze centimètres, crosse carrée, quadrillée. L'acier inoxydable, avec sa finition satinée, brillait dans la lumière. De son pouce, il releva le chien, abaissa le viseur et tira à sec dans le mur. Puis il ouvrit sa boîte de munitions Remington à la recherche des balles qu'il avait marquées d'un X. Il ouvrit les chambres des deux revolvers et chargea six balles dum-dum dans chaque. Referma les chambres d'un coup bref.

Murphy prit sa ceinture de flic, l'attacha autour de sa taille et glissa les flingues dans les étuis, un de chaque côté ; l'acier frotta contre le cuir.

Il se tourna vers le mur, où il avait accroché une image de Jésus qu'il avait récupérée à la maison funéraire, le soir de la veillée de son frère. Murphy leva les mains, les paumes face à l'icône de papier, et ferma les yeux. Avec ses armes qui pesaient sur ses hanches, il pria.

Le Seigneur est mon berger, je ne manque de rien…

Murphy défit sa ceinture et la laissa tomber dans la taie d'oreiller. Puis il attrapa le tout d'une main ferme et remonta les escaliers.

Dans la chambre, la télé était toujours allumée. Wanda s'était endormie sur le dos, les mains croisées sur la poitrine. Murphy éteignit le poste et s'approcha d'elle. Il déposa une boîte de chocolats rouge et blanc sur la table de nuit, près de sa lampe de chevet. Il s'agenouilla près du lit.

– Je t'ai apporté des Turtles, mon amour. Tes chocolats préférés.

Murphy passa la main dans les cheveux rêches et sales de Wanda. Épousseta les pellicules tombées sur sa blouse. Il l'embrassa sur le coin des lèvres ; son haleine était chaude et aigre.

Murphy se releva, regarda encore une fois la forme vide étendue sur le lit. Puis il éteignit la lumière.

Tyrell, tout avachi dans son grand fauteuil, passait son long doigt sur sa joue. Un grand mec comme Tyrell, ça faisait bizarre de le voir affaibli comme ça. Le coup de fil de la tante de Chink, on aurait dit que ça l'avait fait vieillir d'un coup, sous les yeux de Monroe.

Debout contre le mur, Alan Rogers regardait ses chaussures ; il avait des traces sur les joues, là où il avait essayé d'essuyer ses larmes. Rogers, lui, c'était rien qu'un faible ; Monroe le voyait bien, maintenant. Fallait être dur, la mort faisait partie du quotidien de la rue, un point c'est tout.

Antony Ray ? Lui, c'était un vrai dur. Il avait ricané, dit un truc à propos des « deux bouffons » quand Tyrell avait reçu l'appel. Maintenant, il était assis à la table, en train de sniffer un rail par le tube d'un stylo Bic. Pas avoir de sentiments du tout, ça c'était quelque chose. D'être aussi froid, ça pouvait vous sauver la vie.

– Alan ? dit Tyrell.

– Ouais, Ty ?

– Demain matin, t'enverras des fleurs à la morgue, OK ? Je mettrai deux billets de cent dans une enveloppe et t'iras les porter à la mère de Jumbo et à la tante de Chink.

– J'y crois pas, dit Rogers.

– C'est un accident, dit Tyrell. Ils se sont retrouvés coincés par une bande de négros en train de foutre leur souk dans une boutique.

Ray lâcha son Bic en plastique et se frotta le nez.

– Ça paraît logique que le gros se soit fait buter dans un magasin de bouffe, dit-il.

– Ça serait jamais arrivé, dit Monroe en brandissant son Glock, s'il avait eu son flingue avec lui.

Il chercha l'approbation de Ray. Celui-ci sourit de ses yeux aux paupières lourdes et aux pupilles en tête d'épingle.

– On dirait que tout se barre en couilles, dit Tyrell.

– Laisse pas l'affaire te glisser des mains, cousin, dit Ray.

– Tu l'as dit, fit Tyrell en se levant. Bon, on ferait mieux d'y aller.

Monroe ouvrit le chargeur du .9, vérifia qu'il était chargé, le remit dans la crosse. Puis il coinça le Glock, canon en bas, dans la ceinture de son Lee.

– Je croyais que t'avais dit pas de flingues, fit remarquer Rogers.

– Ah ouais, j'ai dit ça ? fit Tyrell en enfilant son blouson de cuir. Eh ben, écoute, rien à foutre.

Ray rigola.

– J'aimerais bien venir avec vous.

– Faut que tu restes ici pour t'occuper de notre ami, Antony.

– T'inquiète, je m'en occuperai bien.

– Donne-lui de l'eau s'il en demande, dit Rogers. Le dernier truc dont on a besoin, c'est un autre mort sur les bras.

– Ouais, fit Monroe, occupe-toi de la deuxième meuf à Alan.

– Allez, dit Tyrell. On y va.

– Je vais prendre la Z, Tyrell, si ça te gêne pas, dit Rogers. J'ai un truc à faire après.

– Très bien.

Par la fenêtre, Antony Ray vit les deux voitures s'éloigner.

Il se fit encore deux rails et s'installa dans le fauteuil de Tyrell. On se sentait bien dans ce siège-là. Si jamais Tyrell s'en lassait, ou bien s'il tombait, Ray le récupérerait peut-être.

Ray fit tomber une Newport de son paquet, l'alluma, tira dessus à fond.

Tyrell, il avait toujours eu quelque chose dans la tronche. Il aurait pu devenir un vrai businessman, avec costard et tout, s'il en avait eu l'opportunité. Mais il avait jamais fait de taule et ça se voyait.

Ray aussi, il était du genre tendre avant de se lancer dans ce bordel d'attaque à main armée. Bien sûr, il avait déjà fait des trucs, des tas de trucs violents avant de plonger. Mais c'est seulement en taule qu'il avait tué un mec pour la première fois. Fallait faire ses preuves vite fait, là-bas, à Lorton, vu qu'on dormait dans un genre de dortoir avec plein d'autres frangins super durs, des mecs qui avaient peur pour la plupart, mais qu'avaient encore plus peur de le montrer. Fallait se faire respecter. Pour Ray, ça s'était passé le jour où un petit nègre pâlot lui était passé devant, chez le coiffeur de la prison, et avait pris le siège qui lui revenait. Les copains de ce mec, ils lui avaient rigolé au nez, pour se foutre de sa gueule. Ray s'était dit qu'ils allaient pas tarder à l'enculer d'une autre manière, aussi. Alors un jour il avait attendu le nègre pâlot à la sortie de la douche et il l'avait coupé en deux avec une lame de rasoir coincée dans un manche de brosse à dents, en appuyant bien fort, fendu en deux de la poitrine jusqu'à la bite. L'enfoiré avait saigné comme un cochon, en agitant les jambes et en pleurant sa mère pour que Dieu le sauve ; de ses mains il essayait de refermer la longue fente tandis que le sang lui coulait entre les doigts et que la vie s'échappait de ses yeux. Aucun de ses potes n'avait moufté, d'ailleurs. Et plus personne ne s'était foutu de Ray, après ça.

Ray ferma les yeux. Tout n'était pas nul à cent pour cent, là-dedans. Il avait un jésus, là-bas, sa poule à lui, avec des lèvres bien épaisses, trop classes… Ray le voyait presque en face de lui, maintenant, avec son eye-liner, qu'est-ce qu'il était joli…

Antony Ray se frotta la bite à travers son jean. Il écrasa sa cigarette, se leva. Alla se poster devant la fenêtre pour étudier la nuit.

– Oh, et puis merde.

Il se rendit dans le couloir, entra dans la chambre. Alluma la lumière.

– Hé, Golden, dit Ray en se dirigeant vers le lit. Ton aile commence à ressembler à un fruit bien mûr.

De ses pieds, Eddie chercha à prendre appui sur le matelas.

– Où tu vas ? Je vais pas te faire mal, mec.

Eddie s'arrêta.

– J'ai soif.

– Je m'en doutais. (Ray gloussa.) C'est pour ça que je suis venu, d'ailleurs. Je vais t'aider mon pote.

– S'il te plaît.

Ray se rapprocha d'Eddie, sourit.

– T'as déjà sucé une bite, Eddie ?

– Non, répondit Eddie d'une voix étranglée.

– Eh ben, prépare-toi, alors, dit Ray en ouvrant sa braguette. Parce que tu vas pas tarder à en sucer une bien bonne.

28

– Vas-y, Clarence, dit Marcus Clay. Ouvre la porte.

Tate fit tourner la clé dans la serrure de Real Right tandis que, postés derrière la vitrine, Clay, Karras et Adamson regardaient les jeunes hommes sortir des deux voitures garées sur U Street.

– Il est grand, hein ? fit Adamson.

– Et moche, aussi, dit Clay. C'est Tyrell Cleveland.

– Un grand mec comme ça, tu lui fauches les rotules et il tombe comme un séquoia de Californie.

– Je croyais qu'on allait discuter ? dit Karras.

– C'est juste une remarque, comme ça, répliqua Adamson.

– Al, dit Clay, toi tu surveilles Rogers, le jeune sur la gauche.

– Je m'en occupe, dit Tate.

– Je préfère que ce soit Al, Clarence. Toi et Dimitri, vous gardez l'œil sur Tyrell. Et moi je m'occupe de Short Man.

– C'est comme ça qu'il se fait appeler, celui au pansement sur le nez ?

– Ouais.

– J'aurais pu deviner, remarque.

Une petite sonnette retentit quand les trois hommes poussèrent la porte. Tyrell baissa la tête pour entrer. Rogers et Monroe entrèrent à sa suite et vinrent se placer près de lui, Rogers à la droite de Tyrell et Monroe à sa gauche.

– Messieurs, dit Tyrell.

Karras et Tate s'avancèrent sur lui. Al Adamson se plaça sur le côté de Rogers et Clay se posta à un petit mètre de Monroe.

Faut les coller, pensa Karras, comme Marcus a dit. Les mettre tout de suite sur la défensive.

– J'ai déjà entendu parler de l'hospitalité, dit Tyrell d'un ton cordial, mais vous voulez nous embrasser, ou quoi ? Vous avez pas une arrière-boutique, un truc comme ça, où on puisse s'asseoir pour discuter tranquillement ?

– Tu restes pas longtemps, Cleveland, dit Clay.

– Vous, vous devez être monsieur Marcus Clay, dit Tyrell en le soupesant du regard. J'ai vu comment vous avez arrangé Short Man.

– C'était rien, dit Clay.

Monroe fit glisser son cure-dents de l'autre côté.

– Et je préfère que vous m'appeliez pas Cleveland, d'ailleurs. Tyrell, c'est mieux. Cleveland est un nom de blanc. (Les yeux de Tyrell passèrent sur Karras puis revinrent sur Clay.) Quitte à me donner un nom de ville, ils auraient dû choisir New York ou Hollywood. Quitte à me donner un nom de président, ils auraient dû en choisir un célèbre, vous ne trouvez pas ?

Clay ne répondit pas.

Tyrell regarda autour de lui.

– Bon, alors ça c'est Karras. Celui-là, c'est facile. Et ça…

– Tate, coupa Monroe en souriant. Le père de la meuf à Alan.

Tate jeta un coup d'œil à Rogers, qui détourna les yeux. Il faisait plus le fier, maintenant, ce garçon ; il avait même l'air d'avoir envie de faire demi-tour et de filer.

– Et toi, t'es qui ? demanda Tyrell, les yeux sur Adamson. Putain, t'es le mec le plus noir que j'aie vu de la journée !

La mâchoire d'Adamson se crispa.

– Venons-en au fait, dit Clay.

Tyrell prit une grande inspiration. On entendait seulement le bourdonnement des néons et le tic-tac de l'horloge murale.

– Très bien, allons-y, dit Tyrell. On parlera de l'argent dans un instant. Mais d'abord, je voulais qu'on discute du fait que mon opération ici a l'air de vous poser problème. Il paraît que vous avez crié dans la rue hier, comme quoi vous voulez plus voir les mecs de notre genre dans le quartier.

– C'est vrai, dit Clay. À partir de ce soir, je compte bien ne plus vous revoir, toi et ta bande. Et tes flics pourris, ceux que t'as mis dans ta poche, je veux pas les voir traîner près de ma boutique non plus. J'ai gagné tout ça tout seul. Et j'en suis fier. J'ai pas besoin que tu viennes tout me bousiller.

– Ah oui…

– Oui.

La lèvre de Tyrell tiqua.

– Pourtant, on est les deux faces d'une même pièce, monsieur Clay. Deux hommes d'affaires qui essaient de s'en sortir…

– Uh-uh. J'ai rien à voir avec toi. T'empoisonnes ton peuple, Cleveland. T'es un assassin d'enfants, Cleveland.

– Je vais lui niquer la gueule, Ty…

– Toi, la ferme ! dit Clay. Si tu veux pas que je t'en colle encore une…

– Du calme, Short, dit Tyrell. On va continuer un peu à discuter.

Karras avait peur, mais une vague de fierté l'avait envahi aussi, d'être près de son ami, comme ça. Il observa Tyrell, sa longue carcasse, ses genoux, et se dit qu'Al avait raison. Si on en arrivait là, fallait le viser bas.

– Navré que vous ayez cette impression-là, dit Tyrell. (Ses yeux se rétrécirent et il força un sourire.) Eh bien, changeons de sujet, alors. Laissons tomber cette question et passons à l'argent.

– L'argent ? fit Clay. Quel argent ? On a pas d'argent, nous.

– Mais tu m'avais dit…

– J'ai rien dit du tout.

Al Adamson vit Tyrell décocher un regard à Monroe. De sa main droite, Monroe remonta son jean puis il passa la main dans la ceinture et la glissa dans son dos.

– Et mon argent, alors ?

– Nous fais pas chier avec ton argent, Cleveland. On y est pour rien, nous.

– Marcus, dit Adamson, qui voulait ramener l'attention de Clay sur Monroe.

– Ah ouais ? Et tu crois que je vais repartir comme ça, sans rien dire ? demanda Tyrell.

– T'es pas encore parti ? répliqua Clay.

– Marcus ! dit Adamson. Short Man est en train de…

– J'ai vu, répondit Clay qui s'avança calmement et cogna Monroe au beau milieu du visage, visant à cinquante centimètres derrière lui, accompagnant son coup.

Le nez céda comme une coquille d'œuf.

Monroe hurla et s'effondra par terre.

Adamson passa derrière Rogers, lui tordit le bras, attrapa de sa main libre son couteau Ka-Bar. Il plaça le couteau à dents sous la gorge de Rogers, appuya, bougea d'un poil pour faire sortir une goutte de sang.

Tyrell regarda Tate et Karras qui s'étaient avancés très près. Il leva les mains.

Le pansement de Monroe, gorgé de sang, devint noir. Il gémit, se redressa sur un bras et repassa la main derrière son dos.

– Fais pas ça, mon gars, dit Clay.

– Le fais pas, Short, dit Tyrell en baissant lentement les bras. M. Clay est un rapide. On réglera ça plus tard.

– Tyrell…, dit Rogers, en équilibre sur la pointe des pieds, les yeux écarquillés.

– T'as l'air mal, Alan. On dirait qu'ils t'ont chopé…

– Si ton mec va encore une fois pour son flingue, dit Adamson, je lui coupe la gorge, à celui-ci. Je te jure que je le tue, Cleveland.

– Eh ben tue-le, alors, dit Tyrell.

– Tyrell ! cria Rogers.

– T'as bien entendu. Si tu crois que j'en ai quelque chose à foutre, de ce mec… Y en a plein la ville des types qui feraient n'importe quoi pour bosser pour moi… Tu vois, aujourd'hui, j'en ai perdu deux, et j'en ai rien à branler. Alors, vas-y mec. Ouvre-le en deux… Vas-y, j'te dis !

– Non ! cria Tate. Lâche-le, Al. Je peux pas voir mourir un jeune de plus !

Adamson lâcha Rogers, qui se frotta le cou.

– C'est bien ce que je pensais, dit Tyrell. Vous êtes pas des durs. Pas vraiment.

– Casse-toi, dit Clay.

Tyrell sourit et aida Monroe à se relever. Monroe cracha du sang sur le carrelage noir et blanc et suivit Tyrell. Rogers adressa un signe de tête à Tate et sortit aussi.

Une fois dehors, Tyrell et Monroe s'arrêtèrent devant la voiture de Tyrell et attendirent que Rogers les rejoigne. Mais Rogers continua droit devant lui, jusqu'à la Z.

– Alan ! cria Tyrell.

– Quoi ?

– Qu'est-ce qui te prend, mec ? Tu sais bien que je pensais pas ce que j'ai dit là-dedans. C'était juste histoire de dire.

– J'vous retrouverai plus tard, répondit Rogers. À la maison.

Il monta dans la 300 et mit le contact.

– Alan a tourné pédé, dit Monroe, la bouche toujours pleine du sang qui coulait de son nez, la gaze mouillée pendouillant sous le pansement écrasé.

– Il est trop sentimental, dit Tyrell, c'est tout. Pas dur comme toi. T'as bien assuré, Short. On va rentrer, te filer un coup à boire, tu vas prendre des cachets que j'ai, sniffer une ou deux lignes et tu verras, tu te sentiras beaucoup mieux.

– Je me sentirai mieux le jour où je le niquerai, cet enculé, répliqua Monroe en regardant d'un œil torve la devanture de Real Right.

– Il peut pas gagner, de toute façon. On va prendre le pouvoir, ici. On va lui laisser le temps, qu'il reprenne confiance et puis un soir on le chopera à la sortie du magasin. Tu le feras mettre à genoux dans l'allée et tu le laisseras bien en profiter avant de lui coller une balle dans la tronche. Qu'est-ce que t'en dis, Short, ça te plairait ?

– Ouais, dit Monroe en souriant à cette idée, les dents roses sous la lumière du lampadaire. Tu crois que Clay a menti à propos de l'argent ?

– J'en sais rien. Je vais lâcher la bride à mon cousin. Qu'on sache la vérité une fois pour toutes.

– J'avais les genoux qui claquaient, dit Karras. T'as dû entendre, Clarence, non ?

– Je croyais que c'était moi qui faisais ce bruit-là, répondit Tate.

Derrière la vitrine, Karras, Clay, Tate et Adamson regardèrent Tyrell et Monroe s'éloigner en discutant.

– T'as menti, Marcus, dit Adamson.

– Comment ça, j'ai menti ?

– T'as dit à ce garçon que t'allais lui mettre une claque. Je peux me tromper, mais il me semble que tu lui as plutôt mis un coup de poing.

– Ah oui ?

– Uh-huh. Et t'as tapé juste à l'endroit où son nez était déjà cassé. Tu voyais pas que ça risquait de lui faire mal ?

– Je voulais juste lui donner une petite tape.

Adamson ajusta ses lunettes en écaille.

– Je me demande qui avait arrangé ce garçon comme ça.

– C'était déjà Marcus, répondit Karras.

– Tu vois ? Cleveland se trompe. T'es un dur, Marcus.

– Nan, répondit Clay en s'efforçant de réprimer un sourire. Pas vraiment.

29

Depuis la fenêtre de sa chambre, Denice Tate vit Alan Rogers approcher. Avec sa tête penchée et ses épaules un peu voûtées, il avait un air différent, pas sûr de lui comme d'habitude. Puis elle entendit frapper.

Denice descendit l'escalier. S'arrêta dans l'entrée et s'appuya contre la porte.

– Alan ?

– Neecie, c'est moi. Ouvre.

– Je peux pas. Mon père va rentrer d'une minute à l'autre. Faut que tu t'en ailles.

– Mets-toi près de l'entrée des lettres, alors.

Denice s'assit sur le lino et souleva le rectangle de cuivre. Alan s'assit sur le béton, devant la porte. Il déboutonna sa manche de chemise et passa la main dans la fente. Neecie lui attrapa les doigts. Par l'ouverture, elle voyait ses yeux fatigués et rougis.

– Ça va ?

– Je suis venu te dire au revoir, Neecie.

– Alan…

– Chut, laisse-moi te dire ce que j'ai à te dire. J'aurais jamais dû déconner avec toi, jeune comme t'es. T'es une fille bien. Faut pas que tu traînes avec les mecs comme moi. Ça t'amènera que des embrouilles, tu comprends ?

– Je comprends. (Denice déglutit.) Mais t'as un bon fond, Alan.

– C'est pas vrai.

– Si, c'est vrai. T'es pas comme les mecs avec qui tu traînes. Tu peux changer. Trouver un vrai boulot.

– Mais je sais à peine lire !

– Retourne à l'école, alors. Passe le GED[1], puisque t'en parlais.

– C'est trop tard.

– C'est pas trop tard.

– Tu parles…

Rogers serra plus fort la main de Denice.

– Faut que t'écoutes ton père, maintenant, Denice ; que tu le laisses te guider. J'ai pas eu la chance d'en avoir un, moi. (Il s'efforça de sourire.) Et puis je voulais te dire autre chose : je t'aime, pour de vrai. C'est pas seulement que t'es super mignonne.

Les yeux de Denice s'emplirent de larmes. Rogers retira sa main de la fente.

– Alan, attends… Où tu vas ?

– Je retourne là-bas, avec ma bande.

– N'y va pas.

– Faut que j'y aille.

Denice colla son oreille contre la porte. Elle entendit le bruit de ses pas qui s'éloignaient sur le macadam.

Rogers se rendit à sa Z, garée sur le même pâté de maisons, un peu plus bas. Au moment où il se laissait tomber derrière le volant, son beeper se mit à sonner. Il alluma la lumière intérieure et déchiffra le numéro qui s'était affiché. Il fronça les sourcils.

– Tutt.

Mais quand Rogers trouva une cabine et composa le numéro, ce fut Murphy qui répondit.

– Faut que je te parle, Alan.

1. Équivalent du bac. *(N.d.T.)*

– De quoi ?
– Ce soir, j'arrête Tyrell.
– Ah ouais…
– Je voulais te donner une chance de t'en tirer.
Rogers se passa la langue sur les lèvres.
– Qu'est-ce qui faut que je fasse ?
– Je suis tout seul, répondit Murphy. Dans ma Pontiac, à l'angle de 15th et U Street.
– J'arrive, dit Rogers.

– C'est ce que j'essayais de t'expliquer, dit Kevin Murphy quand Rogers lui eut raconté la fin de Bennet et Linney. La vie que tu mènes, elle a qu'une seule issue.
– Je sais, dit Alan, les yeux rivés sur les lampadaires de U Street.
– Je vais t'aider à t'en sortir, Alan.
– Ils vont me tuer s'ils s'aperçoivent que je monte un coup contre eux, dit Rogers. Et j'ai pas honte de te le dire, Murphy, j'ai peur de mourir.
– C'est ce qui te rend humain, Alan. Quand t'as pas peur, ça veut dire que tu n'as rien à l'intérieur, ou bien plus rien à perdre. J'en étais là moi-même hier soir.
– Qu'est-ce qui s'est passé ?
– J'ai joué à la roulette russe et j'ai eu de la chance. Après, j'avais plus le courage de recommencer. Je me suis réveillé et j'ai vu que j'avais encore le temps de réparer le mal que j'avais fait.
Murphy marqua un temps.
– Et je vais te donner l'occasion de faire pareil.
– Comment ça ?
– Tu connais les bois qui entourent le pavillon de Tyrell ?
– Ouais…
– Qu'est-ce qu'il y a derrière ?
Rogers haussa les épaules.

– Une autre rue résidentielle. Je les ai traversés une fois ; ça fait même pas cent mètres…

– OK. Je veux que tu retournes chez Tyrell, que tu gares ta voiture dans cette rue, face aux bois. Après, tu rentres à la maison et tu attends. Dis à Tyrell qu'on arrive avec l'argent. Dis-lui que tu l'as vu, t'entends ? Ça les empêchera peut-être de torturer Golden davantage. Tu me suis ?

– Et s'ils me demandent où est passée ma voiture ?

– Dis-leur qu'elle est tombée en panne sur Central Avenue et que t'es rentré à pied. Dis-leur ce que tu veux, invente un truc.

– Et toi ?

– Avec Tutt, on va pas tarder à arriver. Quand on entrera, je te demanderai d'aller chercher Eddie Golden. Mais, en réalité, je veux pas que tu le ramènes. Je veux que tu le fasses sortir par la fenêtre de la chambre et que tu l'emmènes jusqu'à ta voiture. Maintenant, je sais pas dans quel état ils l'ont mis. Faudra peut-être que tu le portes…

– Il est pas très lourd.

– Tant mieux.

– Et toi et Tutt, qu'est-ce que vous ferez pendant ce temps-là ?

– Je me placerai de façon à voir par la fenêtre de la cuisine. J'attendrai que t'allumes tes phares pour me dire que tu t'en es sorti.

– Et après ?

– Après, j'arrête Tyrell et toute la bande.

– T'arrêtes Tyrell ?

– Oui.

– Mais t'es mouillé dedans… (Rogers dévisagea Murphy.) Quoi, tu comptes te rendre aussi ?

– Ouais.

– Et Tutt, alors ? Je peux pas croire qu'il est d'accord avec ton plan.

– Il le sait pas. Il croit qu'on va là-bas pour autre chose.

– Et comment tu vas faire ?

– Je sais pas encore. Je peux compter sur toi, Alan ?

Rogers hocha la tête.

– Oui.

– T'as un bon fond, mon garçon.

– C'est ce qu'on me dit, ces temps-ci.

– Quoi qu'il arrive, reprit Murphy, sors Eddie de là-dedans. Même si t'entends que les choses commencent à péter, continue à avancer. Te retourne même pas, pigé ?

– Pigé.

– Conduis Eddie aux urgences, quelque part, et laisse-le. Après, appelle ce numéro (Murphy lui tendit un morceau de papier) et dis à la femme qui répondra où tu l'as laissé. Elle attend ton appel. C'est clair ?

Rogers acquiesça. Murphy remarqua la coupure sur son cou.

– Qui t'a fait ça ?

– C'est rien. C'est arrivé tout à l'heure, à Real Right.

– Ah oui ? Comment ça s'est passé, au fait, votre rendez-vous ?

– Clay et les autres, ils nous ont mis minables.

– J'en doutais pas une seconde.

– Clay est au courant, pour toi et Tutt. Il a dit un truc à propos des flics pourris de Tyrell.

– Je savais qu'il finirait par piger, tôt ou tard.

Murphy se pencha, ouvrit la portière de Rogers.

– Allez, c'est l'heure, faut y aller.

– Où tu vas ?

– J'ai encore un arrêt à faire. Après, je retrouve Tutt.

– Murphy ?

– Va, mon garçon. Ça va bien se passer.

Alan Rogers sortit de la Trans Am et traversa U Street à petites foulées en direction de sa voiture. Murphy le regarda s'éloigner.

Derrière le comptoir du magasin, Karras et Clay en étaient à leur deuxième bière. Tate et Adamson en avaient englouti chacun une et ils étaient rentrés.

– Marcus ?

– Quoi ?

– Regarde qui vient là.

Clay leva la tête ; Kevin Murphy se dirigeait vers la porte de la boutique.

– J'ai pas trop envie de le voir maintenant, dit Clay.

– T'as entendu ce que Donna a dit ?

– Ouais.

– Peut-être qu'on devrait le laisser entrer, voir ce qu'il a à raconter.

– OK, Dimitri. Vas-y.

Karras alla ouvrir le verrou et s'écarta pour laisser Murphy passer. Celui-ci lui adressa un signe de tête et fila direct vers le comptoir, où Clay se tenait debout, très droit.

– Marcus.

– Murphy. Qu'est-ce que tu fous ici ?

– Je suis venu t'apporter un truc.

Murphy jeta un coup d'œil à Karras.

– Tu peux parler à l'aise, répondit Clay. Il est au courant. D'ailleurs, j'étais justement en train de parler de toi à ton patron, Tyrell, tout à l'heure. Je lui ai dit que je voulais plus voir ses flics pourris dans le coin. Et je plaisante pas.

Murphy ne répondit rien.

– Donna nous a appelés, tout à l'heure, intervint Karras. Elle a dit que t'avais pris l'argent. Que tu lui avais dit que t'allais l'échanger contre la vie d'Eddie.

– C'est bien ce que j'ai dit.

– Il paraît aussi que tu lui en as donné cinq mille, sur les vingt-cinq.

– C'est vrai.

– Ton patron va pas aimer ça, que t'aies filé les cinq mille, dit Clay.

– C'est pas seulement les cinq mille. Le reste aussi, je l'ai donné.

– Alors, il te reste plus rien ? dit Clay. Et comment tu vas faire un échange avec de l'air ?

– Je verrai bien une fois sur place.

– T'y vas tout seul ?

– J'ai convaincu Alan Rogers de passer de mon côté. Et y aura Tutt.

– Tu vas pas me dire que Tutt a trouvé la foi, lui aussi ?

– Non. Mais il sera là quand même.

– Ils sont armés.

– Nous aussi.

– Tu crois pas que t'as fait assez de mal comme ça, Murphy ?

– Si. Maintenant, je vais essayer de réparer un peu ce que j'ai fait.

– Moi, je sais ce que je devrais faire, reprit Clay. Je devrais appeler les flics, les vrais, dès que tu seras sorti d'ici, et les envoyer chez Tyrell aussi sec. Et te laisser te démerder avec ta conscience d'une autre manière.

– Mais tu feras pas ça.

– Ah non ?

– Tu m'as dit tout à l'heure que tu me donnais le reste de la journée pour régler les choses.

– C'était avant de savoir à qui j'avais affaire.

– Tu m'as donné ta parole, Marcus. Et pour toi, ça compte.

Murphy tira l'enveloppe de sa poche arrière et la tendit à Clay, qui lut ce qui était écrit dessus.

– George Dozier ? Qu'est-ce que George a à voir dans tout ça ?

– Mets-la-lui entre les mains, c'est tout ce que je te demande. Tu feras ça pour moi, non ?

Les deux hommes se regardèrent.

– Merci, Marcus.

– Pas de quoi.

– Faut que j'y aille, dit Murphy.

– Kevin…, dit Clay.

Mais Murphy tourna les talons et quitta la boutique. Ils le virent passer sous un lampadaire et entendirent le moteur de la Trans Am s'animer.

– T'as été dur avec lui, non ?

– Ouais, c'est vrai.

Karras ouvrit les deux dernières Heineken et en plaça une dans la main de Clay.

– Allez, Marcus, à la tienne.

– À la mienne ? C'est ça, ouais.

Pendant que Karras réglait des papiers, Clay fit les cent pas dans le magasin, transportant des disques d'un bac à l'autre pour les remettre finalement dans le premier. Quand il n'en put plus, Clay vint dans l'arrière-boutique et lâcha la lettre sur le bureau, devant Karras.

– Je peux pas arrêter de penser à Murphy, Dimitri.

– Je sais. Ça fait une demi-heure que je suis sur la même commande et je vais nulle part. (Karras appuya la pointe de son stylo sur le bureau.) Qu'est-ce qui va lui arriver, tu crois ?

– T'as entendu. Il est parti se mettre en paix avec sa conscience.

– Avec un flingue ?

– C'est une façon comme une autre.

– Et merde. (Karras se passa une main dans les cheveux.) Tu sais où il va, non ?

– Ouais. Ton McGinnes m'a donné l'adresse de Tyrell. Je l'ai quelque part par là.

– Appelle George, Marcus.

– Je sais même pas ce qu'il y a dans la lettre, Mitri !

– Eh ben, ouvre-la, alors.

– Mais elle est cachetée, mec.

Karras prit l'enveloppe et la déchira.

– Eh ben voilà…

Clay déplia la lettre et la lut, pendant que Karras l'observait avec attention.

– Alors, Marcus, qu'est-ce qu'il raconte ?

– C'est une confession. Murphy s'accuse, ainsi que Tutt, d'avoir fait volontairement partie de l'opération montée par Tyrell. Et il rejette la responsabilité des meurtres de Wesley Meadows et James Willets sur Short Man.

– Qu'est-ce que tu vas faire ?

Clay leva la tête.

– Je pense que je vais manquer à ma parole.

Clay décrocha le téléphone, composa un numéro. Karras entendit qu'il prévenait George Dozier que deux flics avaient pris sur eux d'arrêter les assassins de Chief Meadows et P-Square Willets, dans une maison de PG County.

– C'est en train de se passer à l'heure où on parle, George, dit Clay.

Il donna l'adresse à Dozier et raccrocha.

– Je t'ai pas entendu mentionner le fait que Murphy et Tutt étaient à la solde de Tyrell…

– Ç'a dû me sortir de l'esprit.

– Tu deviens distrait, en vieillissant.

– Ouais, dit Clay en déchirant la lettre et en jetant les morceaux dans la corbeille. Maladroit, aussi.

Clay se mit à composer un autre numéro de téléphone.

– Qui t'appelles, maintenant ?

– Elaine. Murphy va avoir besoin d'un bon avocat, s'il s'en tire.

30

Kevin Murphy se gara à l'angle de Colorado et Longfellow et coupa le moteur. Il sortit de sa voiture, traversa la rue. La Bronco tournait au ralenti devant O'Grady's. Par la fenêtre du conducteur, Murphy montra la dernière liasse de billets à Tutt. Celui-ci hocha la tête. Murphy jeta la taie d'oreiller dans le coffre, fit le tour, s'assit à côté de Tutt.

– T'es prêt, collègue ? demanda Tutt.

– Ouais. Allez, on y va.

Ils descendirent 14th Street, tournèrent à gauche sur Florida Avenue, passèrent devant Gallaudet College et Trinidad, puis continuèrent vers l'est.

Comme ils arrivaient sur Benning Road, Murphy annonça à Tutt la nouvelle, concernant Bennet et Linney.

– Quel dommage, dit Tutt.

Ils prirent les ponts Allen et Benning. Murphy ouvrit un poil sa fenêtre, l'air était vif. En dessous, sur l'Anacostia, la lune avait des reflets de nacre.

– Qu'est-ce qu'il y a de drôle ? demanda Tutt.

– Comment ça ?

– J'sais pas, tu souris.

– Ah oui ? Je m'en rendais pas compte. Je repensais à un truc, c'est tout.

– Ça devait être un bon souvenir.

– Un jour, quand j'étais petit, y a une fille qui m'a

emmené chez elle. Elle était plus âgée et elle allumait un peu les garçons du quartier. Après coup, mon père l'a su et il m'a forcé à me confesser à notre pasteur, à lui raconter ce qu'on avait fait.

Tutt sourit bêtement.

– Et alors, tu l'avais sautée ?

– Mais non, Tutt, c'était pas ça du tout. Juste un plan « montre-moi le tien et je te montrerai le mien », un truc comme ça. Très innocent, quand on y repense. Mais je pensais avoir commis un péché terrible, et ça pesait vraiment sur ma conscience. Ce que je veux dire, c'est qu'après avoir parlé à notre pasteur, j'ai eu l'impression d'être, comment dire, propre, tu vois, comme si j'avais tout mis sur la table et qu'il ne restait plus rien de sale en moi. Comme si l'avenir m'appartenait à nouveau.

– Et c'est ce que tu ressens ce soir, hein ?

– Oui.

Tutt lui lança un petit coup d'œil.

– Tu me fais un peu flipper, mec. On va pas à une réunion des Témoins de Jéhovah, tu sais ?

– Je sais où on va, Tutt.

– Parce qu'il faut qu'on soit bien d'accord là-dessus. T'as donné les instructions à Rogers comme on avait dit ?

– Alan est au courant, il sait ce qu'il doit faire.

– Il fait sortir Golden et on les crame tous d'un coup. On a pas le choix, Kev. Je me fais Rogers si tu veux, parce que je sais que ça sera difficile pour toi. Et je me fais Monroe, aussi. Je veux voir sa tronche quand je lui dirai au revoir.

– Prends ton temps, Tutt.

– Je leur laisserai quelques minutes de plus à vivre, à condition qu'ils me fassent pas trop chier. Mais je vais pas avaler leurs insultes. Rappelle-toi, faut qu'on les élimine tous.

– Comme des bêtes.

– Quoi ?

– Laisse tomber.

– Après, dit Tutt, on arrangera tout pour que ça ressemble à un règlement de comptes. Et on enterrera nos flingues quelque part.

– Comme tu veux, Tutt.

– Je vais te dire un truc. Y a quelqu'un qui nous a rendu un super service, aujourd'hui, en butant Chink et Jumbo.

– Deux morts de plus, dit Murphy en fixant Tutt. C'est un début…

– Qu'est-ce que tu dis ?

– Je t'ai entendu raconter cette blague, un soir, au bar du FOP[1], quand tu pensais que j'écoutais pas. « Comment on appelle une centaine de nègres enchaînés au fond de l'océan ? Un début. »

– Putain, Murphy, tu vas encore monter sur tes grands chevaux ? Je croyais qu'on était clairs là-dessus, toi et moi.

– Je voulais juste te le dire.

– Me dire quoi ?

– Que je te déteste, Richard. Que je t'ai toujours détesté.

– Très bien. (Tutt s'agita sur son siège ; malgré la lueur verte du tableau de bord, on pouvait voir qu'il rougissait.) Tant qu'on est d'accord pour ce soir.

– T'inquiète pas, dit Murphy, le regard posé, calme. Pour ce soir, y a pas de lézard.

La Bronco franchit la limite du Maryland.

Accroupi devant la cheminée, Tyrell Cleveland plaça une nouvelle bûche dans la cheminée. Les flammes lui donnèrent chaud, dans sa chemise en rayonne, et son front se couvrit de sueur.

1. Fraternal Order of Police, club de policiers. *(N.d.T.)*

– Putain, dit Antony Ray, t'as pas besoin de radiateurs dans cette piaule, cousin, vu comment t'entretiens le feu…

– J'aime ça, dit Tyrell. Avec un feu, je me sens bien.

– C'est comme moi avec ce gin, dit Short Man Monroe, assis près de Ray à la table ronde en bois, un gobelet rempli de Gilbey's et de jus d'ananas à la main. Je me sens super bien.

– T'as pas l'air trop bien, pourtant, dit Ray.

– Je m'occuperai de tout ce bordel demain, dit Monroe, dont le visage, horrible, était tout grimaçant et couvert de sang séché. Fais tourner le pétard, mec.

Ray lui passa un joint allumé et trempa son index dans le tas de coke posé sur le miroir. Il frotta un peu de poudre sur ses gencives. Avala la moitié de son verre, fit tomber une Newport du paquet, l'alluma.

Alan Rogers sortit de la chambre en refermant la porte derrière lui. Il avait essayé de parler à Eddie mais n'était pas bien sûr de s'être fait comprendre. Les yeux d'Eddie louchaient franchement, maintenant, et il était allongé tout de traviole sur le lit, comme un de ces débiles mentaux qu'il avait vus une fois. Il avait des bleus et des saloperies tout autour de la bouche. Et son bras, il avait l'air niqué pour de bon.

Rogers revint à pas lents dans le salon, où Tyrell s'était redressé de toute sa hauteur.

– Comment va notre ami Golden ? demanda Tyrell.

– Pas terrible, répondit Rogers en regardant Ray.

– J'ai fait exactement ce que tu m'avais dit, déclara Ray en donnant un coup de coude à Monroe qui recracha une bouffée d'herbe traitée au Raid.

– Il avait qu'à pas mentir, dit Tyrell. Ça te pose pas de problèmes, au moins, la façon dont on l'a reçu, hein, Alan ?

– Nan, Ty, dit Rogers en s'efforçant de sourire. Tu sais bien qu'y a pas de lézard.

– Bien. Parce que si ça te plaît pas ici, tu peux toujours réfléchir à la manière d'aller voir ailleurs.

– Faudrait qu'il fasse réparer sa tire, d'abord, dit Ray.

– Ouais, qu'il aille chercher sa vieille bagnole de merde sur l'autoroute où il l'a laissée, ajouta Monroe en lâchant le joint dans le cendrier et en reposant la main sur la crosse du Glock.

– Hé, mec, dit Ray en lui désignant le salon. Rends-toi utile et mets de la musique.

– Ouais, dit Monroe, en reprenant son cure-dents sur la table et en le remettant dans sa bouche. Et arrête de faire ta pédale.

Rogers se dirigea vers la chaîne stéréo, sortit l'album de Trouble Funk de sa pochette. Il plaça le disque sur la platine, fit tomber le bras sur le vinyle et monta le volume. On entendit le son go-go et ses multiples épaisseurs : la batterie d'abord, puis la basse, puis les appels et les réponses.

– Ça déménage, ce truc, dit Monroe.

– À donf, répondit Ray en lui tapant dans la main.

Tyrell vint se poster derrière la baie vitrée et regarda les phares qui avançaient sur la route de gravier. La Bronco s'arrêta dans la lumière du perron.

– Voilà nos potes, dit Tyrell.

Il vit Tutt et Murphy sortir de la camionnette. Murphy fit le tour de la Bronco, ouvrit la porte arrière, retira sa veste et la jeta à l'intérieur. Il en tira une taie d'oreiller qu'il posa par terre, sortit sa ceinture avec ses étuis de la taie et attacha la ceinture autour de sa taille.

– Qu'est-ce qu'ils foutent ? demanda Ray.

– Agent Murphy est en train de se mettre deux flingues autour de la taille, dit Tyrell. Et maintenant il sort son badge.

– Pourquoi il fait ça, putain ?

– Si j'étais pas au courant, fit Tyrell, je dirais qu'il se prépare à arrêter quelqu'un.

– Qu’est-ce tu fous, Murphy ? demanda Tutt d’une voix saccadée. Y a Tyrell derrière la fenêtre et il nous regarde !

Murphy ne leva pas les yeux vers la maison. Il attacha sa ceinture bien serrée et défit les rabats des étuis.

– Je te parle, mec.

Murphy prit son badge dans sa poche et l’accrocha à sa chemise.

– Murphy ! Je t’ai demandé ce que tu foutais !

– Mon boulot.

Murphy attrapa la taie d’oreiller et se dirigea vers la maison. Tutt le suivit.

– T’y vas comme ça ?

– Ouais, répondit Murphy. Et tu ferais bien de faire pareil. Ça serait con de pas retrouver ton matos si jamais ça tourne mal.

– Mais ils vont comprendre…

– Ils comprendront de toute façon en voyant tes yeux allumés.

Ils montèrent les marches du perron.

Tutt sortit son Colt. Il l’actionna et fit monter une balle dans le canon.

Ils s’arrêtèrent devant la porte de chêne grêlée. Des sons de basse émanaient du pavillon. Sous la lumière du perron, Tutt était couleur cendre.

– Elle est forte, leur musique.

– On a intérêt à taper fort, alors.

À l’intérieur, les lumières s’éteignirent. Un sentiment de sérénité enveloppa Murphy. Il frappa trois petits coups à la porte du pavillon.

– J’y vais le premier, dit Tutt en inspirant profondément.

– Non, répondit Murphy comme la porte s’ouvrait. Pas cette fois.

Posté derrière la baie vitrée, Tyrell vit Tutt gesticuler d'un air énervé contre Murphy, puis les deux hommes se diriger vers la maison.

Tyrell se retourna, fit un signe à Ray. Celui-ci se leva en prenant appui sur la table ; la tête lui tournait, à cause du gin et de la beu. Il prit son Bulldog .38, ouvrit le barillet, le fit tourner, le referma d'un coup sec. Il glissa le flingue au nez retroussé dans le devant de son pantalon, avec la crosse et la gâchette qui dépassaient de la ceinture, et se dit qu'il avait l'air vraiment trop classe comme ça. En plus, il avait toujours rêvé de buter un flic. Il tira à fond sur sa clope et l'écrasa sauvagement dans le cendrier.

Monroe vérifia le chargeur dix-sept coups de son Glock, le remit dans la crosse d'un coup de paume. Il débloqua le levier de sûreté, dégagea la glissière et s'éloigna de la table.

Tyrell se dirigea vers la cheminée, où le Mossberg calibre .12 était posé debout, contre les briques. Le bouclier thermique du canon était frais au toucher. Tyrell attrapa d'une main la crosse en bois, enclencha la pompe, fit tomber une douille dans la culasse. Il reposa le fusil sur la table, de façon que la crosse dépasse du bord.

– Alan, dit-il, éteins la lumière.

Rogers appuya sur l'interrupteur, ne laissant que la lueur stroboscopique du foyer. Monroe se déploya sur la droite, le doigt sur la détente du .9. Ray se rapprocha de Tyrell.

Ils entendirent frapper.

– Vas-y, Alan, dit Tyrell. Fais-les entrer.

Murphy entra le premier, Tutt derrière lui. Rogers referma la porte et revint se placer dans la pièce assombrie.

Murphy plissa les yeux pour s'habituer à l'obscurité.

Monroe se trouvait sur la gauche, une hanche plus haute que l'autre, un automatique à la main ; son visage n'était plus qu'un masque grimaçant, ravagé. Ray se tenait près de Tyrell et fixait Tutt et Murphy d'un regard rigolard et meurtrier. La crosse d'un revolver apparaissait au-dessus de la ceinture de son pantalon. Ray avait l'air ivre, il ne tenait pas sur ses pieds. À moins qu'il ne soit défoncé à la poudre ; le parfum sucré de l'herbe flottait dans l'air.

– Bonsoir, messieurs, dit Tyrell, debout, une tête de plus qu'eux, à moins d'un mètre de la table ronde où un fusil était posé.

Le feu projetait des ombres dansantes dans la pièce. De Tyrell, on ne voyait qu'une silhouette noire, arachnéenne, et ses yeux verts, humides et lumineux dans son visage pointu.

– On vient chercher Golden, dit Murphy.

– Ah oui ? fit Tyrell. Et pourquoi ces flingues ?

– Je veux pas qu'il y ait de malentendus. Je veux sortir d'ici proprement.

– Tu nous fais pas confiance ?

– Non.

Murphy baissa les yeux sur la taie d'oreiller qu'il tenait à la main, revint à Tyrell.

– Allons-y. L'argent est là.

– Je vois qu'un vieux sac de linge sale.

– Tu verras l'argent quand je verrai Golden.

– Je le verrai maintenant.

Murphy lâcha la taie d'oreiller, l'ouvrit, plongea la main dedans et en retira une liasse de billets. Il jeta les billets sur la table.

Tyrell regarda la liasse de flouze sans bouger.

– Short, dit-il, va le chercher.

– Non, dit Murphy. Je veux que Short reste dans mon champ de vision. Envoie Rogers.

Tyrell sourit.

– Eh ben dis donc, Murphy, t'as vraiment pris les choses

en main ! Et moi qui t'ai toujours pris pour un mec effacé !

– Envoie Rogers le chercher.

– Très bien. Alan, vas-y.

En passant, Rogers frôla Monroe qui le regarda d'un sale œil.

– Dépêche-toi, mon gars, dit Murphy.

Rogers accéléra le pas. Il ouvrit la porte de la chambre, la referma derrière lui.

Tyrell remarqua les bottes de Tutt en cuir d'autruche.

– Tu t'es fait beau, ce soir, dis donc. Je vois que t'as mis tes écrase-merde…

Ne fais pas ça. N'insulte pas Tutt.

Tutt s'avança, se plaça près de Murphy. Il n'avait plus le teint plombé. Murphy sentit l'énergie de Tutt se transformer.

– Redis voir, un peu, Ty-rell, dit Tutt. J'ai rien entendu avec votre musique de sauvages.

Monroe fit passer son cure-dents de l'autre côté de la bouche.

– Ça m'intrigue, dit Tyrell à Murphy. Comment ça se fait que t'as l'air aussi officiel, ce soir ? La ceinture, le badge, tout le merdier… Je parie que t'as même une paire de menottes accrochée dans le dos.

Murphy se décala de trente centimètres sur sa droite et écarta les jambes. Son champ de vision, entre Ray et Tyrell, était dégagé maintenant ; de là où il était, il apercevait les bois noirs par la fenêtre de la cuisine.

– T'en as rajouté, aussi, ajouta Tyrell, avec ton revolver de plus.

Allez, Alan, accélère.

– Le mec, il va nous la jouer Josey Wales [1], dit Ray.

Ray et Monroe rigolèrent.

– Ça suffit vos conneries, dit Tutt à Tyrell. Qu'est-ce qu'il branle, Rogers ?

1. Film de Clint Eastwood. *(N.d.T.)*

Du calme, Tutt. Respire à fond.

On entendit un raclement en provenance de la chambre.

La fenêtre. Passe-le par la fenêtre, maintenant. Laisse-le tomber, c'est pas très haut. Prends-le dans tes bras s'il le faut et traverse les bois. Cours…

– Va voir ce que fout Rogers, Short, dit Tyrell.

Monroe fit demi-tour.

– Non, dit Murphy.

Monroe s'arrêta.

– Je t'ai dit que je voulais pas que Monroe sorte de mon champ de vision.

– Tu m'as dit ? demanda Tyrell. Tu m'as dit ? Mais tu crois que j'en ai quelque chose à foutre de ce que tu me dis… (Tyrell désigna la taie d'oreiller d'un geste du menton.) Je veux voir le reste de la tune, Murphy. Envoie.

– Faut y aller, collègue, dit Tutt à voix basse. Faut y aller maintenant.

– Qu'est-ce qu'il a dit ? demanda Tyrell.

Cours, Alan, cours.

On entendit comme une plainte dans le lointain, malgré le martèlement de la musique dans la pièce.

Tyrell pencha la tête de côté.

– Je t'ai demandé ce qu'il avait dit.

Le Seigneur est mon berger, je ne manque de rien…

Tutt ricana, s'avança de deux pas vers Monroe, imita l'accent de Tyrell :

– J't'ai demandé ce qu'il avait dit…

Il me fait reposer dans de verts pâturages. Il me conduit auprès des eaux reposantes…

– La tune, Murphy, dit Tyrell.

Murphy shoota dans la taie d'oreiller qui vint atterrir aux pieds de Tyrell. Tyrell se pencha pour regarder dedans.

Il restaure les forces de mon âme. Il me mène dans le droit chemin, pour l'honneur de son Nom…

Tyrell se redressa, la mâchoire crispée, un paquet de vieux billets de loterie à la main.

La plainte se rapprocha.

– On dirait des sirènes, cousin, dit Ray en armant le chien de son . 38.

– Qu'est-ce que c'est que ce bordel ? dit Tyrell sans écouter Ray.

Il secoua le poing, jeta les billets au feu.

– C'est vrai, dit Tutt, un sourire bizarre aux lèvres. Qu'est-ce que c'est que ça, collègue ?

– Mais qu'est-ce qui se passe, putain ? cria Tyrell. Short, va voir ce que fout Rogers !

Quand j'aurai à marcher dans la vallée des ombres de la mort…

Monroe se dirigea vers la porte de la chambre qu'il enfonça d'un coup de pied. Murphy l'entendit jurer, puis il émergea dans la pièce, réapparaissant d'un pas rapide dans la lueur orangée vacillante.

Je ne craindrai aucun mal…

– Golden a disparu, Ty, dit Monroe dont les yeux passaient nerveusement de Tutt à Tyrell. (Il assura sa prise sur la crosse du Glock.) Cet enculé de Rogers l'a fait sortir par la fenêtre et s'est cassé !

Par la fenêtre de la cuisine, Murphy aperçut un appel de phares.

Car tu es avec moi…

Murphy sortit ses Combat Magnum de leurs étuis.

Ton bâton, ta houlette, voilà mon réconfort.

– Je vous arrête tous pour les meurtres de Wesley Meadows et James Willets…

– Oh, laisse tomber ces conneries, Kev, dit Tutt.

Il leva son Colt d'une main et de l'autre fit au revoir à Monroe.

Monroe tira de la hanche. La balle arracha quatre doigts de la main que Tutt agitait, entra dans son cou et perça la carotide. Le sang gicla dans la lumière orangée.

Tutt trébucha en avant et décocha deux balles de son .45 à bout portant ; les balles dum-dum firent imploser la face de fruit trop mûr de Monroe. Ses talons martelèrent le plancher en bois.

Tyrell s'empara du Mossberg posé sur la table tandis que Ray cherchait à attraper le . 38 glissé dans son pantalon.

Murphy tira, atteignit Ray en pleine poitrine, la balle dum-dum s'aplatit sous le choc et ressortit de la taille d'un poing par le dos. Ray tituba, voulut débloquer la sûreté de son flingue, se trompa et appuya sur la détente. Il hurla quand la balle pénétra son bas-ventre, réduisant ses couilles en purée ; les flammes du canon mirent le feu à ses poils pubiens. Il s'écroula en tournant sur lui-même, l'écume aux lèvres.

Un coup de fusil retentit dans les oreilles de Murphy. Il plongea sur le côté, la balle crépita près de son épaule droite.

Tyrell flanqua un coup dans la table qui bascula sur le côté et se jeta derrière.

Murphy se remit debout, leva son .357 de la main droite. Les nerfs de son épaule se contractèrent et sa main se releva. Le tir perfora le toit du pavillon. Le Magnum lui glissa des mains et percuta le sol.

– Murph.

Il tourna la tête. Tutt était sur le dos, les yeux révulsés. Il pressait ce qu'il lui restait de main contre la blessure de son cou, d'où le sang jaillissait à flots, maintenant.

Murphy entendit le *snic snic* de la pompe du fusil.

Il leva la main gauche, appuya trois fois sur la détente, en marquant une pause pour le recul du Magnum. Les coups transpercèrent la table en un joli motif bien régulier.

Tyrell se releva en hurlant, le sang jaillissait de son ventre et dégoulinait d'une balafre noire et fumante sur sa joue.

Murphy tira encore deux balles ; la gueule du fusil cracha du feu. Murphy sentit un morceau de lui s'en aller.

Tyrell tomba et roula dans la cheminée, un bras dans le feu. Les flammes léchèrent sa manche et firent fondre la chemise en rayonne sur son torse haletant. Tyrell fut aspiré par les flammes dans un bruit de gargouillement.

Murphy sentit qu'il perdait l'équilibre. Il ne percevait plus rien sur son côté gauche. Il voulut regarder les dégâts qu'avait subis son bras.

– Seigneur ! hurla-t-il en se mettant à tourner sur lui-même.

Un flot de sang éclaboussa la baie vitrée.

Murphy tomba dans le fauteuil de Tyrell. Il baissa les yeux. Son bras gauche n'était plus que bouillie, chair effilochée, rouge et luisante. Il ne restait plus rien en dessous du biceps. Le sang pissait sur ses genoux.

Il parvint à attraper le téléphone de sa main droite tremblante. Il composa le 911.

Pense aux sensations. Tu sens des choses, tu es en vie : les lumières bleu et rouge qui zèbrent la pièce, l'odeur de la poudre et de la chair brûlée, le gémissement des sirènes, la sonnette de la porte…

– Votre nom, s'il vous plaît.

Murphy donna son nom à l'opérateur.

– Votre adresse.

Il donna l'adresse.

– De quel type d'urgence s'agit-il ?

Murphy lui donna le code chiffré.

– Répétez, s'il vous plaît, dit la voix.

– Agent de police abattu, haleta Murphy tandis que des hommes en uniforme enfonçaient la porte de chêne grêlée.

DEUXIÈME PARTIE

Mardi 17 juin 1986

31

– Brad Daugherty…, dit Dimitri Karras. Tu te rends compte que c'est lui qu'on appelle le premier ?

– Cavaliers avait besoin d'un centre, répliqua Marcus Clay. C'est pas un mauvais choix, quand t'y penses. Il a son pedigree Dean Smith, aussi. Bias va être le deuxième, c'est obligé.

Karras se tenait debout près de Clay qui était assis à son bureau dans l'arrière-boutique de Real Right. Ils regardaient la retransmission télévisée des sélections de la NBA sur le vieux poste pourri du magasin.

– Regarde, dit Clay. Y a un mec qui chuchote un truc à l'oreille de Bias.

– Prépare-toi à y aller, il lui dit.

– Sans doute. Si c'est pas une jolie tenue vert pomme qu'il a mise, notre Lenny.

– La couleur de l'argent…

– Et voilà ! dit Clay.

On annonça le nom de Bias. Karras tapa sur l'épaule de son ami qui souriait de toutes ses dents.

– De l'équipe du lycée de Northwestern jusqu'aux Boston Celtics, champions du monde. C'est dingue, non ?

– Je me demande si Clarence est en train de regarder.

– À l'heure qu'il est, il doit être dans les encombrements. Depuis qu'il a déménagé dans le Maryland, il passe la plus grande partie de son temps dans sa bagnole.

– Il a bien fait, quand même. Vu l'état des écoles ici, à DC, c'est mieux pour Denice en banlieue.

– On dirait que tout le monde est en train de quitter Washington ou d'y penser, en tout cas.

– À propos, j'ai reçu une lettre de Donna Morgan, y a quelques jours.

– De Floride ?

Karras hocha la tête.

– Du côté d'Orlando. Avec Golden, ils ont loué une petite maison. Ils ont une piscine dans la cour, sous une moustiquaire.

– Ça a l'air super.

– Elle a toujours voulu aller en Floride. Elle vend des montres dans un grand magasin. Et Eddie installe des machines à laver. Ça lui prend un peu plus longtemps qu'avant, à cause de son poignet foutu. Mais ils ont l'air d'aller bien.

Des applaudissements sortirent du petit haut-parleur de la télé.

– Chris Washburn, maintenant, dit Clay.

– Le Golden State. Ça doit être bien là-bas, en Californie.

– Alors toi aussi, tu penses à partir d'ici ?

– Tu me connais mieux que ça, quand même…

– Parce que j'ai besoin de toi, mec.

– Je suis le ciment qui fait tenir toute cette affaire.

– Bon, j'irais pas jusque-là…

Le téléphone sonna et Clay décrocha.

– Real Right ? Salut, Cheek. Ça bouge, chez toi ? Bien. Uh-huh… Comment va notre ami ? C'est vrai ? N'oublie pas de le féliciter quand il fait bien et de lui faire remarquer quand ça ne va pas. Je veux qu'il s'accroche. Ouais, je sais, on était juste en train de regarder, avec Dimitri. Moi aussi, je suis content pour lui. À plus, Cheek.

Clay raccrocha.

– Quoi de neuf ? demanda Karras.

– Cheek dit que ça marche pas mal, à Dupont Circle.

– Comment va notre nouvel employé ?

– Il dit qu'il se débrouille. Ouais, je crois qu'Alan va s'en tirer.

Karras sourit.

– Tant qu'on l'empêche de s'approcher de Denice.

– Arrête tes conneries, mec. Rogers s'est retenu de lui-même. Il est capable de se contrôler, lui, contrairement à toi.

Chuck Person fut appelé par les Pacers ; puis Kenny Walker par les Knicks.

– Et chez nous, y a du monde ?

Clay secoua la tête.

– D'après Cootch, on a fait qu'une ou deux ventes de la journée. S'il y avait pas Georgetown et Dupont Circle, on serait vraiment mal. Déjà qu'on est mal comme ça…

– T'es toujours en discussion avec Record City ?

– Ils vont revenir la semaine prochaine. Ils disent que ça les intéresse de « tâter l'eau » de la ville avec quelques magasins de petite taille avant d'ouvrir leur grand concept de mégastore. Ils parlent de rachat… On verra.

– Tu le ferais ?

– Soit je laisse tomber, soit je me fais bouffer, c'est comme ça que je vois les choses, maintenant. Enfin, comme je disais, on verra bien.

Cootch passa la tête dans l'embrasure de la porte.

– Patron ?

– Ouais ?

– Y a un type qu'est là, il fait partie de la campagne du maire, il voudrait mettre des affiches dans la vitrine.

– Dis-lui qu'on fait pas ça, dit Clay. On le fait pour personne. Explique-lui comme ça.

– D'accord, dit Cootch en retournant dans la boutique.

– Il va être réélu, tu sais…, dit Karras.

– Tu parles. Avec Mattie Taylor comme adversaire dans les primaires et Carole Schwartz, une républicaine juive de Ward Three, dans les élections générales ? C'est clair qu'il va gagner. Pendant ce temps-là, le service public de la ville est réduit à son minimum et le système éducatif s'écroule pour de bon. Et George Dozier m'a dit que le crack a déjà débarqué dans le District, plus tôt que prévu. Le taux de criminalité va atteindre des records jamais vus.

– Et les gens vont réélire le maire…

– Néron jouait du violon pendant que Rome brûlait, Dimitri ; notre maire prend de la coke. (Clay leva les yeux sur Karras.) Mais tu sais quoi ? C'est de notre faute à tous. Parce qu'à la fin, dans des années, quand ça sera vraiment trop tard, on s'apercevra qu'on n'a rien fait pour arrêter tout ça. On était trop occupés à gagner des sous pour faire attention à ceux qu'avaient besoin d'aide, on pensait qu'à nous. On a tout fait pour ne rien voir.

Karras fit tinter des pièces de monnaie dans sa poche.

– Ouais, et alors, qu'est-ce que tu comptes faire ?

– Continuer à en parler, c'est tout.

– Écoute, faut que je mette les bouts. Je dois faire la tournée des magasins. Et y a un concert des Replacements au 9 :30 ce soir, donc je repasserai pas.

– Tu veux parler du mec qui peut pas passer un peigne dans ses cheveux, c'est ça ?

– Westerberg. Et y a Steve Earle en première partie. Ça va être le concert de la mort.

– Si tu le dis.

– Il fait beau aujourd'hui. Tu devrais sortir prendre l'air, toi aussi.

– J'y compte. Je vais aller jouer un peu.

Clay dévisagea Karras.

– Tu sais que t'es un peu maigrichon ?

– C'est à force de travailler pour toi.

– Je déconne pas. Ça va ?

– Ouais ouais, fit Karras en évitant le regard de Clay.

Au fait, tu crois que tu pourrais passer chez moi un soir de la semaine, pour finir de récupérer tes affaires ?

– Pourquoi, t'attends de la visite ?

– On sait jamais.

– OK, mec. Je sais que t'adores quand c'est bien rangé, chez toi.

– Merci, Marcus.

– Pas de quoi.

Ils se saluèrent – leur vieille poignée de main tarabiscotée.

– Prends soin de toi.

– Ouais, toi aussi.

Karras quitta la pièce. Clay se tourna vers le panneau de liège au-dessus de son bureau, où était punaisée la photo du *Washington Post* sur laquelle Len Bias souriait à l'appareil, un ballon de basket dans chaque main.

Il passa ensuite à la photo d'à côté : un Anthony Taylor heureux, souriant à pleines dents, tenait à la main un poisson-chat pêché dans une crique de Géorgie, entouré de ses deux sœurs et de sa mère qui posait sa main sur son épaule nue, mouillée.

Marcus Clay s'adossa dans son fauteuil, croisa les doigts derrière sa tête et sourit.

Clay gara sa voiture sur Takoma Avenue, le long de la voie de chemin de fer de Takoma Park. Il ferma la voiture et s'arrêta un instant pour l'admirer avant de traverser la rue et d'entrer dans Jequie Park.

Des enfants jouaient sur des installations aux couleurs vives, tandis que leurs parents, assis sur les bancs, lisaient des livres de poche. Sur la prairie, une douzaine de Salvadoriens, torse nu, disputaient une partie de football ; un peu plus loin, sur un terrain de base-ball à peine ébauché, un père lançait une balle en mousse à son jeune fils. Un train de marchandises passa, et le *tac-a-tac* étouffa un instant les cris et les rires des enfants, et les chants des oiseaux perchés dans les grands arbres qui bordaient le parc.

Clay se rendit sur le carré d'asphalte, près d'une aire de pique-nique abritée, où un homme dribblait. Il envoya la balle qui rebondit sur le panneau de bois peint et effleura le filet déchiré.

– Marcus.

– Comment ça va, mec ?

– On fait aller.

– Tu veux jouer ?

– Pas de cadeaux, hein ?

– T'inquiète.

Kevin Murphy envoya la balle à Clay.

– Vas-y, shoote, qu'on voie qui commence.

Ils jouèrent une partie sur onze points ; Clay gagna par quatre. La deuxième partie fut plus équilibrée, Murphy remonta jusqu'à dix-dix.

– Faut deux points d'avance pour gagner, c'est ça, Marcus ?

Clay acquiesça.

– À toi la balle.

Murphy gagna la partie grâce à un panier mis du bout de la raquette.

– Tu me l'as donnée, celle-là.

– C'est pas vrai.

Mais Clay mentait ; en réalité, il y allait doucement, évitant le contact avec le côté gauche de Kevin. Ça l'ennuyait, Clay, de voir Kevin comme ça, de savoir que désormais il serait comme ça pour toujours.

Le jeu de Murphy, pourtant, il s'était vachement amélioré. Ça faisait un mois qu'il s'entraînait à dribbler, à retrouver son équilibre, à partir sur sa gauche, apprenant à bouger autrement.

– On fait la belle ? demanda Murphy.

– D'ac.

Ils trempèrent leurs T-shirts, se donnant à fond dans la meilleure partie des trois. Murphy fit un effort louable, mais il commença à perdre son élan au milieu de la partie, au moment où Clay s'animait. Alors que Murphy partait sur sa gauche et essayait de marquer, Clay écarta la balle. Il mit le panier suivant, la balle rebondit sur l'anneau et traversa le filet.

– Les paniers sont indulgents, ici, dit Clay en serrant la main de Murphy. T'as failli m'avoir.

– J'ai jamais su aller sur la gauche. Je te l'ai déjà dit, non ?

Ils allèrent s'asseoir sur un talus d'herbe, en bordure de la rue.

– Alors, comment ça va ? demanda Clay en s'essuyant le visage avec son T-shirt.

– Ça va. Je travaille pour le programme d'été de Ward Eight. Y a plein de jeunes frangins là-bas que j'essaie de guider. C'est marrant comment je me suis attaché à eux, vraiment vite. (Son regard se perdit dans le parc.) C'est presque comme si c'étaient mes fils.

– Au fait, merci pour la photo d'Anthony, dit Clay.

– J'ai pensé que ça te ferait plaisir. Lula Taylor m'en a envoyé deux.

Clay cracha par terre.

– Ils te payent, dans ce programme ?

Murphy secoua la tête.

– C'est bénévole. Mais j'ai pas besoin d'argent. J'ai ma retraite et l'allocation handicapé à elle toute seule va me tenir un bon bout de temps. Perdre un membre, ça vaut plus le coup que de perdre la vie.

– C'est sympa, la façon dont la police s'est occupée de toi.

– Ils étaient obligés. Oh, ils savaient bien qu'y avait un truc qui tournait pas rond, avec Tutt et moi. Ils pouvaient pas le prouver, mais ils le savaient. Bien sûr, t'as déchiré le mot que je t'avais donné. Encore un truc pour lequel je dois te remercier, en plus d'avoir envoyé les troupes comme tu l'as fait. Le fait qu'ils arrivent aussi vite, ça m'a sauvé la vie.

– Heureusement que tu t'es évanoui, aussi.

– Ouais, l'IAD n'a pas eu l'occasion de me parler seul à seul. Quand je me suis réveillé en salle de réa, y avait Elaine près de moi qui me tenait la main et qui m'a dit de ne pas ouvrir la bouche. Elle et l'autre avocat, là…

– Williamson ?

– Ouais, lui. Celui qui ressemble à El Debarge. Il m'a vachement aidé.

Clay rit.

– C'est vrai qu'il ressemble à Debarge. Mais c'est un super bon avocat…

– Et Elaine, faut pas l'oublier. Y a pas mieux que ta femme.

– Ouais, c'est quelque chose.

Murphy caressa sa moustache, poivrée de blanc, maintenant.

– Au fond, je crois que la maison s'est dit que c'était plus simple de nous donner des médailles que de faire une enquête. Vu ce qui se passe en ce moment, ils ont dû se dire que ça serait mieux pour le moral du public, aussi. Ils nous ont transformés en héros. C'est dingue, non ?

Mais tu es un héros, pensa Clay.

Murphy arracha quelques brins d'herbe, secoua la tête.

– Y a un truc qu'est sûr, c'est que Tutt aurait adoré les funérailles qu'on lui a faites, avec tous les flics qui chialaient et tout.

– « Quand la légende devient réalité, imprime la légende. » J'ai entendu ça dans un western, une fois, au Keith.

– Qu'est-ce que ça veut dire ?

– Hé, j'en sais rien.

Les deux hommes sourirent.

– Et Wanda, comment ça va ?

– Ça dépend des jours. Ils essayent de la soigner aux médocs, maintenant. On verra. J'abandonne pas, Marcus. Quoi qu'il arrive dans la vie, y a toujours de l'espoir.

– Tu l'as dit.

– Allez viens. J'dois lui préparer à dîner. Faut que je me rentre.

– Ouais, moi aussi faut que je rentre chez moi. T'as une caisse ?

– J'en ai plus. Je suis venu à pied de Whittier.

– Je te dépose. Ma tire est juste de l'autre côté de la rue.

– Si ça te fait rien, j'aime autant marcher. Mais j'aimerais bien jeter un coup d'œil à cette caisse.

Ils traversèrent la rue ; la Riviera à l'arrière rectangulaire lustrée de près était vraiment belle dans la lumière dorée.

– Putain, dit Murphy. C'est une belle caisse. 1973 ?

– 1972. C'est Elaine qui me l'a achetée. C'est pas tout à fait la même que celle que j'avais, mais ça y ressemble beaucoup.

– Je vais te dire un truc. Une femme comme ça, faut jamais la laisser filer.

– Je sais, mon frère. Crois-moi, je sais.

– On se voit la semaine prochaine ? demanda Murphy.

– J'y compte, dit Clay.

Kevin Murphy tourna les talons et s'éloigna le long de la clôture du chemin de fer ; le morceau de chair atrophiée pendouillait sous la manche de son T-shirt.

Clay le regarda s'éloigner, puis il s'en alla.

Marcus Clay glissa la bande originale du film *Claudine* dans la radiocassette de la voiture et reprit la route de Mount Pleasant. Gladys qui chantait Curtis, y avait pas mieux. À la pâtisserie Heller, il acheta deux *Boston creams*

– les gâteaux préférés d'Elaine – puis il s'arrêta chez Sportsman's Liquors pour acheter une bouteille de Cabernet sur les conseils de Tasso et Leo, les deux frères affables qui tenaient le magasin. Il gara sa voiture sur Brown Street.

Assise dehors, sur les marches, Elaine surveillait Marcus Jr. qui cavalait dans le petit jardin de devant tout mité, un petit ballon de football américain rouge et or sous le bras. Clay monta les marches, s'arrêtant pour saluer Pepe, son voisin, qui sirotait une bière sur son perron à lui.

– Papa ! cria Marcus Jr.

– Comment ça va, MJ ? dit Clay en tendant la boîte de chez Heller, entourée d'un ruban, à Elaine.

Elaine remuait le pied sur « Black Satin » qui sortait par la porte ouverte de la maison.

– *On the Corner ?*

– Tu sais bien que j'adore Miles. (Elaine soupesa la boîte.) Merci d'avoir pensé à moi, Marcus.

– Je pense toujours à toi, ma caille. Et je suis fier de toi, aussi.

– Viens ici.

Ils s'embrassèrent, puis Clay descendit dans le petit jardin. Marcus Jr. lui lança le ballon. Clay le lui renvoya en faisant une passe spiralée par en dessous.

– Moi, je suis les Redskins, déclara Marcus Jr.

– Je sais, mon fils.

– Et toi, t'es qui ?

– N'importe qui, mais pas les Cow-boys.

– Faut me plaquer, papa.

– D'accord.

Marcus Jr. fonça sur son père qui l'attrapa par le bras. Mais au lieu de le plaquer, il le serra bien fort contre lui, lui colla un baiser sur la joue. Il respira l'odeur des cheveux de son fils.

À ce moment précis, Clay se rappela les paroles de

Kevin Murphy : *Quoi qu'il arrive dans la vie, y a toujours de l'espoir.*

– Papa, t'es triste ? Pourquoi tu pleures ?

– Je pleure pas, répondit Clay. Je suis heureux, c'est tout.

Jeudi 19 juin 1986

32

Le soleil réveilla Dimitri Karras de bonne heure le jeudi matin. Se redressant sur un bras, il regarda la montre à son poignet : dix heures !

Il passa la langue sur ses lèvres desséchées. Il avait rêvé d'un grand verre d'eau fraîche, hors d'atteinte.

Il tira un Kleenex de la boîte posée sur sa table de nuit et moucha le sang qu'il avait dans le nez. Il laissa tomber le mouchoir sur le sol et s'assit sur le bord du lit.

Puis il se leva et prit une longue douche, chaude d'abord puis froide. Il eut un haut-le-cœur et dut s'appuyer de tout son poids contre le carrelage.

– Quel con, dit-il.

Il s'habilla, passa dans la cuisine. La lumière de son répondeur clignotait ; certainement Marcus qui voulait savoir pourquoi il était en retard. Il décida de ne pas écouter le message. Il trouverait bien un truc à lui raconter avant d'arriver à U Street.

Karras voulut boire une tasse de café, mais il ne parvint pas à l'avaler. Il versa le café dans l'évier et se frotta le visage. Putain, il se sentait vraiment glauque.

La journée de travail allait paraître bien longue, après cette nuit de trois heures. Un peu de poudre ne lui ferait pas de mal pour tenir le coup. Juste un tout petit peu, histoire de s'éclaircir les idées.

Karras remonta Connecticut Avenue dans sa voiture,

accompagné par le seul bruit de la clim. Il prit Albermarle Street sur la droite et se gara près de l'entrée de Rock Creek Park. Il sortit de la BM et se dirigea vers l'immeuble où son dealer, Billy Smith, habitait.

En attendant que le feu passe au rouge, Karras jeta un coup d'œil de l'autre côté de Connecticut, où se trouvait Nutty Nathan's. Nick Stefanos se tenait devant la boutique, la main sur l'épaule d'un gamin noir qui portait un bandana autour de la tête, et tous les deux avaient les yeux rivés sur le mur de télés disposé dans la vitrine. Karras n'avait pas revu Stefanos depuis le mois de mars et il ne l'avait pas remercié pour son aide.

Karras traversa l'avenue, s'approcha de Stefanos et du gamin par-derrière. En arrivant près d'eux, il s'aperçut que toutes les télés de la vitrine diffusaient la même image : Len Bias, dans sa tenue vert pomme super classe, se levant de son siège à l'appel de son nom.

Bon, c'est vrai que c'était une nouvelle de taille. Mais pourquoi repassaient-ils des extraits de la sélection, deux jours après ?

– Nick ? dit Karras.

Stefanos et le gamin se retournèrent. De grosses larmes roulaient sur les joues du gosse noir.

– Dimitri, fit Stefanos.

Ses yeux étaient rouges et creusés.

Tout d'un coup, Karras eut trop chaud et commença à se sentir mal. Il recula jusqu'à un chêne municipal, bien touffu, planté sur le trottoir. Karras se réfugia sous ses branches fraîches.

Il ferma les yeux, inspira profondément. On était mieux là, dans la pénombre.

Remerciements

L'auteur tient à remercier Harry S. Jaffe et Tom Sherwood, auteurs de l'extraordinaire *Dream City* qui lui a fourni un grand nombre de données factuelles dont il s'est servi dans l'écriture de ce roman.

COMPOSITION : PAO EDITIONS DU SEUIL

GROUPE CPI

Achevé d'imprimer en février 2008
par **BUSSIÈRE**
à Saint-Amand-Montrond (Cher)
N° d'édition : 55079-6. - N° d'impression : 80284.
Dépôt légal : mai 2002.
Imprimé en France